国家出版基金项目
NATIONAL PUBLICATION FOUNDATION

华北抗日根据地及解放区文艺大系

陈 晋 郑恩兵 主编

《晋察冀画报》
文艺文献全编

马春香 编

河北出版传媒集团
河北教育出版社

图书在版编目（CIP）数据

《晋察冀画报》文艺文献全编 / 马春香编 . -- 石家庄：河北教育出版社，2023.12

（华北抗日根据地及解放区文艺大系 / 陈晋，郑恩兵主编）

ISBN 978-7-5545-7682-3

Ⅰ．①晋… Ⅱ．①马… Ⅲ．①文艺－作品综合集－世界－现代 Ⅳ．① I11

中国国家版本馆 CIP 数据核字 (2023) 第 064057 号

书　　名　《晋察冀画报》文艺文献全编
　　　　　JINCHAJI HUABAO WENYI WENXIAN QUANBIAN

编　　者　马春香

责任编辑　张柳然
装帧设计　郝　旭
出　　版　河北出版传媒集团
　　　　　河北教育出版社　http://www.hbep.com
　　　　　（石家庄市联盟路705号，050061）
印　　制　石家庄众旺彩印有限公司
开　　本　787毫米×1092毫米　　1/16
印　　张　26.75
字　　数　350千字
版　　次　2023年12月第1版
印　　次　2023年12月第1次印刷
书　　号　ISBN 978-7-5545-7682-3
定　　价　155.00元

丛书编委会

顾 问

陈平原 刘跃进 王长华 李 扬

编委会主任

吕新斌

编委会副主任

彭建强 孟庆凯 刘 月

主 编

陈 晋 郑恩兵

副主编

董素山 向 回 汪雅瑛

编 委（按姓氏笔画排序）

马春香 王少军 田浩军 包来军 吉 喆 刘书芳 刘贵廷

关小彬 杨 程 杨春生 宋少净 张 辉 张川平 赵 华

高露洋 郭义强 阎晓宏 梁晓晓

编纂说明

在中国共产党百年发展历程中，文艺始终是党领导人民开展进步事业的有机组成部分，是党在各个历史时期的中心工作的实时反映和重要推动力量。"华北抗日根据地及解放区文艺大系"，是一部全面展示抗日战争和解放战争时期华北地区党的历史创造、奋斗风采和形象建构的大型革命历史文艺文献丛书，对于深入研究华北地区革命文艺史、红色新闻史，弘扬伟大建党精神、梳理中国共产党人精神谱系，是必不可少的第一手资料，是我们在新时代坚定树立文化自信的重要思想资源。

一、编纂缘起

抗日战争及解放战争时期，华北地处各方政治与文化力量激烈博弈的前沿，这种特殊政治、军事、文化、地理环境中产生的革命文艺，具有鲜明的地域性特征，是五四新文化运动以来的革命文艺发展史上的突出标识。

但一直以来，由于史料文献整理不足，对华北抗日根据地及解放区文艺的研究，始终未能深入，其独特的地域性实践价值和蕴含的文化创新意义被严重遮蔽。这些史料文献主要以党报党刊的形式呈现，梳理汇编这些党报党刊中的革命文艺史料，借之以探索华北革命文艺的发展路径、发展方向、创造机制和创新经验，是深入贯彻习近平总书记关于"把红色资源利用好、把红色传统发扬好、把红色基因传承好"，"用好红色资源、赓续红色血脉"等系列重要讲话精神的有力举措，也是新时代文艺研究者不可推卸的责任。

2017年6月左右，我们去中国社科院文学所拜访时任所长刘跃进先生，协商合作研究事宜，寻求中国社科院文学所的帮助。请教过程中，刘先生建议我们结合地方特色，做好地方红色文艺文献的搜集整理与编纂出版工作。经过一段时间筹备，2017年底，我们以"河北红色经典系列丛书"为名，正式申报"2018年度河北省省级宣传文化发展专项资金"项目并成功立项，旨在通过选定刊行河北红色经典作品、梳理汇编河北红色经典研究资料、系统阐述河北红色经典发展历史等基础性工作，打造一个集大成式的河北红色经典文献资料库。

项目最初设计共二十四卷，包括六大板块：《河北红色经典史》一卷、《河北红色文艺作品选》六卷、《河北红色经典作家作品索引》三卷、《河北红色经典研究资料汇编》四卷、《〈晋察冀日报〉副刊文学作品全编》六卷、《晋冀鲁豫抗日根据地文艺作品及〈新华日报〉太行版文艺作品汇编》四卷。但在项目实施过程中，我们充分吸收专家意见，认为网络时代和大数据背景下的科研活动有了很大变化，《河北红色经典作家作品索引》与《河北红色经典研究资料汇编》的编纂工作，在当前学术生态中价值不大，并予以取消。同时，在项目实施过程中我们发现，《晋察冀日报》《人民日报》等党报除刊发大量文艺作品外，还有大量记录边区文艺工作者行迹，反映边区戏剧、音乐、文学、美术、舞蹈、曲艺活动与报刊书籍出版发行等各方面情况的文艺史料，以及体现我党文艺方向、方针变化的政策文件与重要领导讲话，是华北地域党和人民对敌作战的重要宣传武器，更是飘扬在华北地区军民心中一面旗帜。这些史料是华北地域革命文艺发生、发展与壮大的真实记录，对我们正确认识革命文艺的特点与历史地位有重要的决定性作用。

为此，我们精心整理了《〈晋察冀日报〉文艺文献全编》《晋冀鲁豫〈人民日报〉文艺文献全编》《〈晋察冀画报〉文艺文献全编》《晋察冀日报社人物志》（共五十一卷），同时收入全国抗战时期和解放战争时期与河北地域相关且被广大群众所喜爱并广泛传唱的红色文艺作品，结集为《河北红色文艺作品选》（共六卷），至此形成丛书目前的五大板块，而且将名称由"河北红色经典系列丛书"改为"华北抗日根据地及解放区文艺大系"，方便以后在此基础上做进一步拓展。

二、地域范围及文艺特质

华北抗日根据地包括当时山东、河北、山西、察哈尔、绥远、热河全部及豫北、苏北、皖北部分地区，分晋绥、晋察冀、晋冀豫、冀鲁豫、山东五大块。1941年，冀鲁豫合并到晋冀豫，称晋冀鲁豫。其中晋察冀抗日根据地作为开辟最早、地域最大、人口最众的模范抗日根据地，是华北抗日根据地的坚强堡垒，牵制和抗击了三分之一以上的华北日军和二分之一的伪军。

在河北及其邻省周边地区开辟与创建华北抗日根据地，是红军长征到达陕北之后党中央迅速做出的重大战略决策。这些根据地地处对日武装斗争最前线，不仅打开了抗战的新局面，成为华北敌后抗战的主战场，而且进行了新民主主义社会的实践探索，对解放战争的历史进程产生了巨大影响，成为我党开辟东北解放区的前进基地和逐鹿中原的战略后方。随着抗日根据地的开辟，延安文艺工作团、西北战地服务团、东北促进纵队干部队、八路军总政治部前线记者团等大批文艺工作者，随同党政干部一道陆续抵达华北，东北、平津的青年学生也纷纷冒着生命危险来到边区。他们一手拿枪，一手拿笔，深入农村与抗战前线，切身体会工农兵的生活，深刻了解工农兵的需求，从而根本上克服了艺术至上主义思想倾向。所以，华北抗日根据地及解放区文艺，既响应了伟大的民族抗战对文学艺术提出的时代要求，亦充分兼顾到广大人民群众的接受习惯和欣赏水平，真实地反映了华北人民火热的战斗与生产生活。很多作者本身就是农民、战士或基层工作者，他们把自己的经历和熟悉的人和事，通过小说、戏剧、诗歌、报告文学、歌曲、绘画、舞蹈等文艺样式记录下来，语言通俗平实，富有生活气息。由于产生于特定时代、特定区域而又适应特定需要，故而无论是题材、语言还是风格，在体现革命大众文艺共性的同时，又具有强烈的华北地域特性。

华北抗日根据地及解放区文艺的繁荣发展，是专业文艺工作者与工农兵群众共同创造的结果。人民群众不仅是革命文艺运动的主导主体、推进主体、受益主体，还是一切成败得失的评判主体。华北抗日根据地及解放区文艺，归根结底，是"以人民为中心"的文艺。

三、学术价值

今天的河北在抗日战争、解放战争时期是晋察冀、晋冀鲁豫两大根据地的中心区域，有着悠久的革命历史传统和丰厚的红色文化底蕴。据不完全统计，抗日战争和解放战争期间，仅晋察冀边区专区以上就办有报刊四百余种，编印图书五百余万册。如果将这种统计扩大到环绕河北的整个华北抗日根据地及解放区，时间扩展至从中国共产党成立到中华人民共和国成立，数据更为可观。这些红色图书、报刊的出版发行，团结了一大批来自全国各地的著名革命文艺家和专业文艺工作者，其中有大量文艺相关信息，是研究近现代中国革命文艺的重要史料。但因受当时物质条件及复杂局势影响，它们传播范围有限，保存困难，如今已普遍出现老化或损毁现象，面临着消失、断层的危险。

长期以来，由于对抢救、整理和利用红色文艺文献的意义认识不足，现行的科研评价、出版机制亦难以有效刺激科研工作者积极从事老旧报刊等红色文艺文献的系统整理，大量有待整理的红色文艺文献尚未进入学界的视野。特别是华北抗日根据地及解放区的文艺文献，有很多甚至还是学术盲区。如《冀中导报》《救国报》《边政导报》《冀南日报》《团结报》《前进报》《新察哈尔报》《冀热察导报》等各类党报，以及《冀热辽画报》《冀中画报》《北方文化》《五十年代》《新长城》《新群众》《诗建设》《诗战线》等期刊，虽有部分学者对其办报（刊）历程、思想以及传播等方面予以研究，但均无系统的文艺文献整理本。"华北抗日根据地及解放区文艺大系"整理的《晋察冀日报》、晋冀鲁豫《人民日报》、《晋察冀画报》，是当时华北抗日根据地及解放区党报党刊的典型代表，是党的理论和实践同文艺结合的主要媒介和载体，是华北革命文艺重要的传播平台。这些报刊，既客观记录了华北革命文艺的传播与发展，也完整展现了华北革命文艺的特殊使命与风格特征，具有极其重要的史料价值。在此基础上，我们还会将视角延伸到《晋绥日报》《新华日报·太行版》《新华日报·太岳版》等党报，不断地充实这套大型文献史料丛书，以此来系统建构华北抗日根据地及解放区的"文艺史料学"。

四、丛书特色

这套丛书的编纂，主要以抗日战争及解放战争期间华北境内各根据地、解放区出版、发行、制作之图书、期刊、报纸等红色文献中的文艺资料为内容。编纂特色主要包括：

（一）抢救珍贵历史文献，弘扬伟大建党精神。

华北抗日根据地及解放区的红色文献发行于条件艰苦的战争年代，数量少，印制质量粗糙，历经岁月的洗礼，留存下来的品相完好者已经很少，有些到今天已成孤本。这些文献作为特定历史时期和区域的产物，见证了中国共产党领导华北人民争取民族独立和人民解放的伟大历程，反映了华北近代社会的巨大变化，蕴含着珍贵的史料价值和鉴往知来的现实意义，是中国共产党领导的文艺事业、新闻出版事业与意识形态建设发展的历史见证。它们诠释了党的初心和使命，蕴含着坚定的理想信念与崇高的革命精神，到今天仍然具有强大的感染力与说服力，是陶冶情操、磨炼意志，走好新时代长征路的有效精神资源。抢救性搜集、整理与研究这些珍贵历史文献，有利于增强党政干部政治信仰，弘扬伟大建党精神和践行社会主义核心价值观。

（二）文艺与党史密切融合，拓展革命文艺与党史研究的新视野。

革命文艺作品的创作、发表和传播，和党的历史任务和奋斗实践是分不开的。在艰苦卓绝的革命岁月，奋斗前行的中国共产党始终强调，既要拿"枪杆子"，也要拿"笔杆子"。革命的文艺工作者，一手拿枪，一手拿笔，深入农村与抗战前线，以人民大众易于接受和欣赏的形式，宣传党的政策，推行党的方针，为中国共产党顺利完成不同历史阶段的中心任务和伟大使命发挥了独特而重要的作用。本套丛书收入的文献史料，主要是抗日战争与解放战争时期党报党刊中的文艺作品与文艺史料，它们鲜明生动地体现了党的历史，党领导人民争取民族独立、人民解放的奋斗历程和精神面貌，从而为学界从文艺角度研究党史和从党史角度研究文艺提供了有力支撑。

（三）作品汇编与史料梳理并行，还原革命文艺的历史场域。

"华北抗日根据地及解放区文艺大系"的编纂，全面辑录华北抗日根据地及解放区党报党刊上刊登的诗歌、小说、戏剧、报告文学、散文、歌曲、版画等文艺作品，并系统梳理当时文艺发生、发展、传播以及社会各界文艺活动的各类消息和报导，同时选编了大量的河北红色文艺作品作为补充。这种文艺史料与文艺作品的配合整理，还原了革命文艺的历史场域，有利于构建对革命文艺的科学认识。

五、丛书内容

（一）《〈晋察冀日报〉文艺文献全编》共三十八卷：

诗歌三卷

戏剧一卷

小说二卷

文艺评论三卷

文艺史料九卷

外国文艺二卷

散文报告文学十七卷

歌曲版画一卷

（二）《晋冀鲁豫〈人民日报〉文艺文献全编》共十一卷：

诗歌一卷

戏剧、小说、文艺评论一卷

散文报告文学五卷

文艺史料四卷

（三）《〈晋察冀画报〉文艺文献全编》一卷

（四）《晋察冀日报社人物志》一卷

（五）《河北红色文艺作品选》共六卷：

诗歌一卷

戏剧一卷

散文一卷

小说三卷

六、编纂体例

（一）整套丛书题材丰富、门类众多，在体裁上不做强行统一。

（二）丛书中所录作品均为当年报刊发表的原文。为确保丛书的文献性、学术性、专业性和资料性，丛书编辑加工的总原则为保持文献原貌，内容上不做改动。

（三）文字的使用

1. 丛书中文字的使用以 2013 年教育部、国家语言文字工作委员会公布的《通用规范汉字表》为准。

2. 丛书中的古体字、通假字、俗体字，以及所涉及姓名字号、职官地理等专用字，均予保留。

3. 丛书原文字迹模糊残损，但仍可辨认或可依上下文校正，以字外加方框"□"表示；原文缺字或无法辨识，且无法校补，每字以一个方框"□"表示；如无法统计所缺字数，则以"☑"表示。

4. 丛书中数字的使用，保持原貌。

（四）标点符号及其他符号的使用

1. 丛书在不改变原文意义的情况下，将旧式标点改作现行标点符号。

2. 丛书原文中出现代表文字的符号，如"×""△""○""▲"等，保持原貌。

3. 丛书原文中的着重号、专名号等不再保留。

（五）其他

1. 丛书原文中的注释，保持原貌；编者亦出部分注释，供读者参考。

2. 因为原始文献本身产生于战争年代，保存不易，漫漶不清处较多，丛书疏误之处在所难免，希望专家读者批评指正。

七、鸣谢

本套丛书得以顺利面世，要特别感谢中共河北省委宣传部、河北省社会科学院、河北教育出版社的资金支持，以及北京大学陈平原教授、中国社科院文学所刘跃进研究员、南开大学文学院李扬教授、河北师范大学文学院王长华教授等，为丛书编纂提供了多方面的学术支撑；晋察冀日报社老报人及报史研究会诸位老师，中国社科院文学所现代室、中国丁玲研究会、中国现代文学馆各位专家，也在丛书编纂过程中提出了许多建设性意见；院内外的数十位年轻科研工作者，在原文录入和校对方面付出了艰辛劳动，确保了项目的顺利进行。在此一并致谢。

把艺术交给大众（代序）

——祝贺"华北抗日根据地及解放区文艺大系"结集问世

中国社会科学院　　刘跃进

由河北省社会科学院文学研究所编纂、河北教育出版社出版的"华北抗日根据地及解放区文艺大系"结集问世，值得庆贺。

文艺是时代前进的号角。1937 年 7 月 7 日，卢沟桥事变爆发，全面抗战由此而起。广大的爱国知识分子和青年学生，表现出同仇敌忾的民族气节，走出书斋，走出校园，用知识，用智慧，用不屈的精神力量唤醒民众，用实际行动担负起抗日救亡的历史重任。在此后的岁月里，延安文艺和华北抗日根据地及解放区文艺，是中国共产党领导下的两大主体，双峰并峙，展示着那个时代的风貌，引领了那个时代的风气。

随着抗日根据地的开辟，延安文艺工作团、西北战地服务团、东北促进纵队干部队、八路军总政治部前线记者团等大批文艺工作者，随同党政干部一道陆续抵达华北，东北、平津的青年学生也纷纷冒着生命危险来到边区。他们一方面积极创作大量街头剧、活报剧、街头诗、墙头小说、木刻版画、歌曲、舞蹈等革命文艺，开展抗日救亡宣传运动；一方面也通过开办文艺干训班，开展各行业、各阶层甚至全民的文艺创作与评选活动，吸引工农兵群众加入文艺队伍，掀起了"晋察冀一周""冀中一日"等具有深化性质的群众写作运动，以及"创造模范村剧团""穷人乐"等群众戏剧运动，为晋察冀文艺史添上了浓墨重彩的一笔。

说到这里，我想起2009年参加《北平学生移动剧团团体日记》捐赠仪式的一段往事。从1937年到1938年，在中国抗战史上唯一以大学生组成的"北平学生移动剧团"在长达一年半的时间里，历尽艰难，转辗于国民党第五战区的各个战场，演出话剧，创办报纸，宣传抗日，鼓舞斗志，谱写出响彻云霄的时代赞歌。移动剧团的成员每人一周轮流记述，用日记形式记录了那段不平凡的岁月，《北平学生移动剧团团体日记》就是这部历史的记录。它不是写给个人看的私密记录，也不是为将来面世扬名。作者完全出于一种历史责任，真实客观地记录了那段鲜为人知的历史，体现出强烈的史家意识。日记封面上有这样一段题记，"北平学生移动剧团·愿我永恒·中华民国二十七年二月二十三日始·璧华"。孤立地看这部日记，也许没有什么轰轰烈烈的战斗业绩，也没有什么感人肺腑的情感纠结。客观、平实是它的本色，正是这种本色，为那个历史年代留下一段真实。"北平学生移动剧团"的抗日活动，是文艺工作者投身抗日洪流中的一个历史缩影。

随着抗战的胜利，察哈尔省会张家口解放，晋察冀文协、晋察冀剧协、晋察冀音协、晋察冀美协、晋察冀通讯社、晋察冀边区剧社、晋察冀日报社、晋察冀画报社等文化团体随中共晋察冀中央局和军区领导先后开赴华北根据地，一大批文艺工作者也随之来到华北，开展丰富多彩的文艺活动。他们坚持毛泽东《在延安文艺座谈会上的讲话》中指出的方向，一手拿枪，一手拿笔，深入农村与抗战前线，既为切身体会工农兵的生活，也为深刻了解工农兵的需求，从而在根本上克服了自身相当普遍和严重的艺术至上主义思想倾向，为工农兵而创作，为工农兵所利用，以人民大众易于接受和欣赏的形式，普遍写人民大众的生产战斗故事。譬如左翼作家邵子南，于1938年10月随西战团到晋察冀，主持战地社日常工作，主编《诗建设》；1943年整风运动后，他到阜平任小学教员，在反"扫荡"中与群众、民兵一起转移、战斗，还直接在五丈湾跟随李勇的游击组对日寇展开地雷战；1944年5月随团回延安，在鲁艺任教，后调陕甘宁文协搞专业创作，开始大量创作反映晋察冀边区生活的小说。他以亲身体验为基础创作的短篇小说《李勇大摆地雷阵》（后改为《地雷阵》），运用阜平农民群众的语言，以口语化方式讲述了爆炸英雄李勇的抗日故事，明显吸取了民间说唱文学的优点，特别是在白话叙述中还插入不少快板式的韵白，更适合群众的喜好，因而在当时广为流传，家喻户晓，起到了很大的宣传鼓动作用。其他作品，如《荷花淀》《太阳照在桑干河上》《漳河水》《赶车传》《王九诉苦》《孟祥英翻身》《新儿女英雄传》《白求恩大夫》《我的两家房东》《穷人乐》《李殿冰》《戎冠秀》《没有共产党就没有中国》《团结就是力量》《没有土地的人们》《白毛女》等，都是成功的文艺典范，在现代中国文学史上占据比较重要的位置。

在华北抗日根据地及解放区的文艺创作成果中，还有数以万计的文艺作品和极具研究价值的文艺史料刊发在根据地及解放区所办的报刊上。很多作者，本身就是农民、战士或基层工作者。他们把自己的经历和熟悉的人和事，通过小说、戏剧、诗歌、报告文学、歌曲、绘画、舞蹈等文艺样式记录下来，语言通俗，富有生活气息。人民既是历史的创造者，也是历史的见证者；既是历史的"剧中人"，也是历史的"剧作者"。让故事中的人物自己编词、自己表演的创作方式，很好地反映出人民的心声，并让人民群众从生动活泼的艺术作品中得到教育，这确实是一个成功的尝试。

　　配合党的中心工作，"把艺术交给大众"，通过文艺唤醒大众，这已成为华北文艺工作者的自觉意识。他们积极响应伟大的民族抗战对文学艺术提出的时代要求，充分兼顾到广大人民群众的接受习惯和欣赏水平，创作了大量的作品，真实地反映了燕赵儿女火热的战斗与生产生活，起到了良好的宣传教育与鼓动激励效果。刘萧无编排新闻报道剧《李殿冰》，编剧与演员一起住到李殿冰家里，以便于熟悉主人公的生活，搜集真实生动的群众语言，还模仿他们的动作，理解他们的心理，甚至还让主人公李殿冰等直接参与剧本的修改和编排。描写群众的生活，邀请群众参与创作，这是当时文艺工作者走群众路线的生动体现。该剧演出后获得当地老百姓的极大赞赏，鲁中实验剧团还专门学习该剧的创作方法，创编了三幕五场话剧《过关》。艾思奇《前方文艺运动的新范例》更是誉其开创了前方文艺的新范例。抗敌剧社的《王老三减租小唱》、冀中火线剧社的话剧《我们的母亲》，也都具有这种特色。

　　这些文艺作品，可能略显仓促，有的甚至急就于战火中，所以在素材提炼、人物形象塑造以及语言的使用、细节的刻画等方面还有很多不足。但是，这不是一般意义上的创作，而是燕赵大地为争取民族独立、人民解放的集体记忆和行动号角，是中国革命事业的重要组成部分。华北抗日根据地及解放区的文艺，有很多这样未经沉淀的纪实作品，不管其艺术性如何，但在发动群众、组织群众、铸就抗击日寇和国民党反动派铜墙铁壁方面，发挥了无可替代的作用。20世纪五六十年代，河北地区涌现出大量的红色经典，便是华北抗日根据地及解放区文艺的传承和发展。

　　2017年6月，河北省社科院文学所郑恩兵所长来京与我们协商合作研究事宜。我根据所了解的信息，建议他们结合地方特色，做好地方红色文艺文献的搜集整理与编纂出版工作。"华北抗日根据地及解放区文艺大系"就是那次商讨的成果。全书由五个部分组成：第一部分为《晋察冀日报》文艺文献全编，第二部分为晋冀鲁豫《人民日报》文艺文献全编，第三部分为《晋察冀画报》文艺文献全编，第四部分为晋察冀日报社人物志，第五部分为河北红色文艺作品选。全书收录各种文体的作品六千余种，包括小说、诗歌、文艺评论、戏剧、报告文学、散文、文艺通讯、美术、书法和音乐、文艺史料，还有文艺信息、文艺广告，基本涵盖了华北抗日根据地及解放区的文艺创作情况，具有很高的研究价值。

时值中华人民共和国成立七十五周年之际，我们有机会阅读这部皇皇五十余册的"华北抗日根据地及解放区文艺大系"，更加深切地感受到新中国的建立真是来之不易，她是无数条战线的可歌可泣的人们不懈奋斗的结果。在这样一个特殊的日子里，我们感念当年那些有名无名的作者，感谢参与整理工作的学者，当然，更要感激我们这个伟大的时代。

目 录

文艺
大系

华北抗日根据地及解放区

七 月 献 刊

七月来了，带着强烈的太阳光，带着一切生物的繁茂的生长，带着山脉、河流与土地的灼热的蒸发，带着中国人民英勇而坚韧的战斗。

七月来了，这是伟大的五十年代①第二个年头的七月，是中华民族抗战第五周年的七月。

整整五年了，晋察冀边区的人民与八路军，站在抗日的民族解放战争的最前线，和日本法西斯匪徒进行血肉的搏斗，从极端混乱与危难之中，从日寇的铁蹄践踏之下，收拾起这一片祖国的山河，揭去暗淡的颜色，重使它发出灿烂的光彩。晋察冀的军民，热爱祖国的军民流着血、流着汗，保卫着这块新的土地，垦殖着这块新的土地；用最大的劳力、最高的智慧与无畏的牺牲，不断地斗争、建设，使这根据地成长壮大，矗立于北方山岳与平原之间，使它成为华北敌后抗战的坚强堡垒，走向新民主主义的社会之路。在这个新型的社会里，将真正地建立新民主主义的经济、新民主主义的政治和新民主主义的文化。晋察冀的建造，是中华民族抗战建国伟业的一部分，是边区广大军民劳绩的结晶。在激烈的、艰苦的、丰富的斗争过程中，他们写下了可歌可泣的辉煌瑰丽的史诗。

这是伟大年代的斗争的史诗！

这是伟大人民的斗争的史诗！

我们需要把这些现实的运动、现实的生活，记录出来，反映出来，用以激发战斗意志，坚固胜利信心。尤其当此日寇对我中国正面发动新的军事攻势，与对我华北抗日根据地加紧空前残酷的"扫荡"

---

① 原文如此，根据上下文指的是 20 世纪 40 年代。

之际，出版这一刊物，是怎样迫切需要，怎样适当其时的工作呵！

让悲观失望的人们在它面前自惭无知吧！

让动摇妥协的分子在它面前销声匿迹吧！

是抗战的第五周年了，这是接近胜利的最后两年，也是斗争最激烈最艰苦的两年。这是要咬紧牙关坚持斗争的时期，也是要动员一切力量、积蓄一切力量、发挥一切力量的时期。所有抗日岗位上的战士们！拿出一切武器一切力量，准备作最后的决斗吧！

在文化艺术的战线上，边区的摄影工作者、美术工作者、文艺工作者以及科学技术专家们，五年来与军民大众共同生活共同战斗，出入于枪林弹雨中，奔驰于烽烟硝雾里，用不息的劳作，创造了不少的历史画幅与诗篇。现在让我们向全中国、向全世界，展览它们、朗诵它们吧！让人们透过这些细微的砂粒来认识晋察冀的精神与风貌，来看出晋察冀过来的道路与行进的方向吧！它这道路与方向也正是新中国的道路与方向呵！

让法西斯匪帮们望着它发抖吧！

让反法西斯的战士们握着它兴奋鼓舞地前进吧！

在这黎明前的黑暗时期，在这民族抗战的节日，我们献出这第一件礼物，为着迎接胜利的到来，我们欢呼吧：

万岁，战斗的新中国！

万岁，战斗的晋察冀！

（《晋察冀画报》第 1 期）

艺 术

过着新的民主生活的人民，也要求着新的文化生活，而政治又给予文化运动以宽广的领域，于是戏剧、音乐、美术、文学便蓬勃地开展起来。

戏剧是边区艺术运动中最活跃的一面，部队、机关、学校、文化团体，都成立了剧团或文艺工作团。他们创作了大量的农村剧、歌剧、活报，以及旧形式的评剧、大鼓、秧歌舞等，深入到每一个乡村、部队中公演。在艺术的提高上，他们公演了国内外的名剧，如《巡按》《婚事》《复活》《带枪的人》《母亲》《雷雨》《日出》……

美术方面，绘画、木刻都有了新的开展。一九四一年边区美协组织了美术工作队，到各地举行流动展览会，华北联合大学出版了《联大木刻》，一九四二年发刊了《晋察冀美术》。

摄影工作更是以战斗的精神、战斗的姿态进展着，摄影记者经常深入于炮火硝烟中摄拍新闻照片，并在前线迅速地将所摄的照片洗印出来，在前线、在街头到处进行流动展览。如百团大战开始时，一星期内即将炸毁井陉矿、破坏正太路等新闻照片大量印晒放大出来，一面进行流动展览，一面向外寄发。这种非常迅速的反映与报道，在提高边区军民的战斗情绪和胜利信心上是起到了很大作用的（正因为摄影工作者的英勇果敢，所以数年来在火线上因摄拍搏斗场面而壮烈牺牲或光荣负伤者共十余人之多）。

歌咏是边区军民的生活营养。山沟、平原，都飘着雄壮而快乐的歌声。

在文学领域内，诗最发达（街头诗、传单诗、标语诗……有人说晋察冀是诗的边区），其次墙头小说、小故事、歌谣等短小精悍的作品也是今天边区大众文艺的主要形式，大众需要这些。至于小说、报告、叙事诗、抒情诗等，近两年来也有相当的收获。

一九四一年冀中区发动了"冀中一日"的创作，一九四二年边区文联与鲁迅奖金委员会发动了对敌文化斗争的征文。这两次群众性的创作运动都相当丰收，出版了许多集子。

乡村文艺运动也日渐广泛地开展着，西北战地服务团、联大文艺工作团先后创办了乡村文艺训练班，有的军分区成立了乡村文艺创作会，在文救会和剧协领导下，单只北岳区就建立了一千余个村剧团。乡村艺人活动着，农民大众活动着，农村里展开了一条新的文艺战线，农民们也开始掌握文艺的武器了。

一九四一年军区政治部颁布了开展部队文艺工作的决定，一九四二年又发动了部队文艺创作运动，收到相当的成绩。

至于一九四一年民族形式座谈会的举行与综合的文化艺术刊物《五十年代》的出版，却更是晋察冀艺术运动中的卓越的战绩了。

（《晋察冀画报》第 1 期）

华北抗日根据地及解放区

文艺大系

学 校 教 育

这里有几个主要的学校：培养军政干部的是抗日军政大学第二分校，培养政治、教育、文化干部的是华北联合大学，培养医药专门人材的就是白求恩卫生学校。此外便是土生土长的边区中学和小学了。

这是国防教育，新民主主义的教育。

在教育内容上，是贯彻着"民族的、民主的、科学的、大众的"原则，在教育的作风上，也打破了一切旧的传统。并且在创造的建设中，一天天走上正规化的道路。

学习上主张思想自由、研究自由，什么问题都可以提出来研讨，青年们在这种自由的空气里，更加发挥了学习上的积极性创造性。他们的学习，不是闭户读书，而是把学和用连在一起，参加一切社会活动。一九三九年陈庄歼灭战斗中，抗大二分校的学生在校长孙毅同志率领下，都参加战斗了；白求恩卫生学校的学生也是一面学习，一面为伤员施行医疗的工作；华北联合大学的学生，也不断到地方上，帮助政权机关及群众团体进行普选运动、统一累进税等工作。就是中学、小学的学生，时常也一样地随着目前中心政治任务（如生产运动、冬学运动、卫生运动等）而到群众中进行宣传解释等工作，参加到实际的社会活动中来了。

学校里的生活是光明愉快的，师生一致，同学间更是互助友爱，学校培养着学生，学生也为建设学校、建设新教育而尽着一切力量。

（《晋察冀画报》第 1 期）

社 会 教 育

入冬以后,每个村子里都开办冬学,日班、夜班、妇女、男子班……据一九四〇年边区文救会的统计,单是四专区就开办冬学二二六九处,入学民众一五八一三人。

每天中午时候,哨子响了,青年壮年的妇女们放下活计,到一个麦场上或是一家院落里集合了,在和暖的太阳地里,她们静静地学习着。回家以后抽空儿就把学会了的教给年老的母亲、婆婆,或是教自己的孩子。

晚饭后,青年抗日先锋队、自卫队、老头儿,都挤进一间房子里,点几盏油灯,烧一堆柴火,冬夜静穆的乡村便有读书的声音传出来。教员教他们读书、识字、唱歌,也给他们讲讲时事,说说故事。放学了大伙儿踏着月色星光回家睡觉。

大部的乡村都建立了读报小组,有的设立了阅报处。报是他们生活中最好的老师,从它那学了很多东西,明白更多的事情。

今天他们所学的东西,不再是"天地玄黄"或"马大狗小",而都是抗日战争的生动具体的知识与生活中迫切需要了解的实际问题。

(《晋察冀画报》 第 1 期)

出版事业

要供给军民大众以精神的食粮，要对敌进行文化思想的斗争。为此，五年来我边区出版了不可计数的报纸、杂志、宣传品、小册子，翻印了不少的社会科学读物与中外文学名作。最近两年书报杂志更加正规化地在边区各文化领导机关统一筹划下进行出版。边区的这一文化事业是战斗的也是丰富的。

（《晋察冀画报》第 1 期）

千山万水来访边区

五年来国内外不少的进步人士，或远渡重洋或跋山涉水，来我边区游□、考查、访问。这是全边区党、政、军、民引为荣幸的事。他们真诚地给我们指导，亲手佐助我们各方面的工作。感谢他们，由于他们的鼓励与帮助，敌后军民对于自己的事业倍增信心。

太平洋战争爆发以后，许多爱自由的欧美反法西斯的正义人士，跳出日寇荼毒下的平津，先后来到自由中国的抗日根据地。其中有英、法、荷、奥等不同的国籍，有大学教授、新闻记者、医生、工程师等不同职业，他们一致受到我边区的领袖与军民热烈的欢迎。

这些国际反法西斯的战友们，和我们携手一致，这正是国际反法西斯统一战线在边区的具体表现。我们不仅热烈欢迎已经到达边区的国际战友，且更诚挚地盼望留居于华北各地的一切反法西斯的外籍侨民到我边区来。不管他们的国籍、信仰、阶级、党派何属，我们都竭诚欢迎，并给以最大可能的援助。

至于国内的科学、艺术人才，我们也期望他们来到边区，和我们来一同建设新民主主义的文化，因为这里的文化事业正有着宽阔的发展领域，亟需更多的科学专家、文化艺术工作者，来共同担负这一重大的任务。

（《晋察冀画报》第 1 期）

纪念国际反法西斯伟大战友诺尔曼·白求恩博士

"为了救济别人，他战斗了一生，如今在救济别人的战斗中，他自己死去了！"也是一位国际友人在悼念诺尔曼·白求恩大夫的时候，写出这句话。

白求恩是加拿大的一个共产党员，在医学上，他有深湛的修养、卓越的技术。西班牙战斗时，他组织了国际医疗队，援助政府军。中国抗战了，他又来到八路军中服务，在边区工作二年之久。他的工作精神是令人永远感佩的，他亲到火线上医疗，曾在四十九小时之内，一气给七十一位受伤战士施行手术。为了救一个流血过多的伤员，他慨然地取出自己的血液200cc为之注射，伤员因此得救了。这种国际主义精神的伟大是无与伦比的。常常当战斗剧烈、冲锋杀敌的时候，战士们的脑海里便浮出白大夫为伤员医疗的影子，一种伟大的精神激发着他们，于是他们战斗的勇气更旺盛了，兴奋无比地冲上去。

他死了，为医救中国的军队而死！为反法西斯的民族战争而死！我们向他致无限的崇敬和无限的哀悼。晋察冀的人民和八路军安葬了他。

（《晋察冀画报》第 1 期）

血 的 控 诉

日本法西斯强盗们叫嚣着"毁灭边区",几万几万地开来了。飞机滥炸着不设防的乡村,大炮轰击着最爱和平的人民!从这个村庄到那一个村庄,穷凶极恶地实行着他们的"三光"政策(抢光、烧光、杀光)。粮食、衣服、牲畜、钱财搜刮净量。带不走的农具家具,就全部破坏,青年壮年的农民倘若不幸陷于敌寇的网罗,即被抓捕送到东北下煤窑去做牛马,或补充伪军去当炮灰。

对于村中房屋,真是"兽蹄所至,庐舍为墟"。有的一个村镇被焚烧数回,有的村庄都变成了瓦砾。在日寇所划定的"无人区"内,绵延数十村落,到处是颓垣断壁、满目荒凉、渺无人烟了!

至于日寇对我边区人民的屠杀,那更是惨绝人寰的事。一九四一年"扫荡"边区的残暴的野兽,在平山、井陉一带对我手无寸铁的人民施行全村血洗聚歼。本年冀中反"扫荡"中,兽兵竟将北坦村地洞中隐藏着的八百个无辜的百姓完全以毒气杀死!野蛮暴君的剥皮凌迟的屠戮方式,也被高唱"和平共荣"的日阀们施用着,捉住我们的小孩子,以五牛分尸的酷刑,把人类中最宝贵的生命肢解了。无力自卫的孕妇被丧失了理性的强盗们缚着,用面杖在她们肚子上反复轮赶,直至命毙而后快。

再有就是对我妇女同胞狂暴的兽性奸淫了。有的全村妇女为日寇围掳,惨遭蹂躏,无一幸免,刚烈的抗拒而死,柔弱的便带着素朴的品德,含着难洗的污垢,自尽了!去年秋季有一壮年农妇被三十个野兽奸污,变成了废人;另一十三岁的幼女,横被摧残,以至殒命!

边区抗战烈士纪念塔,原为纪念建筑,并无军事价值。但是日寇却于一九四一年对边区新发动的所谓"毁灭扫荡"中,勃发兽性,

文艺大系

华北抗日根据地及解放区

10

竟将烈士纪念塔及烈士公墓摧毁无余，断碣残碑，支离破碎；磷磷白骨，暴于沙野。烈士有知，亦将永含无涯的民族仇恨吧！

像这样灭绝人性的日寇暴行，纵使写千万言也不能道其万一，还是让血写的事实控诉一切吧！

（《晋察冀画报》第 1 期）

易水秋风　狼牙山五壮士的故事

一九四一年，秋季反"扫荡"大战中，敌寇用二千兵力，分成数路进攻狼牙山（山在易水南岸，涞源县境），以五百余人向我阵地围攻，在山腹触发我邱团×连埋伏的炸弹，当即死伤四十余名。后该连以第六班一部掩护主力转移，战士胡德林、胡福才、葛振林、宋学义在班长马宝玉率领下转至山顶棋盘陀，掩护主力安全转出。当时敌人已经包围上来，他们顽强抵抗前后，击退五百敌寇的四次猛烈冲锋，杀伤敌人达五十余名，最后以弹药完全用尽，且置身于峭壁悬崖，五壮士便于最危险之际，先将枪支捣碎，随即跳下悬崖。马宝玉、胡德林、胡福才三同志壮烈殉国，葛振林、宋学义二同志光荣负伤而还。

五壮士在战斗中英勇顽强、宁死不屈，真正继承了八路军的战斗作风，发扬了高尚的民族气节。因此，军区指令各部学习狼牙山五壮士精神，宣布马宝玉等五同志为荣誉战士，并给殉国三烈士建立纪念碑，给负伤二壮士发荣誉奖章。

（《晋察冀画报》第 1 期）

客人（报告）

林柳杞

在涞易线——敌人的一个据点里，三个被压迫的武装弟兄，他们带着枪支和子弹，满脸红涨涨地投到八路军的军营，回到祖国的怀抱里来了。

不用说，他们是走得很疲乏的，当第二天早上，他们还睡得正香的时候，那个叫马明义的青年人还在梦中嚷着："走吧，再不走我自己走了！"就当这个时候，上士胡新德在冰冷的早晨，已经走出三十里地以外了。

上士胡新德，他是个四十岁左右的人。黑脸，毛胡子，因此大家叫他为"胡敬德"，胡敬德是戏台上手使铜鞭的好汉。

他这人，有两个像平地突起的丘岗般的老脾气，也可以说，他有两个弱点或优点。关于这，有许多人还记得，当他年轻的时候，有一件事情表现得很标本：那时有什么人替他说妥了一个老婆，在说妥的第三天，他就去找他的未婚妻，求她做一双细布鞋。未婚妻年纪轻脸皮嫩，简直羞得要哭起来，可是他很坦然地说："讨你忙，做一双鞋吧，这总是你的事情！"

别人说，要她做鞋子，还不到时候哩！但他固执自己的老脾气说："事情终竟要这样的，既然要这样，现在就这样吧！"

他的第二个老脾气：他爱"好人"，爱知道"好人"的名字，爱和"好人"谈些不三不四的话，爱和"好人"交朋友。一次他听邻人讲一个过路的人，这人是忙着请医生给他儿子治病的，当他路过胡敬德的村庄，忽然村子里失了火，他就参加了救火队，结果把自己的眉毛烧光，才又急急地请医生去了。胡敬德听了这故事，就马一般地跑出去了，跑去追这个救火的人，问他叫什么名字，和他说几句话，结果总没有追上，原来这是好几年前的事情了。

他的老脾气，总没有很好的改变。昨晚上，三个伪军反正过来了，他们带来三支大盖枪、一支驳壳枪、将近一千发子弹……要是得手，还差一点儿把那个日本小队长宰了哟！他一听，老脾气又犯了，他一心一意想要问一问他们三个叫什么名字，问他们一路辛苦……不仅这样，他还用了半点钟的时间，站在小火炉的一旁，一面帮助切完了三角楔一样的葱丝，一面对伙夫嘱咐再嘱咐说："炒好一些！大大的油，火烧得旺些。这不是普通的客人，是三个反正投来的弟兄哩！"

因为附近也实在没有什么稀奇的菜，因此，上级就派他出去买菜了。多么切合他心意的事呀！他像一匹千里马一样，太阳一冒红，他就走出三十多里了。一面走，他一面取出菜单子看："藕菜五斤——韭菜黄一斤——鱼……"

韭菜黄，哈哈！原来，韭菜黄是他建议要买的呢。他走着，这是一个丘岗间的转角处，他正笑着。突然，他的笑像中枪的小鸟一样，死掉了！

在转角处，八个伪军和他撞了个对面，这时，在他的腰里正斜插着一颗手榴弹啊！

"噢！你是八路军？"

"我——"胡敬德大吃一惊，看着自己腰间来不及掩藏的手榴弹，愣了一下，随后他运转着像打了结的舌头说："是的，我是八路军，可是弟兄们，我们全是中国人！"

"对呀！"一个麻子拍着他的肩膀说："我们全是中国人！全没有忘，那么，跟我们一起走吧。"

他们走到××村堡垒的附近，立刻把他们的班长请来了。班长姓王，漫长脸，新剃了胡子，他的眼睛浮着烦恼的雾，像是算什么账目，不能算清一样。这时若是别人，上士胡敬德他会立刻抱奋勇说："把算盘拿来吧，三一三上一，我几指头就拨清楚了!"

这个王班长开始抱怨地发着脾气："怎么办哪? 惹祸的老爷们。你们不知道太平洋上的战事吗? 不要忘了自己是中国人! 咱们干的亏心事也太不少了……"

那个高身材的麻子说："王班长，这是怎么说……哎，是找他来谈谈，联络联络哪!"

"够了! 够了! 这真是傻子才这样办! 这不是不避人的事情呀! 一忽鬼子来看见了，什么都完蛋了!"

大家一阵惊惶以后，胡敬德就被引进一间像土地庙堂般的小屋子里了。这屋子四面有窗眼，空气是很流通的，可是这是十二月的天气呀，风和空气都是冷的。引他进来的那个伪军说："兄台，委屈了，太不成招待呀!"

胡敬德这时没有什么要说的客气话，他又是那套老脾气老理论："既然全是不坏的中国人，大家就不必客气了。"于是，他开口第一句就是："我实在想吸烟，你有烟卷吗?"当下他得了一盒烟卷，在小屋子里独自抽着。

独自抽着，可也实在闷气呀。他觉得既然大家全是鬼子的对头了，那迟早就要和鬼子一刀一枪的，既然迟早总要干，现在就干吧! 那么自己也不要装乌龟了。于是他坐不住了，屋子也实在太冷，他升起火来。蓝色的烟雾从窗洞里结联着跑出来，它们向远远的冰冻的原野里招着手："来烤一下吧，这里升了干柴火了!"

有脚步声音近了，有人用惊慌的声音劝告了："熄了你的火吧，好兄弟! 鬼子来巡查了!"

火熄了，上士胡敬德像泥胎一样在屋子里闷气。他想：你们总要干起来的，现在就干吧! 可是他们现在不干，这真闷气呀! 起先他在屋子里踱着脚步，后来也实在太冷，他开始原地跑步走了，像一架水车在洒水一样，声音啵啵隆隆地响！

急急地，又一个人的脚步声来了，这回是那个高个麻子。他用劝小弟弟喝下苦药的声调说："停下吧！好弟兄！停下吧！鬼子要听见呢！"

这一天，大家全过得不容易，可是太阳终竟落了，上士胡敬德才算生够了闷气，几个被压迫的武装弟兄，也算揩干了冷汗。他们一同走进一家小铺里了。胡敬德大口吞着烙饼，灯光照着桌子上一张写着韭菜黄的菜单，廿七元三角钱，还有他那颗手榴弹。那个高个麻子说："这是打鬼子用的，还有这些钱，老兄弟，还你的！"

上士胡敬德，他冲动地问着："贵姓呀？什么名字呀？弟兄们！"他斜着耳朵听了半天以后，他的不三不四的话就更多了：

"……菜吗？我知道我是上士！"他兴奋得黑脸上发光。"比如说韭菜，苔下韭自然是很鲜的，可是韭菜黄更鲜哪！这里去买韭菜黄，还有哪里最近呢……"

"是啦，自然是急用的，家里新来了三个客人，自然不是普通的客人咧。唔，是呀，和你们戴着一样的帽子他们三个……"

（《晋察冀画报》第 1 期）

出奔（墙头小说）

丁克辛

"那么，话也说够了，不要怪我不帮你的忙，是你自己情愿……"

村长暂时不答话，却滚下了两串湿热的泪珠，这连他自己也感到惊异。活了四十八岁，连年轻时死娘也没有掉过半滴泪，想不到今天却……于是他赶快用衣袖擦一擦眼，说："不，会长，你替我想想，换了你是我，你怎么样？"

"这话你说过有一百遍了……出去！"

"我没有别的话好说！"

"你知道到了实在无法'维持'的时候，就是大伙儿倒霉的日子……这新来的联队长又是那么凶暴，可是，算了，出去，你替我滚！"拳头重重敲击着桌面。

村长没有立刻就走，他从声音里听得出，维持会长近来常常发怒，特别像此刻。与其说他是在行使威权，倒实在是由于不可排解的苦恼。

但他仍是被激怒了，他不顾一切地向后转。

办公室的门开了，进来的送纸条的勤务阻拦了他。他接过纸条递给会长，同时他看见上面写着："联队长喜欢你家的姑娘，限九点钟送到，村长的女儿暂时不要了……"

村长递纸条的手是颤抖的，维持会长接纸条时的脸上的肌肉更是颤抖的。

紧张的窒息的寂静。

维持会长像一枝被雷劈了的枯木，烧红的脸在惨黄的灯光里映成可怕的青紫色。

村长的心是更为刺痛的，但他抓紧机会逼近一步：

"刚才你不是对我说，譬如没有生这一个女儿吗？"

"……"

"刚才你不是还说，这不是做父亲的罪过，而是……"

"……"

"你不是还说，还管他是人干的勾当不是人干的勾当哪！"

会长一直头低着，这时才抬起来，漾出向对方恳求饶恕的眼光。

有一分钟……

"我不但是人，我还是中国人！"村长近乎咆哮着，"今天我再也不能挨了，我也决心了，要活，就得像个样子活下去——我走了！"

村长走到门边，门开了一半。

"慢点，"维持会长抢上几步拉住他，"慢点，等我一等……请你相信我……"

两个人好像约好似的，一刹那间他们都一致了解而且同意此刻该做什么而且怎样做。

"现在八点半，"维持会长急急看一看表，"还有半点钟……诺，这里是出城的通行证，你立刻去关照你的家眷和我的……我要赶写一张告民众书，首先告白我的罪行……"

最后的话音是低沉而悲痛的。

……在离城五里的边区×村，父亲赶上了母女们，一阵欣慰之后，大家呜咽作了一团……

"不！"父亲遏止了泪水，断然说，"还得赶快走！"

一九四一年十一月二十九日下午

（《晋察冀画报》第 1 期）

出击正太线战役纪事诗抄

田间

一、热的枪支

快进攻了……

风吹着

高粱

高粱

无边地

唱着

——那是属于田地的

夜的小曲

我们的枪支

像蜂一样

嗡嗡地

站在它的周围

（枪支

都流着汗）

我们

呼吸着高粱

和高粱之歌

我们

吻着枪

但我们并没有作声

现在还不需要

我们来喧嚣

而乌黑的铁

想要唱啦!

——我们的枪

要代替

田野的小曲

它呵

这么热

——快进攻了!

（录自第五章"总攻击"）

二、呵，这个战线又宽、又远……

井陉河

亮着

河上：
暴风雨呵
刚吹过去
（暴风雨的光芒
铜一般
还清脆地
响在河上）

绿色的玉蜀黍
长起红红的胡须

芝麻
也献出
白的花朵

——晋察冀
在骄傲地笑

笑
从砂粒里
升起来
——笑得这么顽强……

我

光荣的战士

我

正举起枪

我

站在崇高而峻节的山岭上

我看见

我们的战线

呵

这个战线

又宽

又远……

像一把

活的剑

他闪着勇敢

他闪着智慧

他闪着

我们的领导者——聂荣臻同志

那英雄的意志……

在蓝的天空下

这把剑

团结着

沙面

河流

山岭

铸成一个大包围

中央纵队

密接着

宽阔的两翼

那远的左翼

像冒险家

深入了

敌人的封锁圈

啊，好呵

这个战线

听吧：

井陉河

在梦里

预祝战争哩

马

在河边

喝着水

八月的田野

缓缓地

播出

新的气息

我们

——田野的卫士们

在等待出击

我们

在沉默

(真的战士

常常

保守他的沉默)

然而

敌人

哼！连一口呼吸

也不会

让它逃去

——它梦想迂回

或者突破

它就想早死

这是剑呵

民众的剑

党的剑

这是尖锐而又粗大的剑

坚决地刺在敌人面前

（除非真理

才能吻他……）

中国呵

我们的祖国

你

看一看

你马上会看到

我们将为谁而战

呵

这个战线

（录自第四章"八月攻势"）

三、聂司令在指挥我们

山谷

响着

棕红的马毛

勇敢地

直竖起来

我看见

我们的领导者

到火线上

他的眼睛

有些红

他的脸上

两颚

高突着

像人民的山岭

他庄严

他和蔼

他来

我们的枪

也在

微笑

——枪上

带着他给全战线的号召

跟着那号召

每一颗子弹

响起来

射击敌人

敌人倒下

那血

沿着

深的井陉河

向无名的地方淌去

深的井陉河

和我们合唱：

——聂司令

我们的首领……

他，我们

铁的首领

（录自第五章"总攻击"）

作者附志：

《出击正太线战役纪事诗》是记录一九四〇年八月八路军百

团大战中晋察冀战场上的一个战役组织和行动的诗。这是战争的报告诗的初步试作。全诗计划分十章，已大致完成五章。兹就五章的草稿中录出三篇……那比之伟大的战争，这些诗不过是一点回忆而已。

一九四二年六月

（《晋察冀画报》第 1 期）

同 志 的 枪

鲁黎

——辛致正同志，在紫荆关战斗中受伤临死时，他还挣扎着用最后所有力量，把枪扔到山沟中去。

——小引

一

枪啊

当我小的时候

我对它就有了幻想

我希望，我有一支枪

去射击我的仇敌

可是，我很穷

我只能得到一支木枪

好地

我拖着我的枪

骑上我的马

整天乱跑在我理想的战场

二

那时候

我是一个童话里的人物

现在我才真正认识了枪

我知道
枪在我们的手里
是一个忠实可靠的朋友
是的，是忠实可靠的朋友
十多年来，我们同它
保卫了革命的阵地

三

我们，把枪
放在我们的肩上
从国境的南方
走到了北方

我们，把枪
放在我们的怀里
在北方农民的坑上
做我们的梦

每个同志
都梦见过美丽的共和国

我们的民主共和国
是要用我们的枪去保卫去建设

华北抗日根据地及解放区
文艺大系

30

枪，在我们的身上得到温暖

第二天

我们用火烧的枪筒

去射击冰冷的、黑暗的世界

四

嗨，射击

射击——要求准确

每颗子弹

要能够歌唱

唱一支挽歌

送给我们的仇敌

每颗子弹

要能够发亮

像流星

流过天河，飘啸在我们的国土

我们的国土

笼罩在火星的网里

我们知道

我们的每寸国土

是这样保卫起来

——用我们同志的血

我们的同志，辛致正

他死了，死在拒马河边

死在紫荆关的战斗里

他死了

他保留了枪

给另一个战争的伙伴

这是我们，勇敢的布尔塞维克

唯一的遗嘱

一九四一年七月十五日

（《晋察冀画报》第 1 期）

我们是夜班

任清

我们是夜班

当黑夜拥进机器房来

我们就展开夜战

电灯

太阳一样

照着我们的手

我们的手

镇静地掌着摇把

镟着

铣着

银色的铁末呀

星光般飞舞

我们不知什么是累

越打越起劲

机器上每个螺丝

也都向黑夜进攻

把黑夜

赶到门外发抖

我们是夜班

我们在夜间战斗

晋察冀的土地

与我们劳动的双手

与机器的不息的歌

与黑夜岗哨上的同志

同样健康

一起生长

（《晋察冀画报》 第 1 期）

迎接胜利的一九四三年并献给边区参议会第一届大会

一九四二年过去了，是在全世界反法西斯战争的胜利声中过去的：苏联强大的红军展开了节节推进的冬季攻势，北非英美盟军的战斗捷报频传，太平洋上美国对日寇进行了主动出击，中国战场上，浙赣路之役、滇边之役与敌后反"扫荡"战役，都严重地打击了敌人——反法西斯阵线确定地握取了战争的主动权！

一九四二年过去了，也是在全世界爱自由的人民反抗法西斯奴役的壮烈行动中过去的：法兰西巴黎公社优秀子孙的游行示威，震撼全球的土伦舰队的自沉，挪威工人的暴动，南斯拉夫与阿尔巴尼亚人民武装的夺取城堡——正义的人类是不可屈辱不可征服的！

这些胜利的战争、壮烈的行动，推动着历史年代的车轮向前行进。"一九四二"过去了，"一九四三"又转到我们面前。新的日历以鲜红的页子展示出一个新的年头，一个胜利的年头：

全世界反法西斯战争的胜利！

中国抗日民族解放战争的胜利！

虽然由于欧洲第二条战线的未能及时开辟，致使希特勒匪徒得以苟延其残喘的生命，然而历史的裁判者却已判决了他的必然灭亡的命运。在一九四三年，在英美苏的更加团结，在苏联的反攻与欧洲第二战线的开辟之下，希特勒及其兽性的仆从们，即将堕入死灭的深渊。

欧洲大陆德意法西斯匪首的溃灭，则太平洋上的海盗日本法西斯愈加孤立无助，在中国的反攻与同盟诸国的环击之下，也必然要追随其难兄难弟的踪迹，而葬身于东洋的鱼腹。

一九四三年是伟大胜利的新时代——

胜利的中国是新的中国！

胜利的世界是新的世界！

在这伟大的新时代里，光辉的太阳下将飘扬起鲜明的旗帜，那是：

光明的旗帜！

自由的旗帜！

和平的旗帜！

迎着胜利的新年，我们晋察冀边区参议会第一届大会开幕了，这是怎样使人兴奋鼓舞的事情呵！

五年来，我们人民的抗日民主政权，执行了各种正确的政策，建立了各种正确的制度，从这里我们望见了新中国的远景，而边区参议会大会的开幕，在边区民主政治的发展与政权建设上是走上了新的阶段。

濒于死亡末日的敌寇，在溃败的前夕，必然要做困兽之斗与垂死的挣扎。因此敌后的斗争，也必然更加困难，更加尖锐。但是在我们根据地内部团结与民主更加进步的情况下，困难定可克服，战争必可坚持，直到进行反攻，胜利属我。边区参议会第一届大会将给抗战的反攻在政治上奠下雄厚的基础，集中全边区人民的意志与力量，进行争取最后胜利的搏斗。

大会的种子也将迎着一九四三年的春风，在晋察冀的山岳与原野，遍处开放出芬芳烂漫的花朵，那是：

团结的花朵！

民主的花朵！

抗战反攻与抗战胜利的花朵！

（《晋察冀画报》第 2 期）

边区第一届参议会观感

班威廉 克兰尔 作　刘柯 译

参加这次稀有的盛会，对于我们是一个重大的经历，我们愿意向邀请我们出席的大会召集人致以谢意，同时简单地写出我们对于参议会的观感。

第一个印象似乎是表面的：那就是参议员之中的各式各样的服装、帽子、胡须、年龄和土话等等。但是这个表面的印象却具有深刻的意义：这种极复杂的形色说明了这个议会是真正具有代表全民的性质；在边区存在着的各抗日阶级和阶层，都有他们的代表出席这个人民的议会。

次之，我们觉得这群各式各样的人，在这个议会之中却都表现得十分坦然，他们举止言谈就像在他们的自己的村子里开会一样。他们没有任何像我们西方旧式的民主政治活动中那种异常矫揉造作虚饰铺张的特点，这些人似乎是曾经生在已经具有几百代历史的民主政治的环境中：民主似乎已经成为他们的第二天性。

他们之中没有一个人是经过这样集会的场面的：一座西式的礼堂建筑在一个僻静的小山沟里。这座礼堂建筑在这样的山沟之中是件稀奇的事，也正如这个参议会在中国人民的历史上一样的稀奇。边区军民能在这样物质困难条件下建筑这样的礼堂，是被人称赞不已的。

我们对于宋主任关于边区政府五年来的工作报告，和参议员对于这个报告补充的意见，和正确的积极的建议，具有极深的印象，没有任何旧式民主政治讨论中常有的为辩论而辩论的那种浪费时间的现象。最有意思的是那位远道而来途中冻伤了手的老年人的讲话，特别是他比较了现在的真正的民主政治的议会和当年袁世凯时代第一届国

《晋察冀画报》文艺文献全编

37

会和曹锟时代国会的贿选。每个参议员都以这个参议会是他们自己的参议会，政府是真正人民的政府——不是旧式的衙门而引为十分骄傲！

《中国共产党中央北方分局提出的晋察冀边区目前施政纲领》为大会一切人士一致热烈地接受了，实际上，一切无党派人士的发言又都是完全拥护的意见。国民党代表发言表示完全拥护这个纲领，表示在抗日民族统一战线中之真心合作，也予我们以深刻的印象。

大会对于《边区参议会组织条例草案》《参议会驻会议员办事处组织规程》《边区行政委员会组织条例草案》《边区法院组织条例草案》等通过之顺利，也予我们以极深的印象。在这些提案之中没有掺杂任何欺骗诡计而使人发生怀疑和质问；这些条例都是真正的民主的条例，没有任何使老百姓不易了解的那种模糊不清的官样文章。

这种民主政治的朝气，在选举中表现得特别明显。在很长的检票期间，大家都有极高的热情，精神一点儿也不松懈。选举的结果也是非常有意味的。我们对于边区行政委员会具有代表各方面人士的性质，参议会的正副议长都是大学教授，行政委员会一些委员和一些驻会议员的年纪之轻，以及虽然这个参议会是年轻的革命的，但大家对于许多年老的参议员都依着中国传统的礼节非常尊敬等，也感到很深的印象。

选举以后开始讨论《租佃债息条例》和《统一累进税税则》的问题，予人印象最深的是所有的人——地主、农民和政府工作人员等等都以诚恳的、友谊的和深思的态度来进行讨论。为着抗日民族统一战线的利益，双方在任何时候都准备并且乐意接受那种照顾各方面的解决办法。

在中国长期的阶级斗争中所传袭下来的两个敌对阶级今天愉快地接近，对于我们是启示了将来中国的繁荣。这个参议会是一个理想的实现，一个梦境变为真实。边区两千万人民已经从传统的封建制度下拯救出来，从今天的掠夺的法西斯主义的魔手下解放出来，并且获得了科学的民主政治。在晋察冀的群山之中已经造成一个奇迹。完全被敌寇包围和不断地被敌寇扰乱的情况下面，而人民竟成功了一个完全不流血的革命，造成了极大的功绩，这个功绩可以说是在近代史中民主政治的建设上一个向所未见的极重大的试验。

让我们一齐欢呼参议会闭幕时的口号吧：

团结抗战！

团结建国！

中华民国万岁！万岁！万万岁！

（《晋察冀画报》第 2 期）

宣传大出击　再接再厉

在我们的政治攻势之下，敌人坐在城里发慌："怎么城外这里也是武装宣传队，那里也是武装宣传队，八路军的武装宣传队究竟有多少呢？"忽然，"大东亚战争周年纪念"的前夕，平汉线、正太线以北的县城里，又闪电般地都出现了八路军的宣传品。

伪军互相咬耳朵："赶快想办法！鬼子要败了，给自己早些找好脚步！"

喘息在敌人多年残酷压治下的广大人民啊，看到了自己的军队、自己的政府，也看到了敌人的末路；在血泪酸辛中暴烈出一致的欢呼：今年要打败日本鬼子！一切痛苦有了盼头！粮食，紧紧掌握在自己手里，一粒不予可恶的敌人！

（《晋察冀画报》 第 2 期）

晋察冀的生活光景

——故事散文一束

就写上他吧

李大娘听见"嘡嘡"的集合开会的锣声，赶忙就把手里的活计放下了，收拾起针线筐子，走出屋来。

望了望房顶，她喊了：

"下来开会去吧，别做了，没听见敲锣吗？"

李大娘的两房儿媳妇正在房顶上打苞谷。大锁的媳妇抡着棒槌，一起一落地捶；二锁的媳妇拿着苞谷，"刺啦刺啦"地搓。

听见婆婆在下面叫，二锁媳妇说："快啦，还有一篮子，等会儿去吧。"

"可不沾，一篮等回来再打。开会去要紧，今儿要选举村长咧！"

媳妇们扶着梯子下来了，李大娘眼巴巴地看着，却没见孙女凤凤子。

"凤凤子呢？还躲在房上不下来吗？"

"早给儿童团调兵遣将地调去了，维持会场秩序去了。"大锁媳妇回答婆婆。

"那就好了，□快走吧。"

李大娘拿了蒲团，锁了门，跟在媳妇后面。她还不算太老，捏得起针线，走起路来也满硬朗。

铜锣"嘡嘡"地响着，街上的人们都显得怪高兴的样子，三三两两地向东走，向村东的白杨林子走——会场就在那里。

李大娘也高兴地走着。快要到广源杂货店的时候，她忽然想起一件事情——"顺便买两根针吧，回去好给孩子们纳鞋底"。可是广源杂货店的门关上了，而且锁了。

"怎么店也关门了？"她很奇怪，就问她的儿媳妇。

"咱家的门不也关了吗？"二锁媳妇有意逗她的老婆婆。

"咱家要去开会选举呀。"

"人家就不要开会选举啦！"

她想想，儿媳妇的话不错的。可不是嘛，大家都要开会选举，谁都一样，工农妇青文武商抗都一样要开会选举的……我能选你，你也能选我……有法的、无法的都一样……老百姓都有了权啦……

白杨林热闹起来，男男女女老老少少渐渐地拥上来。吵嚷着，欢笑着，歌唱着：

> 杨树叶儿青
>
> 杨树叶儿黄
>
> 咱们要选举个好村长
>
> 不分男和女
>
> 只要热心肠……

青抗先的歌声还未落下去，妇救会的尖嗓子就接上来：

> 能吃苦，能耐劳，
>
> 又积极，又坚强，
>
> 办事公平十六两……

"老秤是二十四两哩。"

"新秤可只有十三两五啦！"

老头团的胡子们打着哈哈，笑着，抽着"咝咝"的烟锅。

儿童团的孩子们拍着手，唱着，活动在林子的四围，他们都未达公民的年龄，没有选举权，只好替这个欢快热烈的村民大会，担当起防空、站岗、巡逻、纠察的任务。孩子们挥舞着小旗子，走动着；光亮的大眼睛，闪着童年的智慧的光，像探照灯一样，天上地下，林里林外，四面八方，探射着，机灵地探射着……

主席台上宣读候选人的名单了，人们都静下来，仔仔细细地听着：

何顺祥

崔保

李大锁

×××

×××

…………

李大娘听见念"李大锁"这名字，心，跳了一下，脸上浮出了笑意，她似乎觉得自己有了光荣。

投票开始的时候，公民们一个跟着一个，走到写票处，再拿着写好的票走向投票箱，投了票再回到自己原来的位置。来来往往，人们像穿梭似的。公正的监票人，亮着明锐的眼，而李大娘却沉在考虑之中了：

"选谁呢？要拣个最好的呀，谁最好呢？何顺祥吗？不错，何顺祥也不赖，年纪大一点儿，经多见广的，办事周到。可是他，好像对什么都不太热心……崔保呢？他虽然是个财主，却不欺负人，对一些无法的人也能帮帮忙，可是他却不肯让女儿、媳妇参加妇救会，这是不好的……李大锁吗？这是自己的儿子呀，自然全村里没有哪个说他不沾。抗日工作顶积极，替公家办事都在人前头，能给大众想法子，从来不给自己打算盘……选他吗？这不好意思，自己人能选自己人吗？人家会笑话的……还有谁呢？那些个更说不上了……"

男人们投完票了，妇女们接着投了。

怎么办呢？李大娘犹疑着，越犹疑了。

她前一排的妇女也开始站起来走向写票处，走向投票箱，她心里

《晋察冀画报》文艺文献全编

真有点儿慌张了呀。

"到底选谁好呢？……"

轮到她了，她起来，摇摇颤颤地走向写票处，她皱着眉头。

"李大娘，你说选谁？我替你写上。"代写的人问她。

"选谁？……"

她支应了半句，脑子里很快闪出一个念头：

"要拣个真正好的。谁呢？那就是……"

"就写上他吧。"

"他——谁呀？说名字。"

"李大锁——俺家大小子，我就选他。"

开票了。一个人念着，一个人写着，几个监票人的眼睛亮着。

有一个名字，一次一次地震动着李大娘的耳鼓，也一下一下地轻轻地打动着她的心，像年轻时候，吃奶的孩子用小手抓打着自己的胸膛一般样。这个名字就是"李大锁"。

李大锁当选为村长了。

散了会，李大娘跟着媳妇走出林子，心里想着：众人是圣人，众人的眼睛看得准。我选大锁是没错的……好儿子……当选为村长了……自己也投了他一票……眼角嘴角的皱纹都深了，又浮出笑来。

儿童团的男女孩子们，笑拥着，从她后面赶上来，叫着、扯着她，抱着她，把一朵朵的光荣花插在她的衣襟上、花白的头发上……她的微微有些哆嗦的手，亲切地抚摩着孩子们的头、脸儿，最后她拉住孙女凤凤子的小手。（WL）

不准就不准

老太婆写完了票，又把票送到票箱那里，松了口气。

看见两三个人离开会场走了，她就没回原来的队伍去，一想，没事了吧！又关心起从不离开的家，走了。

"喂！不准出去！"她孙女在会场口站岗。

"票子也选完啦！俺没事啦！看他们都走了，俺也回去吧！回去做饭给你吃！"

她以为不要紧，很大方，边说边向外走，但被孙女拖回。

"还有事咧！她们是病了才走的，你不准走！"

她笑了，很有把握地瞅近孙女耳根，悄声说了些什么。

"不准就不准！那你走了，大家都走，会也不用开啦！你看他们……"

真的！几个老人站在会场门角落里，不敢露面，样子却是想走，不时露出半边脸来瞅瞅。

"你一走，人家都要走啦！自家人！自家人才更不好咧！不准就不准！"

老太婆嗔怒地打了孙女一下：

"个死妞妞儿！"

一面笑，一面拖着站在门里边的几个老太婆进去了，还说：

"可不准走咧！会还没开完啦！还要看开票！还要欢迎参议员，事儿多咧！"（康濯）

谁给我们的棉衣裳

李家泉被鬼子烧了。

天冷了，刮起大西北风。李家泉的老乡，还没有棉衣裳。

小三娃穿着单裤子，在大西北风里发抖。

"娘，我冷！我的大花袄呢？"

小三娃拉着娘的手，哭泣着问她，把头紧紧地钻在娘怀里。

"大花袄……"娘流下了眼泪，娘心里像刀割一样，看着孩子的单裤子，看着自己的单衣裳，娘抽搐着说："大花袄，大花袄……被日本鬼子抢去了！"

那天的后半晌，村里开了个会。

农会主任站在人群跟前，他是在笑，可是他的眼珠子被眼泪淹没了。

"我们都很冷呀！……可是我们的抗日政府呀，没有忘了我们！"他说不下去了，伸着手，指了指大门口的大堆棉衣裳。他流出了泪。

李家泉的老乡都站起来了，推着农会主任，要他再说下去。

"我没别的话了！我们只要记住：谁抢去我们的棉衣裳？谁给我们的这些棉衣裳？"

"娘……我要穿那件大花袄！"小三娃拉着娘的手。

这一回，娘不哭了，娘看了看衣裳堆，摸着小三娃的头，一句话也没有说，脸上浮出笑来了。（席水林）

为了胜利负伤

一个人去慰劳伤员说：

"——你的负伤是光荣的，人民会记忆你：记忆我们流血的英雄！……你是好汉，不怕死的……你是有志气的硬骨头！你的受伤让人感叹，让人哭泣，痛快地哭泣！……你这英雄气概是不灭的。"

等一等他又说：

"你这种英雄气概，要是别人得罪了你，你可以白刀子进，红刀出。"

等一等他又说：

"时代多么艰苦呀！在流血中吐气吧！"

伤员傲然地说：

"我是为了胜利负伤！要说我的英雄气概，那么就是我能懂得胜利是我们的！"

那个人，头低下了，一直等到下午，他才退了出来，虽然他和伤员没有再说什么话。出来后，他说："——我不是去慰劳伤员，是伤

员慰劳了我。"（邵子南）

太阳

在宇宙的蓝色的没有底的气流里，那炎炎的太阳在正空旋转着，永远那样地旋转着。

你看，今年它越光明了。

那是一颗巨人的心呵！因为狭窄的胸膛不能容纳住它，它飞起来，跃上那无底的自由的世界，放着和燃着自己的光，那每一线光是用血滴燃亮的，鲜红的血滴！

它跑着，跳着，无终止地旋转着，它的歌唱着的轮子，无终止地工作着，有力地燃烧着。

而地上的万物在它的光中呼吸、生殖和成长，万物都充足而美丽了。

你看在红光里的，那山、水、旷野、飞着叫着的鹰、行进的行列、喷吐着浓烟的工厂、招展着的旗子、刺刀、枪筒、飞在红光里的战斗机、房间里坐着工作着的母亲、在她怀抱里亮着大眼睛的吃奶的孩子、笑着的拿枪的战士、走在山道上的摇晃着鬃毛的马匹……

在黑暗里，它给宇宙以光明；在寒冷里，它给万物以温暖。大地干了，水枯了，而它又以自己的爱，呼唤了暴风雨，强壮了森林、谷子，新生了大大小小的生物。

在宇宙的没有底的蓝色的气流里，那炎炎的太阳在正空旋转着，永远那样地旋转着。

同志们，那是一颗巨人的心呵！

你看，今年它越光明了。（甄崇德）

《晋察冀画报》 文艺文献全编

战 场 故 事

周奋

十九岁的刘红纪同志，听着"缴枪！""缴枪！"的嘈杂一片的肮脏的语言，并没有跟着吵吵起来。他默默地掏出了手榴弹。手一挥动，口里也随着喊了一声："好，给你个手榴弹吧。"手榴弹飞到山腰间的石缝里，石缝里躲着的"鬼子"，随同弹花飞舞起来了。

也不再有人喊"缴枪"了。

但是刘红纪已经负了伤。他们战斗两个多钟头了。敌人用优势兵力对我合击。他们一个班奉命占领着一个高地，坚决顽抗，掩护着主力的安全转移。傍近黄昏，敌人从四面拥来，他们又转移了阵地。现在，和刘红纪同在一个山头的一个组里，就只丢着刘红纪了。他也中了一弹，子弹从右肩穿到左脖子上出去。血在流着。

血在流着。他掷出几个手榴弹之后，实在没有力气了。而且，刘红纪的子弹已经打完。在一个间隙的沉静里，他抱着枪，身子一横，滚下了山坡，停在山麓的一片坡地上。在那里，昏花的眼睛在月色朦胧中，发现在他身旁，躺着一个战士的尸首。

风在吹。月亮从疏疏的微黄的杨叶丛里露出弯弯的脸来，使地面上散着大小的灰白色的线。刘红纪推了推那尸首，拨弄一下他的脸面，又忙着伸手去摸摸心窝，手在那里停着了。在刘红纪的上顶，是灰白色的天空，星星只有寥寥的几颗。但是，庄稼丛中起了一阵的响簌簌声。像暴风雨中一叶孤舟，只刘红纪单人匹马地掌着舵。那簌簌的声响，可是预告有谁走来了吗?!

但不。这里只有刘红纪，另外就是他的战友的尸首。风在吹。刘红纪的手停在那里，他就沉入沉思里去了。再经过一分钟。在这夜的世界里，有一个佝偻的影子连着一个硬直的影子，移动了。影子投在地面，和那灰白色的线一样向西伸延延很长。

只有月亮，那弯弯的上弦月看得清楚，刘红纪把死者放在平坦处，用草盖住了。只有那微黄了的杨叶伴着和风吹着刘红纪的心，伴着和吹着刘红纪的无言的哀歌。

人在困难一个连着一个袭来的时候，并不慌张，并不颓丧，迎着它，也一步连着一步地迈着脚步，排解开困难，消除了障碍。革命者之所以宝贵，就在于他有这样的勇气和力量。第一分钟歌唱，第二分钟又伏在案桌上完全地进入工作的老革命，是这样的人；年轻的在八路军里受到五年的教育和锻炼的布尔什维克，年轻的刘红纪同志，也是这样的人。当他还是十四岁的时候，他就丢下了他的羊群，告别同在一个主人家里做长工的父亲，参加八路军了。他是班长，战友们和他有崇高的友情。他掩埋他，又掩埋了他的枪支，身体上仅有的一点儿力气又消耗去了。但他还有更强烈的要求。要离开这战场啊，脱离敌人的搜索。他钻在一堆草堆里，才躺下来，就晕去了。当他清醒时，已经是夜半了。身上的血已经凝成一块一块的了。而又爬起来，走去审视那掩埋了他的枪支的山坡，他就咬牙鼓劲爬路了——要离开敌人第二天天明的搜索啊。他慢慢爬着，移动到高处的一块大荞麦地里，躺下来，又晕去了。

上安石村的一个游击组员出来侦察敌人的行动。正走间，他看到左边山头上，有一块白手巾在摇摆，又听到一种微弱的呼唤的声音。他猜度那是我们的伤员。

昨天，村东山上有激烈的战斗，勇敢的同志为保卫我们的家乡，保卫我们的土地，和敌人进行激烈的战斗。同志们更勇敢地保卫着边区。

昨天，同志们离开村子时，还先告诉村里的人们转移了。同志们

《晋察冀画报》文艺文献全编

有一个班就爬登村东的山头。

昨天，神团某连的这一个班，把日本鬼子的军队打了个痛快。昨天……世界，世界都光亮。

昨天，激烈的战斗留下了伤员，伤员在山坡度过了一个夜晚。

这个伤员身上的血已凝成块，这个伤员说话声音很微弱，嗓子几乎是哑了。

"你黑夜里就在这地方的吗？"游击组员问着他。

"嗯。我昨天在那边山上挂了花。"刘红纪的哑嗓子说。

"同志，你贵姓？"

"我姓刘。"

"我也姓刘。"

你该不会说我在说谎。朋友们，在当感情最激动的时候，很多物事，正像钥匙打开锁子一样，只需一拨动，热泪就夺眶而出了。——真可以说像泉水的流淌，自然而然。游击组员把刘红纪紧紧地抱着了。

"不，你不要哭。我不打紧！革命，打仗，是免不了流血的！"刘红纪也紧紧地抱着他。

"咳！我身上没带着什么，就只有两个窝窝头。"游击组员一边在怀里掏着，一边用袖子抹着眼泪："刘同志，你吃！"

"不，你带着！"

"不，你吃！"他的袖子又挨到眼睛上去了。

第×连的战士们又兴奋，又欢喜。他们看见那个姓刘的老乡背驮着刘红纪，刘红纪身上又斜挂着他的枪回来的时候，他们纷纷地议论起来了。

"呵，刘红纪回来了。"

"去，去报告连长。"

华北抗日根据地及解放区

文艺大系

有人就去报告连长了。

于是，有更多的人们围着刘红纪。

连长、指导员他们统统都来了。刘红纪给大家带来了意外的快乐。人们探问着刘红纪的经历。

"连长，山坡上李元同志还……"

"呵！你还在呀?! 我想你没有了。"和刘红纪一个班的郭义明说。他的眼睛变红了。他们俩，昨天曾经一同守着阵地的，后来他们班分成两组时才分开了。"我们看见敌人上了你那个山头了。"

"哦，郭义明!"刘红纪说着，两个人就抱在一起了。

连长、指导员和刘红纪他们排的排长，还有其他一些同志，也都跟着流出了热的眼泪。原来的吵嚷骤然变成肃静了。

"呵哈，同志们，刘红纪同志已经回来了！我们不是又可以快乐地在一起战斗了吗?"是指导员说出了这么一句。

"对。我回来了！同志们，我们又在一起了!"刘红纪恍然地抬起头来说。

一九四三年一月五日午夜稿成

（《晋察冀画报》 第2期）

白　洋　淀

章斐

谁不爱这明洁的湖面，
谁不爱这一片蓝天！

噢！
你美丽的白洋淀！

沿岸：
　　青青的麦田和稻田；
水面上：
　　一丛丛芦苇，
　　一只只渔船，
　　一群群的鸭，
　　一阵阵的雁。

稻粱风，
从无边的田野向广阔的湖面吹送，
多好呀！
你看：
　　那撒落的渔网，
　　那扬起的帆。
你听：
　　那采菱歌，

那打雁的枪声，

那饲鸭人的吆唤。

噢！

多丰饶的白洋淀！

战争来了！

原野里，

卷起风沙！

湖面上，

腾起烟雾！

田园，

房屋，

火烧了！

麦子，

稻子，

马踩了！

枪弹，

飞着；

炮声，

响着；

水，

波荡了！

天，

阴沉了！……

当剧烈的风暴呼旋于白洋淀的时候，

农民们说：庄稼不能种了；

渔夫们说：是拼死活的关头了；

饲鸭者说：跟鬼子们拼吧；

打雁人说：合伙儿干吧；

我有美丽的雁翎，

就拿它做我们的记号吧！

英雄们结聚了，

白洋淀翻滚了，

白色的水鸟叫着，

苍苍的芦花飞着，

年轻人包裹着头巾，

老头子飘动着萧萧的白发。

呼啸的风雨中，

船桨打得浪花发抖，

一支支美丽的雁翎，

插在急驶的船头。

鱼儿，游开吧，

我们的船要去作战了！

雁呵，飞去吧，

我们的枪要去射杀敌人了！

芦苇，

青青的芦苇，密密丛丛的芦苇，

我们的阵地呀！

风雨急骤的白洋淀，

翻卷的波澜，

浮泛出红色的血斑。

激烈的抗争展开了！

噢！

美丽丰饶的白洋淀，

动荡在血肉的搏斗之中了！

一九四三年元旦

（《晋察冀画报》 第 2 期）

悼念边区国际和平医院院长柯棣华同志

柯棣华（D. S. Kctnis）同志，印度孟买省寿拉布人，孟买医科大学毕业。一九三八年，印度国民大会组织援华医疗队，他志愿参加来华，为中国抗战服务。初在武汉工作，一九三九年春到延安，一九四〇年来晋察冀，任国际和平医院院长。

柯棣华同志对工作积极负责，尝于深夜中，披衣起床为伤病员诊疗；对伤病员，和蔼可亲，关怀备至，因此，休养员皆呼之为"母亲"或"救星"。工作之余，从事著述，写有《外科讲义》一书。

他的生活朴素异常，常常以"一个八路军应过的生活"来约束自己。

他政治上力求进步，他是一个优秀的中国共产党党员。

因癫痫病发，救治无效，于一九四二年十二月九日晨六时十五分逝世。享年三十二岁。

柯棣华同志是晋察冀边区广大军民的亲密的国际友人，敬爱的国际友人。我们向他致深深的哀悼，把他永远地记在心里。

（《晋察冀画报》第 3 期）

文艺大系

华北抗日根据地及解放区

悼雷烨同志

李楚离

雷烨同志是个模范的共产党员，具有布尔什维克的优良品质，他对民族对阶级对他所负担的工作具有无限的忠诚与热爱。他以八路军总政前线记者的资格于一九三九年深入冀热边境，在极端困难与危险的条件下，从事记者工作。

雷烨同志到冀东时，正值冀东大暴动失败之后，敌寇正利用我军向西转移与其镇压暴动"成功"的余威，对民众施行极野蛮的镇压与屠杀。雷烨同志目睹此种惨状，即奋身参加冀东群众工作，深入群众中，为群众的切身利益而贡献其精力。

正因为雷烨同志参加了冀东的实际工作，领导了群众性的对敌斗争，所以他的作品就充满了群众的血肉，带上了群众的气派，在形式上、在内容上，都表现出它特有的旺盛与健康姿态。

雷烨同志为了团结冀东爱好文艺的人士，并改进他们的工作，就组织了冀东的路社，相勉向着鲁迅的道路前进！出版了《路》《文艺轻骑队》与《国防最前线》，所有这些刊物，对人民、对部队都起了很大的教育作用，在冀东人民中赢得了很高的威信。

一九四〇年后，冀东敌我斗争更加尖锐，而斗争主要的方式为武装斗争。雷烨同志为了在最残酷的斗争中锻炼自己并充实其作品的斗争内容，就于一九四一年参加了冀东部队工作，开始任分区宣传科长后任组织科长，在枪林弹雨中去磨炼其笔锋。

一九四二年冬，雷烨同志以参加晋察冀边区第一届参议会的机会来到抗日的模范根据地。利用会后余暇，从事整理其四年来费尽心血所搜集的宝贵材料，准备出版。不意竟于本年四月廿日正在编辑照片增订说明时发现敌情，雷烨同志卒因人地生疏，不幸与敌遭遇，在极紧迫的情况下，与敌短兵格斗。当雷烨同志身负重伤，无法逃脱敌手时，即在野兽般的暴敌面前，从容不迫地将其最心爱的照相机与自来水笔打碎而自尽了。

雷烨同志这种英勇奋斗、不屈不挠的顽强精神，与临难不迫、从容赴义的光明态度，使法西斯匪徒在他面前低下头来，这种为民族全气节、为党争光荣的牺牲精神，在抗日史上又写下了光辉的一页。

雷烨同志的牺牲，使我党丧失了一个优秀的青年干部，使冀东工作又受了一次顶大的损失。冀东同志听到你英勇牺牲的事迹，定将加倍努力英勇杀敌为你报仇，雷烨同志请你安息吧！

（《晋察冀画报》第 3 期）

滦 河 曲

雷烨

滦河的流水唱着歌，

歌声浮载着子弟兵。

子弟兵的青春——

好像河边的青松林。

滦河的流水含砂金，

金子好比子弟兵的心。

滦河的流水向渤海，

渤海岸上发源子弟兵。

滦河的流水发源长城外，

子弟兵回旋喀喇沁。

滦河的流水漂浮着死尸，

松林里的人民热爱子弟兵。

子弟兵：

像飞鹰，

回旋在家乡的河流上，

松林里的人民是好母亲。

青春的鹰！

勇敢的鹰！

冀东年轻的子弟兵！

我们怎样收复了塞外的乡村

雷烨

黑河川的山岗仿佛这塞外的农民，在朝阳里裸露着沙金色的胸膛。山上繁茂的桦林里还有篝火的青烟轻轻飞散，我们的队伍在林子里高声呼唤着隐蔽在山中的老乡，我们的队伍在新鲜的气流里，青年战士们因为在新的环境中，因为紧张、因为愉快焕发着在周身潜伏的热力，在呼唤老乡的声浪里还有口琴伴奏着歌声，还有为联络而吹起来像画眉鸟歌唱似的口哨。这些音乐似的声浪亲密地溶化在林子里。

他们亲密地呼唤："老乡，咱们是从口里开来的八路军——中国队伍——大伙儿来见面吧！……"没有声音答应我们队伍的呼唤，热情的呼唤像青烟似的溶化，为桦林所吸收了。

村长却领着李教导员来了，周营长向密林里吹响集合的哨子，闻哨音而来集合的战士中间却出现了十几个惊恐的农民。他们以忧虑和狐疑的眼睛向村长、向队伍张望。村长，他已经从营长、从教导员那里，从战士的行为当中知道这支队伍不是匪，也不是讨伐队，是确确实实的八路军。这时，他决定地对这些农民招呼："你们只出来十几个人，队伍走了一夜，还上山找大伙儿一直到天明，去，我跟大伙儿都赶紧去把全村的人招呼出来，还用队伍摆酒席请你出来吗？"

"出来吧！出来吧！开来的队伍是八路军！"这——呼唤的声浪仿佛像黑河里的流水深沉地流向桦林、岩石间、峭壁下，隐蔽的人们就为这熟悉的呼唤所震荡，被吸引出来了。

"开来的队伍是八路军？"老人们喘着气息走出来了，零零落落地坐在青草上，远远地向绿色的队伍张望；年轻的女人用手遮着太阳，张望的眼睛闪烁着忧虑、狐疑的光芒。

我们的队伍唱起歌来啦，歌的音节因兴奋于新的生活而明朗。农民们让这新颖的歌声吸引过来，走拢来的老人们用模糊的眼睛来注视这支新的队伍——他们心里想这眼面前的队伍也有闪闪发光的枪刺，但是完全和善，这许多年轻的"老总"的眼睛看我们的男人，也看女人和小孩，但是眼睛完全亲近。注视着队伍的农民，昨夜的忧虑狐疑，在心里一片片地被分裂，信任这支开来的队伍是八路军，就像春雪后的麦苗。

"要相信我们是从口里开来的八路军！"周营长的沉静和喜悦的眼睛，向集合拢来的农民征求最后信任的第一句话。他接着问："大伙儿相信吗?"

长年的忧虑扼紧农民的喉咙。被激动的瘦损的老人忧虑的低了的头又抬起来，用矍铄的眼睛望着队伍说："我有这么大的年纪，没见过队伍央着老百姓说'大伙儿相信吗'。什么时候老百姓都一样：不该挨揍的还是得挨。我这么大的年纪，年轻的时候不说，立了'满洲国'以后，我挨过揍，到老骨头痛得不能做活的年纪、不该挨饿的年纪还得挨饿。"这老人为长年的忧虑而颤动地注视队伍，哭泣似的接续说："队伍走了一夜，还上山找大伙儿到天明，要是口上'官家'（注）的队伍，老早就打枪啦！现在，无论大人小孩，该挨揍的没挨揍，该哭的没有哭。你们真是吉祥的队伍，你们真是从口里开来的八路军，中国的弟兄，我盼望你们有十一年了……"

"我们的眼睛都盼烂了。"农民群里发出低长的叹息，应和着老人哭泣似的声音："哪怕今夜死掉，也算亲眼看见了中国的弟兄……"

"是的，老大爷、婶子、弟兄、姊妹们，十一年了……"周营长的柠檬色的脸上闪着沉静的光泽，伤痛地招呼大伙儿的时候，一个赤膊瘦饿的壮年农民插嘴说："中国队伍再不开过来，我这条破裤子就穿不到明年了，十一年的罪是我们受了，中国还要我们吗？'满洲国'把鸡狗都上了捐，把人也当牲口一样地上了捐，我们让'组合'、'配给'、'集家并村'、抽壮丁、当'国兵'压住了……"长年的抑郁绝望过的眼睛凝注着痛苦的眼泪，使他颓丧地说："十一年的苦没处诉，八路军也会不要我们吗？"我们队伍用同样的湿润的眼睛迎接了他的注视，我们想扑过去拥抱他，拥抱坐在我们身旁的大人小孩，要告诉他们，我们要跟你们生死在一起的话。可是，周营长注视着队伍激动地说："同志们！我们是冀东的子弟兵，也是口外的子弟兵，我们是和老百姓要生死在一起的队伍……""我们在一起啊！"李教导员领导着卷起队伍高亢的声浪。像桦林一样正直的身材高大的周营长，他注视着农民群众接续地、肯定地说："老大爷、婶子、弟兄、姊妹们！我们八路军说要和老百姓受苦在一起，就受苦在一起，我们说要打就一定要打掉害你们的'组合''配给''集家并村'，让他不敢向你们来收牲畜捐、人口捐……"直腰站着的高大的周营长，人们用亲爱的、信任的眼睛注视他。

孩子们也看得出神了。蓦然地一只大雄鸡从一个女孩子的怀抱里挣脱了，在人群头顶上拍着翅膀飞叫着，女孩子哭嚷地张开手，母亲咒骂着，爸爸——一个赤膊的、瘦损的壮年农民，乱舞着手指挥伙伴给捉鸡……

好一会儿，秩序恢复，捉回了的大雄鸡，在女孩子紧紧的怀抱里惊恐地仍然喧叫，所有孩子们怀中的鸡，也跟着唱和起来。"嘿嘿！瞧！你们这些□□孩子……"这个瘦损的农民满心舒服似的笑骂着。周营长还像春风一样柔和接续说着："以后，队伍就得住在大伙儿家里了，要给大伙儿添麻烦了。""不打人，不骂人，自己的弟兄来了，谁还嫌麻烦吗！"一个农民热烈地在旁接口说。他仔细地望着周营长郑重地继续说下去："吃呢是用自己带来的油盐，吃菜给菜金，粮食呢——"他向大伙儿投过了诚挚的征求同意似的眼光:"粮食吃你们一斤小米,按市价给你们钱,大伙儿看行不行呢?"

农民群里顿时活泼起来,大伙儿的声音轰然答应着:"弟兄们在冀东没饿着,来到咱口外大伙儿也敢管饱!"这回答的声音使队伍就像雨里的麦苗一样的喜悦着。李教导员向队伍高声鼓动:"同志们,我们自己打柴呵……"但马上他的声音被另一个黑黄脸的农民的大声所淹没:"弟兄们辛苦,不用上山打柴,我们家里的木柴是烧不完的……""谢谢老乡们呵!"李教导员重新领导着卷起队伍的高呼。

"噢!还有点儿事",周营长向大伙儿提出,"得去两个精明的小伙子,到山头上去帮助哨兵瞭望瞭望,因为队伍是新来的——叫谁去呢?"一个胳臂粗壮的机灵的青年农民走出来答应道:"就是我去!"周营长注视着他,他原来是"满洲国"承德县黑河甲的牌长呢。一个刚过童年不久的媳妇,从他手上接过了他们看来才刚满月的婴儿,在大伙儿亲密的注视里,她的苍白的两颊开始泛起红晕。

口琴又奏起愉快的调子,大人孩子纷纷地站起来了。女孩子们蓬乱的头发上,红色的小甲虫时时张开小翅子,想飞。蓦然地,女孩子们扬着泥垢斑驳的小手,向从林荫里跑出正爬上山头的两个男人的背影欢叫着:"大福叔叔、四锁哥哥!"我们的队伍也和大人孩子们一齐从灼热的阳光里向那里凝望,山脉的棱线在阳光里闪着鲜明的虹彩,闪着蔚蓝色的峰峦,仿佛是海兽们的奇怪的头角,巨大的背脊在光波里浮动着。在这燕山山脉的光艳里,队伍的哨兵和两个青年农民,屹立在山头上瞭望着长城线上的要塞,那屹立的人像看去仿佛是巨匠雕塑成的铜像。

庄严、勇敢、壮美的铜像呵!

"大伙儿回村里去呵!"红色的小甲虫终于在女孩子们头上纷乱地飞舞起来。孩子们怀抱里的鸡也喧叫起来了。口琴伴奏着《八路

《晋察冀画报》文艺文献全编

军进行曲》，女人穿着用灰、黑、蓝色还有红色的旧碎布缀连的衣服，沾在脱线的布片上的蛛丝，在阳光里闪着苍白的光亮……

暖和的、光艳的天气，我们的队伍和喧闹的大人小孩的行列，回到新收复的乡村里去。

已经是塞外的十月了。夜里，农民们在泥盆里燃烧桦树枝了，还有人没有睡下，那就是营长、教导员、村长三个人。村长要求队伍不要打仗，打了仗，他怕敌人到村里来残酷的报复。营长、教导员他们早已顾虑到：在新收复的乡村，长年忧虑的人民是再经受不了敌人残酷地报复的。"好吧！村长，可以答应你不打仗。队伍进山沟里去隐蔽，可是，明天天亮时刻，不会有敌情吗？……"刚抽足大烟的村长，没有一点儿狐疑地说："电话机在我手里，没有坏人去报告，讨伐队就不会出发，我敢担保没有坏人。"他轻松地讽笑着说："电话机总不会自己通报吧？营长。""不会的，绝对不会的，哈哈……"

山脉的棱线上已经出现下弦月了。村长从街道边窗前走过，窗里那温暖的泥炕上发出健康、匀和、疲劳的鼾音，他铭记着这开来的队伍是八路军。

塞外的十月拂晓，我们队伍睡眼惺忪地吃饱小米饭和老乡慰劳的猪肉，也喝足了南瓜汤。虽然还有人打呵欠，但个个人肩起枪，走出新收复的乡村。

沉静的队列进入山沟里隐蔽目标。一班班的战士浴着曙光围着燎火，吸着老乡们赠送的新采的烟叶。……当朝阳从桦树上照过来的时候，周营长和李教导员上山去观察地形了。青年的战士们仿佛周身都在向外挥发着青春的蓬勃的生命的力，他们一班班地在继续讨论教导员传达的李司令员的报告——收复塞外的乡村，坚持地区，巩固、壮大部队，要保证胜利完成这三大任务！

我们的队伍开始分散去收复祖国的疆土了。塞外的十月，一个个的突击组像轻骑小队似的在广阔的沦陷十一年了的祖国疆土上驰骋。在十月的塞外，我们的队伍纷纷地燃起抗战的烽火，举起《双十纲领》的旗帜，去呼唤逃向山林的人民回家里来。一个突击组在一个月里收复了四百里的幅员，从承德城到幽暗的山沟，卷起了纷纷的议论："开来的队伍是八路军。"桦林里牧牛的少年也敢唱起八路军歌子了。太阳下，山岗上，纷纷地站立着新生的仿佛铜像似的瞭望哨。

我们的队伍从那时候起就有计划地收复起那些被日本法西斯奴役十一年了的土地。有什么力量可以强制阻止这蓬勃的运动呢？长城线上的要塞上的关东军和戴着钢盔的"满洲国"兵吗？是关东军司令部和梅津脚底下的"满洲帝国政府"的庞大的统治机构吗？

虽然，我们的队伍被关东军和他的爪牙所日夜追逐着，阻止着，但他却阻止不住"开来的队伍是八路军"！

我们的队伍，克服着被追逐的艰难，机巧地隐蔽着，围抱着人民，回旋在广大的新收复的乡村里，呼唤人民和日本法西斯无情的分裂。

我们的队伍是和猛兽似的关东军进行隐蔽的白刃战，我们的队伍隐蔽着而又突然地去袭击，也为他的锐爪攫去过年轻的战友——在星星照着我们队伍，在险峻的山道上行军的时候，突然遭受敌人的伏击。两个负伤的青年战士、共产党员李义、张为民就在突围中坠落在山下黑幽幽的深潭里淹死了。

但新收复的乡村，相信八路军不会离开他们了！

塞外，大雪花卷旋了的黄昏，雪花卷旋里我们的队伍走向新收复的乡村去宿营。

新收复的乡村里，母亲的湿润的眼睛，凝视着冒着大雪花的队伍，告诉自己的儿女："孩子！那开来的队伍是八路军！"

大雪花卷旋了。塞外新收复的乡村里，家家燃烧桦树枝升起闪闪的火，围着火，我们的队伍还是讨论着李司令员报告的政策——不给收复了的乡村增加一丝一毫的负担，吃的、用的、穿的都要自己买。坚持《双十纲领》的精神呵，不要把参加"协和会"……的人看成是汉奸，要到处去团结各阶层，对吸大烟的人更要劝告和宽大……

新收复的乡村相信八路军不会离开他们了。

雪后，塞外的天是那样明净，是那样蔚蓝，白金似的太阳辉耀着新收复的乡村、山脉。孩子们穿着战士们在秋天赠予的绿色的衬衫；白的、绿的裤子，在火边和战士们欢笑，孩子们竟答应向战士叫声叔叔以争取他们唱一支歌或奏一次口琴。

村外，仿佛是用大理石雕塑的山头上，披着伪装雪色的外套的哨兵，和拿伐木的钢斧的农民一起屹立着，仿佛是用大理石雕塑的巨像。

那塞外山头的巨像，他们手里的枪斧，在保卫着塞外新收复的乡村。

注："官家"是塞外人民暗指奴役东北的敌伪。

（《晋察冀画报》第3期）

恶战娘子关漠河滩（报告）

——百团大战纪实之一

刘道生

三营占领了娘子关的胜利消息，像巨雷一般在所有的连队中传播着，每一个人都兴奋得跳跃起来。特别是一连的战士们，更提出了"与三营打胜仗比赛""夺取漠河滩来响应娘子关的伟大胜利"的响亮口号。愉快的心，夹杂满腹的希望，互相议论着、叫着，没有一个人肯静默地休息。

漠河滩是正太路上一个较大的车站，东面五里就是天险的娘子关。激流滚滚的冶河，在车站东半里的地方经过。铁路在一座大铁桥上渡过了冶河，桥上有敌人固守的堡垒，桥两端紧靠着就是悬崖陡立的高山，山腰是黑黝黝的石洞，日本鬼子便经常躲在石洞里、堡垒里来看护铁桥。车站的南面，也有一座巍然耸立的高山，山巅上同样建筑了几个敌人的堡垒，沿山南下，就到了旧关。

车站西面二百米达的地方，也有一座坚固的大铁桥，桥东桥西也有堡垒。

车站的西北面，是急流深阔的冶河，造成了漠河滩天然的防线，车站上有水塔兵房，还经常有日兵二百名驻守着，所有东来西去的车辆都在此停车休息，因为他们以为这是一个可以躲避危险的保险车站。

天快黑了，太阳已斜落西山，几朵大块的乌云，却骤然遮住了青天。"不要下雨吧？我们今晚要夺取漠河滩！"一个老练的战士似乎担忧地说。

"你这家伙，下雨怕啥！八路军越下雨打仗越沾！"司号员李锁子有点儿不服气地说着。

唧唧的哨子，冲破黑暗中的寂寞。战士们知道出发的时间到了，也顾不得再想指导员刚才讲完的话，很熟练地背起背包，托着枪，跟随着哨音跑到集合场来。

值星排长清查人数报告给连长。

瘦长精悍的连长，用着南方音的北方语，宣布了今晚作战的任务，指示了夜间战斗应注意的事项。接着又是指导员的讲话，清朗的口音、生动的言词，号召大家勇敢沉着坚决完成战斗任务，争取百团大战的胜利，最后更洪亮地向大家发问："今晚争取战斗的胜利，有把握不？""有！"全体一致地回答！像春雷像洪水一般的响，队伍欢跃地出动了。

夜色更黑了，乌云遮盖了整个的天空，没有月亮，也没有星光，队伍像一个巨影，爬过了一个山坡，走过了一块稠密的高粱地就接近冶河岸了。侦察员在半点钟以前已经过去了，但为了全连安全地渡河，尖兵排长命令机枪班长阎善晓率领第一班先过河去占领阵地，接着全连的战士手牵起手，静静地渡过去，并且很快地接近了敌人的车站。

车站上原有二百多敌人，昨晚又从阳泉来了一列车，载着三百多日兵，样子很狼狈，据说他们是从晋西北败下来的，原打算开回日本去整理，却没有想到又被百团出击的八路军挡住了。

车站上虽然聚集了这样多的敌人，但是恐慌得很。当我们部队接近车站的时候，他们像乌龟一样缩进车厢里与兵□里，连话都不敢说。

连长以锐利的眼光看好了地形，立刻命令阎善晓这个模范的机枪班长、优秀的共产党员，率领机枪班和一班步兵，迂回到敌人左侧冲锋，其他部队各自就地准备好，期待着攻击的信号。

时间是九点钟，攻击信号发出了。敌人吓得手忙脚乱，仓皇应战，有的车厢里的敌人跑到营房里去，有的营房里的敌人却又躲到车厢里去。有的卧在车轮下，有的躺在铁轨上，被打伤的敌人，"啊鲁啊鲁"地喊叫起来，一时间，真是炮火连天，鬼哭神嚎！

"——前进，把刺刀上起来，冲锋！"坚决急促的命令立刻传遍了全连的战士，没有半点儿犹疑的畏惧，大家向敌人猛冲了。

几个没有逃脱的敌人，被一班的几个高大的战士赶上去刺倒了，同时，张志成却被敌人反刺了一刀。连长要他退下火线，他却摇摇头，说了一声"伤不重"，又向前面的几个敌人冲去了。

正在这样白刃肉搏的时候，大部躲藏好的敌人，以猛烈的炮火机枪、掷弹筒、手榴弹开始向我们反击了，于是双方炽烈的炮火，震动了整个的大地。在这样相持决斗的时候，电光闪闪，雷声隆隆，倾盆大雨直泻下来。雷声、雨声、炮声、枪声混在一起，恶战就在这样的黑暗中展开着。

激战约有两小时光景，枪声渐渐稀疏了，雨下得更大了，每个人从头到脚没有一点儿干地方，但战士们的情绪依然十分高涨，没有一个发出怨声。

在这个当儿，撤出战斗、渡过河去的念头，曾经在人们脑海里闪动了一下。但是，战斗正在展开，敌人尚未消灭，为争取战斗的彻底胜利，渡河的念头不得不立刻取消。于是，继续冲锋的命令，又从连长的口中发出来了，战火又重新紧张剧烈起来。

这次冲锋与前次不同了，因为敌人工事坚固、火力强盛，密集队形的冲锋是不利的，于是改换为班进攻，个个跃进。阎善晓又是率领第一班走前头，他们以迅速敏捷肃静的动作冲到敌人的营门口，找到一堆泥土做掩体，轻机枪又瞄准敌营门口咆哮起来。敌人被封锁在里面不敢出来，我们的战士一个个跃进到营门的近旁，手榴弹像雨点一般落在敌人工事里，打得敌人乱叫乱跳起来。

敌人开始向我们反冲锋了，营房和车站的敌人分两路从我们的翼侧包围过来，正面的敌人也协同出击，被我们一阵猛烈的机枪手榴弹打回"乌龟壳"去。两侧的敌人被我反包围，不到半点钟的工夫，就被我们打退了。

敌人深知死守工事只是吃亏，没有好处，于是，接二连三地向我出击，企图以攻为守，保持他的安全。但敌人的企图失败了，他一次一次地出击，均被击退了。我们在数次冲锋的胜利下，更加坚定了胜利的信心，增高了战斗的勇气。

河水暴涨，断绝归路的消息传来。这突然传来的恶劣消息，不但没有动摇全连战士的意志，相反的更增加了视死如归的战斗精神。共产党员和政治工作人员更加活跃起来，他们在这艰苦危险的环境中，进行解释鼓动工作，全连的战斗情绪更加高涨起来。

雨还在不断地下，河水暴涨的音响，像山崩地裂似的叫啸，东方的天空，显出了灰白色的光线，天，快要亮了。

连长、政指和带着创伤的支部书记，在一棵青杨树下，商议战斗的部署。"昨晚一夜的恶战，敌人死伤一百多，但是现在的敌人还比我们多十倍，河水不能徒涉，在天未明以前撤到村边固守，准备继续打击敌人！"连长很沉着地提出这样的意见。

政指、支书也都同意了。部队即时向后撤退，机枪班长阎善晓又是领导一班步兵掩护全连安全地撤退。

漠河滩的村民早已被枪声雨声所惊醒，半夜里就谈论着八路军打日本鬼子的事情。天亮了，老百姓爬上屋顶，站在巷口，高兴地好奇地看着和日本鬼子拼了一夜的八路军。

部队走进村子里，男女老少一团一团地聚拢起来，问长问短，家家送出自己的开水干粮和稀饭，递给战士吃。有一个老太婆把一桶稀饭放在路旁自言自语地说："八路军真好啊，下这样大的雨，还打鬼子！"

连长选择了两座独立的房子，部队开始进行作业了。老百姓也自动来帮忙，挖枪眼、掘战壕，没有一点钟的工夫，工事就做好了。

"他妈的敌人你来吧！老子给你手榴弹吃，看你怕不怕。"一个调皮的战士傲慢地说完后，就张开大嘴吃起老百姓送来的干粮。

工事做完以后，大家开始吃起东西来。紧张了整整一夜的战士们，现在又开始觉到轻松，一面吃着老百姓送来的饼子，一面又回想着昨晚激烈的战斗。外号"洋相大王"的张二虎，又装模作样地学着日本鬼子说："日本鬼子笨得像牛一样，一枪打倒他，把地碰得'普通'一声。"他还没说完，哄的一声大家狂笑起来。

指导员不肯放松一点儿进行工作的机会，趁着吃饭的当儿，又坚毅沉着地告诉大家："敌人是必然要进攻的，河水大得不能渡过，现在是处在极危险的境地里，大家要准备沉着坚决顽强地打击进攻的敌人。同志们！若不消灭敌人，就会被敌人消灭。"

太阳已爬上了半空，天已显出一片蔚蓝的颜色，冶河的水仍在狂涛急急地奔流着，空气像夜一样的寂静。

敌人知道我军是不能渡河的，急急地收敛死尸，又开始进行报复的进攻了。

战斗的序幕，约在七点钟的时候开始了，敌人一个一个地从营房和车站里爬出来，缩着脖子弯着腰，向着一连住的房子前进。

一队二队，五十个，六十个，一百多……战士们用眼睛清清楚楚地数着。

"——打吧，快放吧，多好的目标啊！"老李有点儿着急！"——不要着急，等敌人离我们百八十米的时候，就瞄准快放，听到吗？"排长吩咐着。

"——听到了。"老李是一贯坚决服从命令的。

敌人挨近了，轰然一声，全连的火器都向着敌人快放。一批一批的敌人倒了下去，再没有爬起来，敌人被猛烈的火力压制住，没有办法接近，不得不溃退下去。第一次的攻击就这样做了结束！

正午十二点了，敌人又开始第二次的攻击。首先用大炮机枪掷弹筒轰炸我们的阵地，同时在隔河山上，有我×团主力集中数十挺轻重机关枪和几门迫击炮，向敌人射击。于是炮火震天，血肉横飞，又是一场恶战。后来，敌人三五成群从三方面包围上来，激战两小时之久，敌人又在我们的手榴弹下溃退了，丢下了三十多条死尸。

退回车站营房的敌人，碰了这两次铁钉子，吓得发起抖来，不得不急忙拍电向阳泉求援。下午五点的时候，好容易从阳泉开来了一列铁甲车，满载着大炮和敌人，激烈的战斗又开始了。

敌人的大炮打塌了所有的房子，我们的阵地被破坏了。在铁甲车的掩护下，敌人从四面围攻上来。已经没有阵地可以固守，眼看就有被消灭的危险，激动的连长决意冲过河去，接着指导员喊出了"誓死不屈勇敢地冲过河那边去"的口号。

第一批渡河的是伤员和一个班的武装战士，勇敢强壮的战士战胜了急流，安全地渡过去了。可惜负伤的战士们没有力气与急流搏斗，终于被浪涛卷走，壮烈地牺牲了。负伤的支部书记也是这一批壮烈牺牲的模范英雄中的一个。

第二批在邓连长、王政指的率领下，绕过了敌人正面的射击，打退了敌人的追兵，在敌人的侧翼渡河了。敌人用火力封锁着河面，子弹像雨点般地落在水里。一面作战，一面渡河，就在这样弹雨水急中，连长、政指和许多战士都光荣负伤了，但是在他们坚强的意志下，大多数都渡过河胜利归来了。

第三批是英勇善战的轻机枪班班长阎善晓和一班战士。他们是单独固守一个独立的房子，一天的战斗中，他们杀死了几十个敌人，当他们的阵地被敌炮打坏时，他们被埋在泥土里，等他们刚从泥土里爬出来，敌人已经布满了四周，准备活捉他们。机警的阎班长率领着全班的战士杀出一条血路，冲破敌人的包围来了。敌人紧紧地追赶，他们边打边退，离得近了就拼刺刀，二十几个敌人被打死了。他们安全地退到河边，将身体伏在水里，把枪搁在岸上，同敌人战斗到天黑。敌人再也不敢来了，他们即找到了一个渡口，安全地过来了。

第四批是几个被敌冲散的战士。他们都不会泅水，一直等到天黑，从敌人的堡垒脚下，枪炮林立的铁桥上偷偷地跑过来，等到敌人发觉，用机枪射击的时候，早已连影子也看不见了。

最后是两个聪明的小同志，一个是卫生员，一个是司号员。他们年纪小跑不动，当部队撤退的时候，司号员藏在一个煤炭窑里，敌人搜了三次没有搜到他，卫生员跑到高粱地里藏起来。

半夜里，敌人回到车站上去，小司号员从地窖里爬出来，恰恰碰在卫生员的身上，两个人都吓了一跳。仔细看时才知道是自己的同伴，他们真喜欢得跳起来。

他们商议着，若被敌人发觉时，就用手榴弹拼了，一个换敌人十个；如果敌人发觉不了，等到河里水退了再过去。于是他们爬在玉蜀黍地里，一天、二天、三天，水没喝，饭也没有吃，为了回到自己的部队，他们忍受着最大的痛苦。天晴了，水退了，在光明灿烂的阳光里，司号员背着他的号，卫生员背着他的刀剪，安全地归队了。

（《晋察冀画报》第 3 期）

儿童故事二则

丁克辛

配给

在天津。

五次治安强化运动之前，居民生活已经够坏，五次治安强化运动以后，居民生活更是困苦不堪了，对敌人的反感与愤恨也更加深（他们知道在各地和附近都有八路军，他们连梦里也怀念着）。而粮食的"配给"，先还只是大米白面，后来连玉蜀黍高粱米也要"配给"了。

配给！配给！配给！居民找来了钱，花了宝贵的时间和精力，到被指定配给的店铺，沿街排了队等。等半天，等一夜，很多人也还是等不着。

等的人太多，粮食却太少！

有一家，拉车的父亲被过重的生活重担压得发急症死了。十七岁的大儿子代替了父亲的劳役，母亲愁惨终宵地料理着家务，终于也病倒了，十三岁的小的一个孩子接管了家务。每逢粮食的"配给"也要他出门。

孩子虽然小，早已认识生活的重担，勇敢地承受着，去"配给"过两次了，都没有错。虽然这任务对这小生命太艰苦，但他咬紧牙关，不哼一声气儿。

八天了，母亲病还不好。早上就没有东西吃啦。中午哥哥送回来了钱，全是骨头的额角淌着大汗，不稍停留一刻又拉着车走了。

母亲把钱交给小儿子，孩子又拿起布袋向很远的"配给"处走去。临出门，母亲还再四叮咛：

"早些回来啊，哥哥一天没吃了，要赶回来做晚饭。"

可是等候"配给"的人竟那样多，孩子挤在队伍里，前面尽是人。店铺门那样远，望不见……

冬天的太阳下得快，一刹那傍晚了，人却是越来越多，还都带着棉被。天一黑，店铺关了门，要等到明天早晨才开。维持秩序的警察也走了，人们开始向前挤，把棉被胡乱盖在身上，就胡乱在街上露天躺下，等候着明天。

粮食的恐慌呵，饥饿的煎熬呵，还加冬夜的寒冷。

孩子，一天没有吃饭了，又没带棉被，想着母亲和哥哥等候他的粮食回家，但没有"配给"到怎么回去啊！真想哭！饥寒又严重地摧残着他，说不出的难受和痛苦。肚子里空隆隆直叫，两手两脚冻得麻木，头脑一阵阵眩晕，他感到自己就要死了，他又要想哭。

但他咬紧牙关，不让自己哭，望望两旁挤睡着的大人，望望高空寒亮的星星，一盏两盏稀落的街灯也熄灭了，冷风无休止地吹刮着。小生命摆动一下躯体，挣扎着，他不愿意死。他想起隔壁一家比他家有钱，前天"配给"到了白面，竟合家吃红丸馅儿饺子毒死了。但他虽然穷，他还不愿意就死，也说不出道理。为什么要死呢？不是同样说不出道理吗？只要拼着熬过一夜，明天一早"配给"到了就……

于是他大胆地恳求身旁的大人分一角棉被给他盖盖。他太疲乏了，不久就在饥寒交攻中昏迷地睡去。

他总算没有死，天刚发白他就冷醒了。燃烧着希望，用这"燃烧"挨度了这不能想象的苦难。天大亮了，希望也终于达到了——"配给"轮到了他。

用尽小生命中最后剩余的一分力量，他拿起垫在身下的布袋快步跨进店门去，冻僵的小手摸索着衣口袋里的钱钞……

可是，钱再也摸不到——不知什么时候丢失了！

…………

孩子好容易终于拿了空布袋回到了家里，但一见母亲在炕上爬伏着，伸长了脖子向外望，他就立刻觉到身体内所余的气力一下子消失得干干净净，两眼昏花，就差没有倒下去。听得母亲不知问了一句什么，他凄□昏然答道：

"我，我把钱丢、丢……"他没有说完，他说不下去了。

母亲也等不及他说完，就发疯似的带病竖起身，顺手拿起一根粗木棍，当孩子的脑门就是一棍！

孩子无声地倒下，却永远不能再爬起来了。

完全出乎母亲的意外，母亲两眼死白地盯着地下不动的死尸直发愣。

这回她可真的疯了！……

警察局说她杀害自己的亲生子，要把她关到牢里去。大儿子上去解说上去拦阻，也给一并抓走了。

革命的孩子

在边区——八路军保卫着建设着的晋察冀边区。

平山县县立第二完全小学里，有一个学生叫王克平。

他今年十一岁，去年冬天还是四年级，一过年，他就以第二名考上高级一年级——五年级了。考的是国语、算术和常识，国语试题是：怎样做一个模范儿童。

怎么他不要考个第二名呢？他自己就是一个模范儿童，不考第一名已经是怪事了，他年岁到底太小了一点儿。

王克平真是太小了，单看他的身长，顶多也只能猜他有八岁，可是他的腰杆那么粗，脸孔又红又黑又结实，一摸，就像打足了气的球胆。再穿戴上那么一顶灰军帽，一身灰色的棉制服，你想想他该有多威风吧，说他是个大人了也可以的，不，还是说他是个小将军或小军人吧。

他是东北人，是抗日干部的儿子。抗战以后父亲在平西做县长，母亲是那里的妇女领袖。去年夏天他的父母都调到延安受训去了，把他留在边区，留在这小学里。

留下的时候他难受过，可是他没有哭，而且不多几天似乎就把父母忘记了。——整个学校生动愉快的生活、学习和工作，完全使他沉溺啦。

因为是抗日干部的子弟，学校供给饭食，制服鞋袜，以至书籍笔墨、手巾牙粉。也许有人要问，这样小的人，没有父母怎样料理自己的生活呢？但你不用愁，学校里像他这样小的人还有的是，大家一同学习和生活，一同比赛，一同受着锻炼呢！

保守、懒惰、贪安适的人是不能想象"锻炼"能把人发扬到如何地步，能把人提高到如何地步的。

王克平学习努力，功课呱呱叫是不消说的。工作又比谁差了？背粮就背粮吧，大扫除就大扫除吧，出墙报写稿子就出墙报写稿子吧。生活又比谁差了？每天第一个起身，第一个打好背包，跑步从不掉队，爬山无有不爬到顶，认认真真刷牙洗脸，灰棉制服总是干干净净的。只是天太冷了小手洗衬衣不大带劲，可是有大同学帮洗呢；鞋子袜子也破得快一些，可是有女同学替缝呢。

"王克平，咱们一同来做一个算题。"

"王克平，我帮你晒一晒被子，你拿枕头。"

"王克平，天太冷了，来踢毽子吧。"

王克平虽然很会跑，一蹦一跳像只小兔子，可是踢毽子他不行。他的腿太短，棉裤又厚，腿弯不上来，勉强弯起一点儿来，毽子已掉到地下了。

"不要紧，王克平，"那个颈里围着一条白毛巾，比他大几岁的女同学说，"我们踢一次，你踢八次。"

王克平自己知道，就是十次也不行，可是他不愿打消人家的好意，答应了。并且立刻就认真地来做。虽然脸涨得通红，直喘气，可是总踢满了数才停。而且浑身也暖和了。于是他说：

"去练习'霸王鞭'吧，新年快到了。"

"霸王鞭"要在新年演出，唱词内容也换了新的。不要看他小，他是重要角色之一，不但跳打得那么熟练，前前后后几百句唱词一句也不会唱错的。

过了新年，学校课外活动要进行生产了，就在学校前面那片大空地上。三个人一组，每组负责种熟一块地，全种菜蔬，各组比赛。

王克平跟全体同学一起忙起来了：打水浇地呀，上粪呀，挖土呀，做畦呀，下种呀……忙□又红又黑的小胖脸□全是汗，油光闪亮。

"王克平，来，我跟你谈谈。"另一个机关里的同志们常常这样找他的。

"不，这回可不，要生产哩！"

"你今天不去了吧？"

"嘿，违反生产纪律……你不要改善伙食吗？"一溜烟跑去了。

可是王克平是很少这样责备人的，这是例外。在课外活动时候，你随便找他谈吧，他总是安静柔和得像一只小猫靠在你怀里，甚至让你□着他的红胖脸，用心听着你的问话，亲切地回答你每一句。

他知道的很多，关于边区的、抗日的，关于他父母，差不多都能回答你。只要他知道，也总回答你的。

如果他不知道的呢？他就说"不知道"吧？

不，他要重新问你一遍，甚至两遍三遍，说他没有听清。等他听清了，然后他才稍稍放低一点儿声音，说：

"我不知道。"说过以后，也还是笑嘻嘻的。

认识他的谁都能证明：除了他要行动或工作起来才那么紧张，那么像小兔子一样蹦跳着，平时王克平却永远是那么安静柔和，那么笑嘻嘻的。

王克平从来没有哭过吗？从来没有。父母把他留下的时候也没有。

"可是，哦，我想起来了。"他的校长说，"他哭过一回的，就只一回，那是在星期日的生活检讨会上。"

"他受了人家的批评了？"

"不是，他批评了人家，批评对方在西边那个大仓库里打扫公粮不认真（公粮运走以后，动员学生打扫余粮），而对方硬说是王克平冤枉了他，想不到这一下反把他弄哭了。"

王克平总说他是不想他父母的，这是真话，但也不尽然。

前几天，机关里有一位同志要到延安去，随便和他说了一句笑话："王克平，要给你父母亲捎封信吗？"

想不到他顿时那样认真追问。等到问清那位同志真是去延安，他就急急忙忙回到自习室，真的写了一封信请他带去。

把信交出来的时候，他那怀恋和珍重的表情呵！这幼小的心灵在里面说述些什么呢？

信的开头这样写着"亲爱的爸爸和妈妈"。信的结尾是"革命的儿子王克平"。

大家一看都笑起来，禁不住抢着问他：

"什么是革命呢？"

他的小黑胖脸红了一下，低一低头，思索了一回，然后安静柔和

《晋察冀画报》文艺文献全编

地回答道：

"革命就是大家伙儿的事，革命就是坚决抗日，还有革命就是做好人做好事，就是要大家过快乐的日子，就是……"他一时想不起了，"就是这样。"

真的"就是这样"，再没有比他回答□更具体更确当的了。作为一个考题的答案，他应当得一○○分。

一九四三，为"四四"儿童节写

（《晋察冀画报》第 3 期）

全国木刻展

徐悲鸿

毫无疑义，右倾的人，决不弄木刻（此乃中国特有之怪现象），但爱好木刻者绝不限于左倾的人。

我在中华民国三十一年十月十五日下午三时，发现中国艺术界中一卓绝之天才，乃中国共产党中之大艺术家古元。

我自认不是一思想有了狭隘问题之国家主义者，我惟对于还没有二十年历史的中国新版画界已诞生一巨星，不禁深自庆贺。古元乃是他日国际比赛中之一位选手，而他必将为中国取得光荣的。于是我乃不得不成为一位思想狭隘的国家主义者。

不过中国倘真不幸，没落到没有一样东西出人头地时，我且问你，你那世界主义，还有什么颜面？

平心而论，木刻作家，真具勇气。如此次全国木刻展中，古元以外，若李桦已是老前辈，作风日趋沉练，渐有古典形式，有几幅近于Durer。董荡平之《荣誉军人阅报室》，乃极难作的文章。华山之《连环图》，王琦之《后方建设》，皆是精品。西崖有奇思妙想，再用功素描，当更得杰作。荒烟、傅南棣、山岱、力群、刘建庵、谢子文，皆有佳作。焦心河之《蒙古青年》，章法甚好。刘铁华、黄荣灿，雄心勃勃，才过于学。李森、陆田、沙兵、维纳、李志耕、万湜思及多位有志之士，俱在进步之中，构图皆具才思，而造形欠精。此在李桦、古元两作家以外，普遍之通病也。其所谓勇气者，诸君俱勉力创作，且试为真人之半大小人像，乃木刻上极不易达到目的之冒险。有几位依据照相制作，以之练习明暗，未尝不可，但不宜公开陈列。又木刻之定价，既相当之高，例须作者签名其上。

古元之《割草》，可称中国近代美术史上最成功作品之一。吾望陪都人士共往欣赏之。（转载中华民国三十一年十月十八日重庆《新民报》）

（《晋察冀画报》第 4 期）

黎 明 之 前

孟谨

一

我佩服那位姓李的侦察员，在我模糊的记忆里：他有一个瘦小的身材，年纪不大，看样子有二十四五。

那天夜里，我正在张家坪北山上担任警戒的时候，蓦然，有谁夺去了我的大枪。我从睡梦中惊醒过来，一阵愣怔，只见一个黑影子在我面前，枪口瞄着我的前胸，使我不敢乱嚷地注意着他的动作。

"你是姓纪的？矿警？"

我小声地答应了他，通身，禁不住地战栗。

黑影子退后了两步，稍停，又走近了我的身旁，是一个生疏的声音："不要怕，都是自己人，朋友！不认识我？"把枪机"哗"地拆了下去，一支空枪交给我，"走，朋友！只让我跟你说几句话！"

我同他走到一个阴的山坳里。

"当亡国奴，替洋鬼子做事，甘愿受人家欺侮，你们都是中国人！山那边不就是自己的队伍八路军吗？"

"唔！"我心里想，"谁还不知道呢！"

"欢迎你到那边去，有种多捞几支枪。你就是纪有恒，咱们是一个村子里的，我认识你，给，拿去！"一个捆好的纸卷塞给我。

"请问你是……"

"我是八路军的侦察员，姓李，山那边再见吧！"

好像有什么要紧的事，立即，把枪机留在约定的那块石头上，他离开我走下山去。

是怎样一件蹊跷的事情啊！他竟是这等人物，和咱在一个村里；

黑夜里，夺取了咱家的大枪，使咱从死里讨了个生。他还知道咱家姓纪名有恒，井陉三合村人，真是梦想不到的事情。

咱算真佩服他，姓李的不愧为好汉，咱家今生没见过第二个……

张秀珍哪能和人家相比呢？贪生怕死、胆小怕事的家伙，一辈子没大出息。男子大丈夫，一点儿勇气都没有，整天价受人欺侮，屁都不敢放的只管忍耐着：站岗，放哨，出差勤务一个劲儿死干，为了什么？"你小子怎配当中国人！"常常，我实在看不过去，为他担忧难过（因为我们俩终究是知己呀），当面训他一顿，这样才变好几天。

几天之后，老样还原，奴才的架子又摆出来，尽忠尽孝地为"皇军"们干着事儿，他真不知道老子为他费了多少心机！

"不是咱家，还有谁来关心你？"心底里，我不知多少次地责难着他，咱这是多管闲事？

有一天，当矿警房里只剩下我们俩的时候，我和他谈起八路军侦察员的事情。

"知道？八路军侦察员，夜里出来，小心你的脑袋！"装起教训的态度，我告诉他。

看一看门外，扭过头来，他有些毫不在乎地说：

"怕什么，都是中国人！"

"你知道？有一个姓李的……"

"什么？姓李的？"他跟踪地追问着我。

"对啦，我佩服那位姓李的，他问我'你们都是中国人'，真把我问得无言答对！"

那天夜里的遭遇，我费心地告诉他详细情形。对于他，什么事我都曾公开，因为我们俩是知己朋友。当矿警，两三年都在一起，做的事，算都对得起咱。他听过咱的话，不曾怪过我，他在太君们面前，不像别的家伙，不说咱的坏话。而且，除了他，两三年啦，咱不能在任何人面前说出想说的话，有时，咱也只能在他面前发脾气泄愤。

一直，我这样想："张秀珍算得一个知己！"

彼此谁都了解，都是为了他，咱才看不过去找他发脾气。上有青天，天老爷会知道咱的，生就的是这种人：自己受人欺侮，但不愿别人也这个样，我怎么能看着他不管呢？

"老张，你还这样下去吗？男子大丈夫！"我忍不住气地又给了他一顿。

我看他低下头去，"唉"了一声。

"当侦察员是一个很好的事情，离这十里以外的地方，翻过山就是八路军的防地，你应该听从我的话！"

"可是……"

也不知"可是"什么，遇到什么事情，总是"可是可是"的。

"你还能做出什么大事？"真叫我瞧不起他。

黑夜，心神的线被一种什么东西所牵引，往往，继续着许久的时分不能入睡。

矿警们都扯起了鼻鼾。室内，从堡垒里传来了一阵阵太君们说笑的声音，有时，哇啦哇啦地闹成一片。

每每，我暗暗推一推睡在我旁边的老张。他总是睡得死死的，似乎什么他都一睡了之。

"奴才，天塌的事都与你无关！"我恨不得踹他一脚。

那天夜晚的事情，乱麻似的纠缠在我的心头。

"真的要是太君查哨，还有我的命？"想起这，不禁一身冷汗。

"算人家对得起咱，黑夜里同咱交朋友……对，若问咱家的姓名，咱自小就叫纪有恒！"

越想越弄不清了，我苦痛，我难受，渐渐，我感到有一种要做什么事情似的冲动。

"当八路军的侦察员，到底是英雄好汉，黑夜里东奔西走，说起话来多么硬朗呀！和人家比起来，咱又算个啥……"

于是，我连自己也瞧不起了。对于那位姓李的，我不禁羡慕得有点儿嫉妒了。

"不过，会有一天，我比他更勇猛的……"

仿佛，我已经换上便衣，蒙上一块头布，拿着刺刀手枪，在黑夜里，过河越岭；一会儿，到了堡垒里，对准那个可恶的杜石小队长，劈头就是一刀；那个说我坏话的麻脸班长，也一枪打死……这可真解恨啊！

"妈的，老子会干出你们想不到的事情，非让你们瞧瞧咱家的厉害不行，今生别想再欺侮咱姓纪的啰！"

一种胜利的自信的预感，使我兴奋、愉快、有力。

"今生，咱家应该做出一番大事情，轰轰烈烈地干他一场，报仇雪恨，把你们这群狗日的统统杀掉！"

二

和老张谈话后的第二天上午，矿警们都没有事做，在屋子里，大家闲聊起来。麻脸班长到堡垒里也许又和太君们谈什么机密大事去了。

谈起女人，喝酒，大家兴趣可真高，杜金堂更得意洋洋地述说着他怎样去引诱一个女人的故事。

这样，熙熙攘攘地闹了半天。

一会儿，张秀珍从外面走进门来，厚嘴唇竟噘得同猪嘴似的，谁都不理睬地一屁股倒在炕上。接着，在大家突然的沉默里，一声长叹，只逗得大家的眼睛圆瞪瞪地相互张望起来。

"是怎么回事？又是挨了训？"每个人都想到这个问题。只是谁

文艺大系
华北抗日根据地及解放区

也不敢提问一下。

屋里的空气，静寂得使人气闷，门外，传来了堡垒里小队长怒骂的雷霆。

"怎么回事？"坐在炕沿上的丁贵，扭回头问起老张。

自然，老张不会对他说。

"谁让他和太君们顶嘴！你怎么配！"我有意提出另一个问题，表示我在埋怨他。

其实，大家都猜错了，他看八路军的宣传品，给太君们察觉，他还有道理讲，叫小队长训了一顿。

王春太倚在墙角，燃起了一支"大拔沟"，自言自语地说："那能怪谁，跟人家顶嘴！不是找钉子碰！"

陈大奋瞅他一眼，不服气地离开了他的座位：

"找钉子碰，凭什么？"

"真是，凭什么！非收拾他们不行！咱们五个人准可以打过他们！"我开玩笑似的说给大家听，有意把我和老陈的视线碰在一起，但他始终没出息地畏缩起来。

"敢开这个玩笑！不想活啦！"他倒教训起我来。

另外那几个人，这时也假装正经地帮腔助势，七八对大眼珠子圆碌碌地向我逼来，看样子真想把我吃了。

"好，算咱背兴，遇上你们这群混账王八蛋！小心老子的厉害！"我简直恨死他们，一句话也不敢再说地把气往肚子里咽。

一个月过去了。

是十二月的寒冬，从远远的不知什么地方，北风一阵阵的，掠过无数的山头，吹向张家坪的高山顶上。鹅毛片的大雪，一连两三天的，在乱山间飞舞，在漫天里飘荡。

十六号，天晴了。

第二天夜里，月亮在头顶上洒着凄冷的银光，满天，稀落落的一些大星星，和月亮争耀着人间寂静的夜。

月光下，"惠民堡"兀自地突立在山顶上，离他几十步远的下面，通过一片坡平的矿地，矿警房里透出一丝惨淡的灯光。

十一点钟的时候，和老张换岗以后，我对他说：

"我要去找一件东西。"于是，为一种希望的冲动所鼓舞，我走进矿警房里，听着他们拖长的鼾声，顺便把几支步枪都扛出来。到了堡垒里，太君们也都睡着了。屏着呼吸，我静静地等待了一会儿，一切都是随心所愿的没有一点儿动静。

"是时候了！"我想，心眼里说不出的高兴，想起老张接岗的事，我更加自信起来。

室内，四壁被铁炉火光映得通红。右边墙上，一列挂好的几支大枪在那里闪着光，桌子上那座军用马蹄表，嗒嗒嗒嗒地挪动着秒针。

故意装作找东西，我把太君们一个个给搅了一下，他们竟没有一点儿感觉，只管做着自己的樱花梦。

"该死的东西！"我感到胆大而有力。

随即返回原来岗哨的位置，贴近老张的耳朵，我明白地告诉了他："老张，今晚打枪的时候，你要听我指挥！不准乱嚷乱叫，听见吗？"命令似的，我的神气郑重得使他出乎意料地感到可怕。

"你快去把矿警房那扇门用石头从外面顶紧，现在是动手的时候啦！"我大胆地说出一切，相信他，纵然再来个"可是"，但他不会坏我的事。

"你说是……"

"对啦，快去吧！还想什么！"

我看着他不敢不听从地向着矿警房里走去的背影。

回来，他对我说房里的灯已被他吹灭了。

"去吧！监视着矿警的动静，一个也不让他们出来！"我叫他把子弹推进枪膛里去。

我重新走进堡垒里去，在角落里，找到了那个盛满了手榴弹的木箱，轻轻地搬出来，登上外面的阶梯，在堡垒顶端的洼平面上把它放下来。

各处，一无变化地没有声息，夜晚的风吹得更紧了。

"世界该是我的了，朋友们！时候到了，把欺侮我们的人都杀个净吧！"站在堡垒的顶端，迎着吹来的冷风，我兴奋得几乎要大声呼喊起来，仿佛我一个人是可以唤醒这静寂的宇宙和人世间似的。

从伸出在堡垒顶端的烟筒的圆孔里钻进去，拉开了引线，一连，我放进三颗手榴弹。

"轰——轰——轰"手榴弹迅速地在炉火里爆炸开来，接着，又有几颗从圆孔里直坠到最下面那间住房里。

"轰——轰——轰"声音暴怒地震响得厉害，闷雷似的在山野回荡着。许久许久……

我把子弹喂进枪膛，从上面直奔下来，慌忙地找见了老张，妈的，傻子似的待在那里不动了。

"不怕！"我问他，"有什么动静？"

他摇一摇头，口吃得几乎说不出话：

"干……干……干你的吧！"

这时，一个人慌急地从我们俩的面前通过，一直跑到矿警房的跟前，在黑暗里躲闪下去。

"散开！"我推一推老张，迅速地找好地方，两个人一齐卧下。

"喂！手榴弹，打过去！"我指挥老张迅速地炸死那个家伙。

不意，一个手榴弹竟落在我的面前，吓得我一身冷汗。"完啦！"但手榴弹并没有爆炸，老天！

"给你！"老张在我左后面叫着，又一颗手榴弹扔到我的脸前。

"怕死鬼，我操你的奶奶！"真把老子恨死啦，手榴弹就不敢放，我拿起一个手榴弹，性急地揭开了铁盖，一股劲扔将过去，那东西在矿警房前开了花。

"轰——"

第二个又扔过去。

"轰——"

只听得"哎哟"一声，那家伙大概回了老家。房里，有人在里面发出惨吟，那准是矿警们也受伤了。

"糟糕，他们也受了伤！"我有些不安起来。

但，张秀珍真冒失，一个手榴弹扔到房里，"轰"的一声过后，房里再没有了声音。

"操你奶奶的！捣什么鬼！"恨极地骂他一声。然后，我从冻僵了的土地上站立起来，想上堡垒里去。

周围，一股浓烈的火药味，北风不知在什么时候静止下来的，我的右眼珠剧烈地疼痛起来，我已经想不起什么时候受了伤。

"大哥，看碉堡上！"突然，老张紧急地告诉我。

我迅速地就地卧倒，只见堡垒顶上，一个半截人影在摇晃着，光秃的头贼样地东摆西歪，好像在侦察着周围的敌情。

"呼——"那个活动的东西应着老张的枪声，骨碌碌地跌落下来。

我高兴极啦，想不到，今晚会听到老张的枪声。

"老张，打得好！"我耐不住地称赞着他，"当心一点儿，我到堡垒里看看去。"

在堡垒门前，静静地待了半天，我不敢轻易走进门去。

一会儿，老张也走到我跟前，静静地一句话也不说。他看看我，我看看他。

"进去!"我试探似的跟老张说。

他畏缩地推一推我："你去,怕什么!"

两个人都不愿进去。

可是,我想起了那几支大枪,还有一挺哒哒哒哒的轻机枪。我想把它们统统背出来。

"考克!"我仿佛听见门里面有人呼唤的声音。立即,退后了两步,举起了我那支枪。

"考克!考克!"是一等兵吉岛二郎,从黑洞里猛窜过来。我躲闪不及地给他一手抓住。

"你是考克?"他惊慌得不像样子,压着嗓子地问我:"什么的?"

"八路的,统统的有!"我指着北面的那个山尖——在过去给八路军袭击过来的地方,"那边,八路大大的有!"

"打!快打!"他走到老张跟前,转过身,又赶忙回到黑门里把那挺轻机枪也搬出来。

"去,打那山尖!"硬让我把那挺轻机枪背在肩上。

我想了想。

"走!"我暗地里推一推老张。

我们俩走到山尖那边,把机枪停放下来,枪口扭回头来,正对着挪动在堡垒跟前的那个矮矮的秃着头的黑影子。

老张向身边摸取手榴弹。下边,那个该死的蠢猪紧急地催促着:"快的,考克!还不……"

可是:

"轰——"

当他话还未说完的时候,一个不知从什么地方突然飞来的手榴弹,在他面前开了花。

一等兵在一团浓烟里变为粉碎。

"是谁?"被突然飞来的手榴弹惊喜得发慌,我厉声大叫:"哪一个?"

四下并没有回响。

"是你?"我有一些不解地问一问老张。

"那里!"他把手里那颗手榴弹交给我看,表示他比我更加惊奇。

"喂,要开枪啦!"威胁地,我把枪机"哗啦"地扳动了一下。

"是哪一个?"老张也跟着喊叫起来,显然,今天他也动怒了。

终于,从左前方那座小山头上,一种生疏的家乡话传到这里。

"是我,喂,怕什么!你是纪有恒吗?"

"是的!老子就是纪有恒,你是谁?"我继续问他。

"忘记了吗?八路军的侦察员,和你是一个村里的。"

"啊!"

我蓦然想起了那位姓李的。

…………

冷风在大山涧里呼啸,摸索着崎岖的山道,我们三个人背着十几支大枪,向着山那边走去。

东方,泛起鱼肚白色,黎明就要到来。

爆炸英雄李勇

仓夷

一、爹死得好惨

在沙河流过的地方，有一片苍绿的树林，树林里隐藏着一座小村庄。沿大道的麦田，都围扎着很结实的篱笆，水渠纵横地灌溉着庄稼。爆炸英雄李勇同志，就住在这座村子里。

李勇是一个二十三岁的农村青年，他和爹、娘、兄弟一共八口人，佃种着五亩水地、三亩旱地，按着季节，和爹两人辛勤地耕作，生活非常贫苦。

一九四一年的秋天，收获的季节到了，沙河两岸的谷子黄澄澄的。人们正在收拾镰刀和草耙，却遇到敌人七万兽军的大举"扫荡"，区里捎下一封信，要李勇参加区基干游击队，去袭击敌人，保卫秋收。这是一个紧急的战斗任务，李勇自问不能推却，可是，他家里的人都病倒在炕上，谷地又临着大道，不实行抢收，东洋鬼子是会破坏的。

这怎么办呢？李勇非常焦虑，最后他答应区干部说："三天以后就去。"这三天里，他拿起镰刀、绳索，腰里揣着手榴弹，黑天白日地一股劲把地里的谷子全收割了。第四天，他疲累极了，但是他还接受了区大队部的任务，带着两个基干游击队员，到王快镇去侦察，在路上徒手捉住两个汉奸。

在鬼子大"扫荡"的时候，一个刮着大风沙的夜晚，李勇回到他娘逃难的小山庄里，刚一踏进门，就看见全家的兄弟躺满了一席，病了。娘只说一声"小成子（李勇的小名），你爹死得好惨！"就呜咽地哭泣起来。李勇的爹被鬼子刺死了，仇恨烧燃着李勇的心，他带着两位同志，走进许多深邃的曲折的山谷，走进谷地和苇丛，找寻他的父亲的尸体。他看见张家的闺女黑妮子，被鬼子戳了六七处伤，躺在血泊里呻吟；看见枣树枝上有许多血迹，还看见散落在沙滩上的他爹的烟锅、镰刀，但是却没有看见他的爹。他饿着肚子来回地奔跑着，眼睛血红，上了火，病倒了，躺在山坡上，不能动。起先还能说："我们不找了，快去袭击敌人吧！"后来，他只能微微地伸露着粗笨的舌头，说不出成句的话来了。

"李勇，你怎样了？"

"走吧！不找了，去袭击……敌人吧！"

"你病得很重，我们抬你回家吧！"

"不用不用，我自己起来，我起来……唉，我怎么动不了，头这么沉呢？"

到了晚上，有一个人走到李勇跟前，哄着他说："你爹回来了！"

"真的吗？"

"可不是，他从王快跟我一起跑回来，已经到你家里了。他叫你不要去看他，要好好地打鬼子，给他报报仇！"

"好！好！"李勇笑了，从地上坐了起来，心头像有一块冰块照到太阳，溶解着，溶解了。过后他晕沉沉的，病又转重起来。等到他病好的时候，才知道他爹确实是给鬼子用刺刀刺死的。他去刨开一个大坑，只看见爹的衣服、头发、鞋子和骨头，尸体全化了。

二、不要难过要报仇

"小成子，不要难过，要给你爹报仇！"

区里和村里的干部们，都这样叮嘱着。

李勇的爹死后，家里遭到鬼子的抢掠破坏，生活就更加困难了。爹在世时，常到邓家店卖"粉面"，赊出去了几百块钱，也不晓得都是谁欠的。在村里的荒滩上，因为不能按时出工，短了几十个工，出了一石稻子，家里就没有什么存粮了。这一切的苦难，李勇都记得清清楚楚：是东洋鬼子给造成的。一九四一年冬天，他被五丈湾村里选为自卫队中队长，撅枪就没有离过他的身。一九四二年区里中心村游击小组大检阅的时候，他打靶枪口最准，是全区的第一个好射手。他家里生活虽然很困难，但是他忍受了，他始终积极地做着自卫队的工作。

今年五月初，敌人"扫荡"军区东线，敌情很紧张，李勇兴奋得很，整天地留在家里，防备敌人长途奔袭时，来不及埋地雷。去年就因为他不在家里，敌人奔袭过阜平后，失去埋地雷的机会，受了很大的刺激。

到了十一号那天（阴历四月初八），正是邓家店的集日。李勇家里没有现粮，他不得已赶着一头毛驴，驮了三十斤"粉面"，要到集上换几升玉茭子。刚走到平阳，路过区大队部的时候，碰到了大队长。

"李勇，你快跑步回去，敌人已经到邓家店了！"

"到了邓家店吗？好，我就回！"

"回去赶快把游击小组集合，把爆炸准备好！一定要给敌人一个打击！"

"好！就这么办！"

李勇只恨背上不长上翅膀，好飞到五丈湾。他嫌毛驴走路太慢，就把它寄到老乡的家里。他飞跑着，到村里把队员们集合好了，派出了坐探，把地雷的"雷口""触发箱"都检查了一遍，才回到他家里，从炕头拿出撅枪，装到口袋里，就对他的娘说：

"你们先把东西坚壁一下。有什么搬不了的，叫村干部们帮帮忙，有事情时你们就向大山上转移。我今天还有任务，不回来了。"

他的娘没有留他，因为她知道自己的儿子，素来是把村里的工作放到头一位，在战争的时候，最忙的。

三、要忍受困难

情况越来越紧张。

晚上，李勇把游击小组带到村东的小哨棚里，让游击组员们都休息了，他一个人在哨棚口守卫。夜里没有月亮，只有微弱的星光和河水的闪亮，河旁的树林阴影模糊，风吹着蛙声咽咽咽的响。

敌人到了郑家庄。

他们按着预定的计划，开始打起"雷坑"，哪个坑里哪个雷，也都分配好。

过了午夜，还不见坐探回来报告消息。李勇焦急地在哨棚前踱着，他想敌人只离这里三十里路，如果继续前进，就快到王快，那王快的坐探就该回来报告了。他一个人在想着，就对棚里的王小甲说：

"你到王快中队部去联络一下，探听着敌人到了哪里。"

王小甲走了许久，回来报告说："中队部转移了，找不到。"

"敌人到了王快吗？"

"没有。"

"那他们不会转移，你大概是走到半路就回来吧？"

"到是到了。"

"那还得再去一次，一定要取得联络才行，转移了也要找到。"

哨棚里冷得大家都挤在一块，他们是一早就集合来的，忘了带米，没有做饭吃，饿得肚子咕噜咕噜地叫唤。

"李勇，我们回去吧，饿得呛不住。"

李勇还是一个人站在哨棚前。听见棚里有许多人讲话，就爬进半截身子：

"忍受一下吧！好好地躺着睡，睡着就不饥了。现在咱们不能分散的，分散了集合不起来，上级给的任务就不能完成了。咱们谁家不是困难，有困难就要克服！"

李勇说着，就回转身看看天气，擦了擦疲累的眼皮，把单衣紧了一紧，又接着说：

"同志们！天快亮了，王小甲还没有回来。我看情况不一定松，爆炸组可以把地雷放到坑里，把'触发管'都上了保险针，'荷叶式'的不要拉上线，再派两个人看守着；游击组可以到村里找村长，先借些米做点儿饭——可是大家不要回家，回家就要受处分！"

爆炸组把地雷埋好的时候，东边的天际已经涌起了稀薄的青光，黑色的大河滩也渐渐地透明了。

四、掌握着队伍

明亮的早晨终于到来了。老头、妇女、小孩都离开了村子，转移到大山上去了。

游击组员们吃了早饭，爆炸组员还没有吃，碗又不够用。李勇虽然一天一夜没有吃饭，又整整地奔跑了一天，脸色都发青了，可是他让大家先吃着。最后他端起碗的时候，王小甲回来，说敌人已经到王快，向这里来了。他就急忙把手里的一碗饭递给王小甲说：

"来，你跑了一夜，吃这碗饭吧！"

"李勇你吃吧！你也累了！"

他俩正让着，就听见"轰隆"一声，村东的手榴弹炸了。这是报告敌人来了的信号。游击组和爆炸组的同志们都瞪着大眼睛，机警地张望着。又是一声手榴弹，接着又是一声，声音为什么这样紧迫呢？人们就顿时忙乱起来。

"同志们，各带武器，快跟我来！"

李勇大声地喊着，把手一挥，就把队伍掌握起来了。急促的跑步声，从村子里一直响到村东的土岗上，到了前面的哨棚附近了。李勇怕哨兵粗枝大叶，把自己的队伍当成敌人，就派了张庆珠再去"雷前"观察。一面就吩咐游击小组长说：

"你带小组快到黑山口掩护老百姓，没有我的命令不许打枪！"

跟着李勇的游击组员们，都伏在土坡上，看见一大队的"东洋鬼子"，穿着黑灰色的军装，有戴着钢盔的，背着钢盔的，分成两路纵队，摇摇摆摆地来了。

李勇望着大家紧张的脸色，就低声地说：

"大家要听命令，不要乱打枪！转移的时候不要乱走！"

五、快枪和地雷结合

眼看着敌人走近了第一个雷坑，但是都摇摇摆摆地从雷坑上走过了。

李勇额上的汗直流着，脸色顿时深沉起来。他吩咐游击小组留着监视敌人，自己就带着黄国良、张庆珠，向接近敌人的第一道山梁冲下去。

敌人走过了一段夹道，前头有几个穿便衣的，也走过了第三个雷坑，没有炸。

"来，快把枪给我！"

李勇把撅枪换了一杆快枪，就向大道上行进的敌人瞄准着。

"不行！不能打！"

有一只手拉了他一下，他大怒了：

"一定要打，不打鬼子蹚不上地雷！"

随着他的枪声，子弹飞啸着。大路上敌人的队伍里的一个鬼子身子一歪，他又打了一枪，敌人的队伍就停住。又一枪，队伍就突然地骚乱起来，狼狈地向后溃退着，把夹道挤得满满的。

"呜隆……"

路上涌起了一团黄沙，沙土堕落后，一股白烟才升起。

后头的鬼子看见前面地雷炸了，不敢站在路上。右手是山坡，左手是河滩，有一道土堤的缺口通到河滩里，于是拼命地向这缺口挤着。又"呜隆……"一声，李勇兴奋得眉开眼笑了。

"打枪，向那密集的鬼子打枪！"

鬼子有躺在地上的，有挽着胳膊走路的，有被抓着一条腿在地上拖的。啼哭的声音，像狼嚎一样的难听。李勇装了第二排子弹的时候，刚好有一个日本军官，骑着一匹大洋马，从队伍的后头赶上来。他瞄准放了一枪，马受伤向半空中一纵，把军官掀倒在地上，马凶野地向广阔的河滩上奔跑去了。

敌人慌乱了一阵，队伍就五零四散地走着。敌人不敢在大路上走，拐到河滩上，涉着水，踏过麦田。在麦田里都是踩着麦秆子走的，不敢走两行麦子中间的泥土，大队拖拖沓沓地，拐到村西的杨树林里，就歇下来。

"糟糕，鬼子敢是要来搜山了！"

"不怕！我们有一个小组在黑山顶守山口，要是敌人进沟，他们打手榴弹，老乡们会转移的。我们要转移的时候，就不到黑山顶去。你们看：那鬼子是在包伤口吧！"

李勇机警地又伏下身子，望着沙滩上休息着的鬼子说：

"喂！那地方要埋上子母雷就好了！"

"呀！你还要打枪！"

"不要紧，打他狗贪的！"

砰的一声枪响，沙滩上一个站着抽烟的日本兵，歪着身子倒了。又是一枪，全沙滩上坐的日本兵就哗然地站了起来。

河南岸有一阵急促的、清脆的机枪声响着。这枪声是子弟兵团射击出来的，游击组员都兴奋地竖着耳朵听。沙滩上的敌人顿时忙乱起来，架着炮，向发出机枪声的地方，茫然地射了四炮。停了一会儿，看看没有动静，就把大炮口转向李勇他们这个山头来。

"不要慌，掩蔽好！"

李勇像平日招呼人一样，把手一扬。他的黧黑的额上，青色的短褂上，都被汗水湿透了。脸孔被太阳晒得黑亮黑亮的，他的短健的身干，充满着自信的力量。他望着大家的脸，笑着问道：

"大家先歇歇吧！都累了！看样子鬼子不会来搜山，我们路上还有几个地雷没有炸，要是有咱们追击的部队赶来，恐怕把他们炸了。我和黄国良、张庆珠去看一下，你们就留在这里，掩护老百姓。要是鬼子从大道上往回翻，就摔手榴弹，我们好走！"

李勇眉毛一扬，三个游击队员都跟他大踏步地向东面的山坡下去了。

六、检查和追击

坡下的路上和滩上炸了两个大坑，坑边淤积着一大摊血，田埂上掉着许多碎布片和骨头渣子；道旁的扁豆地里烧了一堆布灰，还有一只黑色的大皮靴，烧了半截，靴里装着腿。李勇巡看了一遍，把没有炸的雷都起了。向东面的河滩上瞭望了一会儿，河滩上只有几只"老渔翁"在觅食，别的都是水和麦田。他派了一个哨，看守着村东头，自己就带着两个游击队员穿过杨树林，向村西走去，一路上看见画有许多大圈子，圈里都用纸条写着"地雷"两字。到了村西的大河滩上，敌人已经走了，地上丢着十几个药包、擦血的棉花、许多纸烟盒，还有一摊摊的血迹。

李勇兴奋地笑了，他感到不满足，又带着队员继续向东追去。拐了一个大山角，山上有人喊着："李勇快回来！"他才记起这里已经越过自己的地雷界，摸不清哪里有地雷，不好走，就拐回来。

第二天，有两个被敌人抓去的民夫跑回来说，五丈湾的地雷炸死了八个鬼子，炸伤了二十五个。用枪打死了一个日本小队长，打伤了两个日本兵。死了的鬼子有装进麻袋里的，有绑在驮子上的，伤轻的都是搀着胳膊走路。鬼子有伤的死的都不让民夫们看，一看就打，但是人们还是看得清清楚楚的！

七、向李勇看齐

五丈湾地雷战惊人的战绩，很快地传遍了全阜平。路上的行人都在眉飞色舞地谈论着李勇的爆炸故事。

第五天，阜平县武装部的同志特地找李勇谈这次战斗的经过，并且当面奖励他的刻苦耐劳和精明英勇。我赶到五丈湾调查这次战斗的时候，李勇已经赶着毛驴，到邓家店卖"粉面"去了。第二天才回来，戴着大凉草帽，个子略短些，脊背像常年挑着担子，压得有些驼了。但是他说话平和慎重，举动朴实。告诉我的来意，他很不过意地笑了笑，没有丝毫骄傲自得的神气，只沉默了半晌，望了我一下，低声地说："我们村里统累税正忙着收算，我先去呈报一下，一会儿就来。"

他匆忙地走了。

后来他和我详细地谈了上面的故事。他是模范青年共产党员，他始终是刻苦耐劳地工作着，战斗的时候是最精明勇敢的英雄，胜利时也不骄傲，他认为胜利是由大家努力得来的。他把上级的任务，把村里的工作，始终是放在第一位，不管家里生活怎样困难，都埋头地工作，并且把村里的游击小组，都紧紧地团结在自己的周围。共产党北岳区党委知道了这件事情后，特地给五丈湾村支部和他一封奖励信。晋察冀军区聂、萧正副司令员通令嘉奖，武装部也奖他两杆快枪，并号召全北岳区的民兵，开展李勇运动，每个爆炸手应该向李勇同志学习。不久，全北岳区的民兵爆炸手也都热烈地响应起来了。

一九四三年五月二十二日写于五丈湾

（《晋察冀画报》第 4 期）

晋察冀边区子弟兵战斗英雄邓世军

雪茜

一、英雄的光荣

×团一连连长邓世军同志在边区党政军民所召开的群英大会中，受到了人们高度尊敬与热爱。他曾在庄严的给奖大会上从宋主任手里领受了一等英雄奖章和五千元的望远镜代金。他曾和"子弟兵的母亲"——拥军模范戎冠秀同志合过影。除去开会外，记者访问、剧社同志要他讲故事写剧本，他到处被人包围着。在闭会以前，边区党政军民宣布一个联合决定，赠予他以"晋察冀边区子弟兵战斗英雄"的称号。

二、英雄的简史

二十九年前，他出生在四川苍溪县一个贫农的家里。一家五口人过着艰苦的岁月。他读过四个月的书，七八岁就开始参加劳动。十五岁时，他为了摆脱奴隶的命运，毅然地参加工农红军第四方面军，当一个勤务员，不久在一次战斗中他负了伤（现在他右脸颊上一条月牙形的创痕，就是那次战斗的纪念啊）！后来，他当过看护员，学过吹号，参加过少年先锋队，也当过通讯员。一九三五年，他被编入中央红军，经历了名震世界的长征。他爬过雪山，走过草地，参加了历次著名的战斗（如拉子口、三城堡等），受了两次枪伤和一次炸伤。一九三五年他已成为共产党员了。西安事变后，他到随营学校受训。红军改编为八路军，他随着一一五师到前方来，曾参加过光辉万丈的平型关战斗。不久师主力转移，他留在晋察冀。九大队改编为×团，他升任连长。从四〇年到晋东南讨逆归来，他一直担任着一连连长。

三、英雄的几次杰出的创造

英雄的故事太多了，一下说不清，让我们从英雄的丰富的战史中，摘出几个出色的来谈谈吧！

血战磨河滩（百团大战的一支壮烈插曲）

百团大战时，为了配合攻占娘子关的胜利，邓世军同志的一连，光荣地接受了"攻夺磨河滩"的艰巨任务。

磨河滩是怎样险峻的地方呀，它面临着深阔的冶河，敌人有桥头堡垒和坚固营房，经常驻有几百敌军。

在漆黑的雨夜里，邓世军同志率领了一个连的五六十名精壮指战员，强渡过冶河，逼近了车站。这里原有二百多敌人，前一天晚上又从阳泉开来了三百多名。在九点钟时，战斗开始了。鬼子在睡梦中被惊醒，仓皇来应战，被我们一个猛冲，伤亡了几十个人。另外又有一部敌人，挟着重火器来反击，在雷声、电光和骤雨中，骇人的恶战足足打了两小时，敌人连死带伤又有几十个。一连趁着敌人混乱时，撤出战斗，不料河水突然暴涨，归路断绝。邓世军同志又发出第二次冲锋命令，压退敌人，巩固阵地，以待时机。在邓世军同志奋勇当先的鼓舞下，大家那样勇敢，又杀伤敌人一百名左右。拂晓时候，邓世军同志率队撤退到村边固守，凭着房屋做工事顽强抗击敌人。六七点钟敌人组织了一百多人来冲锋，遭我们密集火力的扫射，溃退了。十二点敌人又发动了二次进攻，先用大炮、机枪摧毁我们的阵地，然后三面包围，并且施放烟幕弹。在这万分严重的时分，邓世军同志叫大家把文件、书籍完全焚毁，并鼓动大家说："我们要战到最后一个人，我们生死在一起！"战士们以惊人的果敢，响应着他的号召。敌人冲上房来，没有站稳脚，就被打下去，这样敌人冲上房，又被打下去，反复有四次，最后敌人从房上挖开洞，把手榴弹投下。钢铁的战士们像不懂得它会爆炸一样，立刻拾起又把它扔出去。这样敌人终于又败退下去，并丢下了三十多具死尸。下午，从阳泉又开来了一列铁甲车，用五六门大炮向一连轰击，把房子都摧毁了。敌人在铁甲车掩护下，四面包围上来。这时一连伤亡了六七个，弹药也快完了。邓世军同志以他的机智和勇敢，马上决定迅速撤退，渡到河那边去。队伍分四批渡河，邓世军同志担任掩护，不幸在渡河时，被打伤了左腿。这是如何危急的事情，但凭着他的□熟水性，仍然胜利地□过了没顶的冶河，率领部队，归还主力。就在一连渡河撤退中，敌人又死伤了三十多名。

南甸堡垒攻夺战

去年四月，敌人"蚕食"南甸。五团要求夺取堡垒。一、二连任主攻，一连特担任了最难攻打的西南面。邓司令员亲自下命令给邓世军同志："你是长征干部，×团最老的连长，今晚非把堡垒拿下不可！"他率领队伍冲破两道铁丝网、鹿寨和壕沟，连冲了二次，因敌人放了三次毒而未奏效。政委叫起来了："邓世军努力冲啊！"第三次终于上去了。在冲锋中他的面部被子弹擦伤，他一点儿也未觉得，带着两个大手榴弹，第一个首先闯进堡垒，没防备敌人一个手榴弹把他右肩打伤了，血流了满身。但他忍着痛，一枪把敌人打死，就地捡起了两支步枪。最后在地板底下发现了一个敌人，他和敌人摔起跤来，在另一个同志的帮助下他自己用枪把敌人打死了。这位上等兵的皮带、子弹盒、皮包和他的遗像作为战利品，现在都还完好保存在英雄的手里哩！

四、在反"扫荡"中

甘石沟战斗

邓世军同志奉命坚持寨北、王家沟、两界峰一带地区。当他们走到甘石沟，天已半夜，地理又不熟，村里只有三两户人家，战士们只好在外边露宿。

黎明时分，阵地哨上枪响了。邓世军马上派一班占领村后高山阵地，阻击前进的敌人。一千五百多敌寇分三路前进。敌人的目的是在围歼团主力，但是他侦察错了！经一连的猛烈打击，遂分成七路，拼命围过来。一排在后山上和三百多敌拼开了手榴弹，敌人垮下去了，其余部队也向里边靠，打算跳出包围圈，可是敌人又冲上来把一连包围起。邓世军同志命令一排，前去突围，把敌人阵地冲破了。一连刚转出不远，敌人接着又组织一个包围，一连又突破了二次包围，紧接着第三次被围起来。想想吧！这是怎样危急的时候呀！邓世军同志亲自率领全连战士们，集中火力向敌人突击，敌人也用了十几挺机枪来还击。一连在弹雨横飞中，占领了制高点，击溃了敌人，而且完全粉碎了敌人的毒辣企图，安全转移出去。在三次突围战中，敌人伤亡了三十多个，我们只一个卫生员失联络。

北岳沟战斗

反"扫荡"末期，一次，一连住在沙片，因情况变化，就转移到北岳沟。半夜，六亩园的敌人突然向我袭击，和一连游动哨打开了。邓世军同志立刻把情况侦察清了：敌人有两千多名，遍布在南北山上，团主力却正停止在北沟里做饭吃，休息哩！情况真是紧张得叫人透不出气来。只见敌人指挥官把旗子一摆，十几挺机枪一齐向北沟里发射。团长命令邓世军同志爬山掩护，他带了部队向北山上爬去，一连爬了四五个大山。敌人这时也正在向这一座高山上爬。当一连刚爬到山头，敌人差五六步也到了山顶，马上进入白刃肉搏，一连的手榴弹纷纷地向下投掷过去，敌人暂时被迫退下了。不一会儿，敌人又组成密集队形蜂拥而来，连续地冲了七次，连续被一连打退下去。敌人射手被我们打死了，小队长也挂了花，我们只伤亡五六人。在敌人的冲锋当中，远的我们用手榴弹打，近的用刺刀挑，单是邓世军同志一个人，扔出了四十多个手榴弹。敌人被打得不敢抬头，随后来了四架敌机助战，从上面丢下了硫磺弹。邓世军同志的帽子被燃着了，山头上的草也燃烧起来，机枪不住地狂叫着。这时团主力已经分三路突出去了。邓世军同志还带着战士在山上坚持着，最后，手榴弹打完了，把两个地雷从山上滚下去，"轰"的一声，又炸死了几十个鬼子。一直坚持到黄昏，邓世军同志始终不离开阵地，带领五个人掩护部队，招护伤员。他们每一个人背着三四支枪，安全转移出来。

五、英雄的答问

"当你听说你被选为战斗英雄的时候，你心里有什么感觉？"在一次和邓世军同志的闲谈时，这样问他。

他想了一会儿说："只是觉得很惭愧，我怎么能够上英雄呢？"

"你回去以后，有什么新计划？"

"计划很简单：坚决执行命令，更加多打胜仗，坚决执行拥政爱民政策，大生产更要特别加油干。完全做到上级对我的希望。"

（《晋察冀画报》 第 5 期）

爆炸英雄李勇在反"扫荡"中

仓夷

一、关于李勇的传说

反"扫荡"斗争越激烈，关于李勇的传说也越多。特别是逃散的敌人的民夫，把李勇和他的游击组员都描画成天兵天将。据民夫们说，他们亲眼看见大队的日本兵挨炸了，山头上就出现了李勇在喊话："炸得好不好？"日本队伍里的翻译官吓得直抖，连忙答道："好！好！"就蹑手蹑脚地往后退。山头上的李勇又喊道："好，好就再来一个！"嘿，可不是吗？又一个地雷，从翻译官的脚下滚起，把他炸飞了。还有传说敌人在五丈湾驻扎时，李勇扮装成民夫，混进敌人的厨房，把大锅的大米饭扛走了，还说："这些大米是我们边区的，不能让鬼子吃！"敌人曾宣布要以牺牲一百个"皇军"的代价来活捉李勇，但是怎能捉得住他呢？据说相距只一个小山头，敌人追一节，李勇退一节，埋下雷，敌人追上就炸了，连追三个山头，都受到地雷的炸，没法捉住李勇。

在我走过的村子里，游击组员们也都争着打听李勇的消息。他们把李勇当成一面光辉的大旗，要跟他展开爆炸竞赛呢！

我渡过了鹞子河、板峪河，来到李勇的家乡——五丈湾。在村外的一个山头上和他会晤了。他带领游击组员们，笑着向着我走来。他命令游击组员在石崖间休息，派出山头哨后，就和我拉话。

二、像猎户们在等待着野兽

反"扫荡"还没有开始，李勇就离开家，把全部精力都用到游击组的领导工作上。敌人离五丈湾十几里地的王快驻着，李勇就领导

《晋察冀画报》文艺文献全编

游击组把雷埋好了。可是敌人总是不往上走，游击组在雷旁守望了三天三宿，在濛濛的细雨中淋着，吃的是北瓜稀粥。但是他们都忍受着，像猎户们在等待野兽。

九月底的一个早晨，村东蔡家坡岭上，敌人才算露了头，可是还不见往这村里走。李勇提着大枪追上蔡家坡，发现敌人是向北走着。听见三岔口的敌人喊着："地雷的，找！找！"于是走到三岔口的敌人大队停住了。李勇怕敌人挖走埋在三岔口上的地雷，在坡上连打十枪，有两个敌人躺在地上了，动弹不得。敌人慌乱地向两旁卧倒，中了地雷了。敌人怕我们往下冲，机枪密集地向山头扫射着，枪弹打到李勇的身旁，刚下过雨的土皮，都成块成块地被打得飞跳起来。有五颗小炮弹落在李勇背后的山沟里。李勇转到另一个坡头，敌人的机枪还不停地叫，很快地又来了一架飞机。从高空中向这一带山头栽下来，盘旋着，飞得那么低，几乎要和李勇碰头了，可是它还看不见李勇在哪里。

第二天，西面王林口大队的敌人顺沙河下来，李勇带着游击小组在村西布置好地雷阵，忽然接到东面侦察的报告，说王快的敌人也上来了，已经到了庙南村下。他就急忙带领了张金珠，到东面监视。敌人的尖兵（二十多人）已经走到小庙旁，前头拿日章旗的把旗一歪，就停住了。歇下一会儿，拿旗的把旗一摆，队伍又前进着。李勇瞪着两只眼睛，光等着地雷冒烟。突然，敌人前头的大旗倒了，霹雳一声，那队日本兵就倒的倒，跑的跑。李勇兴奋地问着张金珠："炸得好不好？"张金珠点头说好，李勇就大声地喊着："好，好就再来一个！"话刚喊完，就听见村西坡头有了枪声。

他们顺着山梁向村西移动，东边的敌人大队已经上了山，李勇回头打了五枪，敌人的掷弹筒也向他们射过来。

李勇告诉我，这一天是最红火（热闹）不过了。他们在这一带山头里游转，光听见地雷的爆炸和鬼子的哭叫声，两千个敌人被地雷炸得乱成一团。村西敌人在大路上挨炸了，大队就顺着路旁走，工兵在路上爬雷。日本兵以为在路旁保险，只顾怀着新奇的心情挤在一块看，不提防脚下就踩着地雷。爬雷的爬不着雷，看爬雷的却炸个稀烂。敌人到村里弄门板抬伤员，门板上的雷也炸了，炸伤了两个，抬到山坡上，大概是抬死了吧，也放在死人堆里烧掉了。直闹到太阳快落山，王林口的敌人才回王林口，王快的敌人也从原路回王快。李勇带着游击组下去检查的时候，得了一面日章旗，上面还写着"祈武运长久"五个大字，旗旁是日本士兵的肉骨灰、布片、皮带的碎段、皮鞋的碎块。

三、巧妙灵活的地雷

李勇和游击组员们，不让每一个杀伤敌人的机会错过。敌人在这条线上来往，每次都得挨炸，同时都是炸在一些出奇的地方。有窄狭的道口，敌人注意的地方，他们弄了一些虚虚实实的地雷阵，而在敌人不注意的、不好伪装的地方，他们却要大大地招呼敌人一下。每次经过，他都要迅速检查一下地雷的埋设，如果踏翻没有响，就把雷起了（敌人不敢起李勇的雷），如果没有踩着，就研究敌人走路的规律，是拐弯，是改道，就重新埋设。有一次，大路左旁埋了一个雷，敌人从大路上走过了，没有炸。他们下去检查，发现路左离雷不远地上被敌人画了两个大圆圈，敌人远远看见圆圈，就不敢走左边了。他赶快把圆圈擦掉，又在雷的右边画了两个大圆圈，画得大大的，圈里还用脚弄了一些可疑痕迹，就上山了。果然后来的敌人炸中了。敌人开始是走村旁的大路，后来慢慢地移到村南的菜地里、稻田里、水渠里，后来一直移到沙河的岸边，差不多已经走出几十条路。可是怎样改也不行，吃不住李勇"活动地雷"的追击。有一大队的日本兵从王快上来，正午到滩上放心地休息、喝水，以为这里偏僻的地方不会有雷，民夫们也在河旁"饮牲口"。李勇和游击组员们在山头上瞭望着，半个钟头以后，敌人就开始集合了。廿几个鬼子挤成一片，一个军官刚跨上马，就看见在人堆中冒起一股巨大的蓝烟，军官和马飞上空中，"呜隆"一声，地震一般，顿时这滩上的人们和牲口都看不见了。一片蓝烟慢慢上升，李勇他们在山头上正要向下冲，不料王快敌人的汽车上来，把炸躺在沙滩上不能动弹的日本兵全弄上车，连炸死的一只黑骡子也驮走了。

敌人不断地来合击"清剿"五丈湾附近地区，爆炸组长张连同志带着雷，在山头上等待着炸合击"清剿"的敌人。山头上群众很多，早埋会出危险，只有等敌人迫近来才可以埋。李勇交给张连这个任务，要他炸"剿山"的敌人，不许损伤一个老乡，自己就带领游击组员们下山，在河滩里检查地雷。这时情况已很紧急，走近河旁，河南岸山头上的民兵呼喊着："不行，北山梁上有敌人了，快走吧！"李勇回头一看，果然从他下来的山坡上已经有敌人了。他立在河旁瞭望着，河南岸的民兵又喊着："不行，快过河来，西面有敌人了！"他们渡过大沙河，回□一看，果然，就离他们过河不远的地方，有三十几个日本兵在田垄上坐着，因为隔着一块高粱地，没有碰上。可是这时候，北面山坡上"轰"的一声，地雷炸了。雷声离敌人上去的山梁还有一段路，李勇忐忑不安，担心着会炸到转移的老乡。敌人退走后，找到张连，才知道是另一股敌人追击张连，在山头上挨炸的，炸伤了三个人，鬼子用门板抬着抬着就死了，放在坡上点火烧成灰烬。

四、李勇带病抢收

在敌人连续"清剿"五丈湾北山的时候，李勇同志因为连日过度的疲劳，不幸病了。病得很厉害，一粒米一滴水都进不了口，高度的发烧，像是恶性疟疾。游击组员用门板抬着他，在山头上和敌人打游击。在这里周围数十里地都有敌人，他不能向外转移，也不肯往外转移，他想病很快就会好的，好了还要坚持斗争。游击组员非常爱戴他，用全力来保护他。在病中，他常常问地雷爆炸的情形、鬼子活动的规律、村里有没有受损失，没有一时一刻忘记了自己的工作。

敌人开始抢沙河滩里的稻子了。汽车路已经从五丈湾的村旁修过，李勇听到这个消息，就带病从门板上爬起来，领导游击组每夜担任警戒，在冰冻的沙河里蹚水，掩护民众抢收。人们不敢去或不愿去的地方，他就走在前头。很快地把五丈湾的稻子全收了，成为沙河北岸抢收成绩最好的典范。

为了爆炸汽车，他曾冒了很大的危险。有一次他带领张连、张金珠、甄作仁到汽车路上埋雷。雷坑打好了，警戒不小心，敌人的汽车走近了。张连他们急忙抱着笨重的大号雷，跳下很深的石阶，没有损失了地雷。李勇病还是刚好，心里一急，两眼□花，沙滩、汽车路、玉茭□、山野全都旋转起来。他向沙滩跑了一阵就扑倒在地上，可在汽车过后，他们又坚持着把雷埋设了。

第二天敌人的汽车又上来，李勇他们在山头上看见敌人的汽车挨炸了。几十几辆的汽车全停着不动，头一辆车上下来三个人，恰好踏响了路旁的地雷，炸死了。又下来一批日本兵，围着汽车转，有两个卧倒在路上，钻进汽车底。有几个人把死人抬上汽车，人们就全上车了。汽车转回头开走了几步，走不动了，又下来修，天大黑了才走了。

前两天在齐家坟附近又炸了一辆汽车。这是李勇和张连他们下去埋的，刚埋好上了山岗，从王林口下来了三十辆汽车，满载着日本兵，第一辆过去没有炸，第二辆就炸着了。三十辆汽车马上停住，几百个敌人都下了车，把路旁的一片苇地包围起来。苇丛里晃动着，像有什么东西在躲藏，李勇他们在山头上看得也很奇怪，敌人却只管□喝着"捉活的！""游击小组！游击小组！"可是没有一个敢进苇丛。日本兵围着苇地闹了半天，都满头大汗地喘息着，突然两条影子从苇丛里冲出来，日本兵急忙开枪，原来是两只黑狗，连跳带蹦，又钻进另一片苇丛里去了。日本兵都哈哈苦笑起来。有几个日本兵爬上小坡头张望了一会儿，无精打采地上了车，三十辆汽车又全开回王林口去了。

李勇他们在坡上瞭望着，光等着敌人会在苇地旁中雷，不想闹了半天没有踩上，大家就相对面地大笑起来。李勇说：

"便宜了他们，下次再看吧！"

五、英雄的光荣

在反"扫荡"中，爆炸英雄李勇的旗帜是永远招展着。李勇从我的口里知道，全边区的游击组员们都愿意和他竞赛，而且有许多新的爆炸能手出现着。他没有对他已得的成绩表示任何的骄傲或自满，同时也不表示丝毫的疲累，他常常笑着对他的游击组员说：

"听见吗？人家都要和咱们竞赛，咱们得更加努力呀！大家有什么困难，可以提出来，大家想法克服，有新的爆炸技术也可以提出来研究。无论如何，我们的地雷一定要响！要把鬼子炸个人马稀烂！"

三个月艰苦卓绝的反"扫荡"斗争胜利了。全边区的党政军民，都卷进了庆祝胜利、控诉日寇暴行、拥军拥政爱民的洪流里。从边区到专区、到县、区、村，都在开大会。千百万的子弟兵英雄们、爆炸英雄们，被人民爱戴着。在边区党政军民召开的盛大的"群英大会"上，全体英雄模范决议赠予李勇同志以"晋察冀边区爆炸英雄"的光荣称号与银质奖章。并将决议在《晋察冀日报》上公布，该决议全文是这样的：

> 中国共产党模范党员李勇同志，善于掌握敌寇活动规律，机智勇敢，巧妙灵活，在去年五月反"扫荡"中，地雷与步枪结合一起，创造惊人战绩，为广泛的群众游击战争作出一个好榜样，当即确定为"北岳区爆炸英雄"。去年三个月残酷的反"扫荡"中，更能精益求精，发挥创造精神，地雷战与麻雀战密切结合，主动打击敌寇。他和他的游击小组，三个月中，共毙伤敌伪三百六十四名，炸毁汽车五辆，实为群众游击战的能手，因此，特赠予李勇同志以"晋察冀边区爆炸英雄"的称号。希望李勇同志继续努力奋勉，前进不已，并号召全边区民兵在杀敌自卫的大旗下，更加广泛开展李勇爆炸运动，向李勇同志看齐！

为鼓励群众武装和生产的密切结合，边区政府并奖给李勇同志一头大骡子，希望他在生产战线上也成为一个劳动的英雄！

一九四四年二月，阜平

（《晋察冀画报》第 5 期）

威震同蒲北段的杨主任

吴群

> "同蒲路北段的火车头和车厢被我毁坏百分之二十五以上。"
>
> ——十二月十六日,《解放日报》:半月军事动态

你要问起杨主任吗?他在同蒲北段是有名的,从太原到大同一路上,他的名声传得很广。老百姓□仰他,敌伪军害怕他,谁都知道他是八路军河南区队的政治主任杨世明同志,谁都知道他是敌人同蒲路的死对头。他穿着一身完全是取自敌人的日本装,短小的身材,头戴日本鬼皮帽,身披青呢子东洋大衣,打扮得就像是个日本人一样。一开腔,那满口湖南土话,山西人好多都听不懂。但杨主任他是一个被大家公认为了不起的人物,他是一个威震同蒲北段的破坏敌人火车的英雄!

这是去年夏天的事。从六月起,杨主任带着队伍下忻县活动,凭着他的智和勇,凭着他的调查研究精神和创造性,首次破坏敌人火车成功以后,于是同蒲北段从那时起便不安静起来。敌人的火车、军用列车三天两头出轨翻了那是常事,车厢一个个被毁坏,敌人有的死伤,有的当了俘虏,车上物资有的被焚毁,有的成了缴获品。据不完全的材料,从六月中旬到八月底止,两个半月当中破坏敌人火车共成功十次。战绩是:击毙敌伪二十八名,击伤敌伪十六名,生俘日人中野久吉等五名,伪警务段、伪警察、司机、司炉等共二十四名,路工十一名,毁火车头十一个、车厢十一辆,缴电话机十架、步枪四支、刺刀三把、黄色炸药两大箱、文件十六大包、衣物六皮箱、白面大米十二袋及其他军用品很多。另外又焚毁敌人木料、席子等在十七个车厢以上……但这些现在已经是老账了。

因为破坏敌人火车多了，杨主任的经验便丰富起来，他们没花过本钱的，破坏铁路的工具，如螺丝钳、起子等都是取自敌人。杨主任自己创造了"支高铁轨破坏法""绳拉活轨破坏法"及"临时搬轨破坏法"等多种简单而有效的铁路破坏法。现在同蒲北段铁路警备虽然是加强了，但他们是斗不过杨主任的。杨主任想叫他晚上翻车就晚上翻车，叫他白天翻车就白天翻车。

三个月大"扫荡"中，杨主任带部队在同蒲北段、忻县附近地带上所取得的胜利是更光辉的，因为他的积极性、顽强性和他的勇敢都结合起来了。住在同蒲路边的老百姓都知道的，从十月十六日起到十二月十六日止两个月，光杨主任亲自带领着队伍破坏敌人火车成功的，就有九次之多，并且他还打翻了敌人一辆轻便铁甲护路车呢！住在同蒲路边的老百姓都是看到的，在那期间，晚上往往"轰隆隆"一声响，接着一阵子机步枪射击后，敌人火车便倒的倒、歪的歪，在铁轨上不能动了。接着车厢里吐出熊熊的火焰，车被焚烧了，火焰一直卷向半空，将平川几十里以内都照耀得挺明亮的。住在同蒲路边的老百姓都是看到的，以前经常来往于铁路上的敌司机员中岛五六等二十余名，现在都变成了一包包尸灰被运回日本去了。住在同蒲路边的老百姓都是看到的，在忻窑支线上有，在忻县至豆罗间有，在忻县到忻口间有，在忻口到原平间有，到处都有被打翻出了轨、横倒在路边的敌人的火车头呵！这些"铁老虎"以前是多么神气，而现在呢？他们是轮子朝天地躺在路基下被大家看成一堆废铁罢了。

破坏火车有时碰上是客车，常会使一些旅客饱尝虚惊的，但他们事后想起来又都欣然地微笑了。因为这不是土匪抢车，而是遇上了久被敌人造谣欺骗说"八路军全被消灭了"的八路军又来破坏敌人的火车了。他们在车上一点儿没受害，一针一线不受损失，反而得到了八路军的保护和安慰。火车上，也常有不少敌伪军，或被迫在敌人手下做事的铁路工作员等被我捉住。当时他们大都以为一定活不成了，但没想到我们给予宣传后，却立刻放了他们。他们常常被感动得掉下几滴眼泪，因为他们看到了祖国抗战的英雄们，并且听到了对他们的教育。这样我军的政治影响大大地被扩大了，而杨主任的名声也流传地更广泛起来！

你说在同蒲路北段破坏敌人火车是件容易的事吗？不！不是的，自从去年八月以后，敌人的铁路警备已大大地加强起来，因为现在是敌人"决战输送总力期间"，铁路上敌人增加了机动部队，铁甲列车也加多了，敌人在到处寻找着我们战斗。但杨主任为什么仍然能到处躲开了敌人而取得这样的胜利呢？这是因为杨主任的精心研究和破坏火车经验的高度发挥的结果。

现在，破坏敌人火车，在河南区队是广泛地开展起来了。经过杨主任和各部队干部上了几次专门的怎样破坏火车的军事课以后，各部队现在自己都搞起来了。不但在同蒲北段搞起来，在榆寿活动的部队、在正太路上也搞起来了。不但这样，在同蒲路西一二〇师兄弟部队破坏敌人火车运动中，也效法起来了。

在一九四四年这一年里，我为威震同蒲路北段的杨主任祝福，预祝他今年破坏敌人火车的胜利，我们更预祝在今年有大批的杨世明式的破坏敌人火车的英雄出现。

（《晋察冀画报》第 5 期）

狼牙山前的光荣射手安全福

夏蓝

一九四三年秋天边区反"扫荡"斗争里，在狼牙山那个地区，出现了一位出色的英雄，他是×团五连的飞行射击组组长，他的名字叫作安全福。

安全福在反"扫荡"里，奉着上级命令，带领几个人活动在松山、独乐、管头、东西水一带，担任着杀伤敌人的任务。在整个反"扫荡"期间，他一共杀死二十多个敌人（内有一伪军连长），他领导下的那个组，前前后后杀死杀伤敌人五十多。

安全福同志具有永不疲乏的作战积极性，为人民的火热的战斗精神。在三个月反"扫荡"斗争里，他只十天没有打仗，其余日夜时间都是在紧张的战斗里。他有着准确的射击技术，灵活掌握着"麻雀战"的原则，每一开火就要打倒敌人而使自己不受到损失。他沉着、大胆，有着一种跟敌人死钉死打的顽强性……所有这一切，就是我们的英雄，安全福同志出色的地方。

★ ★ ★ ★ ★ ★

安全福的"麻雀战术"，在两种情况下连着用：当着敌人还正在周围据点里集结力量、准备进攻，或者在遭受了打击、退回喘息的时候，他们便发动了积极的攻袭，拉走敌人的牲口，解散民夫，用手榴弹去破坏敌人的肉体和精神的力量。当疯狂的敌人开始举行进攻"清剿"的时候，他们便一个个分散在山头上、庄稼地里，给敌人冷不防的杀伤，纠缠着敌人，阻碍他的企图。

八月中秋刚过了几天，全边区便进入了反"扫荡"斗争的怒潮里。那时候，塘湖、界安的敌人进到了独乐，在那里修筑据点，为着

《晋察冀画报》文艺文献全编

运输的便利，他们占领了当中的松山，二百多敌人带着民夫在那里住下了。夜里，安全福就带了两个人和一挺小炮，摸到了松山村边，发现敌人正在外边烤火，他们就向敌人的堆里扔进去几颗手榴弹，打了两小炮。民夫们全都跑散了，鬼子躲进了院里，他们又避开敌人的警戒摸到墙根，把手榴弹从墙外扔进去爆炸了。敌人恐慌了一夜，第二天天没有亮就跑了。

几天以后，敌人占领了石家筒，向东西水试探我军主力。安全福这时撤上了山头，把他的一个组摆开在三个山头上，副班长赵武马带三人上了东牛坨山上，魏玉昌带着两人占领牛心坨，安全福自己就在东水东山等候。

敌人过来了，带着民夫共五百多。到了河槽里，安全福先瞄准了前头的十几个尖兵放了一枪，一个倒下了，接着他又向敌人的纵队射击。这突然有效的打击使敌慌乱了，鞭打着民夫和牲口拼命往前走，没有敢进东水村，沿着山坡到了东牛心坨的山脚下。这时候魏玉昌他们的枪也响了起来，接着，副班长那里也开火了。敌人在山沟里前前后后挨着打击，在傍晚时分，驮着七八具死尸，向管头方向走了。

★★★★★★

安全福的"麻雀战"，是依靠着什么来实现的呢？"麻雀战"并不像我们想象中那样好玩，它需要过人的勇敢、大胆和万分的沉着。没有这种素养，便不能取得一点儿成绩。安全福正具备这种老练的修养。

安全福是有锻炼的，从十七岁参加八路军东征的时候开始，他就几乎天天生活在战斗里。他当特务营、骑兵团、××团的通讯班长，随着首长活动在满城涞源地区、平汉路的两边，百团大战后他在腰上、左肩和左腮骨上受过三处伤。差不多什么境况他都经历过，他摸熟了战斗中的各种事物，不管敌人怎样逼近，情况怎样紧急，他都能应付自如，巧妙地避开危险，取得他的胜利。

反"扫荡"中，安全福带了三个人到管头去侦察。这时候是十一月十二日，正是敌人大举"围剿"狼牙山的前一天。

他们到了岭东的北山上，敌人飞机飞得很低，在左近山头掠来掠去。他先分配了两个人在山上警戒，自己就同白文举下管头搜索去了。

顺着南管头的村西走，两个人手里都提着手榴弹。走过一道墙，就听着敌人在院里哇啦哇啦说话。他们停住脚在那里细心观察，正在这时，忽然从陈家会下来一股敌人，插到他们背后，相距不过二十来步远。他们没有惊慌，沉着气沿墙走，出了村，往北管头去。恰好从毛儿崖经过北管头下来的敌人也碰上了，两股敌人都离他们不远。他小声对白文举说："千万别跑，一跑非坏不行了！"他们把两个人的距离拉开，一前一后地走着。过了河，爬到东山坡上，敌人以为是自己的哨兵，也就没有理睬。

他们躲在一个棱坎上的石头后边，底下就是到独乐去的大道。陈家会和毛儿崖的敌人都会合起来了，从这里过了一批又一批。末尾一百多敌人掩护着抢来的百来头牛过来了，安全福和白文举突然站起来，两杆枪同时发射，接着手榴弹也往下掷。敌人乱跑，鬼子和牛挤在一堆，六十多个民夫也跑散了。白文举冲过南面山上，找着两个民夫，帮着把牛赶回廿多头。

这次打死了敌人十余名。安全福用别人少有的沉着和大胆，在敌人身边活动，短距离内给敌人以突然杀伤，这就是安全福获取胜利的原因。在反"扫荡"中他的许多次战斗里都是如此。

★★★★★

我问过安全福，他的射击到底有多准确，他有点儿不好意思说，因为安全福是老老实实的青年，他不好夸张自己的能力。他回答说:"跑步过来的敌人,二百米达以内,端起枪就能把他打倒。三百到四百米达的敌人,在不动或者正动着突然一停的中间,大概一枪可以把他撩下……"

安全福还说:"我在射击上也没什么特殊的经验,只是注意着'射击要领'上的要求……射击的位置要选择好,把枪伸到前面,稍稍抬头看一下目标,马上把枪勒紧扣下第一道扳机。一瞄准就放,不要犹豫……"

他的射击技术,曾经过各种艰苦努力的练习。他参加过许多次的射击比赛,在全分区的特等射手竞赛大会上,获得了头等的奖励,同志们都非常羡慕他。现在他就把他的这种本领全部用在保卫边区的斗争里了。打得最漂亮的一次,是在塔山南山的战斗。

这是在九月二十日,安全福和王福顺、刘堂三个到了塔山南面,上山一瞭,从独乐村里出来八九十名,带着一门炮,向东西水走来了。敌人发觉了他们,打了几炮,有十几个鬼子爬上来,遇着刘堂在山后,放了几枪,刘堂负伤了。

这时候鬼子离他们占的山头只二百米达,安全福把背着的棉被丢下,伏在一块石头上瞄准。枪发了,向上冲的一个鬼子手一扬,像肉球似的滚了几滚,倒在山坡底下。后面的日本小队长,拿着旗子逼着鬼子还往上冲。他和王福顺又同时放了一枪,前头的两个敌人都倒了……第三回冲的时候,他们改变了办法——用手榴弹往下扔,又死伤四五个敌人。

敌人是顽强的,而我们的子弟兵却更顽强。敌人往上冲,安全福就把他们一个个往死里送。经过几次搏斗,敌人都接近不了他们,十二个鬼子被打死了十一个,剩下那个拿小旗子的再不叫冲了,他已飞快地跑下山去逃命去了。

这次,安全福只打了十来枪,光他自己打死了九个鬼子。

★★★★★★

安全福一组人在敌人"清剿"的空子里东奔西转，为什么他们没有受到过敌人恶劣的包围袭击，为什么他们没有受到过损失？据安全福说，他们常常是动着的，不在一个地方老待着，要打就打，不打就走，也就是说，要掌握着主动。

他们吃饭的时间都是两头黑，有时晚上休息也就在山头上。他们不是去找着敌人，就是在半路上碰着打，经常是主动地展开战斗或转移。反"扫荡"战斗正是紧张的那时期，正起大雾，半夜里什么也看不见。一次他们到石家筒去侦察，在村边碰上了从菜园下来的敌人，只离着二三步远，他们先机给了敌人一次杀伤，就安全退出来了。

"麻雀战"，战胜敌人的方法是顽强不倦地战斗，紧跟着敌人死钉死打。安全福具有这种顽强的特质，他喜欢战斗，把自己整天沉溺在斗争里，他的战斗情绪是火—样旺盛的。十月二十五日他曾经在牛心坨上打击过一次"清剿"的敌人，把敌人一门炮逼在山脚下。敌人从庄稼地里想过来拖炮和死尸，一弄就挨上了安全福的枪子。这样钉了一天，敌人死伤了八九名，最后从独乐赶来了三挺机枪掩护，才撤了出去。

十一月十三日，敌人开始用十几路的兵力"围剿"狼牙山。在狼牙山山南，敌人从岭东、独乐、娄山分三股扑到了东西水、石家筒一带。安全福他们一早出去侦察，碰着敌人，赶紧撤上了棋盘坨东南的高山，敌人也就接着占领了石家筒东北的几座山头。

安全福和敌人占领的一个山头，相距只一百多米达，中间隔着一条小道。敌人要进狼牙山里，必须通过那地方，安全福就扼守在那上面。敌人不敢向里攻，就在山头上和安全福他们唱起对台戏来了——敌人向他们打几炮，没炸着，他们都躲在石缝里，停一会儿他们就还给敌人几枪，对面机枪又响起来。过后，敌人在石家筒沟底下的炮也调来了，也没有攻上去。

安全福他们抗击了一天，夜里他们自动转移了，敌人第二天中午才占了那个山头。

★ ★ ★ ★ ★ ★

在整个反"扫荡"斗争中，安全福和民兵游击组和那地区的群众是紧紧地结合在一起。附近村庄的人们都知道他们这个飞行射击组，都知道安全福，大家非常愿意和他们配合。起初松山的民兵干得很不起劲，安全福给他们提意见，帮助和鼓励他们。有一次，他配合松山游击组在村边炸过一次敌人，死伤二十余名，炸得敌人汽车开慢步，这样民兵的情绪马上提高了。

安全福深刻了解他们对于边区人民的责任。在长期的反"扫荡"里，战士们都相当疲劳，有的人就想舒舒服服地睡一觉，吃顿好饭，可是安全福解释说："同志们，我们的任务是很重大的，这一带老乡的老小和粮食东西还要靠我们来保卫。我们要是马虎一点儿，吃上了亏，老乡对我们部队的信仰就都要失掉了！"

有一次，一个战士因为太饿，烧了老乡地里一个棒子，他立刻就受到了安全福的批评。

安全福和岭东、皮庄、东西水的游击组联合保卫着群众的利益。他们打击了出来抢粮的敌人十几次，在岭东山上打击独乐敌人抢掠小周庄的衣服、被子和毛驴，一枪把一个伪军小队长打死了，东西和牲口全都还给了老乡。

九、十月间，正是秋末，松山西北沟里的几百棵树上的柿子都红熟了。住在松山的敌人，天天到柿子树沟里抢掠，强盗们把柿子糟蹋着，还要用牲口把它运走。老乡们眼看自己的收成要给敌人抢光，心里万分焦急，他们就找着这一带活动的飞行射击组，找着安全福。

松山西北沟离东西水只隔一道梁，安全福他们常在东西水，敌人一出来抢柿子，老乡们就来叫他：

"安全福，鬼子出来啦，快去打！"

他们爬在山梁上，对着悬在树上的敌人射击。没有被打死的，跳到地上来就跑，把驴呀、筐呀、钩子呀，都丢了。

保卫柿子的战斗，在头两个月里几乎天天都有，次数连他也记不清了。

我问安全福，在反"扫荡"里生活上遇到过什么困难。他说，没有。因为他们不论到哪里活动，总有村里的一个老乡跟着，他们保证安全福这一组人有粮食有菜吃。群众都爱护着飞行射击组，因为他给他们保护了自己的利益。

安全福被评定为一分区的一等战斗英雄了。

在阴历正月十五日全边区的战斗英雄的给奖大会上，宋主任奖给他一枚大银章和一千元边币。他上台的时候，迈着年轻的宽大的步子，人们都有些惊叹道："这就是安全福？真是一点儿都不差呀！"

真的，他够上这英雄的称号。他是年轻而能干的，今年才二十四岁，有着五年党龄的共产党员。他的个子是高高的，却挺结实。见了人不多说话，只是有些谦逊和腼腆地发着微笑。他是纯洁而又坚强的，有着无限向上的热力和前进心，正像我们子弟兵里其他的许多战士一样！

战斗英雄阎清才

吴群

定襄基游队是晋东北各部队里闻名的队伍。阎清才同志在定襄基游队里当一班班长，更使定襄基游队增加了无限的荣誉和骄傲。

阎清才是定襄阎家庄的人，弟兄三个自小母亲就下世了。是事变的那年，八路军一来，他和他爹、他大哥便一块参加了游击五大队。他哥儿俩扛枪杆，他父亲给部队当伙夫。那时他才十七，家里就留下了一个比他小两岁的三弟。一九三九年，他和他哥奉命到五台四区做归队工作，一出去正巧碰上敌人"扫荡"，以后没办法便和部队失了联络。他哥儿俩想暂时回家去，想不到回家就遇上鬼子了，鬼子把他俩手绑起来，叫他背炮弹，走一步踢一脚，走慢了打两拳，受不了的苦和出不了的气呵！迫使他逃跑出来。他连忙叫上大哥，拉上三弟，哥儿三个便一块又参加了当时才成立的定襄基游队。他是最受人尊敬的，因为他一家父子四口全参加八路军了，全成了保卫自己家乡的光荣的子弟兵了。一九四〇年他父亲因劳成疾病死了，隔一年，他三弟阎尚才在当通讯员的时候，在东流村战斗里又壮烈牺牲了。三弟的死，使他对敌人更加愤恨。他是个共产党员，失过了一次关系，去年二月重新加入以后，他的进步是很快的。你们要问我他的表现吗？让我在这里告诉给你们：

在战场上他一贯是好样的。去年下半年来，他个人的成绩是毙伤敌伪二十四名，生俘伪军二十六名，缴获日造掷弹筒一个、步枪二十八支、手枪一支、掷弹筒弹八颗、子弹两千多发、指挥刀一把……雨季攻势中，在河边歼灭伪军一个班时，他是首先从房顶上冲下的。那次他一个人就缴了六条"七九马吊子"。攻克兰台的那次战斗，他是冲在最前边的突击队员，一颗手榴弹扔过去，就把敌人哨兵炸倒了，又冒着弹雨挺进敌人的房里，英勇果敢使他一个人又缴获了十一支步枪、一支手枪、一把指挥刀和两千多发子弹。毁灭宽沟据点的那一次，他的勇敢更是惊人。当他冲进堡垒，一下子，一个人便抱出了七条枪来。他副班长比他晚冲了一步，也抱出了六支枪。年上冬天，三个月大反"扫荡"里，在小南邢他又大显神威，逼近敌人，瞄准那拿掷弹筒的鬼子，只一枪便正好打中了鬼子的钢盔，把鬼子打死了，他缴获了一个掷弹筒；这时候，旁边的三个伪军见势早已动摇了，他又将伪军的三支步枪也夺了过来。十二月北受禄战斗，他的子弹全打光了，就冲上去缴获了一支枪，利用敌人的枪支子弹，他又勇敢地向敌人射击着……在战场上，他的故事是说不完的。

平时，他也有许多使人钦佩的地方：今年春天整训，他为了加强全班的学习，他把个人的好几个月的津贴费全拿出来了，拿出来买了纸笔给全班学习用。他带的是支三八枪，他老觉得子弹不够多，就再想别的办法搞。经常他自己掏钱买纸烟，用一盒纸烟换一排子弹的向游击区老百姓交换去。这样，他换得了十余排子弹，不但自己用，也发给班里的人。他说："有了子弹，缴枪是件容易事！"

一九四三年底，分区把他总结为全分区的战斗英雄了，特别打电报来请他去参加分区新年召开的欢迎"战斗英雄"大会去。二号他就从定襄新换了一套军装起程赶来了。啊，他的一身尽是日本货，头上戴的是日本兔皮军帽，雄赳赳地挺着胸脯走着，真是怪威风的。他告诉我，那明晃晃的三八枪是前年冬天龙门战斗夺来的，那崭新的刺刀是去年六月楼山战斗的胜利品，那两个长方的皮子弹盒，是小南邢战斗从死鬼子身上解下来的……

在去分区的路上，我和他边走边谈。"这次我真不想去，你看这一去，连走带开会的起码得半个月，你看这不又叫我耽误了多少次战斗?!"他还说，"这次来，咱班里那些人都哭了呢！他们不明白，说我这一去是一定回不来啦！我可和他们多解释了也不抵，临走这个要给我称两斤梨，那个又要请我吃柿子的，闹得我也不知怎样说才好……"

我问阎清才："你去年一人缴了二十九支枪吗?"一提起这，他又不满意起来了。他说："唉，别提啦！本来去年还要缴得多。你看六月横山战斗那回，鬼子被打死了，那枪明明是该我夺的，可是真巧，正在这时候，队长叫我担任西边警戒去，枪就被我哥阎光临夺了。十一月韩岩战斗那回，伪军跑了，我们便一边追一边打，眼看一个伪军被我追上，就在这时，一下子我跑得过猛了，心里一难受就吐出两口血来，我再跑不上去了，你看巧不？这一支眼看到了手的枪，又被咱副班长梁能秀夺了去。韩岩战斗跑的这一吐血，以后就不抵了，一连休养了大半个月才算好。这一来，中间好几次战斗就耽误了……唉！"

到了政治部，大家热烈地招待他。晚上，给他找来了被褥，别人叫他好好地脱了衣服，痛痛快快地在这后方睡几夜觉，他仍固执着自己多年来养成的习惯，不但衣服不脱，连鞋子也不脱，子弹盒也不解的，便盖上了被子睡去了。上炕时他对大家讲："我参加部队六七年了，就是前年挂彩时脱过衣服睡过两晚，别的时候，就没有脱衣服鞋子睡过。"

六号上午，欢迎大会在土楼操场举行了，阎清才被一片震耳的掌声欢迎上了台，坐了英雄椅。接着是汪主任报告他的模范事迹，各单位代表献光荣花，发奖及摄影等。当大家欢迎英雄讲话时，我在台下留心地看着，只是他胸前一共挂着十二朵红红绿绿的光荣花，只见他双颊泛起了两片红霞，他讲的声音不大，但最后一段我听出讲的是：

"关于我去年缴的二十九支枪、一个掷弹筒等，这些都不算个什么。如果没有上级的领导，大家的帮助，也是不能成功的。开了会回去，今年我一定下决心要缴几挺机枪来，回答大家对我的希望。我不会说话，我说完了。"

在边区党政军民评判委员会上，他得到"分区头等战斗英雄"的光荣称号。

（《晋察冀画报》第 5 期）

女战斗英雄吕俊杰

野明

吕俊杰是三分区卫生处休养一连的看护副班长，二十三岁，定县人，是个青年妇女。她那粗壮的身体，挺得饱满的胸膛，在家的时候，锄草、浇园、装车、打场她都能干，村里人都说她："比一个男人还强！"可是在她换药与招护伤病员的时候，却具有比一般女子还强的细心和耐心。

一九四一年，她自动地参加部队受医务训。她学习很努力，再加自己有高小毕业的文化水平，所以她学习的成绩很好，每次测验都是八九十分。毕业后实习了两个月，她就开始了护士的工作。

她很细心、耐心。她说："你的工作怎么好，要是不和气、不耐心，是做不好的！"她在换药的时候手很轻，伤员都愿意叫她换药。有两个排长说："二班副，非你换药不行，我们是叫你换药的！"重伤员耿有志爱讲话，有的人不搭理他，她就说："不应该这样，人家病了！"并且还给他喂饭，感动得他说："你好像我的亲姐妹一样！"以致到临死还叫："二班副！二班副！"

她学习很虚心，在工作中能够进行研究，最近在工作中她研究出了治湿疹的办法。在一个疮换了药之后，四周很容易生长新的小水泡，这就是湿疹。她在换药中就开始注意了，初把疮的四周擦干，虽然不生水泡，伤员却感觉痛；她在下一次换药的时候，在四周抹了一层植物油，既不生长湿疹，也不痛，这样就减少了伤病员许多痛苦。

一九四三年五月反"扫荡"里，在南营的大山上，她背伤员转移两次。秋季反"扫荡"，在上寺，一夜不睡的她抬了五次伤员。山很陡，路很难走，她身上还长着疥疮，可是她没掉队，而且抬的次数最多。在神仙山上敌人合击很紧急的时候，机枪在山上响，她在洞里换药。下着大雨，她去换药、送饭，一天跑好几次，就是在发疟疾的时候，伤病员劝她："二班副，你下去就上不来了，叫别人去吧！"可是她在寒风里又走上了陡立的山路。为了伤病员，她不论任何天气、任何情况都去背粮、背柴，而且每次都在四十斤以上。有一次去背东西，叫大雨把棉衣都淋透了，她还坚持工作。没事的时候脱了棉衣坐在被子里看书，有事情穿上结了冰的衣服就去干，没有表示过不快乐的时候。她经常想着上级的口号："一切为了休养员！"

她是一个共产党员。她领导着班里的同志们在反"扫荡"斗争里完成了任务。这次边区评定她为三等战斗英雄。

（《晋察冀画报》第 5 期）

胆大心细的机枪射手锺金福

姚远方

三分区部队反"扫荡"战斗英雄里面，有一个机枪射手，叫锺金福。

好像有心和他竞赛，许多人都忙着打听他的英雄故事，问他入选的条件是什么。

那很容易，只要用两个数目字，可以回答你提出的问题的一半，那就是四〇比一七。反"扫荡"里，他消耗了四十发子弹，打倒了十七个敌人。

通常，一个出色的机枪射手的起码条件是心细、胆大。心细：他们做到"瞄不准敌人不开枪，不见到成堆的敌人不连发"！但胆大是更重要的，假使在火线上，没有牺牲决心，害怕、打哆嗦，那么他打出的子弹是白费的。

锺金福就是这样一个胆大心细的人呀！

打仗的时候，他说冲就冲，说到哪里就到哪里！只要他找好了歪把子的射击位置，他心就踏实了。在火线上，他时常用这类的话鼓动大家："怕什么？敌人不是肉长的吗？只要你心踏实，打枪又准又不卡壳。"

于家寨战斗，就是那次十三挺机枪，哈，哈，哈，打得最痛快的那次大伏击战，我们中间数他最沉着了。敌人已经走到了河滩，正往上冲，战士急得直嚷："班长，打吧！""还不开火，班长！"锺金福才稳当地把右眼皮贴在歪把子缺口上，轻轻地说道："慌什么！"接着是"哒——哒——哒哒哒"。

在这次战斗报告表的个人战果上，锺金福的名字列在第一位写着：

机枪射手锺金福四〇〇米达，九发子弹，杀敌三名。

又，三五〇米达，十一发子弹，杀敌五名。

又，四〇〇米达，十七发子弹，杀敌七名。

他常常是等到敌人最迫近的时候才开枪，等到歪把子的缺口、准星、命中点和他眼睛连成一线的时候才开枪。打枪的时候，轻易不连发，总是"哒——哒——哒"一枪一枪地单发——有经验的对手是最害怕听到这种单发的机枪子弹的声音。

不要从外表，不说不笑，就说锺金福是黏黏糊糊的，可是每当歪把子一扛到他肩膀的时候，他却是一个最精明不过的射手。行军或接敌的时候，每走过山沟、小道、棱线、坡头，他总是跳动着眉尖，四处张望、寻觅着，心里在盘算：如果此刻发现了敌情，他的歪把子要架在什么地方，他的射击区域应该从哪里起，到哪里止，哪几个目标是最便利于他瞄准的。

车道反袭击战斗，敌人的炮兵封锁了我们转移的道路。连长把锺金福叫过去，锺金福在山脚下架起了歪把子，朝着正在发射的敌人炮兵阵地瞄准。

连长问："能打吗？隔这样远？"

锺金福心里盘算好，把标尺定到一千二百米突，说道："能！"

"哒——哒——哒——哒——哒"说得迟，那时快，五个单发的子弹把敌人的炮声打消了！

连长把望远镜套在眼上，忽然惊叫起来：

"两个，两个，两个，那不是背着两个尸首吧？你看！"

锺金福接过连长的望远镜，乐得直叫起来："嘻！就是两个打炮的家伙呢！"

锺金福笑了。

连长笑了。

大家都笑了。

强攻陈侯的夜晚，锺金福随着奋勇队冲上去！半梭子机枪就把据点上工事堡垒打垮了，连顶棚都给揭起来了。

在车道、在陈侯、在于家寨接着几次出名的战斗，锺金福的歪把子也出了名，锺金福也出了名。他的名字在连队里响亮起来，在团里响亮起来，在分区响亮起来了。

军人大会上大家争着向锺金福挑战。指导员说：

"你们要和锺金福挑战吗？那好，锺金福不过是一九四〇年才入伍的战士，不过是一九四一年才入党的共产党员。天下没有什么难事，只要有心学他是不难的，我们连里要是出现一百个锺金福，甚至一千个、一万个锺金福，我是不反对的！哈哈。"

一月二十五日写自三分区

（《晋察冀画报》第 5 期）

子弟兵的战斗英雄

李荒 编

一等战斗英雄

死里得生的张福仁

张福仁是一个二十四岁的青年，一九三八年参加的子弟兵，当过班长，由于聪明有为，前年被选送到陆军中学受训，学习成绩列入乙等。去年三个月反"扫荡"开始，就在慈河与胭脂河两岸，随同他的战友，英勇地杀伤敌人。

十一月十四日拂晓，是个最悲壮、最可纪念的日子。上级命令张福仁同志这个区队，到石咀一带打击抢粮的敌人，保卫人民的血汗收成。区队长派张福仁同志担任阵地瞭望，他走到前面一个山头去观察敌情。

"砰——砰——"枪声响起来，部队给敌人一些杀伤之后，转移走了，张福仁同志仍留在原地。他正想回到部队去，有几个鬼子从南面冲上来。背后伪军也追过来，喊叫着："捉活的！捉活的！"他一看情况不好，转过身沿着山沟跑下去，绕到伪军的屁股后面。他跑了一会儿，满以为脱离了危险，不料突然一个伪军打侧面赶过来，只有十□步远。他就加紧劲跑着，边跑边推上子弹，对准伪军就一枪。子弹臭了，枪没打响。他连忙再打第二枪，又没响，眼看着伪军已追到跟前，这是多么危险的情况呀！他决心一下，反正不当俘虏，两手一举，把枪摔在石头上，打烂了，接着就拉出手榴弹。伪军已经逼近了他，被吓得站住了脚，连忙喊叫："咱们都是中国人，你别拉手榴弹！"伪军的话没说完，手榴弹爆炸了。

过了很久，张福仁同志苏醒过来，摸摸头上没流血，只左手伤了两块，衣服烧坏了，抬头一看，伪军却死挺挺地躺在那里。

他以崇高的民族气节，抱定必死决心，却保全了自己。

宁死不屈的郑有年

郑有年同志是陆军中学的副队长，共产党员，平时工作一贯积极负责。他经过许多战斗锻炼，有丰富的经验，是一个优秀的指挥员。

反"扫荡"一开始，他就在上级意图之下，灵活机动地打击敌人。一次，黎树沟战斗，他率队英勇地打击敌人，保护人民利益。在整个战斗任务完成之后，上级命他担负掩护任务，主力实行撤退。他把火力组织得那么周密，使敌人看见我们撤退而不敢妄动，终于保证了主力安全转移。接着他也开始退走。敌人趁着这个时候，包围上来。他下命令，要部队坚决突出去，同他一起的人虽然不多，可是个个勇敢，连续几次打退敌人，并且多数冲出去了。他一个人留在后面，敌人逼得太近了，来不及走开。他拉出一颗手榴弹，向面前敌人打去。随着手榴弹的炸开，几个敌人躺倒在地上。他又拉出第二颗手榴弹来，刚想投出去，一看敌人很多，没希望突出去，遂就改变了主意：坚决不被敌人捉活的，并且还要找几个敌人给他伴葬。敌人接近他只有几步远近，他拉开手榴弹，自己和几个敌人一同倒下去。

敌人撤走了，只有郑有年同志一个人躺在寂静的旷野里，慢慢地睁开眼睛，轻轻活动一下肢体。啊！他没有死，他只是昏倒过去，只是衣服和皮肤被火药烧坏了。他身旁有几块黑红的血迹，作为敌人死伤的证据。

负伤跳崖的崔昌儿

十一月二十三日，敌人一千二百多人，由高家台向苑岗前进。

这时，×团四连为了要跳出合击圈，转到敌人侧背给以打击，于是决定从驻地向新地区转移。但是情况不完全清楚，不了解侧翼是否也有敌人，于是连长派侦察组长郭文华同志，带着崔昌儿、杨明和两人，到苇场一带去侦察。

在这个侦察组刚出发的时候，敌人已经到了苇场，可是他们并不知道，仍旧往苇场走。他们爬上苇场东北面山岗，以便向村中瞭望，在他们爬山的时候，被敌人发现了。敌人悄悄隐蔽布置来伏击这三个侦察员。

当他们快接近山顶的时候，猛然看到敌人，正从两侧包围过来，已经离得那么近了，到手榴弹投掷的距离。这是多么突然意外的事呀！可是他们毫不慌张，表现出饱有经验的老战士气魄，各人找好掩体，立刻向敌人展开顽强的战斗。三条枪的齐放，暂时使敌人停止一下，并遭受到伤亡。但是敌人究竟过多了，马上又冲过来。这时，枪支已经不便射击了，他们一连气把所带手榴弹打光，逼迫敌人又后退了一下。

敌人那么多，突围显然完全不可能了。杨明和同志马上装上刺刀，跳起身来，同敌人进行英勇地搏斗，不幸中枪而壮烈牺牲。组长郭文华同志马上取下杨明和同志的刺刀，敞开衣服，在日本法西斯野兽面前，表现出中华民族优秀子孙的伟大精神，刺胸自尽。这时崔昌儿同志负伤已有四处，两只手一条腿都不能动转，鲜血染满全身。他滚身悬崖，跌落在深谷里。

很久很久，崔昌儿同志从昏迷中清醒过来。现在他仍在医院中休养着！

为我们的烈士复仇！向我们的英雄致最高敬礼！

坚定顽强的王化三

电话线是我们军事活动的神经，保证电话及时通畅，是每个电话员的最大职责。王化三同志完全懂得这个。

在反"扫荡"中间，有一路电话线被敌人破坏了，为了指挥灵便，必须马上修架起来。王化三同志和另外三个同志就担负着这个修线的任务。

他们向修线的地点走着，突然在路上和一千多敌人碰上。他们完成任务要紧，赶快转身躲开敌人，但是已来不及了。敌人以密集火力射击他们，王化三同志腿上中了一弹，当时就坐在地上，无法再走。他盘算活的希望没有了，于是首先把登记表、识字本一类东西埋在土里。正在这时，跑过来三个敌人捉住他，凶狠狠地要他跟□走。王化三同志仍旧坐在地上不动，以最坚决而严厉的声音大骂这三个野兽："老子不走，要打就打吧，要杀就杀吧！"说着就从身边拉出手榴弹来，趁着敌人动手抬他的时候，突然拉开火线，想要敌人和他同归于尽。但炸弹只烧了他的衣服，并没有炸着他。敌人看见这样情景，更加凶恶起来，端起刺刀，向他胸膛扎去。刺刀扎偏了，没伤着要害，他奋力捉住刺刀，和敌人搏斗起来。很长时间，敌人没能抽出刀来对他第二次再刺。但是，终究他已经负了重伤，不能过久支持，而被敌人推倒，连着给他四刺刀，他昏迷不省人事了。

第二天，东沟村一个老乡见到他，连忙背起他安置到家里，像亲兄弟一样照料他。王化三同志在人民的母爱抚养下得救了。

视死如归的糜德喜

糜德喜同志是繁峙支队的战士。在去年十一月中，敌人"扫荡"繁峙六区的时候，他们那个连为了掩护群众转移，奉命坚决把守南面山头阵地。拂晓时节，敌人先头部队，有一百多，向他们的阵地进攻，组织了几次冲锋，都被他们打退了，不能前进一步。后来，一架飞机来助战，从空中投下炸弹，用机枪对地面扫射，企图把他们压退。但是，敌人一切企图均是枉然，他们每个人屹然不动，守住阵地，而不让敌人得到丝毫猖狂的空隙。

群众已经转移了，他们的任务已经完成，全连随即转移，留下糜德喜、郭满福、张三娃三位同志做后卫掩护。敌人在连续进攻失败之后，重新布置，集中火力，从三面向他们阵地冲来。在连主力转移后不到一刻钟时间，敌人就把他们三人包围起来。在这样严重危险情况下，以三个人三支枪而要突围，已经显然是不可能了，于是他们把所有子弹射向敌人，所有手榴弹投向敌人，最后，咬紧牙根，抱着枪支，从二十多丈高的悬崖跳下去。郭满福、张三娃两同志当场牺牲，壮烈殉国，糜德喜同志则负了重伤。

糜德喜同志坚决完成任务，视死如归，发扬了崇高的民族气节，不愧为边区人民的子弟，不愧为边区全体子弟兵的榜样。

二等战斗英雄

爆炸专门谭宝楼

从塘湖经界安到独乐这一条汽车路，是敌人"扫荡"边区、进兵一分区的大动脉。谭宝楼同志带两个战士，就扯住这条大动脉，时刻找寻空隙，给敌人一个突然爆炸，使这条大动脉破裂、断折而失掉效能。

谭宝楼同志是位二十五岁的青年，爆破是他的专长。因为他有高明的技术。常话说，"艺高人胆大"，所以他又勇敢又机智。反"扫荡"刚开始，他就精心研究敌人活动的规律，寻找敌人的空隙，把他亲自制造的地雷埋设起来，叫敌人的汽车和步兵领略一下边区军民的意志。他亲手埋了大大小小百个以上地雷，没有一个不炸开的，没有一个不叫敌寇人仰马翻的。在三个月过程中只是大家看见的，有三辆汽车被炸得肢体破碎，百名以上兽军被炸得丢臂少腿。每一次爆炸，都是人民要鼓掌欢笑、敌人要狼狈奔逃的好看场面。好看场面太多了，这里只记下几个最好的。

一次，敌人从界安开出十一辆汽车，真是威风呀！但是，还未走到山北镇，威风全丢掉，只剩下恐怖和泄气了。因为谭宝楼的地雷，把头一辆汽车炸了个大翻身。后面十辆汽车没胆量再前进，马上转回头。你看转得多利落呀，掉过头就向界安跑，生怕跑慢了，地雷还会追上来。

又是在山北岭附近，正当敌人汽车向西开驶的时候，突然沙滩中扬起一股灰尘，接着一声巨响，谭宝楼的地雷又炸了一辆汽车。后面所有汽车马上停下，足足三个小时，死挺挺放在那里，不敢动一动。

最精彩的一次，也是在山北镇。谭宝楼同志把地雷埋在石墙下，自己捏着拉火线躲在墙里。敌人过来了，轰然一声，雷响了，墙倒下，连炸带砸，当时就有二十多名兽军，或是见了阎王，或是以□进了医院。敌人队伍马上发生大混乱，谭宝楼赶快收拾地绳线，向外走去。敌人追过来，只离他五六步远。他没带什么武器，没力量来对付敌人。这该是多么糟糕的事呀！可是没糟糕，他的勇敢和机智，使得他能沉着地做出投弹样子，吓得敌人全卧倒，于是他乘机跑开了。

胜利就是从勇敢机智中得来的。

带病擒敌的邢树林

邢树林同志是飞翔在保满地区的一只鹰，他的眼睛日夜不停地寻找特务和汉奸。在反"扫荡"中，他病了，但战斗吸引着他，使他不能休养下去，他要到战斗中才快活。他曾亲手捉到七个特务和伪警，得了一支步枪、一支短枪。那些不关重要的汉奸喽啰，他捉了又放，至少有四十多个。

一次，部队决定奇袭保定车站半里的大西院炮楼，邢树林参加了突击组，全组共有十个人。这个仗打好还是打坏，就看能不能捉住敌人哨兵。捉哨兵要机警而又敏捷，要沉着又要细心，稍一疏忽，就会发生意想不到的变故。带着病的邢树林同志就担任这个任务，就胜利地完成了这个任务。于是大西院的炮楼在火烟缭绕中，变成了一堆瓦砾和灰烬。

一个下雨又刮风的晚间，部队□决定袭击马厂，分配给邢树林同志的任务，又是捉敌人，活捉两个伪警长。结果一个也没跑掉，一个也没出差，规规矩矩地被他捉到了。

大固店住着一小队伪军，代理伪军小队长张奎元是一个大坏蛋，群众恨透了他。为了给人民除害，部队又决定消灭这群汉奸。这是一个很困难的任务。炮楼外有一道外壕、两道铁丝网。邢树林同志就是执行这个困难的任务的一个。他和某队长巧妙地越过外壕和铁丝网，逼近张奎元的门口，猛力推开门，伸手绑起张奎元，逼迫张奎元叫伪军投降。就这样没费什么枪弹，把伪军全俘起，五个炮楼全烧毁。

邢树林同志不仅是战斗英雄，还是爱护群众利益的模范，他无论走到哪里，绝不乱拿群众一点儿东西。如果别人乱拿，他就毫不客气加以制止和反对。他是个好共产党员，也是一个党的模范小组长。

人民热爱的李喜亭

李喜亭同志是定唐人民亲热呼唤的"小李"。他很年轻，也很能干，他的战斗口号是："天天必得有胜利!"他担任队长，他和他的部队从不知道疲劳或休息，有了机会打敌人，他就最高兴。无怪乎在定唐人民中流传一句话："有了李队长，什么也不怕!"

反"扫荡"开始，他带领部队在敌人点线中穿插作战，不放过一个好机会。一次，他带队驻在钓鱼台。村西有个炮楼，其中一个伪军最坏，老百姓把这情形告诉了他。第二天晌午，他就碰到那个坏家伙，只一枪就把他打死，正是老百姓所说的："谁坏就打谁!"另外，又活捉了一个伪军，总共得了两支步枪。

十月十八日，他调查清楚了西板村的敌情就向敌人进行袭击，用绳子把战士送过外壕，静悄悄把炮楼围起来，然后一口气冲进去，打死了伪所长，活捉十三个警察，得了十一支步枪、一把驳壳枪。

又过了十天，他在摸熟了岗北据点敌人情形之后，就带领部队和民兵前去袭击。岗北有一个大炮楼、两个小炮楼，每到晚上，敌人都集中到大炮楼上。他把部队和民兵布置妥当之后，集中机枪小炮向大炮楼打，吓得敌人不敢哼一声。同时把两个小炮楼点起火来，火烧得通天红，敌人不得不装做点儿腔势，从大炮楼打开机枪。可是机枪对火能怎样呢？两个小炮楼终究还是烧落了架。

过了这一夜，他又知道足里炮楼伪军到城里去领粮了，于是决定在路上打他一个伏击。约莫下午三点时候，领粮的伪军回来了，一共九个。他第一枪打倒一个，然后喊着："交枪不杀，不交枪就打死！"那八个伪军就这样被捉住。晚上，他同八个伪军谈话，又发现新材料，于是带着队伍去到足里炮楼边上，先打一阵枪和小炮，然后被俘的伪军喊起话来："你们下来吧！班长今天被打死了，你们下来不但不会死，还要受优待！"只听吊桥发出响声，三个伪军走下来，投降了。足里炮楼也就在火光照耀中毁灭了。

十二月初，在流叶，他带队打击回城的伪□备队，不多工夫，就活捉了两个，得了两支步枪。可是他自己也负伤了，这是他第二次负伤，现在还在医院休养着哩。

英勇善战的阎福元

阎福元同志是一个贫农的儿子，十二岁死了爹，独自跑到口外去谋生活。现在才不过二十三岁。一九三九年参加了子弟兵，一九四一年参加了共产党。他的最大特点就是学习努力，作战勇敢，对人最和气，执行命令最坚决，向来不会对工作讲价钱。现在担任班长。

反"扫荡"初期，他带领一班人，坚持青峰顶制高点。九月二十一日，敌人一百多来进攻。敌人来势那么凶，但是他不去理睬，让敌人继续前进。当离他们阵地一百米左右的时候，全班枪支一齐开火，当时打死五个敌人。有个特务躲在石头后面掩护很好，并且卖弄风情地喊"中国人不打中国人"，枪不易打着。阎福元同志马上生出

《晋察冀画报》 文艺文献全编

一计，大声喊："中国人不打中国人，你上来吧！"特务以为自己的喊叫发生了效力，往上一站，"砰"一声，被打死倒下去。在这个战斗里，他们打死三十多个敌人，还得了一把驳壳枪。

十一月十日夜里，部队要强攻陈侯伪治安军，他这班担任突击队。出发时他提出动员口号："不消灭敌人就不回来！"接近陈侯村了，他们在月光下摸进去，一直到工事跟前，把手榴弹投进工事里去。战斗打得很激烈，副班长阵亡了，他提出最激动的口号："给副班长报仇呀！"他的腿也负了伤，仍然坚持不下火线，直到战斗结束的时候。这次战斗打死了伪团长以下五十多伪军，阎福元同志是具有战功的一人。

反"扫荡"结束后，今年的正月初，部队又强袭筒笼敌人，这里都是老兵。他这班又是突击组，越过五道铁丝网，打到院子边。敌人爬到房上来抗击，火力是很强。他这班用手榴弹把敌人完全打退到院子里，他马上鼓动大家："敌人啼哭了，我们再冲一下就能消灭它！"全班一口气冲上去，紧紧逼到房子门。他按照上级命令，用柴火把房子烧着，而在敌人哭号惨叫声中，掩护着主力撤退。

阎福元同志胸前挂上银质二等战斗英雄奖章以后，有人问他有什么感想。他说："打仗是部队的职责，打好仗是我们的任务，英雄称号是在党的领导下得来的，不是我个人的功劳。以后我要更实际地去干！"多么谦虚的青年人呵！

掩护群众的高树棠

人民是子弟兵的母亲，子弟兵必须爱护自己的母亲。高树棠同志就是爱护母亲的一位模范！

高树棠同志在×团二连担任班长。一次，敌人从焦家庄、南胡、桃科三面向紫山合击。×团为了掩护洪子店、温塘区群众转移，同敌人展开激烈的战斗。在大部分群众安全转出合击圈后，任务完成了，团主力也转移开了，留下高树棠同志所在的这个排，作为后卫掩护。这是一个艰巨而光荣的任务，排长带领大家，坚持阵地，不移一步。

敌人以绝对优势的兵力，从三面向他们阵地逼近。排长在战斗中光荣牺牲了，还有两个人也挂了花。部队失掉了指挥，在这极端紧张的时候，只有沉着镇定，才能转危为安，如果有一点儿慌乱，都要遭受损失的。高树棠同志完全懂得这个道理。为了群众能完全转移出去，为了全排同志的生存，他挺身而出自动代理排长，要大家在他的指挥下，一心一德向外突围。他的号召马上得到共产党员的拥护，把全排紧紧地团结起来，从三方面阻止敌人继续前进。从上午一直打到天黑，不仅使受合击的群众完全脱离危险，并且把伤员也移到安全地方休养起来。

高树棠同志是党的支部委员，平时在群众中有很高信仰，有干练的能力，所以，他不仅有号召的力量，而且有打破危难的办法。战斗英雄的称号，绝不是偶然得来的。

三等战斗英雄

只身奏捷的胡凤刚

胡凤刚同志是行唐支队的中队副，反"扫荡"中，他带三个战士，趁敌空虚，去袭击长寿据点。战斗打响了，两个战士负了伤，他并不因而撤退，仍然顽强攻击敌人，当即打死一个敌人。敌人接着向他反击，冲出来好几个，他一点儿不慌张地同敌人拼起刺刀，一连扎倒三个，缴了三支大枪，然后安全地退出战斗。

不避艰险的邢竹林

军区卫生部医生邢竹林同志，三个月的反"扫荡"中始终和二十几个伤病员在一起，坚持着自己的工作岗位。他不但给他们治病换药，而且替他们找洞修洞，情况紧张的时候，还背着伤病员转移。虽然他是个技术干部，但他是接近群众，和群众打成一片的。他和大家一样摊勤务、放哨、打柴、推碾子。一个护士同志病了，他宁可自己受冻，把被子给这病了的护士盖。在山洞里，在敌情紧张又没有任何设备的情况下，他还施行了大小手术十四个。后来他们转移到岭根村的附近，敌人刚在这里"清剿"过去，全村的老乡差不多都病了，他又不辞辛苦地到处奔跑，给老乡看病。病重的，他还特为派人去招护，对那些无衣无食的病人，他更想一切办法帮助他们。这样过了一个月，老乡们病重的就变轻了，病轻的也健康起来了。有一家已经死了一个老人、一个壮年、一个小孩，余下的母子三个也重病着，他们对于自己的生命已经绝望了。可是邢医生每天去看他们，有时一天去两三次，嘱咐护士按时给他们送药送开水，帮助他们做饭，又和村干部协商设法照管他们，这样不几天，母子三个都好了。他们流着眼泪拉着邢医生说："你真是我们的救命恩人呀！"

扫射敌人的权新法

权新法同志是优秀的共产党员，老机枪射手。他懂得机枪的宝贵，什么时候都要把它保管得很好，所以，在战斗的时候，他的机枪从不发生故障。在反"扫荡"中，他痛快扫射过七次，打死和打伤敌人在四十名以上，其中有两次是在神仙山上。神仙山的辉煌战绩，里面有他的功劳。十一月末尾，他带着机枪去西庄袭击敌人，秘密地接近到大庙边。里面喂着一群洋马，他把墙挖个洞伸进机枪，老老实实打了一梭子，在马的凄厉嘶叫中，他归还了部队。

缴获大炮的秦梦兰

秦梦兰是个好党员、好战士，打起仗来最勇敢。假如平时有人会忘掉他的话，而在打仗时候必定首先想起他。

反"扫荡"开始时，他在繁峙川下活动。完成任务回来以后，他竟害起病来，这是多么讨厌的事情呀！因为害病而不能参加战斗，在他真是一件最大的苦事。正好在这时候，团里决定要强袭上寨据点。指导员关心着他的病，不让他去，他不服气，坚决地去了。战斗打响了以后，他奉命去夺取一个临时堡垒。堡垒很快拿下了，他看见堡垒旁边仿佛有个人蹲着一样，他想用枪打，一想打枪费子弹，还是摸上去吧。于是他悄悄走过，呀！不是一个人，原来是一门炮，炮衣还没解下来。这是多么叫人高兴的事呀！他上去扛它，可是扛不动，喊别人，别人都冲上前去了，谁也听不到他的喊声。就这样把炮丢开吗？不能够。于是他用尽全部力量来拖它，慢慢地拖下山来，慢慢地拖回驻地。可是，因此掉了队。部队到家了，谁也找不到秦梦兰同志。大家正在焦急的时候，他气喘无力地走回来，告诉连长他缴获了一门迫击炮。在前边坚壁了，要派人取回来。就这样，秦梦兰成了缴获大炮的英雄。

以少胜多的马兆棠

马兆棠同志是×团的一个班长，作战一贯勇敢坚决，不管什么任务，交到他身上，没有不按要求完成的。反"扫荡"中，他胜利地完成每次战斗任务。特别在谢子坪战斗中，敌人来势很猛，他沉着地用机枪扫射敌人，使敌人接连几次冲锋都被打退。敌人发现了他的位置，集中三挺机枪向他射击，同时分成三路向他阵地包围过来。他仍旧沉着不慌，连续打了几梭子弹，压得敌人抬不起头来。就这样，他足足坚持一个半钟头，并击毙敌人二十多。

炸车能手史德成

史德成同志是个受训的学员。反"扫荡"中，他到定县一带活动，曾经四次爆炸定县到新乐段的火车，每次都是埋雷走在前头，撤退走在后头。一次，刚动手埋地雷，突然发生了敌情，他仍是若无其事的，妥妥当当埋了三个雷。恰好开过来的是铁甲车，当即被炸翻一辆。又一次，爆炸任务完成后，掩护部队撤走了，可是他的拉火绳还没收回。就是这一点儿东西，他也不肯丢掉，一个人留在后边，把绳子拿回来。总共他炸毁货车一辆、铁甲车一辆，毁路轨四次，毙伤敌人二十多名，使敌人停车一夜。

沉着勇敢的赵媚槐

赵媚槐同志在百团大战时还是个新战士，但在去年的反"扫荡"中，他却锻炼成沉着勇敢的战斗英雄了。在营里山的最高峰——黎阳尖，他带领十二个战士，用手榴弹打退了百五十多个敌人的冲锋，一连打退了三次，死伤敌人四五十人，他们才转移了。第二次在这山头坚持制高点掩护主力转移的时候，他们只有七人，和五十多个敌人打了三个钟头，赵媚槐同志一人就打死敌人五个。

（《晋察冀画报》第 5 期）

神枪手李殿冰

——在高高的山岗上有我们无数的好兄弟

沈重

当晨曦照射到曲阳北部高山铜锣寨的时候，岭上一片金光。当地人民自古珍惜着这个大山，相传只要谁找到那寨上神奇的会发出惊天动地声响的铜锣，将它敲起，藏在洞里的金鸡金牛就会出来给予人们以无价的珠宝。但是金的鸡牛始终没有出来，历来在这个山上却盘踞过不少农民暴动的燕赵英雄，在那里筑寨据险顽抗当时专制者的压迫。直到今天，人们还可以从寨上拾得老锈铜质的箭头。当时人民曾寄予这些保留其祖先利益的英雄以衷心的亲切和感叹，将他们夸奖地比之于山中贵宝的鸡牛。然而今天曲阳的人民不再去忆念那古老失色的英雄，而与边区南线的人民一起更响亮地在歌颂他们出色的弟兄——李殿冰的名字了。

你从铜锣寨沿河滩向南而下到计都石、石门上，或者你东去东石门、西至张家峪，或者你到更远的地方，如果有什么较重大的事要跟村里商量，那么，人们会领你到这些村庄中心，口头村旁近的一个小小的被树木所掩遮了的附村——尖地角去。人们会从村里引出一个二十九岁的具有两道剑眉的精干男子，用无限亲切的语调向你说："这就是咱们殿冰，你可以跟他谈谈。"虽然你的事也许是应该跟村长而不是跟这个区大队部不脱离生产的干事谈的，人民对李殿冰的信赖是无穷的。人民之所以对他有这样崇高的拥戴，这不仅是因为他在抗战后的民校中把自己从文盲提高到能书写得飞速进取；不仅是他和游击组在三十年反"扫荡"中勇敢地战斗，因毙伤敌伪九人、保卫了家乡，而获得边区政府的嘉奖；不仅是今年他以其高度机敏主动的弹性的麻雀战术，率领四个游击组，在极残酷的敌人包围圈内顽强杀伤敌伪十七人所造成的模范战绩；也不仅是因为他逼近敌人百发百中的神妙射击，还特别是他共产党员的一贯为群众利益□作战的精神，使群众不得不对他给以这样深诚的敬佩。这个曾在门头沟的矿窑里挖过煤的射手是深深体验了劳动者的苦难的，因之，他从二十七年在灵山成立动员会以来就始终站在群众武装斗争的最前线，向日本侵略者进行着保卫人民的战斗。他忠实而正确地执行着党的政策，以至于被称为"顽固"的人们也对他不得不赞佩，以至于使群众对他那样的关心，只要一看见野兔就奔走转告这个酷爱狩猎的贫农去射击。他去了，中了，回来时却把所获的分送给人家。李殿冰在群众中的根苗是深固的。而今年他的英雄的行动，就使他的名声喊得更远去了。

九月二十七日夜，村庄在睡眠，游击组从口头急奔回来，情况很紧，敌人已到口头村西了。人们曾听李殿冰说着："枪和子弹是我们用血换来的，要每一颗子弹消灭一个仇敌！"现在敌人离这里还有半里多地，枪够不上敌人。

"打不？"人们焦急地犹豫着。

"打！"李殿冰坚决地说，声音从他牙齿缝里发出。

"不太远了吗？"

"各村的老百姓都睡着，不打怎么办？"李殿冰已把子弹推上了枪膛。小组们的枪在同一号令下响起来。敌人乱了，胡打一阵机枪，在河滩里瞎搜索了好久，这一带的老乡已从梦中跳起爬上了山梁。敌人本来是准备从东石门走的，因为怕有军队，改道从计都石去了。第二天，老乡带着敌人在慌忙中掉了的一捆葱和两包洋烟来找李殿冰，说："老天，要没你们我们怎跑得了？你们黑天白日的……抽了这两包烟吧！"

九月二十九日，敌人从范家庄分两路：一路四百余人经东石门向口头，一路百余人经计都石向下高儿前进。警戒的民兵早就不断报告了情况，村庄在准备着。

"敌人有'清剿'这里的可能。"李殿冰背着他的三八枪，挂着一根小棍子，安详地站在村边的河滩里，用着小铜喇叭的声调向从各村来的人们判断着："老乡们赶快有组织地转移到山沟里去。"他精干的身材站得稳稳的，人们从他的脸上取得镇静，便跟着村干部走了。临走，还回望了一下他和游击组员们所背着的三支枪。村庄空了，李殿冰在河滩里埋上了地雷，就跟中队长董四儿和董长庆爬在村西山头上，准备用枪和地雷的结合来杀伤敌人。可是遍尝了边区地雷滋味的敌人不敢走河滩，却偏山坡走到寺儿沟去。

他们紧紧跟踪追击从下高儿到寺儿沟去的敌人，隐蔽在山沟里的老乡向他们指点着目标，他们爬上了寺儿沟的东岭。敌人就在二百米左右对面岭的半山坡的窄路上，向中佐村行进，是黄杂杂的百多敌人，有三十来个牲口。这个地形很好，敌人不便散开，没有隐蔽，不易接近他们的阵地，而他们的退路却很多。

"这个机会很好，打吧！"中队长说。他是见了敌人就眼红的人。

"这个地势不坏。现在只三面有敌人，紧了咱们就往北边撤。"李殿冰看了看做侧翼警戒的民兵，向跟前的两个姓董的关照了相互掩护的退路和集合点，就说："咱们要用排子枪突然打击敌人，让鬼子不知道咱在哪里。来，正确瞄准，每人射一个——"

枪声齐发，山音震荡，鬼子发慌，没有地方钻，当场伤了五个。但是，等敌人要寻找枪声，李殿冰们的枪却休息了。敌人找不到目标，就慌惶地爬过梁，躲在黑沟里不敢动。

李殿冰们跟着转移到黑沟去，走到半路，李殿冰叫起来："糟糕！河滩里埋的雷忘了叫人看啦，让老百姓踩着怎么办？而且那边的事情和敌情也得要人去对付……"结果，李殿冰和董四儿去追击，留下董长庆到村边去监视地雷和主持村里的一切，因为他是区团体的不脱离生产的委员。

等他俩到黑沟敌侧翼的山上，沟里敌大队已向中佐出发，只剩十

《晋察冀画报》文艺文献全编

二三个后卫。

他俩更迫近敌人，离敌人只隔一个百余米突崎险的山坡头。

李殿冰瞄准了，他那打了十二年鸟兔的枪——但这不是昔日的鸟枪，是抗日的步枪，是多年来他所怀想的"第二生命"的三八式步枪。

突然，李殿冰的枪响了，打死一个鬼子。鬼子都忙乱了，爬在地下叫喊前面敌大队回来，但是前面的却越走越远。鬼子只好胡乱地用电线扎了副担架抬死人。也许是敌人太仓皇，反把担架抬到李殿冰占的山下了。这是当然的，送来的货李殿冰又打伤了一个，打得敌人丢了担架就跑。李殿冰和董四儿乘敌人慌乱间又打伤了五个，敌人扔下了两支三八枪。

两支新三八枪在阳光里发亮，在诱惑着这山上酷爱武器的游击组。李殿冰和董四儿的心在跳动，但是人少地险，不能下去。

这时敌人在山沟里抓到一个老乡。老乡经不起严刑的逼问，才说出这里没有军队，只是游击组，敌人才大胆起来动作，把枪和死尸捡回去。临走时一个汉奸老远向山头喊着："好家伙，你们几个游击小组打死咱们好些人，我们迟早要吃你们的肉！"

"你？"李殿冰气愤着，轻蔑地回答，"让你们看谁吃谁的肉吧！"游击组的枪跟着怒吼了起来。鬼子抬扶着死人和伤号狼狈地逃向张家峪去。

飞机在低空盘旋叫啸，游击组就顶着荞麦秆回来了。

当夜，从范家庄来的两路敌人在口头会合了，分散宿营张家峪、口头、石门上、东石门一带。合击圈是形成了。李殿冰和游击组及附近村庄的干部就开了一个战斗的检讨会，对眼下情况做出可能的估计，决定大家分散号召各村的人们转移出这个合击圈，游击组也转到敌人的侧翼掩护群众和监视敌人。

老乡们自动挑着饭来找游击组，游击组到深夜还没有顾得及吃饭，胜利和忙碌使他们连饥饿都忘掉。可是见了饭，肚子马上就滚响起来，像虎样地吞着饭粒。吃得连老乡也乐了，抚摸着李殿冰光亮的枪，像对自己孩子样地直叫："多吃点儿吧！人是铁，饭是钢，明天给你们把我家的白面煮了送来，吃饱了好让你们多吃鬼子一些肉！"

"如果我们有更多的枪，哪怕有四支也好，我们今天不只打死这些鬼子。"中队长说。

"我们有的是不值钱的腿，靠着这，我们下次也能再打死几个呀！"长庆有信心地说。

"如果我们有十支枪，"李殿冰的手在半空挥下，亲切地望着他所挑选出来的精壮的伙伴，"敌人就别想在这里'清剿'。"话语把伙伴们说得更活跃了。

山沟在笑跃里，带枪的人玩耍起自己疼爱的枪支，准备着明天残酷的战斗。

次日，敌驻地"清剿"，天一明就包围了中佐村。老乡们都藏起了，游击组随时把情况传给大家。

红了眼的敌人到处搜索，给搜出了中佐两个落后的顽固家伙：焦福印和吕三根。村干部曾千言万语地动员他们离开村子，可是这两个家伙对敌人抱着幻想，阳奉阴违地死守着他家不动。不用敌人怎样拷打，他们就把干部和游击组的名字、公家坚壁地雷的地方和老百姓的地窖都告诉了敌人，无耻地丧失了民族气节。敌人叫焦福印领着去找地雷，可是没有找到。村干部在昨夜情况紧急时早把地雷转移了。鬼子大怒，一刺刀就把焦福印挑死。吕三根领着敌人挖了两个窖，敌人还要他找，他找不到，最后也落得给敌人打死。敌人对中国人是永远不会相信的。

晚上，李殿冰从逃离敌人的民夫口中得知了情况，就马上召集游击组和村干部检讨工作和估计了情况：决定要召开群众大会再深入动员，并提出三大保证。（一）敌人未走，情况仍极严重，明天敌人要

《晋察冀画报》文艺文献全编

更严密地来反复"清剿"，老百姓一定要暂时转移出去。（二）加强民族气节，誓死不向敌人屈服。（三）坚决保守秘密，被捕也不说实话，不向敌人报告任何村干部名字和物质资财秘密。并用眼前焦福印、吕三根的事实来教育群众。

夜半，会召开了。在会上，李殿冰最后用小铜喇叭的嗓子向大家鼓动："乡亲们，敌人跟我们不是他杀死我们，就是我们消灭他们，当中没有路，哪怕你当汉奸，最后也是个死。焦福印和吕三根这两个丢尽了咱们老祖宗脸的狗东西的事实是够我们看清这个道理了。"老乡们脸红着，感动着都喊："你说的是句好话，我们一定要执行三大保证！"群众的头都相互点动着。

"好的。"李殿冰结束了他的话，"我们今天晚上要去扰乱敌人，让他们觉也睡不安稳，你们赶快就走！"

群众散了，山沟静寂无声，在敌人的旁近，枪在发着火花。

第三天，天不明敌人就包围了山，疯狂地在搜索，每条山沟和石缝都寻遍了。敌人乱喊着，不见一个人影，然而由于体弱来不及转移或缺乏照料，给五百多敌人搜出了十五个妇孺：五个妇女和十个孩子。而更不幸的是李殿冰的家属，他的妻和七岁的男孩因为他去得太匆忙没有顾到家里，也被搜出来了。

敌人强迫妇女孩子把衣服、裹脚布、头发网什么都脱光，从山上爬着回到尖地角村。敌人把他们一个个地拷问着："粮食、地雷、武器……都藏在哪里，村干部是谁，八路军到哪里去了？"

洋鬼子所得到的回答却是："不知道。"李殿冰铜号的音调还在响鸣，他们是没有别的回答的。敌人愤怒了，用刀在身上戳，用枪托打着，叫人们在尖石子上走路。疼痛刺着每个人的心，孩子们啼哭，然而，牙关却咬闭得更紧，不露一字。

"中佐的人已经全说了，你们说了就还给你们衣服，不说你们统统的死了死了的有！"敌人威胁着。

焦福印和吕三根所受的惩罚鲜明地呈现在女人们的脑海，她们更坚决了。"死了也是不知道。"李殿冰家里激愤地说。她丈夫所说的"当中没有路"这句话，她是用一切来维护着的。敌人把她打倒在地下，疯狂地踩踢。

敌人什么也没有得到，只得无耻地把房子点着，让他们看着。家在烧毁，妇女们都看呆了，心麻木了，然而什么话也没说出来，耻辱和仇恨夹击着，眼泪在敌人面前滴不下来。

游击组在山头焦急着，打了阵枪，妇女孩子才有机会乘敌人忙乱中躲到一个猪窝里去。

晚上，游击组派了一个老头到村里偷偷找到这个猪窝，才用枪掩护他们出来。

当群众看到他们的时候，大家都泣不成声了，把自家的衣裤脱下来抛在十五个人的身上。

李殿冰的妻子在她男人的面前哭得一句话也说不出来。李殿冰看着她脸上和身上的伤痕，一会儿又看着他的孩子，呆了。取暖的火光照在他惨白的脸上，他剑眉直立，眼睛瞪得大大的，仇恨的火焰在煎熬。

李殿冰带哭音说："乡亲们！你们看看，前年鬼子'扫荡'烧了我的房，还打断了我爹的胳膊。我爹拖到去年才死，娘也跟着去了，现在又……不给鬼子拼了还有什么脸活着！"嗓子□吹得太用力了的铜号，发出破裂的尖音。

游击组员都激动了，家乡和李殿冰所遭受的灾害，不是他们所能容忍的。李殿冰是那样地关心他们，在游击组集中吃大锅饭时宁可自己不吃，让他们好吃得饱些，把自己粮食给大家吃，替他们组织拨工，还随时关切他们和把战术及射击教给他们……李殿冰所受的也就是他们所受的。

李殿冰一夜没睡，坐在火边焦急地等待着天明。他一面挑着柴

《晋察冀画报》文艺文献全编

火，一面跟伴着他的游击组说："我们都是穷命，生来没有享过半点儿福。连我打兔子的土枪也得向人家求借，租子、官税、灾荒……压得我们透不过气来，受欺侮也够了。我年轻受不了，把家扔下去门头沟挖煤，但那是一种什么样的狗生活！"他的眼睛熬得红红的，在火光里发亮。"你，你，我们的命根子都捏在人家的手里！"他拳头握得紧紧，用眼睛一个个地望着，每个人都嘘嘘地叹气，怕去想念过去，又重复地提到眼前。他接着说："后来抗战了，八路军来了，我们才从地下爬到地面，看见了天，拿到了步枪，我们能够像人样地活着。然而这不是躺在炕上就能享福下去，日本鬼子要吃我们的肉，残酷的斗争还要好好地使用我们已拿到的枪，天亮离□在还有一格截哩！"他指着漆黑的天，这是黎明前的夜色，夜幕像黑的瀑布，在无声地向火光倾泻。

听者都激动了，似乎感到夜色的沉重。中队长在骂着，最后他从地上跳起，说："走！"他们等不到黎明，就挎着地雷步枪去埋了。他们想动作，想发泄，想借一个行动来把这夜的沉重从心上抖去。

黎明前他们在河滩里和要路上都埋好了地雷，等待敌人来。眼都望乏了，李殿冰在山坡上不安地踱步，太阳已升高，敌人没有来。侦察回来，才知道敌人已从计都石撤退了。

"他妈的，追！"李殿冰嘶哑地叫着，"你想欺侮了咱们一顿就逃？要让你们知道咱们不是好惹的！"提着枪就追了上去。

游击组紧驰着，熟悉的山沟，熟悉的石子，腿在白草间飞动。

到计都石正好碰上计都石村的中队长刘二金。从他那里知道敌人大队已经抄小路向范家庄前进。刘二金见了李殿冰就像铁屑碰近磁铁地一把抓住，跳着要求："把我闷极了，我跟你们跑跑吧！"他高兴极了。

"好好！咱们正缺人缺枪。"李殿冰摇着对方的手，他庆幸着自己得到邻村的新的力量的联合，"有了你们可以多打死几个鬼子，多给咱们报报这个仇！"说着，他就冲上了北山。

登高一望，敌人大队已经到范家庄，后面还留着些后卫和运输队。

他们逼近敌人，隐蔽在庄稼地里，人都分散布置好，相互策应，等待李殿冰指挥的记号。

李殿冰的眉皱在一起像两把尖刀，咬着牙向董长庆说："打鬼子撤退的尾巴更好打。"他抚摸着自己的乌滑的枪："让他去吃敌人的肉吧！"一个戴礼帽的翻译官在河滩里蹒跚地拐着走，他说："你看我打这狗入的礼帽。"他瞄准了枪，枪发，帽落汉奸倒，死了。

"好家伙！"董长庆叫喊起来，他也端起了枪，又打死了一个伪军。

四支复仇的枪在叫嚣，敌人复倒了三个。

敌人都乱了，牲口四面跑，狼狈得很。敌人用三挺机枪追来，但是等敌人爬上了山头，游击组却一个也不见了。伪军们在山头上不禁惊叫起来："好飞毛的腿，这东西们会飞墙走壁哪！"

游击组其实并没走远，却在隐蔽处暗笑："爷们好好在这儿，就是你们看不见，我们会什么飞墙走壁哩！"

敌人刚撤下去，游击组就又上了山头，在掩护民兵打扫战场了。计共得胜利品：子弹十四排，钢盔一顶，手榴弹二枚，电线一驮，三个驴和驴上所驮着的麦、衣服、毡等。这是从仓皇退却的敌人那里索还的补偿。

李殿冰在山上站得高高地，向逃去的敌人的背影发恨。在他，血债是没法补偿的。

李殿冰回去，人们说："殿冰呀！快去看看你媳妇吧！你有好些日子没照顾她啦！"

"行了。"李殿冰回答。可是他的脚却跑到口头和石门上去，因为那些村庄被敌人糟蹋得更苦。

在那里，群众用涕泪和感激来包围他，都说："殿冰啊！你们埋的地雷炸了，炸着一个骑马的军官、两个伪军。那军官的一条腿还被我们埋在沙滩里。没有你们，也许我们都见不上你了！"年轻的羡慕地扯住他的衣服和枪支，老婆子拿着饼子塞往他的手里。

　　"不，老乡们，"他没有接过饼子，站在石头上向大家说，"这回我们打死了些鬼子，没有被鬼子杀害了我们一个，我们高兴。这是因为我们能够跟他们斗，要是没有枪，不打。"他拍拍枪，把枪捧到大家的头上："我们只好任凭他们来杀来抢。这些年来我们被鬼子糟蹋得也够苦了，谁家不遭难！"他用煞红的眼望着大家。人们叹息着，老婆子抹着鼻涕，都感动着。他深舒了口气："可是人生来就该受这样的苦吗？不！"他愤恨地说："我们不愿再受苦下去，我们要报仇，要过好日子。我们跟鬼子拼死拼活，就是为了这！"声音像支尖针，都扎进群众的心窝。

　　"老天爷，咱们的话全给你说啦，"老婆子伸着诉说的手，颤动地点着头说，"咱们受苦受难，连个鸡也给鬼子杀了，却原来是为了……"

　　"你啰唆什么！"一个人大声地阻止，"听着殿冰讲吧。"老婆子的声音低了下去。

　　"现在鬼子离我们不远，"李殿冰小铜号的声音在震荡，"敌人要来杀害我们，我们就要跟它斗到底，加紧战斗准备，保卫咱们的家！"

　　群众嚷喊着，游击组挥举着枪，枪在阳光里闪着亮。

　　高山铜锣寨仍是每天发着它的金光，李殿冰的声名在人民的苦难和感叹里将此传说中神奇的铜锣响得更远，更为人民所珍贵。

十一月底

（《晋察冀画报》第 5 期）

子弟兵的母亲戎冠秀

林江　仓夷

　　军区聂萧司令员、程刘副政委、朱代主任代表全体子弟兵给拥军模范戎冠秀同志送了一面大红的光荣旗。这面旗高高地挂在边区英雄大会的正堂上。旗上剪贴着一个老太太的半身像，头上挽着髻髻、脖子上围着白毛围巾。像底下，横写着六个大字：子弟兵的母亲。许多子弟兵和民兵的英雄们都抬着头，望着这面旗，望着旗上老太太的半身像，表示无限的尊敬。他们虽然在杀鬼子保家乡的斗争中贡献了不少功绩，可是一想到戎冠秀同志那片爱护子弟兵的好心肠，谁也感到自己功绩太小，实在不够回答这位老人家对我们的爱护呢！

　　我们子弟兵的母亲，戎冠秀同志，自共产党领导八路军创建了边区抗日根据地以来，就在她村里（平山下盘松）妇救会担任工作，领导全村妇女积极做抗日工作。前年吧，边区正在动员志愿义务兵，逢年纪的青壮年都该报名入伍。戎冠秀可忙呢，挨家挨户地宣传，动员妇女不要"拖尾巴"。她说："子弟兵是谁的？咱们要好好地了清！边区八路军——子弟兵是咱们边区老百姓的！咱们离了子弟兵，鬼子就会把咱们全杀光，民主生活也没有了，当亡国奴了。你们了清了没有？""了清了！"围住她的娘儿们都这样回答。她说："了清了，就应该动员自己家里人参加子弟兵！"她自己把大儿菊金、二儿春金，都在动员大会上报了名，影响到全村的青壮年们也纷纷报名，准备入伍了。

　　该交公粮了，她就从这个碾盘走到那个碾盘，对妇女们说："碾公粮，要把烂米、砂子都捡掉，糠多簸两遍。军队在前方打仗，比不上在咱们家里方便，说不定打仗紧了，找不到瓢，顾不得淘，找不到簸箕，顾不得簸，就把米全倒在锅里了。要尽是砂子、烂米、糠皮，

《晋察冀画报》文艺文献全编

那吃了可不卫生。"纳公鞋的时候，她就把妇女们召集在一块，她说："人家子弟兵在前方打仗，整天翻梁爬坡，要是赤脚板怎能打仗？咱们老百姓赤脚板下地能不能？子弟兵穿鞋不比在家方便，穿一对是一对，可不能做坏鞋。子弟兵就跟们家里的孩子兄弟一样。咱们给孩子兄弟们做鞋都是结结实实的，给子弟兵做，也要那样。"她号召妇女们做的鞋不要叫上级退回来，要叫子弟兵们穿在脚上说好，说"这是谁家的好姑娘媳妇做的好手艺"！戎冠秀坐在家里的炕上，心却老想着在前方辛辛苦苦作战的子弟兵。前年她生了一场大病，病刚好，上级要她村里马上很快交公鞋，她还有一双没有做起，就一个人悄悄地点着灯，连夜地纳鞋底。

戎冠秀同志，我们子弟兵的母亲，她领导妇女们把后方工作做好，让前方部队一心一意地打仗。要是前方有子弟兵的伤员下来了，经过她的村，她一定要亲自去看顾一下。记不清是哪一年，滹沱河两岸成天打仗，村里自卫队好多到前方配合作战，余下的又全抬担架去了，可是伤号仍不断地从她的村经过，她就领导妇女们抬担架。青年妇女六个抬一盘担架，飞也似的走了，她脚步跟不上。她是壮年，四十多岁，又是小脚，只好跟壮年妇女配在一块，八人抬一盘，把伤员们都迅速地送到医院里去。她常常说："咱们伤兵同志，要是早送到医院里'修理修理'，敢会好得快。要送得慢点儿，受罪事小，敢会就牺牲，这可要大家负责！"

去年秋季反"扫荡"，鬼子在下盘松村，今日来，明日去，搜山捉人。戎冠秀领着闺女媳妇，逃到山沟里。因为战斗多，伤病员也就多了。有一天，她听闺女说，站上有两个伤兵想吃萝卜，她就赶紧拿了八个大梨，赶到站上。民兵正把担架抬起来要走。"你们先别走，我要看看这两位同志，误你们一会儿路。"戎冠秀叫民兵把担架放下来，亲自把梨放在伤员的胳膊弯里，嘱咐他想吃时从胳膊弯里拿，吃不清转站时记得带，再吩咐护送的路上多招呼，才让担架抬走了。又有一个子弟兵的重病号，走到她村外的半沟里，"打摆子"（疟疾），坐在路旁动也不能动。敌人出动了，他还不知道。恰好戎冠秀同志领着闺女媳妇走来了。她老人家问清他的来历，就用尽办法来搭救他，用力扶他爬上山坡。有一处石崖有一人高，她扶不上他，病员自己又爬不上，她就蹲在崖边对病号同志说："来，你踩着我的肩，慢慢地爬上去！"戎冠秀同志累得满头满面是汗，身上衣服都弄脏了，才把这位病员扶上去。她找了一个隐蔽地点监视敌人，敌人没有看见他们。

隔几天，大半后晌，戎冠秀在碾上推碾，站上来了一副担架，她赶紧丢下碾杆子，看顾伤兵去了。伤兵静静地躺在担架上，仰面朝天，闭着眼睛，身上尽是红红的血，看不见衣裳的布色，□上有六七处伤痕，叫他也不醒，不会说话，也不哼哼，一只脚板在担架边边上垂着，袜子和鞋也丢了，冻得黑黑的。戎冠秀把那只脚移到担架里，用被子盖着，摸摸鼻孔，刚出一点儿气。戎冠秀心里明白，他一定是和鬼子拼过刺刀的！

站长来了，站长说："伤这样重，不能耽搁，这是哪一部分？赶紧 转 移。"

抬担架的民兵说："不知道。护送的带着两副担架走了岔道，我们只知道抬到这里。"

怎么等，也不见护送的来。送担架的民兵也都回去了。这副担架就停在站里。夜深人静，人们整天地打游击，爬山头，都累倒了，戎冠秀两天两夜没有合过眼，站着就能睡着了。可是她老是放心不下一件事，老是到站上去，看看担架抬走了没有。她每次去看，担架都停放在那里，伤员仍是静静地躺着。她着急了，找寻站长去，要求派人看守，给伤员喝点儿水。站长说："现在人们都睡了，大家都累得睁不开眼了！"戎冠秀想了想：可不是，大家都累得睁不开眼了。要是"西连马虎"地找一个自卫队员来看，他来这里睡了，不等于没有照顾吗？她心里还想，这伤员要不好好照顾敢会牺牲了，就对站长说："我来照顾他吧，你给我找一个伴儿，给我点点灯。这伤号要不死我不怕，死了我可就怕了！"

　　站长找了生生子媳妇来陪着她。我们这位子弟兵的母亲就蹲在这位伤员的面前，低声地唤着："同志，同志！"她想叫醒他，问他口渴不口渴。伤员僵直地躺着，他好像怎样也听不见这位母亲的呼唤一样。

　　生生子媳妇端来半碗开水，戎冠秀同志接过来，放在嘴里尝着，太烫，她就轻轻地吹，又尝尝，温和了，就慢慢地搬开伤员那干燥的嘴唇，灌着他。水都顺着嘴角流出来。戎冠秀又伸着手臂，把他的头慢慢地扶正，又灌他。水流下喉咙，有微微的"咯独，咯独"声。戎冠秀低声地问生生子媳妇："你听见吗？"生生子媳妇说也听见了，她们当下高兴起来，把小半碗水喂完了。戎冠秀光等着要这个伤员说话，就低声地问道："你还喝吗？"灯光照着，只见嘴唇稍微一动，仍静静地躺着。

　　她又灌他一碗温开水、一碗豆腐浆，嘴就稍微能张了。"你还喝不喝？""喝——"戎冠秀又给烧了一碗开水，又是尝了尝，温和了，才让他喝。这次不用一口一口地灌了。戎冠秀同志把他上身慢慢地扶起来，碗沿碰着他的牙齿，就咕噜噜地一口气喝干了。戎冠秀扶着他的身子，问他："你还喝不？""我就是想喝水，想——喝！"戎冠秀听见他会说话，就忘了一切疲累了，忙着问他："你是哪一部分？"伤兵低声地喘息一样地答说："×团……一连……""在哪里打着你？""柏叶沟。""打了几天？"伤兵又慢慢地答道："十一天了，我四五天不吃啦，心干，渴——"戎冠秀又给他烧了一碗水，递给他喝，又喂他一碗豆腐脑儿，问他："你还想喝，还是想吃？"伤兵摇摇头，说："不啦。"就很安静地睡去了。

　　戎冠秀听说他四五天没有吃饭，光喝这几碗汤水是止不了饥的，就把参忙得到的几两面做成软软的面片，叫生生子媳妇点上灯，又来看望这个伤员，轻轻地摇醒他："同志，你吃点儿面片不？"他说："吃咧！"戎冠秀又喂他一碗面片。她看他还张嘴想吃，就问："同志，你吃玉茭饼子不？"他点点头："好老乡，我就是想吃块饼子！"

"你吃，我给你拿去，刚在灶火上烤得热热的。可是你不能全吃掉，吃半块，丢下半块，要不你饿狠了，吃太饱不好受！"

戎冠秀同志整整地忙了一宿，像照顾自己的儿子一样，把我们这位伤重得几乎死去的子弟兵，挽救得能说话了。天已经快明，院里露着青光，屋里还黑黑的，她安顿这伤员安心地在炕上睡了之后，才到对门自己家里休息。刚躺下，就听见门外有人喊着："老会长，老会长，你那个伤兵下了地了。"

戎冠秀急忙跑出来，看见伤兵巍颤颤地站在炕沿，生怕他倒下去，赶快扶着他："同志，你可不要下来，你好好地躺着！有事我来做。"

戎冠秀看见这个伤员那只光脚板在地上踩着，就回到自己家里，找棉花套。找不着，把她闺女的衣襟里撕下一大块棉花，把这伤员的脚轻轻地裹着。她怕早晨冷，把自己的棉被给他盖了，又要去端一盆火。伤员同志说："不用，怕火烤着，伤口裂了！"她抱歉似地说："哦，我可不知道，那我就不拿火了！"

戎冠秀没有想到自己今早吃什么，却先想到这个伤员今早该吃什么了。她去问伤员，伤员说吃小米稀饭。她想，该给做点儿稠的，做稀的喝了多尿尿，他伤重不好动弹。做成稠饭了，伤员吃了两口，就放下碗。戎冠秀站在一旁发怔了，满心眼儿想他今天会多吃几碗，怎么才吃了两口就不吃了？她很不放心，又问："我给你盛点儿稀的，你喝不？""喝！"她端了一碗棒子面糊糊。伤员已经能自己端碗吃饭，她只要扶着他的背就成了！她很高兴，又给他端了三碗稀粥，全喝完了。站长也端着一瓢北瓜粥和两个饼子来。他不喝稀的了，想吃个饼子，戎冠秀又把饼子烤了烤，让他细嚼着吃。

一会儿担架来了，戎冠秀把地上的干草都铺上，铺得厚厚的，把被子折着也铺上，扶着他躺在担架上。他的衣扣、裤带都松了，戎冠秀都给扎上，让他安安妥妥地躺在担架上，还再三地嘱咐他："你要是到了医院，或是碰见押彩的，叫他们给你换一条裤，你的裤子都湿了！"

伤员感激地说："好人啦，好人啦，我什么时候也忘不了你的好处呀！"

戎冠秀说："爱护伤病员是我们的责任，咱们是一家人，用不着结记。你下次过我这个下盘松村，千万可要到我家里坐坐。我有你吃的，也有你喝的，我叫戎冠秀，担任村妇救会主任。你要记不得我的名字，就问老会长的家在哪里，就找到我啦！"

民兵们把担架升上了肩，还听见那个伤员说：

"好人啦，好人啦！我的好老人啦！"

戎冠秀同志所做的事，被广大的子弟兵拥护和崇敬着。她成为北岳区拥军的模范。中共中央晋察冀分局、边区政府、军区、边区抗联，都请她参加边区英雄大会，请她喝酒，奖她银牌、布、铁锹、犁铧、铁镐、奖金。军区奖她一头栗色大骡子，还有一面大红的"光荣旗"。开完会要回去的时候，全军区直属队子弟兵都全副武装排队欢送。朱代主任亲自扶她骑上骡子。她从子弟兵的敬爱里，感到无限的光荣。她说："我回去时，要更加进步，不能和过去的'平均'，'平均'了可对不起子弟兵这样爱戴我。我回去把这骡子配鞍上，给抗属们代耕去。优待抗属工作要一户户地跟着去看，把妇女劳动力组织得更好，叫能力大、做事着实地去帮抗属榜地送粪，叫能力不大的去推碾。我每次出去拾粪，一定要带动两个妇女。我们一定要多打粮食，多交公粮，让子弟兵和老百姓都有吃穿！我回去，更要好好招呼军队，冬天我动员妇女们腾暖和屋子，夏天抽凉快的房子给军队住。伤病员到我那里，没有问题。站长都要通知我一声，让我们妇女去照顾！"

欢送她的子弟兵的队伍摆在河滩上，呼着口号。她骑着骡子，在子弟兵的跟前走过。走得很远了，子弟兵长长的队伍还在河滩上瞭望着她呢！

一九四四年二月

（《晋察冀画报》第 5 期）

劳动英雄胡顺义

并松

胡顺义是咱们晋察冀边区四专区的一位劳动英雄。他今年六十三岁，阜平八区朱家营人。

受苦的人能成为英雄，这只有在共产党领导下的抗日民主根据地才会有的事情。提起从前的年头，谁理会受苦的人呢！胡顺义一提起从前的年头，抬头纹就皱得更深了。他家几辈子就是佃种人家的地，租子高，辛辛苦苦一年，除了交租，就没有什么了。抗战以前，租人家十八亩子地，要交十石零五斗租，这样，在好的年景，自己也不过剩二三石，不够吃。胡顺义说："那年头，种地多还是不够吃，一年白给地主受苦。"

抗战以后，国民党军队跑了，官也跑了。八路军来到咱边区，政府照顾穷人，给实行了二五减租，地主不能收高租，这下子穷人可有了活路了。胡顺义的租子减到三石一斗五，政府对垦荒也有了保障，担子轻松了，日子就有了希望。再说胡顺义一向不怕受苦，只要有出头日子，勤劳点儿有什么呢！因此，他从民国二十九年开始，每年除了养种自己的四亩九分地和租种的十八亩子地以外（共二十三亩），每年都要垦一二十亩荒（地板薄，都是轮荒地）。

拿年上的生产情形来说吧，阜平县里在年上春天提出了三大号召，胡顺义就响应了这三大号召。他把二十三亩地养种上，种了二亩半小玉茭、亩半大麦山药、十六亩玉茭、三亩谷子；除了这，还垦了二十四亩生荒，开了十五亩熟荒（从前开过的轮荒地），种些荞麦、苦荞、山药、萝卜、豆。这些地每亩都上够三十多担粪，小玉茭锄了四遍，玉茭、谷子锄了三遍。因为他肯吃苦，上得粪足，锄得细，年上那二十三亩地，每亩比往年多打一斗（两壳半的斗），收五斗，共收玉茭、谷子十一石多（两壳半斗）。垦的荒，收了两石多荞麦，两石多苦荞，三千多斤山药，三千斤萝卜、菜，瓜瓜豆豆还不算。饲养呢？胡顺义养了三头驴（内有边区政府奖给的一头，一头驴驹），五只牛，门羊十二大四小，猪三口。此外栽杨柳树四十多棵。

三大号召除了做到锄三遍，其余两宗也都完成了。"工拨工"，胡顺义把全村（一百三十多户）组织了十二个变工小组，把全村有劳动力的百分之八十组织了进去。牛工也顶人工。有一个懒汉叫作刘三妮，胡顺义想了一切法儿推动他，让大家选刘三妮当变工小组长。在大家好意的督促批评下，把刘三妮改造了。不光是有劳动力的汉子变了工，妇女也工拨工擦菜，娃娃（小孩）也跟娃娃碰（拨工）。从春上送粪到大秋收割全年变工，这种劳动互助组织，使得劳动力增加了，十个人可顶十二三个人干活，年上全村就垦了三百四十亩荒。朱家营附近有一道渠，从前怎么也修不起来，年上胡顺义组织了一百二十多人，领导着四天就把渠修上了，能浇一百三十多亩地。区里还叫他去下关，领导东西下关、红草河的群众修渠，每天来回要跑二十里地。起初还自己带干粮，但是他为了大众，他努力干，将近一个月，把渠修成了，能浇三顷多地。压绿肥原定计划一万五千斤，结果超过了，压了两万斤，胡顺义一天能割蒿子数千来斤。

朱家营从前就有变工的组织，但是那是"富的碰富的"的"湿变工"。给谁家做工，吃谁家的饭，吃好的，不吃糕就得吃豆腐，穷人"变"不起。胡顺义把它改成"干变工"，"穷的碰穷的"。自带干粮，到地里伙吃，穷人"变"得起了，大家都参加了变工小组。

胡顺义全家九口人，一个八十二岁的老娘三个儿子，大的二十九了，二的二十六，都娶了媳妇，三的十八岁，还有两个女孩。家里没有一个偷懒的，两个儿子大的二的养种地，三的放牛，两个女孩捻线，两个媳妇做饭，地里忙的时候，也下地帮着拔苗、收割。前年收割的时候，两个儿子大的和二的都发"摆子"（疟疾），就全靠两个媳妇帮着把庄稼收回来。他八十二岁的老娘也嫌待着闷得慌，说也想干个营生，胡顺义就逗笑地对娘说："你捻线吧？"娘说："好，可是哪里来棉花？"胡顺义说："我给你老人家找。娘，捻线是捻线，可不要累着，累了就别要捻。"娘答应了，说五天准交一两线，从此就捻起线来了。自家养着羊，可是没有人熟皮子，求人怪难的。年上就让他两个儿子学着硝羊皮，媳妇学缝皮子。现在已经学会了，熟了十二张羊皮，此后熟个皮子、缝个皮袄就不用求人了。

胡顺义一家子就是这样肯吃苦，会过日子，从八路军来了，日子一年比一年过得好。事变前是常年吃糠吃树叶，现在一天两顿都吃粮食了。但是胡顺义不单自己会过日子，他还帮别人过好日子；不单顾自己，还要顾别人。他是一个共产党员，还当过农会主任，现在当区抗联的执委。他知道自己的责任，再说他是一苦人，他最知道穷苦人的难处啊。全村一百三十多户，在抗战前，有九十多户没有吃或不够吃。靠了胡顺义，推动大家、帮助大家，村里多垦了荒，加上组织了变工，大家的日子也好过了，现在全村不够吃的（短两三个月的）只剩下了十来家。在实行合理负担的时候，村里有七十壳零半的粮食，公家后来没有用，他没退给原户。胡顺义就经管起来，当作救济粮，谁家没吃的就借给谁，有了就还，救了不少人的困难。抗属的地，胡顺义都发动了人给种上，没有一寸荒了的。他把一头牛给一个抗属伴喂，只要四百元贴价。牛现在值两千多。他还帮助懒汉务正。刘三妮已经务了正，不用说了。现在村里还有一家，是两口人，姓张，汉子懒，妇女也懒，家有六七亩地，不好好养种。他今年决心帮助这家，借给牛具，救济一些粮食，帮给一些籽种，并且要同他们说，再不好好过日子，就再不接济了。

胡顺义一向卫护穷人。民国二十一年，财主们叫他当村长，想利用他让穷家户多摊款。但他不干，他给财主摊得多，穷人摊得少，为了这，财主们在区里告了他。但他不屈服，联合了九十多穷家户，和财主打"官司"。他在区里替穷乡亲争，一百三十多户有九十多户站在他这边，他们胜利了。

他谦虚、朴实、待人热诚、肯吃苦、为大家。他听说陕甘宁有个吴满有，他要向吴满有学习，而事实上吴满有走过的道儿，正是胡顺义现在走的道儿。

（《晋察冀画报》第 5 期）

韩 凤 龄

仓夷

一、从封建压迫下解放出来

提到抗战初期的事，韩凤龄就苦笑了。

那天夏天，村里要成立妇救会。有人说："成立妇救会，掏人头捐，一人一大铜子，掏了还掏！"有人说："要把缠脚妇女的脚都解了！"老韩缠着脚，手里拿着小筐子，装着摘豆角，躲到地里去，天黑了才悄悄回家。可是村□都传遍了"韩凤龄当副主任"的消息。老韩急得脸红红的，跟举她的人吵开嘴。老韩把豆角筐子丢到地上说："你们谁愿当谁当，我不当那什么主任！"

开会的时候，区里来了女同志，讲演了："日本鬼子欺负我们，家里婆婆男人欺负我们。我们要抗日、男女平等、不缠脚、要剪发……"

老韩嘴里答应，心里却暗暗着急。人家教歌，老韩嘴里唱，心里不唱。人家叫摘"耳坠"，老韩摘了，对镜一照，可不像个样子。人家叫放脚，老韩把脚放了，不大一会儿，脚就胖得不能走道，又把脚裹起来。老韩还迫着她的闺女缠脚，还在闺女的耳朵上扎了一个"耳朵眼"。区里女同志来了，人们就喊着："查脚婆来了，查脚婆……"于是缠脚的青年妇女都跑光，剩下几个大年纪的出来应付。

那时八路军的十二大队开到涞源，骑兵团也开到涞源，夏天还帮老乡耕地。有人说："八路军耕地，秋后就给收去了。"村里王真儿等人参加八路军，老韩心里也大不同意。

老韩受过苦、挨过痛，她本来是个好人、好心肠。可是，因为她过了三十多年的封建家庭的生活，受了压迫，就像长年关在黑地窖里

《晋察冀画报》文艺文献全编

的人，一下子出了头，见到太阳，眼睛还睁不开呢！

区里要开干部会，老韩不敢去。老主任背着背包去了，回来对老韩说："尽是妇女，讲得可好。咱们妇女要解放了！"第二次又开干部会，老韩就去了。这次是开训练班，整整一冬。上政治课、教识字、唱歌，老韩慢慢思摸，心眼儿也就渐渐开通了。

二、领导妇女战胜大水灾

一九三九年秋天，边区发大水，许多地里的庄稼都给冲跑。大水刚过，日本鬼子又来"扫荡"，到处烧房子，抢粮食。立冬一到，全银坊村除四五家外，都没有吃的，有几家已经倒关着大门，背着破瓢烂被，到外乡去逃荒。

区里干部带着救灾粮、救灾款，到村里救灾。叫老韩领导妇女，准备修滩开荒，老韩整个心儿都跳起来。

老韩想到过去的日子，实在无法按住心。她十九岁过门，丈夫才十五岁。家里很穷苦。她有心下地，又怕人取笑。那年头，实行封建，妇女下地，人们就传开啦："谁家谁家媳妇下地啦！"那妇女就脸红得不敢见人。老韩帮着丈夫点点大麻子、种种瓜，别的不能干。有时男人忙不过来，老韩就得偷着帮。让丈夫把锄头镢子带着先走，她把破衣裳装在筐里，打扮成摘豆角模样，到地里才把干净衣服换下来。要是有骑牲口的人从地边走过，就赶紧躲在瓜豆架下。老韩躲在瓜豆架下，心里想：像这样子过日子，恐怕一辈子只有穷、穷、穷苦下去了。

幸亏共产党、八路军来，提倡男女平等，女的下地生产，大家都拥护。村里妇女修滩垦荒团成立了。老韩当团长。参加垦荒团的妇女，三天领一次政府发的救济粮。每人领三斤米，掺和着杂七杂八的东西半饥半饱地过着日子。有些妇女做着活，就在地里坐下来，饿得动不了啦！三八节，妇女开大会，县里李议长在台上讲话，看见妇女们脸都是黄黄的，就掉下泪。日子不好过，老韩怕妇女们心里难受，就组织儿童歌咏队，由先生领导，到地里唱歌。又怕妇女们太累，规定一天工作多歇几次。她常常说："我们愿意生产，大伙儿努力干，政府、子弟兵，一定不让我们挨饿！"

老韩黑天白日地忙着，领着四十九个妇女，成滩开荒七十多亩，栽树百余棵。秋后打荞麦两大口袋、谷子一石多，还有大批新高粱、黑豆、夏山药。批粮食了，每个妇女都批了不少，老韩却不批。老韩说："我不要，我做豆腐，吃豆渣。你们多分点儿，大家凑合着过。"

老韩领着妇女们，战胜了大水灾，领着妇女们，度过了最困难的日子。

三、响应妇救会的号召

一九四〇年，边区妇救会开四次代表大会，挑选妇女劳动英雄，把老韩也选上了。妇救会奖老韩两匹白布、一个银牌，还请老韩参加大会。

老韩知道妇救会是给妇女谋利益的。妇救会有什么号召，老韩一定起来拥护。妇救会号召动员妇女生产，不要有一个懒婆懒汉，老韩又在村里忙起来。

区里号召妇女开展纺织，银老发奶奶好手艺，老韩就要她当组长。合作社规定斤半棉花交一斤坯线，妇女们怕手艺不熟，交不起数。老韩说，只要大家用心纺，合着一人糟蹋二两线，她负责。很快地，一村里就有二十辆纺车动起来。老韩白天种地，黑夜也纺线。点着一盏灯，一个人静静地纺，纺得天都快亮了。老韩怕别家妇女舍不得点灯，夜里不纺线，就对妇女们说："你们谁不嫌苦，不怕熬夜，可以来就我的灯。"王玉莲、张志华、金昌媳妇，都就老韩的灯纺起来。

《晋察冀画报》文艺文献全编

区里号召妇女养猪养鸡，老韩就到各家宣传说："妇女养猪养鸡不掏统累税。"于是家家户户都喂了。前年每户都有两三口猪，满街跑，糟蹋菜园子。老韩告诉大家："喂猪要圈起来，好攒粪。"每天她在街上巡一遍，各家的猪才都圈起来。要喂鸡，小鸡很贵，老韩就到处打听人工孵鸡法。她听说离银坊不远有个老太婆，一年能孵六七十只小鸡，老韩想去找她，得她的法，好流传起来。可是那位老太婆太保守，不把人工孵鸡法告诉人，她孵鸡为赚钱，怕别人学会了，她孵出的小鸡卖不了。老韩对这种思想不同意，她说："我们要生活好，就要大伙儿生活好；大伙儿生活都痛苦，自个儿生活也好不了。"老韩到处打听人工孵鸡法，为的是要给妇女们解决困难。有一天，她拿五个鸡蛋，用麦花秸、棉花套裹着，放在炕角烟囱格落里，每天翻动三遍。十几天过去了，鸡蛋握在手掌里，温温和和的，老韩心头暗暗地快乐。那天晚上下了半宿雨，老韩起床披上衣服，摸摸鸡蛋，凉冰冰了。老韩的心也凉冰冰了，赶紧用被子包着鸡蛋，放在热炕头，想救过鸡蛋里的小鸡。老韩的丈夫不知道，怕身旁睡着的孩子受凉，扯动那被窝，把鸡蛋全挤破了。这次试验失败了，可是老韩不服气。老韩说："鸡蛋里都长了鸡袍袍儿、肉骨架儿、小眼眼儿，光等着长毛毛儿！那回失败是因为我男人不知道才打破了，今年我照样要买五个鸡蛋，再试验试验！"

老韩不只是领着代耕团，给抗属很好地代耕，她还动员全村抗属们都参加到生产中去。全村的抗属生活都在不断改善着。抗属刘玉海和她娘大前年吃优抗粮，有时还挨饿，前年纺了八斤线，生活就不怎样苦，去年刘玉海亲自种地，生活就更好过一些了。

四、创造了模范新家庭

韩凤龄的丈夫门长德，当了一年中队长、三年村长。村里工作忙，家里大小事情都由老韩照顾。老韩不但不嫌累，还不断地鼓励丈夫，帮助丈夫工作。老韩对着丈夫说："家里要搞 好 ，村里也要搞好。你是一村的指挥，你是一个机子，你要拧紧了，就好了，拧不紧，可对不起大家！"工作人员来，村里找不到合适地方，老韩就盖房开店，给来往工作人员住。粮秣主任不在主村，工作人员或战士过她的村，老韩给做饭、烧水，留下粮票菜金，门长德回来，老韩就把粮票菜金交给他。每次坚壁公粮，老韩就费心帮忙。老韩说："坚壁时负责同志要好好检查，看有什么毛病没有。这是咱们打日本的本钱，要是有损失，你就了不了！"下了大雨，老韩就催门长德去检查公粮窖，看潮了不，看一两个窖就行，要是潮了，就倒出晒晒。老韩把公粮看得比自己家里的粮食都宝贵。这两年的"扫荡"，银坊村的公粮就没有损失一颗，也没有坏了一颗，敌人在这村里住了，把房子烧了，可是抢不到一颗公粮！

大闺女银芝要出嫁，新姑爷是一个八路军的连长，在大龙华战斗中负了伤，退伍，现在区里工作。老韩和她闺女商量这门亲事，老韩说："你们两家愿意了才订。"闺女低头问道："不晓得他的家庭成分怎样，阶级相同不？抗日坚决不？"老韩笑着说："人家当过八路军的连长，抗日真坚决！"闺女和"阎连长"结婚了。"阎连长"单身人，区里工作忙，老韩就让姑娘住在家里，对姑娘说："咱们一块生活，你别结记他。咱们肉肥汤肥，我有的也饿不了你。"

老韩一家过着喜气洋洋的生活。银芝身体有病，在家替老韩推碾、做饭、抱孩子。门长德常在外忙着。家里二十三亩岗地，全靠老韩一人耕种、耪地、收割。正月里送粪，老韩叫门长德把卖布的本钱抽出一部分，买头驴，驮完粪，再把驴卖掉。十亩玉茭子三百驮粪，十亩谷子二百驮粪，赶着正月全送到地里了。一消冻就耕地，降种时由门长德帮着。耪地老韩自己做，门长德有空也帮忙。玉茭子锄三遍，谷子锄四遍。前年打七石粮食，去年就打了十一石。谷子、高粱、小豆、绿豆、黍子、瓜，满满地在场里堆着。今年老韩计划多上粪，玉茭谷子每亩增加十驮粪，保证不荒一寸地，还计划在北沟里栽几百棵枣树和杨树。自从一九三九年大水灾后，老韩年年就栽树，春天栽下，冬天就给外村老乡弄去烧火了。老韩对老乡说："我栽树，你们该很好地帮助我。你们不帮我，我成功不了！"今年区里通知那道山沟是禁山，不许放牛羊。老韩很高兴，她说："这道地沟不让它浪费，再过几年，就有木材和枣子了！"

五、领着老乡反"扫荡"

韩凤龄当区抗联会不脱离生产的委员，反"扫荡"的时候，她就领导银坊村的工作。区里来了通知，说敌人已经出动了，老韩就召集村干部开会，动员妇女做"坚壁清野"工作，游击小组加紧站岗放哨。

去年秋天，敌人来"扫荡"了。老韩就担心地里的庄稼。大家辛辛苦苦一夏天，怎能白白让鬼子糟蹋。秋收委员会成立了，可是看看地里，谷子不熟，玉茭也不熟。老韩不管如何，领着大家先集中力量，突击沿大道旁的秋收，连夜收割。敌人占了银坊村，道旁的庄稼就收完了。快到寒露，该种麦了。这里天气冷，过了寒露种麦光出半截穗子，不结麦粒。可是大家打游击打得很疲累，人工又不多。老韩和干部们商量，组织拨工队，先突击大道旁的种麦工作。别村有人也来帮，三天三夜，全村种了五十多亩。老韩领导一组妇女和敌人转山头，争取时间还到大道旁种了三亩麦。

老韩光等着区里来信。往年反"扫荡"结束，区里就来信说："回去吧，鬼子走了！"可是去年反"扫荡"中，老等不到区里这句话。老韩□不到这句话，就不能让妇女们回村去，怕遭受损失。她叫娘儿们等等再回，自己和干部们扛着一口大锅、一布袋米，回到村里。村里房子都烧了，只有几间没烧完，还在冒黑烟。老韩在瓦砾里赶紧把土炕打扫出来，在炕上搭窝铺，十家八家住在一起，用一口锅轮着做饭，鬼子要再来了，好扛着锅转移。青年小伙子们又忙着砍木头，背秸子，修盖房子。

文艺大系

华北抗日根据地及解放区

老韩从没有生过气，这次她却有些气愤了，她说："鬼子烧了房子，咱们一定想法又盖上！"她天天在集上卖煎饼，得到八百块钱利，雇工砍木柴，买苇子，把三间房子全又盖上了。老韩还对她丈夫说："咱村不要老靠政府贷款来盖房子。咱们是干部，要先自己想法把房子盖好了，好来推动大家。大家举你当村长，你要好好关心，有些房子盖不好，光铺些秸子，春天会漏水，该帮着盖好。鬼子给老乡困难，咱们就得给老乡想克服的办法！"

六、到边区参加"群英大会"

今年春天，正月初头，边区政府送来帖子，请老韩参加"群英大会"。整个银坊村都被这喜讯搅动了。村里的治安员、村副、村公所秘书、妇救会的干部，都拿着盘缠，十块八块的，来给老韩送行。老韩说县里有粮票，不用带钱，大家都不依。大家都说："这是敬你，你要退回可不合适。"全村的老乡都来送老韩，依依不舍的，一直送到半里多路。

到了边区，见到许多首长，许多子弟兵英雄、爆炸英雄、劳动英雄，还有拥军模范平山大姐戎冠秀同志。百余人在一个大礼堂里开会，礼堂上张灯结彩，非常热闹，英雄们拍手欢迎老韩讲演。老韩就在人们的欢迎中，在几百只眼睛的注视中，站起来了。她报告了去年反"扫荡"的工作，她说得有条有理、恳切生动，听得人都被感动了。老韩握紧着拳头，兴奋地说："六年的过程，我第一次参加这样的大会，心眼儿很快乐！你们在前方辛苦打仗，杀了很多仇人，我回去一定要向村里报告，希望诸位父老兄弟回去也帮助推动妇女生产。等下次开英雄大会，会有更多的妇女来参加才好！"

全场鼓掌，欢呼起来。老韩还继续讲演："县里奖我一头牛，我要用它给抗属代耕，给银坊附近村子的抗属孤寡代耕，我一定要动员妇女们帮助游击组家属生产。一个人的生产力是不大的，我韩凤龄过去也没有什么大的成绩，回去以后，一定用十二分的力量，努力生产。大前年我拿统累税六分，前年拿八分，去年拿十二分，今年保证拿的更多，充实边区抗战财政，我更要学习平山那位大姐戎冠秀爱护子弟兵，军民团结起来，打出日本是不成问题的!"

全场都热烈鼓起掌来。

谁也没有想到，老韩会说出这样精彩动人的讲演啊!

六年前，老韩在封建制度的压迫下，是一个被人瞧不起的妇道人家，自从共产党、八路军来了以后，建立抗日民主政权，老韩翻身了。

老韩今年四十岁了，头上抓髻梳得很齐整，穿上一身浅蓝棉袄，抱着两岁的男孩桂山，端端正正地和子弟兵民兵英雄们坐在一起。老韩感谢共产党、八路军给她的幸福和光荣，她光亮的眼睛注视着主席台上坐着的主席团同志。直到大会的第三天，她才低声地问身边一位同志说：

"毛泽东同志来了没有？"

老韩赶了九百里路来开会，就一心一意想见见中国人民的救星——毛泽东同志。因为在她的心里，想见见伟大的共产党领袖毛泽东同志，已经整整六年了。

提到抗战初期的事，老韩就苦笑了。

要是没有共产党和八路军，老韩怎会有出头的今天？今天也怎会有一个人人拥护的韩凤龄？

一九四四年二月十九日

（《晋察冀画报》第 5 期）

东线大门内，风雷四十里

柳杞

　　七月十六日，大雨滂沱的夜里，晋察冀边区三个月的反"扫荡"开始了。敌人在伸手不见掌的黑暗里，突进了界安以西边区东线的一个大门。这一夜，南北河北以西的十多个村庄，在熟睡中醒过来，小孩子哭着，人们脸上流着汗又流着雨水……多大的混乱呀！反"扫荡"开始了，敌人疯狂的抢掠开始了，惨无人性的烧杀开始了！第二天第三天，界安以西许许多多村庄，镇定了被偷袭的迷乱，接着猛烈的地雷战、麻雀战开始了。

　　瞧吧，瞧吧，多响的□声，多浓烈的烟雾呵！

　　瞧吧，瞧吧，多勇敢的边区人民，多激烈的斗争呵！

　　站在南北淇村、胡庄一带山岗上，瞧吧，这是大丰收的秋天。在这小平坝子上，荞麦花飘漾着甜香，谷子秆经不起谷粒的重量，一直鞠躬到地地垂着头；牛角般的大棒子飘洒着红胡须，它又结实又强壮又饱成。绕在棒子身前身后的红小豆和绿豆角，在太阳光底下，你呼我应地爆炸着，开着玩笑……这是大丰收的秋天，粮食已经吃到人们的嘴上了。秋天，裂开的红石榴的微笑，就是人们对着这小平坝子的微笑。

　　站在南北淇村胡庄一带山岗上，瞧吧：从界安到北山，一直到独乐，敌人新建立的据点那里，修成了一条汽车道。这是一条输血管，每天汽车队带来了成千成百的伕子，他们就开始割下谷子低垂着的头，打下棒子秸上翘立着的大牛角，拔走了萝卜，起走了山芋，踏坏了带甜香的荞麦……他们把可吃的吃了，可踏的踏了，可抢的用汽车统统装走，多野蛮的土匪，多凶狠的日本法西斯强盗！瞧吧，这些土匪，他们压着来来往往的汽车队。不打死他，他们会把边区所有的财物都抢走的！瞧吧，瞧吧，子弟兵扛着机枪来了，民兵们抱着地雷来了，界安以西四十来里汽路两旁的村庄呼喊着："打死他，堵住我们的大门！"

打死他，堵住我们的大门

九月十九日，×××和××，最先在迷乱中镇定过来。当夜就在汽车路上埋好了地雷。二十日早十时，敌人两辆汽车开进了东线的大门，他们一点儿也不知道地雷是什么滋味，所以快得像一阵风。一声轰响，前一辆汽车压响了的地雷，却不偏不斜炸中了第二辆车的汽缸。这辆装满一百桶汽油的汽车，平地打了一个跳蚤舞以后，三个日本兵死了，司机烧得焦头烂额，汽油汤里还浸着七个狂直喊叫的受伤的敌兵。前一辆汽车退回来，他们在汽油和血汤里忙到了下午一点钟，后来办法才想起来了。他们模仿老牛拉破车的办法，一条绳子系住了两辆车，一前一后拉着走。

几乎是同时，×庄村西北四个地雷一齐爆炸了，雷声震动着这小平坝子，这像是信炮。随后，在这四十来里的汽车道上，每天每天到处响着轰雷。

打死他，堵住我们的大门！这连离汽车道很远的村庄也参加了，××庄离汽车路十几里，他们的游击小组一直没有爆炸的机会。九月二十七日夜，他们扛着地雷一直进攻到界安敌据点的村边上。二十八日早七时，汽车出了村，喘一口粗气，刚要撒野，就同十八个日本兵，被轰倒在路旁。

东××是西××紧紧相靠的邻居，为了争取英雄爆炸组，东××的地雷阵一直进攻到林泉山北一带汽道上。十月五日，他们摸到山北"治安军"的工事以里，推出来一辆脚踏车和一大批宣传品。三个月反"扫荡"，他们一共伤亡敌伪七十八名，炸毁汽车五辆。

堵住我们的大门，枪弹紧紧地配合了地雷，×团侦察连和附近一带民兵天天出没在汽车道旁。他们先是单打一地开火，敌人大模大样地理也不理；再是步枪连放，敌人持着刺刀对要逃的民夫说："土八路的，没关系!"再后就是机枪开火了，敌人一面嚷着"八路的有"一面找隐蔽地的时候，民夫们趁着机会哄散了。民夫们都说八路军是活神仙，活神仙是救苦救难的，机关枪一响，他们解放的机会就到了。十月十一□易县第×独立分队协同四个村子的游击组，打击魏庄村北抢粮的敌人。枪一响，地雷也开始爆炸了。老乡们在山坡上拍着手嚷着："追吧，兔崽子们快投降啦!"

人刷子和扫边的凶手

一阵阵潮起的枪声，一丛丛轰起的烟火。鬼子几次尝到了地雷的滋味以后，他们就变得聪明了。开始，他们叫四排民夫走在汽车前面，但走在前面的民夫，却后人踩着前人的脚印走，就是发现地雷，也绝对留给汽车用。几次以后，鬼子就想起人刷子的办法了，把民夫们四个一排绑成一小列，这就是人刷子，专门刷地雷的人刷子。三四排人刷子排在汽车前头，汽车一喘粗气，人刷子们必须拼命向前跑，跑到脚下响起一声轰雷，撒手离开这人世间为止!

人刷子在汽车前面跑着，跑着……子弟兵们在山坡上痛心地握紧了他们的枪。游击组一面加强了地雷板下的柱棍，一面换用拉火雷。加强地雷板下的柱棍，可以使人踏上去炸不了，汽车□过来，却恰好要翻个身。拉火雷使用起来最得意，游击组员们伏在庄稼地里，眼看着第一排人刷子过去了，第二排过去了，他们伸一伸胳臂，一辆汽车就立刻飞到半空去。

人刷子失去作用以后，暴怒的敌人就在汽车两旁派出了扫边部队，见人就杀。他们说这小平坝子上没有好人，所有在庄稼里的人统统的都是看地雷的。九月二十五日上午十一时，他们在北河北棉花地里捉着一个五十岁的老头子，用铁丝捆住他的手，用刀拉锯式地拉下他带有白胡子的脑袋。

扫边的凶手们走在汽路两旁庄稼地里扫着边。他们除了杀了四个老太婆和一个老头子外，扫边的最大的收效是把爆炸英雄王俊卿和赵致和吓了一大跳。那天，他们正伏在棒子丛里，欢迎着汽车就来了，不提防身子后面来了扫边的凶手，他们确确实实吓了一大跳。这以后他们一面计划着在汽路两旁埋地雷，炸扫边的敌人；一面另想更新的办法。一天晚上，王俊卿在山北镇找出一条筷子粗细的铁条来，他左右盘算怎样能把这根铁条用在地雷战上。在灯下，他当起小炉匠，第三天，这根铁条就变成了很多的铁钩，开始用在地雷战上了。这铁钩对于汽车轮，好比一个痴情的女人，抓住了死也不放。它还非常势利眼，它不炸被抓来的民夫，连穿胶皮鞋的伪军它也不屑理睬，它要炸的是汽车，那满装着强盗和赃物的汽车！

林泉伏击战和黄色炸药

轰雷震撼着这小平坝子，几天以后，三十斤以上的大地雷都进攻到汽道上爆炸尽了。剩下的七八斤的小地雷爆炸开来，汽车只受惊得横转了身子，随后，在车尾上取下一个车轮换好，满骄傲地又开走了。李福来同志在电话里忙着调大地雷，一切游击组员们正焦急着没有大地雷的时候，子弟兵们在林泉第一次伏击战开始了。

九月二十八日，×团一二连一早就埋伏在林泉村边庄稼地里。敌人运输队三四十名赶过来了，林泉村北当时就猛烈地响起了炮火，一连一排长左原先、副班长小会子都带着疟疾冲上去，二十多名强盗就在十几分钟内躺倒了。两个牵驮子的鬼子，一个死了，一个跑了。这个驮子驮着的竟是满满的两箱子黄色炸药，却送到我们手里来了。

讨黄雷的回来报告

十月四日，一个六公斤重的黄色炸药雷，一连被埋了三次，最后一次拉火弦弄坏了。侦察员们带着一脸灰气，把这黄雷交给了××村游击组员齐育尼。他们留下话说："能埋就埋上，不能埋就好好保存好。记住，这是一个黄雷！"齐育尼含着笑，他二十一岁了，年轻英俊，因为他常做短工，膀臂硬得像一条铁棍；因为他经常是在斗争里，胆子大得像一只虎。他在一切物件中，除之爱锄头，就是爱枪炮。一九四二年，他在分区受爆炸训，回来时，忘掉一双新鞋子，却偷偷拿走了公家一条拉火线。这条拉火线，他宝贝般地保存了一年多，当夜就安放黄雷上了，当夜黄雷就安放在河北村南汽道上了。

可是，糟啦，五日天一亮，××支队派来了两个侦察员，他们奉了×团长命令，怕黄雷大材小用屈了身份，特来讨要黄雷来了。

取黄雷来了！侦察员孙棉青和郝清头上冒着汗。可是黄雷已经埋设在汽道上了。齐育尼眺望着汽道上被强盗们踊起的土雾，大白天，实在难从汽路上起回黄雷。他为难了半天说："好吧，白天黄雷要是不爆炸，夜里一定取回来。"

"我们现在回去没法报告哪！"

"就这样报告不行吗？"

糟心的事，没别的可说，两个侦察员回转身来，太阳已挂在树梢上了。突然，胡庄一带的窗纸都刷刷地震响起来，人们跑出了房子，谁都以为是自己的房后面掉下了炸弹。就在这时，三十多名鬼子、两辆汽车都在黄雷的周围，从天空纷纷掉下来。

×团长正担心着黄雷，两个侦察员回来报告了。他们报告了以上的消息。

人证物证，大金牙和带毛的血手

"皇军"是爱脸面的，据说就是打肿了脸，也要充一充胖子。他们为了说明自己并不怕地雷，还专门出了一种宣传品，大题目叫作《乡民问答》，一个姓王的和一个姓刘的谈话，姓王的说八路军的地雷连一只狗也炸不着，姓刘的说八路军的地雷完全像黑色蔓菁。不仅这些，每次地雷爆炸后，他们打扫战场，一定要彻底到使人相信地雷是自己爆炸的。纵然地雷炸的是"皇军"，但那炸着的也只是"皇军"们的半个脑袋，那半个脑袋，"皇军"早戴着又"扫荡"去了。

《晋察冀画报》文艺文献全编

为了"皇军"爱打肿了脸装胖子，可难坏了游击组员们，×团长要看他们爆炸的证据，可是每次他们只能捡回几块车轮上的橡皮。

十月九日，林泉村东炸响一个三十来斤的大地雷，人们用排子枪硬要打扫战场的鬼子，留下一点（战绩），结果在路旁捡回来一只血手。这是一只放过火、杀过中国人民的血手，×团长看了看它，就埋掉了。

接着十月十二日午间，一个老头子来到北淇村的井台上，他送过来一封报喜信，那信用铅笔写着：

刘□长鉴：为报告事，十二日我村下地雷三个，一个炸汽车一辆，并将汽车上大米炸了一汽车路，第二个（雷），敌人三十多名，正在路上挖这地雷，不略（料）想地雷报（爆）炸了，炸死敌人十余名，伤四五名。我们已将敌人的大金牙拿回来了，并无别事。

此致

抗礼

×××村：中队长　李振兴

指导员　　周汉清

十月十二日

月光下

月光下，镰刀飞舞着，接着一担一担谷穗子轻轻地飞快地走进山沟去了。

月光下，妻子和儿子在地边上用耳朵向汽路上放着哨，丈夫和父亲一声不响地耕着地，一旁边，早下种的麦子已经青起来了。

月光下，北××的大街上，人们喊喊嚓嚓地抬着棺材，扛枪的儿子在后面默默地跟着。病员占百分之八十的这些受难的村庄，许多经不起风浪的老人，含着悲恨合上了眼……

月光下，许多村庄的地雷一齐向汽车道上进攻。月光下，有突然的狼一样的嗥叫。人们愣了一下，随后就明白这是埋伏在汽道上的敌人的叫喊。

月光下，踏了一脚露水，我走到爆炸英雄侯敬贤的家。距汽车道只半路，他的小屋子点着菜油灯。他们刚从山坡回来，正煮饭。侯敬贤害着热性病，昏昏地躺着。听说有人问他关于爆炸的工作，他仰起黑瘦的、腮边长有黑胡子的脸来，咳嗽着，叹息着："对不起上级，赶不上人家李勇了，唉！"

炕上坐着他新婚不久的老婆、他的母亲、他的带枪的三哥侯玉珍。他兄弟八人，母亲说，人家称赞她八个儿子八只虎，抗战以来，他们已经三只老虎下了山。

侯敬贤伏在枕上，喘息着，不断地说明他很羞愧，他共埋雷十五次，二十八个雷，伤亡敌伪七十二个，炸毁汽车七辆。他的计划很大，可是热病一直破坏他的计划不能进行。

赶不上李勇了，他叹息着。母亲说他一点儿也不关心他的土地，梦中也问炸死多少敌人。回头走在村西边，李漪清同志指点着说："这是侯敬贤的地，可是组员们早替他耕好了！"

新式的小脚婆娘

汽车路两旁的草叶上，几乎被人们沾没了露水，紧张的忙碌的夜过去了。

早晨，汽车道上静悄悄的，看不见一个人影。山野草丛里侦察员和游击组员们尽量睁大了一夜不曾睡眠的眼睛。看吧，界安据点里，汽车队喘着粗气出来了。

起先，他们刚离开界安据点时，还敢来一阵小跑，表示自己绝对是一辆汽车，可是自从九月二十七一早，汽车喘一口粗气，刚要撒野，地雷就轰响了，一连几次。现在，出现在这大门里边的"小脚婆娘"队，前面走着人刷子，人刷子后面走着低头弯腰检查队，左右两边走着扫边的凶手们，他们在汽道上扭着，一出界安据点就扭着。山坡上区县工作人员替他们看着表。从界安到山北二十里路，他们整整走了三个多小时。

太不成话了，一九四三年的追风汽车还不如一个拄着拐杖走道的老太婆呢。十一月六日，湖山据点通独乐据点又修通一条汽路，"小脚婆娘"们感到此路不通又另走别的道路了。

从界安到独乐，这约有四十来里的汽路上，三个月反"扫荡"中，共伤亡敌伪六百八十一名，炸毁汽车三十五辆，炸毁坦克二辆。这些战绩里，包括侯敬贤的战绩七十二名、汽车七辆，包括××村赵致和的战绩七十八名、汽车五辆。抱病的侯敬贤，谁全知道他是不满他的战绩的。

（《晋察冀画报》第 5 期）

金龙洞的抗击战

——保卫神仙山战斗通讯之一

陈陇　周游

　　金龙洞战斗是神仙山保卫战里面非常出色的一个战斗。按双方兵力来说，敌人是一千五百多，我们只是一个连。这样力不相等的战斗，持续了八天，大小打了十八仗，结果杀伤敌人一百八十三名，地雷炸死五十六个。而我们付出的代价仅仅是七个伤亡，并且这里面还有三个是摔坏的。我们英勇的军队和人民经得住严重的考验，粉碎了敌人凶狂的围攻，取得了上面所说的这样煊耀的战果。在反"扫荡"中，军区首长曾特别发布命令，嘉奖他们，让全□学习他们英勇顽强的战斗精神。

　　这里，我们来报导一下金龙洞战斗的经过，自然，这种报导只能反映出一个简略的轮廓。

一

　　九月中旬，敌人开始"扫荡"北岳区，接着就部署四五千兵力围攻神仙山。到了二十四日，北面的马庄、走马驿线，南面的营里、台峪、平房、大台线，东面的五支、莽兰、石门线，西面的古道、段村、董家村线，敌人全已到达，布成了对神仙山合围的形势。果然，二十五日，大台敌人四百多，就向神仙山西南金龙洞、炭灰铺一线发动进攻了。

　　神仙山到处都有险峻的地形，在金龙洞的南山、北山，早就布成了我们坚强的阵地。这天——二十五日，天刚一亮，敌人就攻起来了。看样子，敌人是在作正规的阵地战，而且好像下了决心要实行

"中央突破"似的。你看吧，战斗一开始，天空有飞机盘旋掩护，在大台的北山上有敌人的炮兵，重掷弹筒在轰击，而后它的步兵才摇摇晃晃地冲上来。可是我们守卫在金龙洞南山的一个班，虽然带着轻机枪和掷弹筒，却并不马上打响，因为他们准备的弹药是为了接待那些活的日本人，对于那种"虎"牌的飞机、大炮，尽管它响得震天动地，也是不去理会它的。

等敌人的步兵第一次"强渡"过河的时候，我们的机关枪这才哗哗地响了一阵，有七八个武士立刻就躺倒了。于是法西斯武士们慌乱地爬下，有的吓得屁股朝天，把头栽到河水里，全都不敢前进了。

我们想，这或者还不能算是"皇军"最大的羞辱，因为他们全是新兵，还没有打过什么仗；要是换上一队久经战阵的将兵呢？那也许要勇敢一点儿也说不定。

好，你就等着瞧吧。中午，敌人从桃园方向增援一批精壮，又带来一挺重机枪、两挺轻机枪、两个掷弹筒。一个手执战刀的指挥官，在坡头上抢着刀吆喝着，却没提防我们的掷弹筒照准着打了四下，把这威武的"太君"给揍倒了。他的部下也免不了起了一阵惊慌。那些有经验的老兵们在过河之后就集结在山下死角里，企图从东北山谷抄袭我们的右翼去。

我们的马连长看破了敌人这一着，便带着七个班几个战士转移到右翼去，在通道上堵上了一挺歪把子，让七班长袁进法摸到死角那里去隐蔽起来。当敌人呐喊着冲锋的时候，我们右翼的轻机枪就沉着地响着单发，把那些冲锋的武士们接连打倒了好几个。于是胆怯的敌人又缩回到死角那里去。这时候袁进法的步枪又射出了一发的枪火，使敌人感受着莫大的威胁。

敌人一起一停地几次冲锋，就是这样被打垮了。整天的战斗，敌人始终被阻在金龙洞的南山。到黄昏，他们终于精疲力尽，不得不趁着灰暗的夜幕，拖着二十七个血淋淋的死尸和伤兵滚回了大台。在我们这一面，只是阵亡了一个战士和摔伤两个。

二

金龙洞的第一战把敌人打昏了，因此他们没有胆量接着又进攻。在二十六、二十七、二十八三天中，金龙洞前面只有零碎的斥堠战。这当中，地雷发挥了巨大的威力，只是金龙洞附近一个地雷，就炸死了五个敌人和一匹洋马，炸伤了四个士兵和一个小队长。

经过了几天的增援和部署，九月二十九日拂晓，营里、大台敌人一千多，驮子五百多，才又分路向金龙洞、炭灰铺一线进攻。左翼一路从安家台子进攻金龙洞的北山，右翼一路由金龙洞的九龙湾向炭灰铺前进。飞机在天空低旋，两门山炮和两门迫击炮在安家台子东山向我们轰击。在密集炮火的掩护下，右翼这股突击队约七八百人，便大摇大摆地顺着河槽上来了。事先，我们这里的火力组早已分散在九龙湾的每道湾上，兵力不过一个排。当敌人先头部队刚刚伸过头来，第二组的枪和手榴弹便一齐响动，弹火从空中飞下去，打得武士们在河漕里乱滚乱爬，互相拉拉扯扯。我们交互掩护，随战随退，敌人也是进两步退一步，行动非常迟缓。这样连环交替的麻雀战，给了敌人三十以上的杀伤。直到下午两点，敌人才从金龙洞进到炭灰铺。而两村之间的距离不过五里地，敌人却足足走了八个钟头。

对于地雷的滋味，敌人是痛苦地尝过了。因此，当敌人大队"堂堂"地开进炭灰铺的时候，阵容是非常奇妙的。最前面是一群山羊开道，其次是驮子，最后才是气势如牛的"皇军"。而指挥官们为了更加保险，却骑在高大的洋马上，以为纵然踏响地雷，马肚皮也可以权当挡箭牌，炸不了自己身上来的。可是边区的地雷好像有意识地看准了这一着，当敌人一个军官骑马进村的时候，在那经久不修的破庙跟前，竟突然爆响起来，肚下冒出一股红火，连那威武的"太君"一起炸飞了。

这时，我们支在大铁矿山头上的机枪，又趁势射击起来。慌坏了的敌人在街心乱冲乱叫，混成了一团。同安家台子上来的敌人汇合后，他们又分作两路，一路向小铁矿的方向冲去，一路从河滩奔往大铁矿。

敌人过来了，站在大铁矿前山的马连长已经瞭见了。机枪一班长权新法说："打吧？"连长摇了摇头。直到敌人走到眼皮底下过河的工夫，机枪和步枪才同时开火。战士门根山三枪打倒俩，郭成双九枪射中五个。特等机枪手权新法的单发，至少揍了七个。武士们一乱，又不敢前进了。

安家台子上来的敌人一见自己的伙伴吃了亏，便狠命地向小铁矿方向压过来，可是他们连续四次冲锋都被打垮了。直到天黑，我们和敌人还是在炭灰铺附近对峙中。

这一仗，敌人伤亡五十余，地□炸倒二十余。我们呢？只有英勇的七班长袁进法同志，因为山势崎岖，在高崖上行动失足，不幸摔亡了。

三

第二天——九月三十日一早，敌人便从炭灰铺向金龙洞、大台线撤退，我们派出一队战士尾击敌人，杀伤敌人五名。

十月一日，山前只有稀落的枪声，二号拂晓，大台、金龙洞敌千余，又进攻炭灰铺。经过整天的战斗，敌人才在黄昏的时候，从碾盘沟、胭脂洞、三眼井上爬跑马梁。我们的部队一部仍坚持小铁矿的高地，一部已转移到跑马梁来接待那送死的敌人。

神仙山的主峰是奶奶顶，它的前面就是跑马梁。敌人爬上跑马梁的时候，已经累得喘气不迭。我们一个班伏在深草丛中，没有被敌人发现。这一天正遇着狂风大作，武士们真是又冷又乏，却不料这时候机枪弹又随风而来，把这群野兽打得六神无主。晚上，他们宿在奶奶顶，在西北风的吹打里，互相靠拢起来，看守着他们自己的二十五个死尸和伤兵。你瞧，他们挨了八天痛打，才来到这座荒凉的破庙跟前。他们要搜剿吗？这里没有人家，没有村落，连佛像也没有一个。

二百三十九个伤亡的代价，所换来的就是奶奶顶一夜的西北风。东京电台那个女广播员口里所说的"赫赫战果"，真实的内容就是这么一回事。

（《晋察冀画报》第 5 期）

黑水窑之战

——侯党歼灭战通讯

周郁文

正当根据地内反"扫荡"炮火响彻山谷的时候，我外线活动的部队也以勇猛的姿态，对敌展开强力的攻击，以与腹地的反"扫荡"密切配合。黑水窑的伏击战是许多敌后进攻战里光辉的一幕。

十月一日晨两点钟，天还没有亮，刘团长在炕边擦着洋火，看着下面的情报："西烟炮楼上的老鬼子（都是四年以上的）三十余名，奉调回国去，今天向本村要了十三辆大车，准备明天大早进盂县城……"

我们的队伍四点钟吃饭完毕，就悄悄地上了黑水窑的山。这山不算十分险峻，西边是五六十米达高的陡岩，一块坡地升到岩腰间，庄稼全收光了。前面不到二丈宽的沟，横着西烟到盂城的汽路，走出二百米达远的沟外，便是宽畅平坦大道了。在这里，要是没有果敢坚决的动作和严密的隐蔽，是很难获得完全的胜利的。

队伍就在两旁□岩顶和最高的坡地上埋伏着。

天大明了，太阳光从山顶射到山腰上。侦察员在右侧方摆动着红旗，接着团长的黄旗子也摇晃了几下，这信号告诉我们：马上要进入战斗了，报复那些残暴野兽们的时机立刻就要到来。让它们好好地来领受这个惩罚吧！

侦察员第二次发出信号，是敌人全进了沟，四连一排马上从山背后插回去，堵住沟口，三排七班也迅速地卡断了敌人的来路，机枪、步枪、手榴弹同时间拼发出去了。沟里走动的大车和鬼子全部卷在激烈的火网里。几分钟之前，他们还幻想着回国去的乐趣，丝毫没想到几年来在中国人的身上结下的血海深仇，将受到应得的报偿。

我们的枪弹是响得那么雄壮而兴奋啊！匍匐在坡地上的二连一个班，挺着腰冲了下去，机枪射手党福生同志竟端着枪站起来，对准敌人横扫。八个鬼子想进大车来卸机枪，结果先后全被打翻了。

在这种情况下，敌人只有慌乱地奔跑和躲藏，奔跑的又给前后左右的子弹追捕着，追得直向车身底下、牛肚皮下钻，而躲藏起来，又被冲下来的子弟兵逼得再跑。这样跑了藏，藏了又跑，帽子跌□了，枪支子弹抛弃了，最后还是不能幸免地跌在死亡里。

三十二个鬼子只经过半点钟死命地挣扎，只六个跑了出去（据说其中有个队长逃回后也因伤重而死了），两个做了俘虏，其余的被我们的枪弹送回了老家去。

在战斗里，救出了我们盂阳县的两个区长，缴了两挺全新的七九机枪和一挺日造重机枪、十六支三八枪、炮弹四箱、子弹一万多发、衣服文件十四大箱和其他东西十三大车。我们每人都背了胜利品兴奋愉快地转回来了。

（《晋察冀画报》第 5 期）

伪治安军十五团的覆败

——行唐线外沟里伏击战报导

辛毅　周游

春天以来，子弟兵在行唐线外，把伪治安军打苦了。它的十六团接连吃了好几次败仗，丢了枪，丢了人，最后闹得破破烂烂，没法担负起第一线、第二线的守备。三月下旬，十五团开过来，接替了十六团的防务。

十五团是"治安军"的一支"精锐"，他们很相信自己的"战力"。一来就吹开了牛皮："我们不像十六团，我们决不丢枪！"好吧，光说大话不算数，还是战场上见吧。

五月二日，我们在行唐、曲阳边界上的沟里镇，打了一个出色的伏击战。我们的对手不是别人，正是说大话的伪治安军十五团。不丢枪吗？他们丢下了五挺轻机枪、五十一支三八式步枪、三支盘子枪、六支手枪、四架望远镜……这还不算，他们的团长被活捉了，他们团里的医务主任、两个连长、一个排长和四十二个士兵也都做了俘虏。他们的三营营长、日本指导官、八连连长及排长以下士兵共三十五名被打死了。打伤的有七连连长以下四十三名。

五月一日，伪治安军十五团团长带着第三营全部和第一营一部，共四五百人，从行唐城开到圪塔头据点宿营。他们经过玉亭的时候，曾抢了那里的集市，劫去老百姓二十几口猪和许多粮食布匹。这时我们的部队早已伸到沟线外，在那里等候着打猎，准备打击那些经常糟践老百姓的恶狼。当天晚上，我们知道了上面这样的情况，估计这股敌人可能在第二天从圪塔头到黄台去。我们的团长和参谋长便连夜部署战斗，在他们必经的道上——科头、沟里一线，设下了面积约十平方里的伏击圈。

第二天拂晓以前，我们一切都准备好了，专等着敌人来。我们的正面就是沟里镇，左翼在铺上（沟里东南），右翼在科头西北山地（沟里西南）。部队很好地隐蔽着，伪装了的观察哨两只眼睛不住地瞭着科头通沟里的汽车道。

上午九点，科头堡垒上升起了旗子，敌人已经过来了。他们的行进称得起谨慎小心，最前面是骑兵尖兵，三十米达后又是一个排的前卫，后面才是一长列的大队人马——他们的主力，在主力的两侧，还伸出部队进行严密的搜索。

敌人沿着汽车路向沟里前进着，尽管他搜索严密，到底还是瞎子摸鱼，什么也没有发现。藏在沟里村南院子里的我们的部队，让过了敌人的骑兵。当敌人尖兵排进到沟里村南河滩对岸的时候，我们预先架在围墙上的轻机枪，便嗒嗒地响起来了。

这就是我们发起战斗的号令，立刻三面的埋伏部队一齐动作，像狂风一样地向敌人扑过去。正面的部队从沟里村边冲出来，左右两翼也迅速向敌人迂回冲击。当敌人主力向南溃退的时候，我右翼阵地上的重机枪也咚咚地发射出密密的弹火。战斗已经全面展开，我们三面冲锋，到处都是喊杀声和呀呀声，到处都是"缴枪不杀"的口号声。轻重机枪夹杂着步枪、手榴弹和掷弹筒的叫响，热哄哄的闹成一片，这方圆十方里的小平川，整个地震动起来了。

在正面，开始的时候战斗最激烈。围墙上机枪一响，战士们就猛力冲锋出来，敌人爬在河滩对岸打机枪也不管。一排长王光明领着全排战士冲在最前面。敌人垮了，他们紧紧地追。在机枪的掩护下，他们一口气越过了三十米达的火力封锁线，占领了初步的阵地。这时敌三营营长被我们揍死了，敌八连连长带着败残的部队，继续在前面两个土窑堆上顽抗，四挺机枪打得很紧。七班长田达雨带着战士从西面冲击，为了冲垮敌人的抵抗，他站起来，端着冲锋枪猛烈射击，接连打倒了好几个敌人，他的无比英勇吸引了敌人的火力，在突过二十米达后，他就中弹牺牲了。这时候，三班长李树山领着几个战士早已从

《晋察冀画报》文艺文献全编

左面迂回侧射过去，夺取了敌人左侧的土窑堆。正面一、三排更是硬打硬冲，加上掷弹筒手郑大名射击准确，在四百米外接连打了两发，一发落在土窑的半腰，一发落在敌人人群里，直把敌人打得慌忙四散。剩下敌八连连长、一挺轻机枪、四条步枪还继续在靠西那个土窑堆上作绝望地挣扎。一排长王光明、一班长张善德和战士马振荣像闪电般地飞过来，排长直嚷："冲呀！非消灭这个火力点不行！"他瞄着打了一枪，打死了敌人的机枪射手，接着又一下，把敌八连连长也揍翻了。张善德心里佩服排长的枪法，自己就跟着跃上前去，夺取了敌人的机关枪。上面敌人的四个步枪兵，一个被俘，三个被打死，这个敌人的火力点就这样被消灭了。在连长指挥下，战士们继续追击，一直追到堡垒跟前。这中间，五班长吴秋海在一个坡地下面，捉住了敌人的医务主任。

正面一开火，紧接着就有一股敌人向西逃窜，企图占领附近一个较低的山头，可是沟里村西高山，我们右翼部队一个排，早就听了团长的命令，一股劲儿地冲了下来。我们的动作真是勇猛迅速，等我们占领了山顶，敌人还只是爬到半山腰。一阵机枪扫射，接着就是冲，敌人慌得不行，不要命地直往下滚，被我们冲得七零八散。在这里，我们缴了敌人三挺轻机枪——二排长谢文林缴了一挺，通讯员王祥和五班战士赵文缴了一挺，还有一挺是六班长刘计明和战士刘昌书缴的。

我们右翼的主力听到正面战斗号令一响，早就从科头西北山地向东南迂回下来，冲击那沿汽路向科头方面溃退的敌人。他们打"治安军"打出了名，有许多英勇出色的战斗员。三排长蒲如明是个有名的神枪手，枪法打得真准，从山上冲到平川地的时候，瞄准着打了六枪，打死了七个敌人，后来继续向南冲，直到科头附近沟边，又打中了四个敌人。他和端着机枪冲锋的赵风，一股劲儿地猛追着一个伪连长，在科头村侧，一枪打住了伪连长的衣服。他顺势躺下去，装死不肯起来。蒲如明拿下他的手枪和望远镜，摸着他没有一点儿伤，便用四川话叫了一次又一次："起来吧，我们决不杀俘虏!"折弄了好久，才把他带了回来。

二排机枪班长贾大顺，高大的个子，脚板足有一尺多长，力气大，跑得快，机枪打得特别好。在追击敌人的时候，他和步兵在一线，端着机枪跑在最前面，边走边发点射，一步三响，心眼里有数。这天，他的机枪打得枪筒热得烫手，他还是一面打一面追。二班战士傅贵良，在战场上从来没有缴到过枪，人们都叫他"稀饭"。这次战斗前，他下了决心要缴枪，却一点儿也不声张，只偷偷地和班里的王云彬说过："咱们不哼气，后娘打孩子，暗里使劲好啦!"战斗发起后，他和王云彬一起冲锋，直踪着敌人的机关枪。因为他们追得紧，敌人没法跑了，傅贵良飞步赶过去一拖就把机关枪夺了过来。敌人的弹药手本已跑得很远，见机枪丢了，便又返回来："大哥! 救命呀! 我交了压弹机吧，我不走了!"我们的战士回答说："不用怕，跟我们走吧，我们优待你!"

入班战士靳训礼在追击时远远瞭见一个敌人的军官，正一步三跌地从汽路右侧横跑着。他加速地追上去，敌人已爬到一条沟道里，一双漆黑的长筒皮靴，扔在一边，显然这是敌人跑不动刚才解下来的。靳训礼奔过去把这个军官捉住了，这不是别人，正是敌人的团长。

全场的敌人，在我三面冲击下，乱糟糟地四散逃命。可是他们往哪里跑也要挨打。朝南跑的敌人碰上了我们左翼铺上迂回出来的一个中队。小队长于小六在战斗开始时，带着全小队冲在最前面，他打伤了敌人的七连长，解下了他的手枪没有管他，又继续追上去。在通过一个洼道的时候，他夺了三支三八枪。回过头来又见到两个敌人在跑，他从侧面插过去，两手同时夺过那两个家伙的武器，随后又抓住了敌人一个排长。这样，他的背上挂着五支三八大盖，手上握住那支手枪，同时还押着六个俘虏回来。好威武的子弟兵呵! 副小队长卢廷河，身体本来有病，背着枪有点儿跑不动。他看见好些同志都缴了枪，眼也急红了，便把自己的枪交给司务长，顺手拔起刺刀就追了上去。他一直追到堡垒的鹿砦跟前，硬缴了敌人一支三八枪。战士高合顺在追击中遇到了敌人的九连长，这个连长手下的兵全散了，一见高合顺追来，就立正地站在那里，听他解下手枪、望远镜，顺从地做了我们的俘虏。

战斗中，我们的战士英勇顽强，创立了许多新的战功，这种例子是说也说不完的。这一次胜利的伏击战，由于我们指挥灵活，动作一致，战斗士气无比地旺盛，就使得数量上占优势的敌人，也还是被我们打得落花流水。敌人在我三面同时冲击下真是完全失去了抵抗力。虽然因为伏击面太宽，敌人兵力过大，没有把它全部歼灭，可是他们那些基干的军官，却是差不多一扫而光了。

战斗从开始到结束，共是一点钟。当敌人从全场溃散下来的时候，敌人的一门迫击炮曾打了四发，却连我们一根汗毛也没挨着。科头堡垒上的敌人也曾用两挺轻机枪的火力，来援助他们那些可怜的伙伴，但我们的重机枪不答应，朝堡垒来了一阵扫射，就把它挡回去了。

这是我们给伪治安军十五团第一次的教训。这个"团"曾经在曲阳线外进行过疯狂地"清剿"，曾经在去年"扫荡"时，践踏过王快一带的村庄。这些日本法西斯野兽的爪牙，老百姓谁个不恨他们？当我们打了这个胜仗，曲阳、行唐的老乡们全兴奋得跳起来。他们在困难的情景下，也硬要买猪买羊来慰劳自己英勇的子弟兵。

三天以后，在战斗胜利的影响下，在我军民加紧围困逼迫下，敌人撤退了黄台、科头、东城仔、大川里等等十八个堡垒。两星期后，又撤退了口头据点。曲阳、行唐边界上一大片土地，又从敌人的践踏下获得了光辉的解放！

　　按：伪治安军现已改称"绥靖军"。

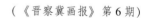

家　庭

林漫

　　媳妇打清早出门，到天迷迷黑才回来。

　　婆婆走进屋子，就看见当地躺着一架木头机子。婆婆不明白是怎么回事，可是一看到拿起露出旧棉花的袖子擦汗的媳妇，就明白了，准定是媳妇把她自己娘家的纺车搬来了。虽然没有当婆婆的面，可是婆婆知道得很清楚，媳妇老爱向人夸赞她做姑娘的时候自己用过纺车，像惦记着什么亲人似的总忘不了。一到妇救会主任在大会上讲了什么纺线织布，媳妇可更乐上了，成天就嚷着纺线纺线的，如今真的打老远的二十五里外的娘家把纺车搬来了。

　　看着障眼的木头机子，想到线从来是手捻出来的，婆婆怎么也不相信这种物件儿。

　　媳妇却满身的疲倦都像溶解在她脸上的微笑里，俯下身子整着打村合作社领来的棉花，搓成絮节。

　　婆婆真爱雪一样白的棉花，要说什么，可是没有说，就上了炕，偎起被子坐着。媳妇也一句话没说，抱起打奶奶身旁一歪一扭走过来的小庆，坐在锅台旁的蒲团上，翻着两眼想什么。

　　直到丈夫回来。丈夫也没有说什么，一屁股坐在他的炕头上，心事像山一样重，一家四口人，下顿不接上顿，光靠着政府的救济还行？总得想个办法。

　　妻把睡着的小庆轻轻地放到炕上睡好，点起灯，向丈夫说：

　　"你先睡吧！我要待一会儿。"

　　丈夫闷不作声。妻就把灯放到锅台上，坐下地，凑近纺车，拿着把子试摇了两下，然后把絮节描到锭子上，纺车轴就转起来了。

"呜隆——呜隆——呜隆——呜隆……"

这调子一响动，妻心里就有说不出来的愉快，好像又回到六年前做姑娘的时候了。姑娘们在一块儿纺线是最有趣不过的，一边纺线，一边说这说那，不是说得这个脸红，就是说得那个抬不起头。可是从嫁到这老远的山里来以后，就和她每天做伴的纺车断了缘。这里男人在外种地，娘儿们在家里做饭缝衣裳，从不兴纺线织布什么的。

婆婆躺在被窝里老是咳嗽着，不断地拿眼角瞟着纺车和坐在纺车旁边的媳妇。饥饿和疲乏迫着要她昏昏地睡去，可是像星星一样闪灼着的小灯光又压逼着她，她心里格外痛惜油灯里剩着的那一点点油。家里已经早就习惯晚上不点灯了。媳妇却正因几次的断线苦恼着，直抱怨油灯的光太不顶事，怎么也顾不上想到婆婆的心事。婆婆听到"呜隆——呜隆"的声音，就好像毛刷子刷着心那么难受，忍到最后，忍不住了，就咕哝着：

"五毛钱一两，什么要紧的公事，耗油费灯的……"

闷坐的丈夫也突地站起来，粗声粗气地说：

"睡觉！"

还没有绕上三道的细线又断了，从锭子上滑下来。

小庆给吵醒了，哇哇地哭。

丈夫闷声闷气的音响和婆婆的咕哝还在耳边响着，媳妇心里乱得不像样，推开手边的絮节，站起来，一骨碌上炕，抱着小庆就躺进被窝里了。

婆婆还在里间炕上咳嗽。婆婆平常嫌媳妇不听说，跑到外面开会干什么的，媳妇又嫌婆婆不热心抗日工作，加上一个性格沉闷的丈夫，一家子有的工夫闷得谁对谁好几天也不讲话。这会儿大家饿肚子，一顿接不上一顿，谁也发愁，谁也没好气，三个人话就更讲得少了，都紧绷着一张脸，憋着满肚子的气。

一个屋里四个人，除去四岁的小庆，三个人各人有各人的惆怅，不和睦的家庭比监牢还坏。

身旁的丈夫已经呼呼地睡去了，妻可怎么也睡不着。

不和睦的家庭是苦恼，说什么也要搞个成功。饿肚子，没饭吃，只恨鬼子不讲理，又烧又抢，弄成这结果，也不能光靠政府救济，也不能光等男人弄粮食来。她相信妇救会主任的话，她相信纺织生产可以战胜鬼子造成的灾荒，她知道这事情是只有好处、没有坏处的。

第二天一早起来，就赶紧做饭。

饭吃完，锅碗刷洗完，她就坐在纺车旁边，把断了的线缠到锭子上，右手摇起把子，左手里的絮节不断地引出一条长长的线来。

"呜隆——呜隆——呜隆——呜隆……"

纺车叫着。可是媳妇的手还是不很如意，不是左手和右手叫不对头，就是线忽然断了。婆婆拿眼角斜瞟着这情形。丈夫又出去了。小庆时不时跑到怀里来，娘就不得不放下两手的活儿，抱起他，亲着脸，一面说：

"跟奶奶玩儿，看娘正忙着！"

可是时不时还是打奶奶怀里跑到娘怀里，有时还冷不妨把线给弄断。婆婆的眼角老是斜瞟着，好像她什么都不相信。

胳臂也酸起来了，不及姑娘时候呢，还是好几年不纺线的缘故呢？可是媳妇一直忍着，坚持着。

"呜隆——呜隆——呜隆——"

纺车叫着，越叫越紧，居然锭子上的穗子一时比一时粗起来。媳妇脸涨得红红的，对婆婆说：

"这就是织布的线，再紧一下，双股合起来，就是咱们缝衣裳的线。"

婆婆睁大了眼睛，似乎有些惊奇了。

天黑，媳妇从纺车旁站起来，腰酸腿麻，拿称一称，就高兴地喊叫：

"今儿个纺了六两多！"

丈夫回来，她又讲给丈夫。丈夫点了点头，口里"嗯"一声。妻却兴奋得连饭都不吃，不管天黑，把线送到合作社去了。回来的时候，就再也掩不住她的喜欢，小孩子似的嚷叫：

"娘，你看，合作社当下就发了工钱，换成斤半玉茭子，你看！"

婆婆简直有点儿不相信自个儿的眼睛了。她手颤抖地摸着小升子里一粒一粒金黄的玉茭子，声音颤抖地说：

"是真的吗？……"

沉默的丈夫没有讲什么，眼睛里却闪着光彩，死钉在他脑袋里的四口人的生活，像放开的发条一样松弛了。妻纺线，而他也参加了运销的组织，政府还要贷一笔运销贷款哩。

婆婆眼睛有点儿湿了，看着媳妇说：

"这，这，一个人就算养活两口人……我……我……也想……"

媳妇说："你不会呢，娘！"

"你教给我！"

媳妇就真的教婆婆纺线。

婆婆手太不灵便，絮节描不到锭子上，赶到絮节描上锭子，手又不做主，右手一摇把子，左手就引不出线来，左手勉强引出一点儿线，右手又顾不上摇把子。

而且老是断老是断。

婆婆只好叹一口气停下来，看着媳妇熟练的两只手的动作，说不来的羡慕。心里奇怪过去为什么老是不满意媳妇，媳妇才是个能干的身手。

她高兴自个儿有一个能干的媳妇。

就连过去媳妇跑出去开会什么的她也觉得是对的了。

就这样，感觉自个儿太不行了。

"学不会的，"她想，"不是容易事儿呢！"

小庆还是往媳妇怀里跑，不断地使媳妇放下手里的活儿。

婆婆就把小庆拉到自个儿怀里，用手轻轻地拍着小庆的脊背，柔声地说：

"乖乖的！别打搅娘！来跟奶奶玩儿！"

媳妇还给选成了生产小组长，她自个儿纺线积极，领导小组更积极。每天打合作社领取棉花，分给组员们，再从组员手里收起纺好的线，把工资发给她们。不会纺线的，她还得花工夫教。

婆婆也编到媳妇的小组里。婆婆先是不打算学纺线了，媳妇总是跟她说，又给她教，她就又生硬地拿起絮节，摇开把子了。

媳妇打合作社领上棉花、走回家来的时候，婆婆从锅里拿出一碗热腾腾的豆腐来，端到媳妇跟前。

媳妇惊得张开了口，说：

"娘！你哪里来的钱买豆腐？"

"你不要管，吃吧！"

"你吃！娘！你真是……"媳妇不好意思了。

婆婆也不好意思了，干橘皮似的脸扯动着，喃喃地说：

"给小庆吃了一碗，这一碗是给你的……"

婆婆把碗推给媳妇，媳妇把碗推给婆婆。

这情形给突然进来的妇救会主任看见了，主任就笑着说：

"你们婆媳俩真亲热呵！"

婆婆不好意思地红了脸，走到锅台边去。

主任跟媳妇说着话。婆婆就坐到纺车旁，不熟练地摇起纺车来。

主任转过脸，瞅了一会儿，就热诚地笑嘻嘻地说：

"胡大娘，你真要做模范呵！"

婆婆觉得主任也怪可爱了。她小孩子一样的话不对头地说：

"真个的，是小庆他娘教会我的。"

（《晋察冀画报》第 6 期）

阜平沙河滩地

章斐

一、滩地

在阜平，沿着沙河两岸，从法华到王快散布着四十多块滩地，平静的沙河，日日夜夜用它的水和泥沙哺养着这些田亩。滩地的农民们辛勤而愉快地劳作着，以集体的力量，在河里修筑起拦水坝，沿着滩地的外围拉起长长的沙埂或是垒起牢固的石墙，再沿着这沙埂和石墙栽上树木或者压些苇子。像这样的护滩工程原是为防止水患而设的，但那浓密的林丛与青葱的芦苇，却也为明澈的沙河增添不少风光。滩地里，田畴交错，渠道纵横。春天，田里长着青青的麦子和早稻；到夏季，埂子上长着繁茂的豆子和高粱；按着季节，那稻花禾穗，在宽阔的沙河沿岸喷散着芬香。

这便是著名的沙河滩地了，这是北岳区的重要农业地区之一。

二、从苦难中翻过身来

农民和土地总是休戚相关的，靠滩生活的人们总记得滩地升沉变迁的故事。

沙河两岸多水患，这里便流传着一句话："三十年一小水，六十年一大水。"关于河水泛滥成灾的事，老人们会追溯得很远，从民国初年直到光绪年间。虽然时间已经消磨去了他们许多的记忆，然而至今他们还没忘却那些苦难的日子。

农民的新的一代，记得最清楚的是一九三九年的大水。这一次水灾的破坏虽则是空前的厉害，可是他们谈起来的时候却与老人们的情调大不相同，因为这一次的灾害并没把人们打倒，他们是经过一番坚

《晋察冀画报》文艺文献全编

忍的苦斗，终于从灾难之下翻过身来了。再不像自己的前辈，终年累月在天灾与人祸的双重覆压之下，辗转呻吟作绝望挣扎。他们已经从新的切身经验中认识了斗争的力量，相信人可胜天，相信在这抗日民主根据地里，一切都有胜利的保证。

那是一九三九年的七月，田里的稻子长得正旺，连绵的淫雨下起来了。雨越下越大，山洪暴发了，河水好像凶猛的野兽，叫啸着，奔腾着，挟带着滚滚的沙石冲上两岸，冲垮了堤防，吞噬了田亩，淹没了房舍。弥漫洪涛中，漂流着家具，漂流着被服，漂流着牲畜和家禽的尸体，甚至还有挣扎呼救的活人……

对于这汹涌的狂澜，任何挽救的方法都来不及了，人们只有从低处搬到高处，望着一片汪洋的大水，痛惜着财产和生命的沉没。

雨停了，水也终于退下去。一百九十顷肥沃的土地统被席卷而去了，留下来的是堆累的沙石、无尽的沙石。

农民们的心里也像覆盖上了沙石，沉重而又荒漠。

土地变成了荒滩，失却土地的农民们还须整顿自己的生活，修补着倒塌了的房屋，晒着潮湿发霉的破破烂烂，吃着夏收以后剩下的粮食。

无地可耕，农民们就赶着驴子去驮脚，或是挑起担子卖零食，沿集镇做叫卖的小贩，赚一点儿钱贴补着，慢慢地度过了秋，度过了冬，也挨过了年关。当第二年春荒逼来的时候，家家户户就都没有什么余粮了，这时就靠着剜野菜、拔树叶、剥树皮，维系着艰窘的生活。

在最困难的时候，人们就想到了共产党，想到了民主政权。他们想得对，他们的希望没有落空。

农民们不能没有土地，没有土地便没法生活，要恢复自己的土地！

把荒沙翻过来，把滩地修起来！用斗争战胜一切困难和灾难！

这响亮的召唤激动了沙河岸上的每个村庄，人们从饥荒的疲惫中挣扎着起来，筹划、集股、准备器材，接着就动工了。农民们带着钢锹、铁镐、杠子、绳索集拢在漫漫的沙滩上，按着总管的计划和分配，领工的带着滩员们开始工作了。照着往日的方法，他们拉卦、挑渠、垒口子……但是差不多每个人都没有足够的力气，搬不动石头也甩不动沙，干不多大工夫就满身大汗、两眼发花。

谁也没有力量。人是铁，饭是钢，野菜树叶抵不住长时间的饥饿呵！

摆在前面的是堆累的沙石，无尽的沙石。

困难如同一座高山挡住去路，人们爬不上去，饥饿和疾病却又像一条双头蛇，紧紧地追上来，死不放松地缠着人们，人们就要困死在这山前的狭路上了。

然而这是不能的，因为这是在一九四〇年，中国人民抗战的第四个年头；因为这是在晋察冀，中国共产党和八路军所领导的抗日民主根据地，这里有我们人民的政府和人民的军队，这里有毛泽东的旗子，有人民的救星。

看，我们的政府来了，带着赈粮和赈款，带着从别的县里捐募来的枣子和菜蔬，分给人民。

人们有了吃的也有了用的，便又鼓起劲儿去修他们的荒滩。

看，军队也来了，军区教导团带着非常雄厚的力量来了，这是支又会打仗又会劳动的军队，沿着沙河分布驻扎在许多村庄里，日夜地帮助老乡们修荒滩，和老乡们在一起，拉卦就拉卦，打埝就打埝，垒石墙就垒石墙，挑大渠就挑大渠。为了蒙受灾害的人民，我们的指战员有的手上磨了泡，有的肩头压出死肉，有的脊背上流出鲜血。这是人民的军队，为人民的利益而做着一切，他们兴奋愉快。不但如此，他们还不断地对老乡进行鼓动，提起劳动的兴头。他们个个都努力地干着，不要工资也不用管饭，有时他们还节约下一些粮食送给老乡吃。有些年老的农民们以前是受够了丘八老爷们的勒索敲诈的，今天看到这种情形，有的衷心感激着，有的也私自惊异起来：

"他们为什么这样卖力气，拼命地替咱们干呢？"

"他们究竟打算怎样呢？"

"人无利心，谁肯早起！少不得要找咱们的后账吧？"

这是多么狭隘的设想！但这些绊脚的石头并没有阻止住修滩工程的热烈进行。经过一个来月的时间，看我们的军队帮助人民完成了多么可观的工程呵！四十八条大渠挑成了，十几道大石坝筑起了，八九条大沙堤拉好了。老乡们说，这是够他们自己修三十年的工程呀！

荒滩就要变成良田了。

八路军的教导团，这人民的军队，完成了所有的工程之后，把工具交给老乡，背起枪，作战去了。所有的浅见的猜疑都被这真诚的行动扫荡得干干净净。保守的老人们由于久受"得恩必报"的传统观念所支配，把八路军所具有群众观点的革命行为也视为大恩大德，因为未得报答，而竟至觉得好像欠下了八路军一点儿什么似的：

"千不该，万不该，拿着人家的真心当假意！"

"这才是狗咬吕洞宾，不认识真人哩！"

"什么时候他们再来，一定得好好地招待招待才对。"

这时农民们的心里流着的是真切的感激之情，新修的渠里流着的是含泥的河水，渠水注入到滩地里，淤上一层厚厚的泥，跟着就种上了稻子。

不久，青青的稻秧长起了，农民们的眼睛里充满了希望的光。大水遗下的灾难成为过去，新的幸福的生活已为他们所把捉，同时由于亲身的经历，他们都深切地了解到新的生活是从艰苦的奋斗中得来的，是八路军和民主的政府带给他们的。

三、战斗保卫着生产

从战斗中产生，也在战斗中成长，沙河的滩地是充满着斗争的。

一九四三年秋季，日寇对边区发动了四万兵力的疯狂"扫荡"。沙河滩地是边区的重要农产区，因此这里便成为敌人破坏与劫掠的目标了。

丰累的稻子没有收下来，一望无际的滩田里，饱满的稻穗正吐着成熟的香味，闪着金色的光彩。

强盗们来了，开着汽车带着火种来了。他们打算着：能抢走的就大大地抢走，不能抢走的就统统地烧掉。

强盗们的如意算盘打得并不算坏，可是我们的铁的子弟兵不答应，我们勇敢的民兵不答应，我们久经战斗锻炼的劳动人民也不答应。

不能让强盗抢去我们的稻子，保卫我们的大秋！

沿着沙河，从西到东，空中飞啸着子弟兵射击的枪弹，地上爆炸着民兵们轰响的地雷，七十里路，二十五个村庄的护秋斗争展开了。

白天，对着那些曳载着稻子的汽车和牲口，子弟兵狙击着，民兵们爆炸着，这些打劫的土匪不得不支付出血的代价。夜晚，带枪的去放警戒，拿镰的去抢收。星光之下，沿着沙河的滩地里急速地移动着一簇簇压压的黑影，人们不说话也不咳嗽，只有几十张几百张的镰飞动着，发着轻微的音响与淡薄的闪光，其他一切都归静寂。河水潺潺东流，秋虫唱着低微的夜歌。谁能知道在这巨大的沉默里，正潜流着一种剧烈的白刃战斗呢！

让我们看一看五丈湾和庙南的滩地吧，这里是爆炸英雄李勇的家乡，在抢秋斗争中他们是做出了光辉的典范的成绩的。

这两个背山面水的村落之间，耸立着一个孤立的土阜名叫卧龙山，山头上有一座早已冷落了香火的圣母庙。这座小小的土山，一面凭临着明洁的沙河，一面控制着从阜平城通向王快镇的汽车路，这是个足以扼守的要点。所以在"扫荡"中敌人就以一个小队的兵力盘踞在这里，俯瞰着滩地里成熟的稻子，但又惧怕我们爆炸英雄李勇所布的雷阵。他们知道就是在这两个村庄的附近，从大路到河滩，已经有五辆汽车被炸得七零八落，几十个"皇军"和牲口被炸得血肉横飞了。毁灭的恐怖抓住了他们，他们便只好死守着那座荒凉的小庙。

李勇知道这是抢收的时候了，便带领着他的爆炸组和游击组从汽路附近渡过沙河。这队武装的农民们经过自己的滩地时，扑鼻的稻香更加激发了他们抢秋的勇敢。

李勇找到了滩总管，一同商量定了抢收的办法，便各自分头去布置工作。

白日的光辉在苍茫的暮色中隐遁，战斗的夜幕挂下来，这是我们的世界了。

趁着闪烁的星光，人们从山沟里走出来，踏着熟悉的山路，急速地走向滩地。射击组握着大枪，爆炸组抱着地雷，抢收组拿着镰刀、绳子和布袋。

李勇轻捷地走在前头，把射击组布置在沿河的田埂上，监视着汽车路上的动静；又带着爆炸组在卧龙山的周围埋设了地雷，把小庙里的鬼子们团团地封锁起来；后面抢收的人们又分成三部分，一部分人割，一部分人背，一部分人打。另外他们还规定了隐蔽、转移、分散、集合等必要的信号。一切布置停当，紧张的战斗开始了。

稻田里像卷起一阵疾风，在镰刀的闪动里，一垄垄的稻子倒下去，跟着就一个子一个子地捆起来，飞速地背向场里去。强壮的小伙子拉着溜轴，轻快地转着碾着。

仔细地谛听吧，夜风里流动着紧张而战斗的音乐：

镰刀抹着稻秆——嗤嚓，嗤嚓，嗤嚓……

肩膀颠着稻捆——嘶沙，嘶沙，嘶沙……

溜轴轧着稻穗——吱呀，吱呀，吱呀……

那边，河岸上，勇敢的民兵紧握着大枪和手榴弹，守卫着稻田。相距只不过二百来米，山头上的小庙时或有摇曳不定的灯光射出，鬼子们的心神也是摇曳不定的，紧缩在破落的殿堂里，不敢探出半个脑袋。

一连几个通宵，人们割了稻子又砍了高粱，拔下豆子又收了荞麦，最后是起出了红薯。

山上的鬼子们白天不敢出来抢，夜晚不敢出来打，眼看着偌大一片好庄稼，日夜减少，终而至于完全精光。

抢收的人们是收了便打，打了便分，分了便藏。在日夜不息的战斗里，他们胜利地完成了秋收，没损失一粒粮食。结算起来，每个滩股批得三石六斗稻子、三斗豆子、一斗高粱、四柯荞麦、二十把红薯。直到今年春天，这两个村子里的滩员们都还存有一些稻子，不时地做顿大米饭吃。这一胜利的收获使得农民们认识到武装斗争与劳动生产互相结合的重大意义，一个老农曾经这样说：

"这年头，庄户主光会使叉耙、扫帚、扬场锨算吃不开了，要不是那些会放大枪、会埋地雷的小伙们，咱们的粮食算是一个收不下。"

是的，李勇领导下的民兵的战绩是辉煌的。在极残酷的反"扫荡"中，他们用英勇的战斗保卫了家乡，保卫了生产，严重地打击了侵犯边区的敌寇。他们得了政府的奖赏和全边区人民的歌唱。

四、在大生产运动中

沙河滩地，在边区大生产运动的热潮中像一道湍急的洪流，正以昂扬的姿态、响亮的声音，朝向辽阔的前途奔驰前进。

《晋察冀画报》文艺文献全编

高阜口，这浪潮中的一个激越的波澜，首先便掀起一个飞溅的浪花，向全县滩地发下战表，提出挑战了。战书上这样写着：

"在毛泽东同志的号召下，大生产运动已经轰轰烈烈地闹起来了……为了完成大生产任务，我们高阜口的全体滩员，我们一百六十八个劳动人民向我阜平沙河两岸各滩地的乡亲们提出革命的竞赛……"

他们提出的竞赛条件是：

"保证接受科学知识；

"保证比去年省工二千一百个，多产粮食一百三十大石；

"新修滩地一百二十亩，植树一千五百株；

"三天进行教育一次；

"保证战时生产不受损失；

"保证滩员们都参加合作社拨工组，保证青年儿童入工；

"发展畜牧，养羊一百二十只；

"提早缴纳公粮，优待抗日军人家属；

"…………"

跟着竞赛条件之后，他们又写道：

"这就是今年全滩人民要走的道路……

"我们已经开始做了，现在还在继续地做……

"我们希望在今年大生产运动中创造出阜平的模范滩地。"

领导高阜口滩地的是一位五十五岁的老长工，他曾经替地主们扛了二十多年的长活，他的名字叫李志清。原先他是个贫苦的农民，在租税重重的剥削下他喘不过气来，便靠着自己所特具娴熟农事的本领跟地主们当起长工了。工作是繁重的，没有休闲的日子，就是在他的妻子病得很重的时候，他也得不到时间去照顾她。妻终于就悲惨地死去了，撇给他的是两个无依无靠的孩子。

"七七"抗战之后，八路军来了，带给他一条新的生活道路。在减租减息的政策的实行下，他翻身了。七年以来，他领着两个孩子，辛勤地劳作着，到现在他已经有水旱地二十余亩，生活非常富裕了。儿子们都已讨了媳妇，自己也娶了一个五十多岁的老伴，幸福的日子带给他青春的活力，他真像年轻得多了。凭着几十年来与水和滩做长期斗争的磨炼，对于滩地经营他积累了丰富的经验。从一九四〇年成滩以来，五年了，他就主持了四年，今年在高阜口全体滩员的拥戴下，他又被选为滩地的主任。他订出了全年的生产计划，决心为创造模范滩而向全阜平的滩地提出挑战。

他们的挑战书发出之后，各滩地都纷纷响应了，而且都订出了自己的计划，例如在滩地工程方面：方代口要新打石坝一道，高三尺、长五十丈；李家宫要修补石墙二道，新打山咀坝一道；青沿要栽护滩树一千五百株；大石坊要修补沙堤一条，长一里半、高六尺、顶宽五尺；庙南村和王快都要开辟新滩……

各个滩地的滩员们在挑战与应战的喧声中行动起来，洋溢着强烈的劳动热情，以集体的雄伟力量，向着河水、向着沙石、向着土地，展开了猛烈的战斗。

我们来做一次滩地的巡礼吧：

一群赤膊的强壮的农民聚集在山脚下，用钢锹凿开了岩石，安上火药，在震动山河的霹雳声中，岩石开花了。粗大的喉咙吆喝着，背着小块的石头，抬着大块的石头，蹚着春天的河水或是通过一道长长的板桥，去修筑他们的护滩工程。

一张张铮亮的钢锹映着温暖的太阳闪闪发光。滩员们脱光膀子，有的赤条条一丝不挂，排列在宽阔的滩地里，挖着泥沙，挑着大渠。

那大的拨工组，二十一群，三十一队，牵着壮大的耕牛，迎着和煦的春风犁开肥沃的泥土。悠长的叱牛声飘荡在原野里，召唤着生发的春天。

妇女和孩子们也走到滩里来，手里提着一个布袋，或是怀里抱着一个升子，把选好的种子轻匀地撒到松软的泥土里。

那边人们在压水，每个滩员从山坡上尖尖地担下一担稻草，一条龙似的沿着蜿蜒的小路走向河里去。那河水顺着宽宽的河床坦坦荡荡地流着，人们在水里敛着沙子、扛着石头、压着稻草，很快的，一条长长的小坝子就在河里筑起了。水呵，变成了驯服的母牛，被引到渠里去，用它的乳汁去喂养那正在滋长的庄稼。

在这里你可以看到生产与教育结合的景象。早饭之后是人们到滩里去的时候了，在村前路口的大树下便挂出一张黑牌，上面用粉笔写着一个大大的字。一位教员待在那儿，把这字教给每个经过这里的滩员。在劳作休息的时候，人们便在树荫下集拢起来上课，讲的是选种、浸种、捉枣蛾、拔黑疸等生活所需的生产知识，有时也散布在河滩里练习步枪射击和地雷埋设，他们不但学习生产，而且也学习战斗。细心的人还可以发现他们一种有趣的创造，在滩员们使用的锄柄上或是犁把上都写着三个两个的字，这并不是一般所习用的私有财产的字号——物主的姓名，而是他们要在劳动中学会的课程……

在这里你也可以看到军民的关系更加密切。在方代口大石坊一带，有八路军帮助滩地的修筑和耕种。年轻的子弟兵，有的像壮健的耕牛似的拉着犁子翻着泥土；有的"杭唷——杭唷——"地抬着石头修着石坝；有的一担担挑着沙子筑着沙堤，纷纷攘攘，一团火热。在王快，发起了军队和老乡的联合成滩，共同订下合同，一样入股，一样干活。在"发展生产""军民两利"的原则下，他们摩肩擦背地一同劳动着。边区的军民关系在生产方面，已由互相帮助进而互相结合成为一体了，这真是军民团结更加亲密的光辉实例。

在这里你还可以看到英雄人物的身手：暮春时节，沙河岸上飞卷着风沙，这是不适于滩地工作的日子。爆炸英雄李勇便集起他的民兵队伍，在河岸边，他们抢起铁镐挖掘着一个矗立的土垄，穿梭似的来来往往挑着挖掘下来的黄色土块，去垫那些零碎的滩片，是为了保证游击组爆炸组战时的粮食，他们以创造的劳力开辟出新的滩地。

此外，你还可以看到那些朴实的滩员们拥拥挤挤地集合在一个场所里，讨论着他们的计划，检讨着他们的工作，热忱而又细致，有时也按照着他们共同订立的滩地公约和劳动纪律惩奖着自己的滩员。这种集体劳动的生产组是具备着充分的民主和严格的纪律的。

滩地的风光是看不完的。清明时节，一场春雨过后，你看成群成队的男女老少都在麦田里锄草，秩序井然地锄了一垅又是一垅。夏日的雨水给河渠带来了混浊的泥流，农民们多爱这种泥流呵，戴着斗笠赤着脚到滩里去上水了。南风吹黄了麦穗，他们更是忙碌了，从黎明到星夜，他们割着打着、风里扬着，日中时分在飘浮着麦香的农场里，他们坐下来集体地吃着午餐，这种集体的劳动生活是涌溢着无穷的力量与无穷的快乐的。你听这是他们在唱着一首自己编制的短歌：

> 滩地是个大乐园，
>
> 一面学习，一面生产；
>
> 不让催，不让喊，
>
> 按时工作不偷懒；
>
> 不挑皮，不捣蛋，
>
> 到了滩地加油干；
>
> 加油干，多流汗，
>
> 打下粮食有吃穿
>
> …………

游击小队长康福山

——记一个模范荣军的故事

辛毅

一

福山的故事成了神话，在行唐沟线外传说着。敌人叫他"快腿子土八路"，老百姓都说福山是个英雄。他是个三十三岁彪身大汉的庄户人，长胳膊大手，脚像两只船，两道粗眉一靠拢，上刀山下油锅，只要是打鬼子，他都干。

说起福山的身世，苦得不能提。家里穷得像水冲了一样，百嘛没有，自小死了爹，死了娘，给地主扛了十几年长工，连条裤子都捞不上穿。

抗战开头那年，八路军一过来，福山不言语，放下地主的锄头，参加了队伍，一年的工夫，当了机枪班长。队伍到村子来了，总夸奖福山是个呱呱叫的机枪射手。一九四〇年，福山带着光荣的枪伤回来了，走进村一看，鬼子把"炮楼"修到灶火门上了，肥田变成了一条大沟，房子烧得焦头烂脑，人们脸上变了颜色。他走进东家，东家叹气，到了西家，西家叹气。福山用他在八路军所受的教养，开导着人们："发愁顶嘛用？打不走鬼子别想过光景，大家得要想法子。"

福山把青年人鼓动起来了，二十几个青年小伙跟着他，把长矛、土来复枪弄出来打游击。开头没经验，三个队员出去侦察，和鬼子打了遭遇战，抵抗了半天跑回来了一个，两个给鬼子捉去砍了头。人们害怕了，老年人把儿子关在家里不许出门，怨福山瞎闹，惹了祸。福山呢？心里流着泪，只是恨鬼子，咽不下这口气。他以八路军战士的英雄气魄，拍拍胸膛："谁不干是松包，没骨头！"白天一个人跑到汽路上等鬼子报仇，晚上东家进西家出，踢断了门槛，跑断了腿，又把这群青年人叫在一股堆，苦口婆心地对大家说：

"杀咱们一个，咱们要他一百个来还，躲在家里只是等死，割了脑袋，值什么？咱们得空子弄他狗日的一个够本，弄两个就赚一个……"

福山又点着了这把抗日的烈火，他的游击小队又活起来了。

二

前年鬼子闹"蚕食"，炮楼子更多了。人们几天看不见队伍，就愁得死去活来：

"咱们队伍怎么还不下来呢？"

"队伍也不能每天光在咱们村子打仗，招架炮楼子是咱们游击小队的事。"

福山向大家解说着。晚上他带着游击小队到炮楼根儿，"轰轰"！扔上几个手榴弹，厉声地喊："听见没有，你们再向老百姓要东西，糟蹋人，就端了你这王八窝。"

伪军们缩着头不敢动。第二天早晨，福山不睡觉，背上土来复在村头上走来走去，村里送情报的上去说：

"昨晚上八路军可说不上来了有多少，周围村子住满了，你看我们村头上不是八路军的哨兵吗？"

伪军们都挤在枪眼里看，小队长说：

"昨晚人家教训了我们一顿，没打还算客气。以后咱们什么事商量着办，一点儿小事可别向八路军报告……"

汉奸蔡兴天的老婆给福山捉来了，天一黑，福山带着她到炮楼底下。她拉起了尖嗓子说：

"蔡兴天你出来，我是你的老婆，你做了坏事，八路军把我抓来

《晋察冀画报》文艺文献全编

了。从今个日起，你要是能改邪归正，人家放我回去……"

不久蔡兴天跟着老婆回了家，炮楼上向村子要东西就少了，人们都夸奖地说：

"咱们福山就是比别人多个心眼。"

三

福山学会了一手能摔两个手榴弹，两条腿比自行车还跑得快，人们都说他是一只长翅膀的野鹰。

去年反"蚕食"，为了配合正面斗争，福山和他的队员黑夜里抱着巨型地雷炸过城门、炸毁过火车头、炸毁过桥梁，割电线、拔铁道、烧鹿砦、平沟破路、夜袭城关，成了家常便饭。区干部们在泉子头开大会，城里敌人知道了，几百轻装敌人出来奔袭。在大沟沿，福山几个手榴弹打乱了敌人的阵容，他像一阵旋风样跑回来报告了干部，①

（《晋察冀画报》第 6 期）

① 原书缺页，后无。

白格里欧在晋察冀画报社

宋山

一

"美国飞机师来了!"

"国际朋友来了!"

午睡还没起床,人们正在甜蜜的梦乡里,突然力群同志跑到工人宿舍来一嚷,大家都被这消息惊醒了。

"真的吗?"

"在哪儿?"

工人们带着异常兴奋的心情,立即跑到社部门口去,争先恐后地从纱布门帘往办公室里探望,大家都细心地倾听着这位国际朋友的语音。

二

白格里欧是美国第十四航空队的中尉飞行员,他是以美国援华志愿兵的资格来中国参加抗战的。他到中国将有一年,在华南、华中、华北各个战区都曾经配合我国军队作战。六月九号,他又奉命飞同蒲路正太路执行空袭任务,不幸飞机中敌炮弹,损坏燃烧。白氏即乘降落伞跳下来,降落于太原城外的东北角,幸得到我晋察冀八路军和边区人民的救护。在游击队民兵掩护下,很快地从游击区进入抗日根据地来,经过第二军分区到达军区司令部。我们从二分区摄影员寄来的照片,从边区七月节大会的照片里,已经看到了白氏的姿容。对于这位英勇的国际战友的过访,我们心里是多么欣喜高兴呵!

白格里欧坐在办公室的大方桌旁,很愉快很细心地浏览着六期画报原稿中的放大照片。他那健壮的体格，穿着我们八路军的军装，帽子脱下来放在桌子上，金黄色的头发下，显露着碧蓝的眼睛、高高的鼻梁，唇边不时吊着欢乐的笑纹，说着我们听不懂的外国话；他是这么活泼年轻，看来不过二十三四岁的光景。沙飞同志和董越千同志立在白氏旁边，根据每张照片的内容，给以说明和解释。

"噢！这些照片仿佛自己就会说话似的，我一看就能明白。"白格里欧很高兴地说。

沙飞同志把华北敌我形势图和中国抗战形势图取出来，先将边区形势做了一个简略的说明，然后一面说出每张照片的地点和时间，一面在地图上指出其部位。白格里欧就更高兴了。当他看到白洋淀的游击健儿雁翎队的活动时，他以惊奇的目光注视着画面，不觉欢呼起来："这是我们英勇顽强的海军——水上游击队。"

兴奋使人忘掉了酷热与疲劳，白格里欧看完了六期画报的放大照片之后，仍不愿休息。他吸了口烟，又要求继续把过去各种照片和画报让他一口气看下去。

"从这些活生生的场面里，我已经看到七年来晋察冀八路军和边区人民是在如何艰难困苦中坚决英勇地抵抗着日本法西斯强盗，保卫着自己祖国的领土……"当白氏看完了之后，他很严肃地这样说。

三

"呜隆……呜隆……"机轮转动的声音从隔壁工厂里传进来。沙飞同志答应了白氏的要求之后，即领着白格里欧和董越千同志到工厂去参观。

在工厂的院子里，七月中午强烈的阳光下，制版组的工人同志正在进行着照相制版、晒铅皮等工作。沙飞同志把制版的原理和过程做了简略的介绍后，并说明我们是如何以阳光代替电灯光来克服困难的。白氏在制版机旁，在制版组的暗室和工作室里，很细心地观察着工人们的每一活动。他对化学很有兴趣，用了将近四十分钟的时间，研究了铅皮制版的方法，即使很细微的地方都耐心地询问清楚。尤其对于分工联系、人力使用以及工人的年龄、文化水平等问题，他更特别注意考查。在印刷组的机器房里，他看着那一张张从石印机、轻便机上印出来的画报页子，高兴极了；尤其是对我们创造的轻便印刷机，他细心地看了又看，看了又看，好像要从那里发现什么东西似的，终于他问：

"这木头印刷机有多重？是你们自己①

（《晋察冀画报》 第 6 期）

---

① 原书缺页，后无。

追悼伟大民主战士邹韬奋同志

邹韬奋同志，因患脑癌病不治，于七月二十四日在上海逝世，噩耗传来，全国人民莫不同声哀悼。韬奋同志二十余年来为救国运动、民主政治与大众文化事业奋斗不息。他生于一八九五年，今年五十岁。一九二六年他接编《生活周刊》。"九一八"后，他在《生活周刊》上一面痛责国民党当局的苟延妥协，不能即时抗敌御侮；一面表明周刊以劳苦大众的利益为出发点的立场。十一月间马占山抗日卫国，他号召全国捐款输将，援助东北义勇军。"一·二八"时又为十九路军捐款及征募军需用品，并设立"生活伤兵医院"。一九三二年手创"生活书店"，作为服务进步文化事业的中心。一九三三年，周刊遭国民党当局密令封闭，但他再接再厉地发起创办《新生》、《大众生活》、《永生》、《生活星期刊》、《抗战》三日刊、《全民抗战》、《生活日报》等为大众所拥护热爱的报纸杂志。一九三二年参加"民权保障同盟"，当选为执委。七月间为国民党屠杀暴政所迫，流亡海外，游历英美苏联等国。一九三五年归国，在上海主持救国会工作，三六年十一月与其他救国会领袖共同被捕入狱，至三七年七月始获自由。"八一三"全面抗战展开，韬奋同志即日夜从事于抗战工作。三八年六月间，以救国会主要领导人之一的资格被聘为国民参政会参政员，从此以至四〇年即为"加强全国团结""争取民主"而不息战斗。但在国民党反动统治压迫之下，复颠沛流离，备尝艰苦。惨淡经营的"生活书店"五十余处除重庆分店外，悉遭封闭。四一年二月，邹韬奋同志为皖南事变，愤然辞去参政员之职，出走香港。太平洋战争爆发，由港潜赴我东江抗日根据地，而国民党当局则密令通缉，"就地惩办"。四二年十月辗转到达我华中抗日根据地，悉心考察根据地状况，目睹人民的伟大斗争，使他看到新中国光明的未来。韬奋同志原在苏北解放区养病，病势转剧，即赴上海就医，竟至不起！韬奋同志弥留之际犹关怀祖国，惓念同胞，呼唤团结民主，并要求中共中央严格审查其一生斗奋历史，要求追认入党。

十月二十九日，我晋察冀边区各界假边府礼堂，举行追悼韬奋同志的大会。到会四百余人，对韬奋同志之死及国民党之寡头暴政，莫不沉痛悲愤！会上有党政文教各界代表讲话，一致反对国民党寡头统治对革命文化的摧残与迫害，誓愿为实现韬奋同志的遗言而奋斗到底！

（《晋察冀画报》第 7 期）

韬奋先生哀词

——在重庆追悼会上的讲演稿

郭沫若

韬奋先生，你是我们中国人民的一位好儿子，我们中国青年的一位好兄长，中国新文化的一位好工程师。你的一生为了人民的解放，为了青年的领导，为了文化的建设，尤其在抗日战争发动以来，为了争取反法西斯战争的胜利，你是很卓绝地很热忱地用尽了你最后的一珠血。在目前我们正迫切需要你的时候，而你离开了我们，这在我们是一个多么大的损失呀！这是一个无可补救的损失呀！（泣声和掌声）

韬奋先生！在你自己，怕应该是没有什么遗憾的吧！你把你自己慷慨地奉献了给人民，而你自己已经成为了一个很庄严的完整的艺术品。在你自己，怕应该是没有什么遗憾的吧！（鼓掌）要说有什么遗憾，那一定是在目前反法西斯战争已经接近胜利的期间，而你没有可能亲眼看见中国人民的得到解放，中国青年的无拘无束的成长，反而在弥留的时候，你所接触的是中原失利的消息，湖南失利的消息！（大鼓掌）这怕是使你流着滚热的眼泪一直把眼睛闭不下的吧！这在我们，作为你的朋友的我们，尤其是长远的一个哀痛！是我们的努力不够，没有把胜利早一天争取得来，反而在全世界四处都是胜利的声浪中，而我们有日蹙国万里的形势，增加了你临死时的哀痛。我们在今天在这儿追悼着你，至少我自己是深深地感觉着犯了很大的罪过的。但是，韬奋先生！你是真的离开了我们吗？你是真的放下了武器倒下去了吗？没有的，永远没有的。你并没有离开我们，你还活着，你还活在我们每一个人的心里，每一个青年的心里，千千万万人民大众的心里。你是活着的，永远活着的。从中国的历史上，从我们人民的心目中，谁能够把邹韬奋的存在灭掉呢?!（鼓掌）你的武器，你的最犀利的武器，也交替在我们手里来了，我们每一个人的身上差不多都有你的武器，这就是这么一支笔。你仗着这支笔，为人民的解放，为反法西斯的胜利战斗了来；我们也应该仗着这支笔，为人民的解放，为反法西斯的胜利战斗下去。（大鼓掌）这是一支不折不扣的名副其实的钢笔。有了这支笔存在的地方，便是民主存在的地方；没有这支笔的地方，便是法西斯存在的地方。（鼓掌）像德国、日本那样法西斯国家，它们的笔是没有了，是变了质，变成了刷把，（鼓掌）替统治者刷浆糊，（鼓掌）刷粉墙，（鼓掌）刷断头台，（鼓掌）刷枪筒，（鼓掌）甚至刷马桶!（鼓掌）这样的刷把，迟早是要和着法西斯一道拿来抛进茅坑里去的!（鼓掌不息）

我们中国幸而还有这支笔，这是你韬奋先生替我保持了下来，我们应该要永远地保持下去。在目前反法西斯战争接近胜利的时候，笔杆的使用是要愈见代替枪杆的地位了。枪杆只能消灭法西斯的武力，要笔杆才能消灭法西斯的生命力。邹韬奋先生! 你的一生，用你的血做了这支笔的墨。我们要继续不断地把我们的血来灌进去! 邹韬奋先生! 你的一生，把你的脑细胞来做了这支笔的笔尖，我们要继续不断地把我们的脑袋子安上去!（鼓掌）我们要纪念你，韬奋先生，我们就要永远地保卫这支笔杆，我们不让法西斯再有抬头的一天，不让人类的文化再有倒流的一天，这也怕就是你通过你的笔所遗留给我们的遗嘱!（鼓掌历久不息）

（《晋察冀画报》第 7 期）

平汉路边的一支游击小队

洛灏

正定——远处敌后之敌后，全县敌人挖了两道封锁沟。一道自辛安至白店，长约七十里；另一道由孙家楼至马庄，长十五里，沿沟筑韩凹、秋山、南寨等八堡垒。东靠平汉路，西、北、南又为灵寿、平山、行唐密密层层的汽路，封锁沟墙，堡垒据点和边区内地相隔。但几年来，由于共产党、八路军领导着正定人民进行了英勇顽强的斗争，那里的局面已有了大大的开展。这里是从一支游击小队的成长写起。

——前记

正定二区游击小队成立于去年八月十六，从六个人三支湖北造和一支套筒枪开始，仅一年之中，闻名的战斗已经进行二十次，毙伤俘敌伪共八十二名，缴获步枪二十支、子弹三千发、自行车二十五辆、战马十匹，我仅伤亡各二人。由于他们的勇敢作战，保卫了家乡的生命财产，青年们都以参加自己的小队为光荣，当地群众也亲切地称他们是"地方老虎"。

第一仗，"剿共队"落荒而逃

赵舍廉带领的"剿共队"无恶不作，乡亲们恨他们，但谁也不敢惹。游击小队要打仗，"联保主任"就给你跪在地上。他们的四支枪，有的拉不开，只有一支枪能打响。有一天，三十来个"剿共队"在西慈亭正大吃大喝，村外面枪一响，"剿共队"们心里就发了慌，丢了旗子连滚带爬逃命。我们的游击小队枪打不响，上了刺刀就追。正定的人民，看到"剿共队"这样的败象，这还是第一回。打完了这个仗，不少的老百姓都说："要这样，我们以后还愿叫你们打。"不几天，队伍住在巧女，"剿共队"也来到巧女，"保长"们拿了二百元钱请他们上别的村去吃饭，意思是让他们躲开些小队就算了。谁知道这些不知趣的家伙，还满以为保长坏了良心，他们偏不走，偏要在这里吃饭，这一次饭没有吃成，三个"剿共队"吃了我们的枪子，从巧女一直把他们追到早现。后来他们看见穿紫花大袄的就打，并且还老着脸皮说："都是你们追了我们好几里地。"

大白天，辛安车站捉日本

辛安车站是伪五区区公所的"金銮宝殿"。车站上住着一个"治安军"的排，连警务段和鬼子常有七八十。辛安村的大街紧连着车站，有一天，石家庄日本工头挎了支三号八音子在街上量米，谁知道我们的游击小队也已经到了街上。一个暗号，抗联那个同志掐住了他的脖子，王建才上去就抱住腰。高坐在茶馆喝茶的"治安军"一见大事不好，没命就跑。街上一阵混乱，我们把那个日本人架出了村。车站上盲目地打起了机关枪。这一下子辛安车站的敌人忙了好几天。等我们要把那个日本工头送回去的时候，他看见了边区日人反战同盟的传单，摇着脑袋再也不愿意走了。

救乡亲，四支枪退敌七十

七十几个汉奸狗腿子团团包围了七吉村，想捉住我们的干部，拥进了院子，但是一个人影也搜不见。

捉住了我们的乡亲，把他们绑在梯子上，头朝下灌凉水。但没有一个人屈服，他们都回答："不知道！"

任何计划，任何手段，得不到一句实话。

"嘎！"枪声从北面飞来，狗腿子们直凉到心里，丢下了手里的东西，一窝蜂跑出东口。东口上"轰……"手榴弹又挡住了这些狗腿子的去路。

四面有枪炮，遍地是杀声，东南西北都有埋伏兵。下了下决心，算在西南方向"突围"了。风呼呼响，头也不敢回，一直跑到贾村。你看我，我看你，才安下了心。

晌午，从正定、新乐，连上这些狗腿子，一共二百多，两辆汽车、两门炮，四路向七吉包围。离七吉村几里就放了枪开了炮，打得太热闹，一个炮弹命中在早晨吃败仗的那些狗腿子们当中，四个该死的家伙命丧黄泉。

枪炮声停止，四路向村子进军，结果是八路军大大的没有。

"刚才八路军来了多少？"

被捉住的老百姓担心地说："八……八十多。"

"什么？"敌人不满意这个数字，"八路军至少有三个连，我们四面被包围……"

其实，我们只有五个人，五个人分成二路，有四支枪，小队长张瑞昇同志从北到西，王班长一路从东到南。他们是用聪明和勇敢打退了七十多个敌人。

没有枪，杜村堡垒给我们

游击小队人数一天比一天增多，新来的没有枪，空着手怎么办呢？战士们说得对："拿个堡垒就解决了。"

平汉路上，两边有高深的沟墙、岗楼和堡垒，钉得密密层层。一到晚上，铁甲车来回地巡逻，探照灯照得铁道边上像白昼。就在这样森严的警戒之下，队伍逼近杜村堡垒了。

杜村堡垒住着可恶的"警务段"，他们一个比一个蛮横无理。五元钱一斤白面，只给七毛五，那个伙夫老牛喂他的小狗，还用鸡蛋和饼子。他们平时作威作福，今天晚上就该他们败兴了。

队伍猛扑地越过吊桥，放哨的李宝山刚刚发觉，小队已冲进堡垒。白树文刚拿起电话机想叫救命，一个小队队员把电话机夺过来。仅仅五分钟，小队得了全部理想的武器，杜村堡垒上的火被风卷起来了。

从杜村堡垒回来，经过的村子，乡亲们站在每条街上拍手欢迎。这一次，乡亲们慰劳的肥猪就有二十个。

端午节，堡垒跟前大示威

端午节，在正定，晚上也热闹得像白天。

前几天，第二战场开辟的消息刚刚传到这里，铁路两边到处飞着我们的传单和标语。正定城里伪县政府的大旗杆上，也有竹竿高高挂起十七个大字："第二战场开辟，是希特勒最后灭亡的开始！"

白天，我们的游击队打着锣鼓来到×××堡垒的跟前，后面跟着两三个村子的乡亲，他们穿着新衣，哄哄嚷嚷简直像翻天覆地。

守堡垒的伪军也想看热闹，正打算放吊桥，一个"保长"上来报告说："八路军来了！"

恐慌到发抖的声音从堡垒上传出来："不要发生误会。"谁给你发生误会呀？堡垒跟前的男女老少都笑起来了！

我们的小队长向堡垒报告国际形势了。他们听得出了神，不自主地嚷着："走近点儿吧，没关系。"

临走的时候，守卫堡垒的伪军说："我们得放几枪呀。"巨大而兴奋的人群离开了堡垒好远，枪声从晴朗的天空中清脆地划过去。

这一天晚上，人们用铁桶，用土炮，用手榴弹，有的甚至拿锅盖乱敲，来庆祝第二战场开辟，在欢腾着，敌伪却在恐慌着。铁甲车虽然开过来开过去打炮，它怎么能制住抗日人民今晚上的欢乐！

《晋察冀画报》文艺文献全编

乡亲们把这一夜称作是："全世界都在打德国！"

从许香一直追到付家村

队伍住在小村，听见许香有枪声，一个跑步上去参加战斗。

敌人在许香抢麦，抢不到麦，什么也要。另一支兄弟部队刚刚打了他们，惊惶的敌人刚退走。

游击小队顺着宽宽的汽车路上追击下去。敌人刚刚吃了苦头，又只当是千军万马杀来，哪敢招架。

扔下了马，扔下了车子，扔下了死尸，最后，伤兵也只能扔下了。

我们的游击小队还是勇敢地追击……

顺着宽宽的汽车路，大白天，一直追到付家村南，敌人躲进了付家村的堡垒，我们才算罢休。

打扫战场，我们得了五匹马、一匹骡子、十三辆自行车，还有五辆大车。我们交还了乡亲们大车里所有的麦子，还有大大小小的包袱，甚至还有孩子们的书包和妇女们的绣花鞋及针线。

在二十几个死去或者受伤的强盗们粗笨的腰里，我们还解下他们抢去的衣服和被单交还乡亲。

反抢麦，平汉路边打伏击

夏天在正定的平原，有大好的丰收，也有保卫丰收的战斗。

在离铁路二三里的村子，敌人好几次到村里也没有抢走一粒麦子。乡亲们不和敌人见面，狗强盗到了村里连镰子铁锹也找不见。天下大雨，头上顶着席子也在河滩里坚持。敌人没有法子，只能砸锅砸碗，解解气愤。

敌人到那个村里，村里人到处找自己的小队，在保卫麦收中，队伍不止一次进行战斗。

七月二十六，敌人在府城邑抢麦子，这消息传给游击小队知道了。

队伍从四五里外赶到李家庄的村东南，从这里可以看到那蜿蜒的平汉铁路、行进着的火车，游击小队就在这里给野兽们撕下了火网。

伏天的太阳顶在头上，一个钟头、二个钟头、三个钟头……

敌人终于来了，一阵排子枪，从高粱地里，从谷子地里，从棒子地里，我们的战士冲出来。有的敌人来不及回枪，二班的刺刀已经明晃晃地逼到他们跟前了。

我们老三冲在最头里，一个十八岁的伪军举起枪来求饶说："不……不要杀我。"几乎是在同一个时候，我们就活捉了六个。

前后十分钟，缴获步枪八支，敌亡一轻重伤各一，其余的狼狈奔逃了。

这一次，坐镇辛安车站的"保安队"金大队长也在内，他逃回堡垒，堡垒里又在乱嚷嚷。

他的助手孙大队副，浑身是血，身上不知给谁刺了两刀，终因伤重一命呜呼了。

一九四四年八月十三日，在平汉路边

（《晋察冀画报》第 7 期）

儿童的故事

野明

一、狗鸟

夜，在敌占区，静得没一点儿声音，村东的"王八窝"点着一盏小灯，枪眼里吐出暗淡的光。

月亮照得地上雪白，照得当街的石桥发亮。

满仓，一个十三岁的孩子，坐在石桥上，不动，也不说话，只是看着这一条道，看是不是有人出村或者进村，他只想着一件事情，查来往行人。

远远地来了一个穿大褂的人，走起路来呼呼地响。他走上去看看是哪一个后，他又坐在大石桥上。他不是像站岗的一样喊哪一个，他知道村东就是炮楼，并且灯还没灭。

一个小影子沿着南墙根过来了，看样子像是要出村，满仓几步就跑上去了，那影子跑不了也退不回去，叫满仓一把抓住了。

"你干什么去，狗鸟？"

"你才是狗鸟呢！"他反抗着。

满仓没等他讲第二句，就拉着他走进了大门。

"你说你提着豆腐篮子干什么去？"

"卖豆腐来着！"低声地说。

"狗鸟你想一想——"

还没说完，狗鸟就顶上了："你不知道我改名来着，我叫方儿，你怎么尽管狗鸟狗鸟的叫呢——前些时演剧团里唱的狗鸟抗日不坚决你忘啦，我可——"

"你怎么，你到炮楼上卖豆腐，还是抗日坚决呀？"满仓用小拳头在他胸前扬着，追问着他。

"谁说我去卖来着？"

"谁说，哎哟！"装了一个鬼脸，往后退了一步说："你当我不知道呀——哼，你还叫人家'警备队'干爹呢！"

"你才叫'警备队'干爹呢——那是很早的事啦！以后我就没去过，你别糟蹋人，我还急着到南头卖豆腐哪！"

"到南头？"

"到南头——给王大叔送的。"

"啊！这一下说得你进步啦！好，我不叫你狗鸟，叫你方儿好吧？快去吧，别误了。"

夜，静的夜，月亮当头照着大石桥，照着满仓。

二、烧炮楼

十五岁的女孩荣儿抱着弟弟，同另外四个小孩在院里玩。

荣儿从衣襟下的口袋里，拿出两个纸烟盒，又从弟弟手里哄出他正在玩的一个金枪牌的烟盒，她说："来，咱烧炮楼玩！"别的小孩也凑了几个空烟盒。

荣儿年岁最大，她把烟盒收拢来，将她弟弟在一旁一丢就开始游戏了。

每个烟盒都折了两次，成了六个角的柱子似的站在那里，旁边挖了一个小方空，再将里边的一层折了一个盖，盖在上边，卡得很牢靠。

这样一个个小炮楼立在石板上，十分整齐，很像汽车路上的炮楼一样地排列着。

荣儿她弟弟突然哭起来了。她连忙去抱他。"别哭，别哭，你看烧炮楼咧！把鬼子闷死在王八窝里！"

一根火柴点着了好几个"炮楼"，在火焰里由红变成黄，变成黑灰，最后一个个地倒坍了。

三、打炮楼

夏天，天刚黑没多久，大街里吵嚷嚷的，一群小孩子在闹着玩。

他们把所有的人分成两班，像军队作战一样地摆开了阵势，两个小领袖站出来——一个是祥子，一个是进才。他们两个在伸指头。

"一，二，三！"两个人一齐喊着伸出了指头。

"一，二，三！"祥子伸出了食指，进才伸了中指。

祥子胜利了，他们选择当八路军，进才他们败了就当伪军。

进才当伪军班长，他站在一个人的身上，其余的人在四周背对背地围起来，就和炮楼一个样子。

祥子站在一个台阶边上，别的人伏在一边。"进才！进才！"停了一会儿，"怎么你不答应呵！"

"你叫他赵班长嘛！"不知谁向祥子提了。

"赵班长！赵班长！你不答话我们就打啦！"他说着就跳上了台阶。

"□□的，赵班长睡着啦！"

"不答话，打他一炮！"随着祥子的话声飞去一块土。

"呃！别打，同志们，你们又是来讲话的吗？"

"你为什么不答应我们呢？"

"不！我以为又是村里小孩来闹着玩呢！"

停了一会儿，祥子又站在台阶上喊起来了：

"赵班长！你知道希特勒快完蛋了吗？日本鬼子也快完蛋啦！你怎么办呢？"他等候着回答，但是没有回声，他又追问了一句："你怎么办哪？"

"□□的，赵班长你听见没有？"祥子又跳起来。

"听见啦！听见啦！"

"你怎么办哪？"

"我下去咩！"进才懒洋洋地说。

"下来吧，我们八路军优待俘虏！"

待了很久，还是没有回声。

"怎么还不下来呀？不下来就打！"他又急了。

"我现在不能下……"他的话还没说完，祥子他们就冲上去了，进才他们见势不好也一下就散开了。可是进才叫祥子按倒了，好几双拳头打得他直哭："你们怎么尽管打呢？"

"你为什么不下来呢？"

"我又不是真伪军！"

"你不是，你不是也应该下来呀！不下来就打！"祥子说。

第二次，该祥子他们当伪军，可是祥子他们不干了，这样散了场。

(《晋察冀画报》第 7 期)

向渤海边挺进

常征

一、静静的渤海边

我们的队伍向渤海之滨挺进。越过了运河，越过了津浦铁路，越过了漫无人烟的荒原，在沼泽沙滩与芦苇的那边，便是静荡荡的渤海湾了。渤海滩曲曲折折伸展到眼力所不能及的远方，沼泽散布在海滩上面，便和渤海连成白茫茫的一片。这里村落很稀少，在海滩上生活的人们，闭塞一如在深山。

七七事变的暴风雨卷过了河北平原，渤海滩却毫无战争的气息。直到一九三八年八路军在天津以西发动了游击战争之后，这里的人们才听到七七事变了。

这里交通不便，人烟稀少，女人拖着辫子，结着爪髻，缠着小脚，穿着花鞋……这里，读书人少，新思想不发达，地主们门上还挂着很大"千顷牌"，依然是门第赫赫。地主的庄园布满渤海滩上，地主自己住在天津，开设着大工厂和商店。敌人在这里扶持着一切封建势力，用孔夫子、大烟、白面儿、"白脖子"伪警察、保甲、地主、堡垒、造谣和"清乡"统治着人民。

当我们渡过了运河，出现于津浦沿线的时候，四外谣言便蜂起了。

二、"八路军来了！共产党来了！"

八路军在村子里并没有放火，也没有放枪。八路军走了，房子没动，鸡没动，猪还躺在圈里……

八路军又年轻，又威武，脸上和颜悦色的，未曾说话先笑，未曾

说话先叫大娘、叫大伯、叫大哥。女人们过来了，连眼皮也不抬，不用的家具一动不动，屋子扫地干干净净，晚上睡觉安安稳稳——这叫作青脸红发吗？这叫杀人放火吗？这是"共产公妻"吗？于是各村都传说起来了：

"菩萨派了军队来啦！菩萨救人们来啦！"

村边上大声吆喝着：

"回来吧！好人们来了。观世音菩萨来啦！"

这以后村子里便乱哄哄的，做买卖的支起小摊子，牲口拴在大街上，女人们站在大门口。

队长挎着盒子炮转来转去，笑眯眯的。战士们把孩子的小手握着，呢呀吗地斗着玩。

老头子们用手仗点着地说：

"我活了七十多年，这是天下第一份！"

年轻的男人们拉着手说：

"同志们！"

年轻的女人则在厨房里拉着风箱，说：

"给同志们做饭吧！"

我们带着步枪、手榴弹和成千成万的传单，跨过津浦铁路，向静海展开了进攻。

政委说，要做到每个人都是宣传员，每班都是宣传队，见一个人宣传一人，到一家宣传一家，进一村宣传一村；把宣传品散满每个村庄、堡垒和县城，把宣传品带入天津。

七月七日，我们在××村召开了一千五百人的群众大会。

老百姓、乡长、小学教员、保长、学生、老秀才、女人，从二十里以外赶来，他们挤挤攘攘。

三、在天津市区

七月中，我们的手枪队活动到天津近郊，在×陀子、×台子、××庄、×河，召开了群众大会。

人们聚在广场上，不远就是烟雾迷蒙的天津市。

我们继续进攻，进入天津市区，进入西广开、西营门和法租界。警察提着棍子转来转去，贼眉横眼，将棍子一指：

"站住！干什么的！"

"买菜的！"

"过来，有钱吗？"

我们的手枪队员说：

"有，不多。"一闪，抽出盒子堵住他的心口。

"动！毙你！"

伪警察很熟练地跪下去。

我们将伪警察派出所包围起来，伪警察们规规矩矩听我们的讲话，把他们的名字挨次记在小本子上。伪警察们说："八路册子上有名字了，可别干坏事啦。"而洋车夫却说："非八路摆置不了你们，小子们老实着点儿吧！"

天津市耸立在烟雾之中，夜间，点点的灯火，嘈杂的人声……一个骚乱的世界。

手枪队员们在车马往来的马路上，在敌人堡垒和营房旁边，敌人的营房上，垒着麻袋，围着铁丝网，围着鹿砦。哨兵不时吆喝着：

"嚎——喊！"

"嚎——喊！"

但是，当太阳刚一出来的时候，墙上、电杆上、电车上耀眼的传单贴满了。

于是天津市震动了。

关于我们手枪队在天津捉住德国驻伪大使馆的三个人，军区已有公报，这里就不谈。

四、活跃于渤海之滨

两年以前，这里便组织了一支游击队，他们游弋于津浦运河、子牙河沿线，出没于渤海之滨与天津市郊。敌人不止一次企图扑灭他们，在南至青县、沧州，北至天津、武清、静海，东至渤海之滨，西至子牙河，举行"清剿扫荡"，在唐官屯××堆、×湾、×口驻守日本兵特务和"白脖子"。但这支游击队灵活机智，战斗力却越来越强大，如今竟成了渤海滨的子弟兵了。青年们都三三五五地加入队伍，他们瞒着家庭、亲戚加入游击队。儿子病了回家，父亲派第二个儿子出去，说："反正咱家得有一个抗日的。"或是一家子男人都加入游击队。

如今，当他们听到太平洋战争形势，知道盟军进入中国大陆的方针以后，便天天向渤海瞭望。他们知道有一天渤海湾会掀起海上的战争，那时他们将配合盟军解放天津，在它的上空插上我们中华民国的国旗，也将是他们自己！

(《晋察冀画报》第 8 期)

突破三道铁丝网

夏蓝

担任第一突击组长的是我们二十三岁的青年班长张贵生，全团出色的夜摸英雄之一。

在一九四五年夏天，河北平原上对敌人开展大攻势的季节里，那时候敌人正处于张皇失措和垂死的境况中。我们解放区的军民为着扩大解放区，战斗情绪像火焰般地燃烧起来，到处拔除敌伪的据点和碉堡，把敌人挤到大城市和交通要道去，以便最后消灭他们。张贵生就在这胜利的年月里显出了他一身的好本领。由于我们毫无外援，我们部队在攻坚的战斗里都使不上重火器，因此唯一制胜敌人的办法就是勇猛和机巧。张贵生善于夜间战斗，又善于攻坚，他长的一对眼睛就像猫眼。他带着老战士所特有的智能，能在伸手不见五指的黑夜辨清方向，窥察出敌人据点、堡垒的高度和工事设备，并能从敌人机枪、手榴弹的混乱声中判断出敌人火力配备的强弱所在，以便选择敌人防御薄弱的地方，用最隐蔽的迅速的动作突进工事去，扑灭敌人火力点，深入敌人防御的中心，最后瓦解和消灭敌人。在石头坨、傅家庄拔除敌人大据点的攻坚战斗里，张贵生曾高度发挥了他的英雄主义，由于他担任突击，使我们能用一个排的兵力把有着坚强防御工事的一个中队的敌人全部解决了。因此张贵生成了全团战士和干部们所敬爱的人。

现在，又临到我们的张贵生出力的时候了。

这是在十二点钟以后的半夜里，战士们刚刚睁开睡醒的眼睛，张贵生召集他们组里的人，做最后一次简短的鼓动，他说：

"同志们，又该咱们拿炮楼的时候了。里面共有五个炮楼，咱们夺取西边最大的一个，要注意肃静，动作迅速，谁犹豫就活该谁倒

文艺大系 华北抗日根据地及解放区

霉。堡垒里打枪，不要理它，用手榴弹解决战斗……"

院子里没有点灯，战士们有的坐在门口，有的坐在石头上，步枪靠在右肩。这是阴历六月来的时候，天上没有月亮，只有稀稀的几颗星。虽然看不见他们的脸孔，但此刻他们正用紧张的注意力望着班长的脸，他们正充满着兴奋，心像拉紧了的弓弦一样。班长说的话是那么简单和明白，显然每次战斗前，班长说的话差不多都一样，但这次说出来仍旧感觉新鲜、受听，他们把他的话牢牢记在心里。是的，"谁犹豫就活该谁倒霉"，这是老战士有经验的话，张贵生常对他们班的战士们说："你没有见到王三小吗？他就怕枪子儿找上了他，一个人躲躲闪闪，钻来钻去，也不听从班长的命令，结果敌人就找着他当目标，一枪把他揍死了……谁顶勇敢，谁就不会死！"张贵生常常拿这个例子来教育战士们，鼓励他们的勇气，战士们都把他的话当作真理。可是他们的勇气最大的依凭还是在班长张贵生本身，他们相信有着班长率领，一定能够打垮敌人，一定不会受到无谓的牺牲。

张贵生停了一下，接着说：

"同志们，要听从命令。要是我有了差错，副班长代理，副班长有了差错，特等射手李明代理，今晚上非拿下西边炮楼不结。人家三班里的小伙们挺能干，咱们也不弱，和他们缴枪比赛……"

张贵生的交代是那么熟练，决心是那么坚强，这都是老战士惯常的一套。大家对于张贵生最后的一段鼓动，都没有说出些什么，因为在全连战斗动员大会上，大家都发了言，并且提出挑战了。二班里的李黑猫最后说："妈的，谁也不用傻小子卖瓜，自卖自夸，咱们走着瞧吧！"

"检查一下武器！"张贵生命令说。

大家像猛然记起了一件事，都紧张起来。他们一个个把手榴弹掏了出来，剥开油漆封着的一圈纸，用力拧开铁皮盖子，把拉火线轻轻地抽出来，抖了一抖，又轻轻地放回到里边去；有的把子弹卡子最后试了试，看看是否好货。最后，把刺刀套上枪去，用手晃它几下，于是，放心地取下来，仍旧把枪靠在右肩上。

张贵生走了出去，他在等待连里最后出发的命令。

他走过一座被烧毁了的院子，跨过一道水沟，就到了连部。连长指导员正在接受一个侦察员最后的一次报告。报告完了后，指导员说：

"张贵生，今天晚上要看你的了——怎么样，准备好了吗？"

"准备好了！"张贵生说。

"那咱们就要出发了！"

张贵生没有再答话，他往口袋里摸索着，掏出一个本子来，翻了翻，里边写了大半本不整齐的绿色墨水的字。这是张贵生的识字本子，参加部队四年以来，他所学的字都抄在这个本子上面，他坚持每天学三个，到现在，这个本子上已积蓄了三千多字了。这是他最心爱的物件之一，每次战斗和行军之后，只要一有闲空，他就把本子掏出来，温习他的字。在情况最紧张的时候，他情愿把被包、挂包都丢了，也不丢掉他的识字本子。这个本子是跟另外一件东西有联系的，此刻他就在摸索着另外一样东西。他从腰间拉下一个"兜肚"来，这"兜肚"是用黑布做的，上面刺着一块美丽的花，虽然已经很旧了，上面冒着浓郁的汗气，但可以辨认出，这是经过一个女人细心制作的。那里蕴藏着张贵生甜蜜的回忆。

张贵生的家乡是在河北平原的边沿上，他的可爱的家乡，在七年前八路军在那里经过一场剧烈的战斗后把它解放了。他自己跟村里的其他的少年一样，被斗争鼓舞起来了。他参加了村里的儿童团和青救会，过着年轻一代的新的生活。他当过儿童团长和青救会主任，为着保卫他的家乡，以后又当了游击组的侦察组长，他们曾经两个人拿下过一个炮楼。在村附近的据点，他们天天去围困和喊话，弄得敌人日夜不安，使一个中队的"治安军"不能不向他们求饶。张贵生从此对于战斗发生了特别的爱好，他学会了勇猛和机智，善于正确地判断敌情，善于抓住敌人的弱点巧妙地消灭他。张贵生同所有村里的青年一样，喜欢开会，喜欢参加扭秧歌。在参加几次秧歌后，同村里妇救会的一个叫黑妞的女孩子很要好，于是有一天晚上在一个打谷场里，张贵生对她说：

"你说我怎样？"

"你挺好！"她说。

"你说我怎样？"

"你挺好！"

这样，他们通过家里爹娘，就实行"自由"了，他们结了婚。结婚的时候她没有骑驴，也没有坐轿，提着一包衣服就走过来了。

这是四年以前的事，也就是一九四一年。四一年那次政府号召青年自动入伍，参加子弟兵，保卫家乡。晚上，黑妞对他说：

"你去吧。咱妇救会里今儿开会，保证让自己的男人入伍，咱们要在村里做个好样儿的！"

张贵生恋恋不舍地说：

"我去了，家里干活呢？"

"我来干！"她说，"那点儿地，我跟爹，跟大哥还养种不了？"

于是，第二天，他就报了名。临走的那天晚上，黑妞从柜里拿出一样东西来，就是现在的这个"兜肚"。黑妞还同他说了许多话，叫他好好学习，同他挑战，看谁识的字多，看谁表现得好。

张贵生到了连里，从此天天识字，天天记着老婆的话。他的那个"兜肚"很少装过钱，大生产的时候，他拾柴火积了三百块钱，也给战士们买了烟叶子。常常在"兜肚"里躲着的，倒是几颗钢头子弹，这是战士们常常用来"保险"的，他们只有在最紧张、最危急的时候才用上它。这是战士们唯一的私有物，它们多半是由各人自己缴获的，缴获后就藏起来，不让上级知道。张贵生就给他的钢头子弹找到了隐蔽的最好的处所。

现在，张贵生把"兜肚"和识字本子拿了出来，交给了指导员。这也是老战士惯常的举动。我们的可爱的战士们在每次执行艰巨的任务的时候，是常常这样做的。他们虽然有颗强烈的制胜的心，但是有时也想到一种偶然的死的袭击。既然要抗日、要打仗，牺牲的决心是随时都要有的。我们见到一些勇敢的侦察员们，他们要走入虎口——走进敌人的城市和大据点去，临走前，他们就常常把自己最爱的物件交给他们敬爱的指导员，他们说：

"指导员，我要是牺牲了，就把这点儿东西送回我家去吧，跟家里人见见！"

于是，指导员紧紧地拉着他的手，把他送出门去。

现在指导员把张贵生交给的东西接过来，他很明白他的意思。他知道今夜的任务是很艰巨的。王家屯——那是一个大据点，由五个堡垒构成，四面用围墙连起来，围墙外面布有三道铁丝网和三道壕沟，在每道铁丝网和壕沟之间，还有鹿砦及其他障碍物。要攻取它，除非有特别的勇敢和机巧，否则是不可能的。王家屯的敌人虽然是怯懦的，但它的防御工事却以凶恶姿势在等待着它的"顾客"。在那高耸的堡垒上，布有一挺重机枪和四挺轻机枪，构成猛烈的火网，可以随时把被突破的缺口堵得紧紧的。每个堡垒上都储藏着专用防御的大号的手榴弹，可以把到达堡垒跟前的敌人炸得粉碎。去年秋天，有一个县的支队曾经攻过这个据点，结果他们在这堡垒跟前伤亡了三十多人，而它仍毫没动摇，因此使敌人更加凭信他们的坚强的防御工事。他们在"王八窝"里安然地而又骄傲地跟他们的"顾客"们开着恶毒的玩笑，从里面放着冷枪，随着喷吐出肮脏的谩骂。

这是一个艰巨的任务，而张贵生所担负的又是更重要的任务。如果西边最大的炮楼能够拿下来，我们就可以凭借它压制别的小堡垒，攻克这个据点就有了大半的希望，否则，一切都是徒然的。

张贵生把他的东西交给了指导员之后，突然生长起一点儿难受的感情，他想到一个勇敢的战士很大可能遭遇到的。可是，这种感情很快就消退。他像每次执行任务以前一样，很少想到牺牲一类的事，想的更多的是怎样把敌人压倒、消灭掉。他并不感到敌人如此的可怕，在他看来，敌人是那样的怯懦和渺小，所以能够战胜敌人的信心是超过一切其他的感情。这个据点的情形，他是了解的。那里有五十多个日本人和七十几个"治安军"，年上秋天，他们连队经过这里时，敌人由一个最坏的特务领着在这里打过伏击，他们连队受到了一些损失，把他村里同他一块参加的最好的同伴拴子给打死了。张贵生一想到这里就禁不住万分仇恨，他恨不得把敌人抓来零刀碎割了，他早就想要跟敌人干个痛快。自从敌人安了这个据点以后，它统治了周围五里地以内的村庄，他们副班长的家就是离这据点不远的。他常听副班长讲起敌人"清剿"的事，由于几次"清剿"，他家里什么也给刮光了，连过年时候剩下的一点儿最后的"优待粮"也给拿走。他姊姊是让敌人追着跳井死的，他的叔叔为着逃避去挖封锁沟被打断了脊梁骨，至今不能干活。张贵生一想到这些，就急着冲到据点跟前去，他幻想着把他的手榴弹准确地投入敌人的堡垒，在里面发出巨大的爆炸声……

现在队伍开始出发了。这是阴历六月的天气，靠近平原的天气已经很热了。他们经过的村庄，老乡们都在平房顶上睡，半夜以后比较凉爽，人们都已熟睡了，只是庄稼地里有时还冒着一股股的热气。

张贵生走在突击组的最前头，在他后面，是扛着一把大铡刀的王秀珍。大铡刀是砍断铁丝网用的，执行这个任务的人要力气大，挺"楞"，一爬过壕沟，三下两下就要把铁丝网砍断，让突击组迅速地钻进去，跳入第二道壕。王秀珍是个大个子，粗手粗脚，吃得多干得多，供给部发下的布鞋他总是穿不上，必须请村里妇救会员给他特别做一双。一九四二年，连里没有开展生产的那工夫，饭常常不够吃，这时候，张贵生总是吃到两碗就把碗放下了。他情愿自己少吃些，也不让王秀珍受饿。为着这事，王秀珍总是从心眼儿里感激班长，从来没有反抗过张贵生同志，班长就是命令他去死，他也愿意。

走在王秀珍后面的，是模范共产党员李明，他比张贵生小两岁，个儿却比他大。他是盂县上庄人，一九三七年冬天，八路军从黄河那边过来，经过他们村，他在红军里当了排长的叔叔回家去看了看，李明就把他卖豆腐的篮子一丢，参加八路军了。那时候他才十三岁，在卫生所里当了个小卫生员。他爱耍枪，常常拿着人家的枪摸来摸去，总想上个子弹试试。做了五年卫生员，他再也忍不住了，就要求下连里当战士。上级答应了他，他就满心欢喜地背起那"七斤半"来了。可是那枪是支"湖北造"，使他很不如意，他时时想着换支枪。四三年王庄伏击战，他的机会来了，他用他的老"湖北造"揍死了一个鬼子，换了一支新"三八式"。自从得到了它，再没有比这高兴了，他天天练习瞄准，从此得到了"特等射手"的光荣称号。他是个模范共产党员，和班长、副班长在一个组里，他们选他当了组长……

队伍在紧张地走着，没有一点儿谈笑声，大家脑子里都在想着即将展开的战斗的画面，想着敌人怎样抵抗，自己该怎样冲锋去压倒敌人……

队伍在据点的村边最隐蔽的地方休息了一下，二十分钟以后，连长发出了低沉有力的命令：

"第一突击组——走！"

张贵生那个组像触电似的，哗啦一声都站起来了。他们很熟悉地顺着民兵们早已挖好的交通壕，弯弯曲曲地通到第一道外壕里。

这个据点，是建筑在村边的一片荒地上——说是荒地，其实是被敌人强占了的肥沃的庄稼地。在这周围二百五十米达以内都见不到一根谷草，如果不是在黑夜，不是由民兵们艰苦围困两个月才筑成的交通壕，要想在三百米达以内接近它都是困难的。

张贵生按照着他的老经验，指挥着两个民兵，抬上梯子靠上对面一丈高的外壕边沿。梯子撞着土块，从上面哗哗地掉下来。

王秀珍立刻知道他自己该做些什么事了。粗手粗脚的王秀珍现在是变得非常灵敏，他三步并作两步地爬了上去，举起了大铡刀。

上面发出"卡啦——卡啦"的声响，火星四散。

可是，大地还是静静的，除了战士们的紧张的心情，好像这空间并没有发生过什么意外的事。

这种境况没有继续很久，五分钟后，一声巨响划破长空，最初的一颗步枪弹从敌人的哨位上射出来了。

"上！"张贵生像发怒似的命令说。他的血走遍了他的全身，他紧握上好了刺刀的枪，最先爬上去，冲过铁丝网的缺口，踏过鹿砦跳进了二道壕，战士们都顺着他走过的道路，一个个地跳过来了。

炮楼里，当第一枪发出以后，立刻便发出了一声拼命的叫唤，紧接着是地板的碰撞声、金属的响声，最后是尖利的、混乱的弹药爆裂声超过一切。堡垒像恶魔似的耸立在天空，从每个枪眼里，火花忽隐忽现。那清脆的、发着两个声响的是战士们所热心搜寻的三八枪；那发着沉重的、粗糙的声音的是"石门造"。枪弹在空中飞舞，有时候"咻——"的一声，子弹划过长空，飞到远远的地方去；有时候，枪弹发生"卟——卟"的声响，像在撕裂一件什么东西，在附近抛起灰尘，掀起土块。

这混杂的音响继续不久，就出现了一种有秩序的爆裂声，这是重机枪，它像许多狂吠的狗群中间最狂妄的一条狗的咆哮。

东面堡垒也打响了，机枪、步枪、手榴弹混成一片。

张贵生从沟底猛地爬起来，叫着：

"一班已经接近了，同志们，准备冲呵！"

王秀珍爬上梯子，又举起了大铡刀，可是忽然身子一仰，从上面猛地倒下来，大铡刀落在张贵生的近旁，砍破了张贵生的单衣，把他的左肩膀削去了一大块。

可是这一切，张贵生都没有感觉到。他忙着跑过去抱着王秀珍，涌起了一个不好的念头。

哦——王秀珍并没有被打死，他还是好好的。当他上去的时候，堡垒的护墙里面正飞出一颗手榴弹刚好落在王秀珍脚边，王秀珍一回避，就滚下来了。

他整了整他的手榴弹袋，拿起大铡刀，继续向前。

渡过二道铁丝网，这是困难的事，敌人发觉了他们突破缺口的所在，东西两面的堡垒构成了交叉火网，阻碍着他们前进。

可是，班长的命令像烈火般地燃烧着战士们，他们的心，在这堡垒前面飞舞起来了。

他们又一个个跃进了第三道壕沟。这里是处在敌人手榴弹最有效的火力圈内。

他们一个个躺在沟底，静静地缓和着他们的喘息。张贵生揉开他满染着尘土的眼睛，但他仍没有留意到他的左肩已被砍伤，鲜血染透了他的带汗的黄色军服。

手榴弹紧一阵、松一阵地抛过来，在他们左近落下了七八个。爆炸过后隔了一分钟，一颗奇怪的手榴弹单独地飞来了，猛地撞击在沟底，发出"嗖嗖"的声音。特等射手李明用了最大的勇敢，猛地爬来，想拾起手榴弹往回扔去，就在这一刹那间，炸弹发出了一声怒吼，李明身子纵了一下，滚在地上了。

张贵生立刻对敌人暴怒起来，他大声吼叫：

"同志们，牺牲是光荣的！给咱们特等射手报仇！跟我来！"

张贵生冲进了第三道铁丝网的缺口，这时候敌人的机枪朝这里连续响了十多分钟。当他提着手榴弹，快要迈步冲向敌人最后的护墙时，他的身上受到猛烈的一击，像一个沉重的铁锤捣在他身上，于是他倒下去了。他只微微地听到后面一个声音——

"班长……"这是他所熟悉的副班长的声音，同志们都已经赶上来了。这以后，他就不省人事了。

也不知过了多久，也不知战斗已进行到什么程度，张贵生好像睡过觉一样，现在醒来了。他不知子弹穿透了他什么地方，他想翻一翻身子，但已经不可能，全身像是跟地皮连在一起的，只有他的头还能动一动。他在静听着，他听到他的后方清脆的机枪声，正打着"点发"。他立刻知道了，这是我们自己的机枪，我们崔大个打的。他很快想起崔大个那神气，端着机枪，蹲在一个土堆后面，瞪着眼，活像一尊金刚似的。他打机枪就爱打点发，不肯多浪费子弹，保证一颗颗都要送到敌人那里去。今晚上，他的机枪紧紧地跟随着突击组，扫射敌人的前沿。呵，配合得多么得劲儿！

他忽然听到了副班长的叫声，手榴弹在堡垒里面轰然爆炸。他知道：同志们攻进堡垒去了。他听到乱七八糟的"咚咚"的脚步声，这是连的主力已经顺着吊桥进入堡垒。

张贵生放心了，他心里高兴得急着想站起来，跑过去赶上同志们，但是猛一纵时，他的力量完全飞出体外了，身体软瘫，张贵生停止了呼吸……

这时候，天渐渐明亮。在河北平原上，太阳总是出得很早的。天一亮，太阳就放出红光，照着平地上海洋似的庄稼，庄稼受着太阳的滋养，就慢慢成长起来，用它丰美的果子献给经过劳动的群众。不久，堡垒燃烧起来了，浓烟和烈火卷向天空，把大地辉映得更加新鲜和明亮。

（《晋察冀画报》第 9、10 期）

杀敌英雄王克勤

　　冀鲁豫前线屡次大捷，部队中展开的王克勤运动起了很大的作用。王克勤运动的内容是互助友爱、勇敢与提高技术结合，这从王克勤模范班的成绩中生动地表现出来。王克勤今年二十六岁，六年前在安徽老家被抓到蒋介石三十军当兵，到鄂北打新四军被俘后，又回去了。几天的俘虏生活使他认识了人民军队的好处，后来又被迫参加平汉战役，第二次被俘，坚决要求参加八路军。当他见到解放区人民过着自由富裕的生活时，他想：我的家乡，也能让穷人翻翻身多好呢！经过诉苦运动，他的觉悟飞速提高，大阳湖战役提升为副班长，不久升为班长，后又升任排长。

　　当打罢大阳湖战役，他还是班长的时候，班里补充了四名新战士。王克勤想要能打好仗，首先要教好新战士；平时多教，战时就省力。由于他技术熟练和教授的得法，"边教边比画"，战士们学时有味道，白天黑夜赶紧学，不到一个月时，他们的转盘机枪和歪把机枪熟得蒙着眼睛都能迅速地卸开、装好、射击，而且连投弹，挖工事利用地形、地物全都学会了。

　　在他班里的互助组是他指挥上有力的助手。他嘱咐互助组，不管敌人火力怎样猛，要掌握组里的人：前进时看着班长，一个跟一个保持三步距离。有一次，敌人从刘庄打来的子弹在前进的道路上呼呼响，由于互助组的联系督促，三里长的黑夜跑步，没拉距离并很肃静。

　　他随时给战士们解释情况，比如在前进中，看见前面村子通明，就说："那是敌人因为怕我们，所以烧着大火。"在阵地上，敌人戴着钢盔、端着刺刀上来了，他就说："敌人来了，大家沉着气，等走近了，用手榴弹打！"看见敌人穿白衣，战士们觉得奇怪，他就说："那是和飞机联络，表示进到那里的。"在阵地上前进的时候，他很明确地指出前进到哪里，第一名到哪里，怎样利用地形；下来时也这样。进入战斗时，他告诉战士们说："只要沉着气，不乱动，大炮、飞机伤不了人，我们越接近敌人，危险越小，我们的刺刀、手榴弹越能发挥作用。"这样所有新战士心里明白，就不害怕了。

他曾经这样说过："在蒋介石军队里训练两年的士兵，比不上我们一个月的新战士。"确实，在王克勤的帮助下，新战士进步都很快。如他们班里新战士白志学，打手榴弹打得最远，隔着两丈多高的房子投弹，打得敌人乱叫，并且还在火线上抢救过一个老太太：敌人一颗炮弹把庄里的一个老太太的房子打塌，把她压伤，她仰天大哭。白志学跑了过去，把她背到安全地方。她不放心家里的东西，白志学把面罐、米罐搬过去，让她守着。一个新战士才来，工作不大起劲，别的战士规劝他："不好好地干，对得起人家班长吗？"就这样一句话，劝转了他积极起来了。他们为什么这样尊敬班长呢？新战士杨学宝说："我们出来时，被子还没有发，班长怕我们冻着，天天夜里给弄盖的，并抽出自己的被单给我们盖。"有一次黑夜下大雨，行军六七十里，新同志东西尽叫老同志拿着，白志学害病，班长照护他忘了自己吃饭。班长每晚还向大家谈心："同志们都亲亲热热，公差勤务大家争着干，比家里还好。"战士盛守琨也说："班长不只是待人好，还很能干。跟着他打仗，不怕危险，心里怪有主张。"

定陶战斗前王克勤因中暑热卧病，六日始稍进饮食，上级及全排同志都劝他暂在后方休息，王克勤坚决要在大反攻中为人民立功。他在全连运动大会上提出，保证完成突击任务，遵守纪律，全排听指挥，争着要求做突击排。十日黄昏攻击战斗开始，在我强大炮火掩护下，王克勤在北门主攻方向，率领全排冲锋。他第一个冲过蒋军鹿寨，跳过外壕，正在要爬上城楼时，被敌人机枪击伤。王克勤负伤后，仍镇静地对战士说："各班机枪掩护好，互助组长照顾好，赶快冲上去，不要管我。"在"为排长报仇"的口号下，黄大顺、曹文龙、赵分明三个互助组长及二班长崇世礼，带领突击队员向敌猛冲突破前沿，首先登城，打退敌四次反扑。后续部队源源涌入，至十二时城内敌人全部被我消灭。正当战斗胜利结束时，王克勤因伤重流血过多，救治不及，在前方医院光荣牺牲。王克勤在救护所时，即因流血过多，昏迷不醒，经注射强心针清醒后，他告诉记者说："请转告毛主席，我到死也是为穷人服务，为人民立功。"他又想起了他的战友英雄史玉伦在战前寄给他的挑战书："请告诉他，我来不及回信，我们要向他学习，开展革命竞赛。"最后，王克勤说："告诉全团同志要团结，要互助，好好打老蒋，为人民立功。"

王克勤同志于一九四六年十月入党，为优秀的共产党员。现年二十六岁。王克勤光荣牺牲后，前线部队人人悼惜，坚决进一步展开王克勤运动，以追念这位著名爱国杀敌英雄和人民功臣。

（《晋察冀画报》第 11 期）

革命军人的榜样吕顺保

逸峰

在"南海部"，吕顺保的名字又鲜明，又响亮，就像一面大红旗迎风飘荡、唰唰响。他对革命的忠心，他对战士的热爱，他的群众工作，样样是模范。他是人人称赞的一位好班长。

一、两重伤、难分辨

他走过一段苦难的路。他是从刀山爬过来。十五岁以前，他生活在人吃人的家乡——国民党统治区河南内黄县白河边的一个村庄。他全家都给姓王的一户老财当牛马：父亲在他家扛长活，母亲在他家当奶娘，他自己放羊割草，哥哥为摘树叶吃，上树摔断腿，残废了，两个妹妹都是刚生下就叫父亲闷死在尿桶里——父亲这样残忍吗？不，他这样做，是拿刀割他自己心上的肉。他哭着，他向吕顺保说："有你妹妹，你娘的奶就不够王家少爷吃的了。当不成奶娘，吃不上这碗饭……"吕顺保听了一边痛哭一边想：有老财在，穷人就是活不成。

十五岁的吕顺保就被国民党抓去当兵。他是黑夜从羊圈被警察用铁丝拧着瘦够的小胳臂牵走的。父母亲提着小包袱，拿着几毛钱，哭着追了二十里，最后终被打回来。从此吕顺保就扛着和他一般高的枪，在国民党的十五军一九〇团五连当了娃娃兵。

娃娃兵日夜受苦刑：连长的军棍鸡蛋粗，六尺长，天天打在他身上。队伍过黄河，进了中条山，一路都是十个人一串用绳子捆着。十个人一块吃饭，一块睡觉，一块撒尿拉屎——等不及的只好拉在裤子里。离家更远了，日子苦难当，吕顺保成天想家，成天哭，他到底支持不住，病倒了。他偷偷给家里打了信，但回信却是姨母写来的，说他一家都出门逃难了。吕顺保哭红了眼睛，伤透了心……就这样熬了三年。

一九四二年春天，日本人"扫荡"中条山，整个国民党十五军不战而降，上万的官兵当了俘虏，吕顺保也被从阶级敌人的滚油锅换在民族敌人的滚油锅里熬煎。又是整整的三年，他被日本人押着，从中条山到新乡，又到开封、到北平、到东北，再回到天津，每顿只吃十两高粱米，却被迫当最苦的"苦力"：下煤窑、挖仓库、修汽路、开坑道……他两次逃跑没跑成，被日本人悬空吊打，打得浑身没有一块好皮肉，腰里见了白骨头，死去活来有好几次。直到今天他身上还留着一道一道紫黑的伤疤，只是连他自己也不能分辨：究竟哪些是国民党打的，哪些是日本人打的了。

日本投降使他跳出了"天津野战仓库"的囚笼。他随着一大群"俘虏苦力"到了北平，原想回老家，找父母，但国民党又把他们编起来，要他们开到保定，再重新穿起军装打内战。这时候，二十二岁的吕顺保再忘不了才过三年的事。他跟别人一样，不愿再给老蒋当兵，替老蒋送死，他们一哄而散，都跑了。国民党又抓到他们，押他们上了火车直往保定开。最后还是人民解放军把他们搭救了：火车开到徐水北，地雷机枪同时响；火车停下来，八路军一喊话，他们就排队下车了。

吕顺保对八路军并不生疏，在中条山时听说过，还打过；那时被欺骗，也说"匪"。但在东北、平津和许多被抓去的解放区的老乡一起干活，就纠正了这种认识。他听说：八路军真心为穷人，帮助穷人大翻身。这样，他受了半年训，就第一个报名参加八路军。

二、战场上赤胆忠心

吕顺保编在营部机炮排当战士，再一个时期的整训，使他进一步换了脑筋，明白了人穷不是命，都是地主老财剥削的。他决心创穷根、打老蒋，跟大伙儿一齐把身翻。

去年八月，吕顺保第一次出现在集宁战场。他们班的一挺九二式重机枪架在山头上射击敌人，连着打了七箱子弹，枪身都打红了。正在这时敌人进行了疯狂地反冲锋，离山头只有五十米，二营奉命转移。但机枪怎么卸呢？枪身是红的，烫得手都不能挨。吕顺保对革命太负责了，他听见敌人喊着杀声冲向机枪来，毫不犹豫地掏出手巾裹了打红的枪身，连枪架一起，把九十五斤重的整个机枪扛在自己肩上，冒着枪林弹雨，滚着跌着下了山。大家一看，他的手巾、衣裳都烧着了，两手乌黑，肩头烫起柿子样的大血泡。他烫伤了，累坏了，但他高兴地笑着，因为他最爱的重机枪没有被敌人夺去。第二天战斗，他还忍着伤痛，一直扛着枪身爬上十里高的山头。

当天黑夜，部队通过敌人封锁线，吕顺保又负责掌握十二匹牲口的胜利品——其中有三挺重机枪。他们随部队走了两天两夜，打了两天两夜，五架飞机跟着轰炸扫射，炮弹一颗颗落在他们身边。有好几次，牲口惊了，鞍架被掀下，重机枪反吊在马的肚皮上，赶马的跑散了，还一度跟部队失了联络……但是吕顺保完成任务的决心没有丝毫动摇。他一个人把驮着整个重机枪的鞍架不止一次地扛上了马背，他要大家解下绷带、皮带来，代替被马崩断的鞍带，重新把武器捆稳。他向大家解释："不要怕，敌人上不来，飞机没准头——不说五架，五十架也不要紧！"连续的战斗使他们不能吃一点儿东西、睡一会儿觉。他们拼命地走，鞋子都破了，扔了，最后终于打破敌人的封锁包围，吕顺保胜利地完成了任务。

第三天黎明后部队在金黄的阳光里聚集，副营长李长海同志走到吕顺保跟前，他看见吕顺保两只光着的脚染满了血，禁不住流下了眼泪。他弯下腰，一边摸着吕顺保通红的脚，说"你真是好同志……"，一边脱下自己的鞋，一定要吕顺保穿上。吕顺保接了鞋，看了看副营长，陡然想起五年前在国民党军队的情形，心一酸，眼泪也掉下来了。

去年十二月，吕顺保被选为团的"爱护武器模范"，实际上，吕顺保已绝不仅仅是爱护武器的模范了。没有对革命事业的无比忠心，没有最大的勇敢，战场上的吕顺保能够这样吗？

三、战士的亲兄弟

吕顺保是战士的亲兄弟。

今年二月，机炮排成立了六〇炮班，上级提拔吕顺保当班长。全班两个老战士、两个解放战士、四个新战士，连他一共九个人。第一天吕顺保召开了谈心会。他拿出自己的津贴、烤火费，买了纸烟和花生。他说："上级命令我当班长，我知识能耐什么也没有，论说带不了一班人，全靠大家帮助。咱们都是为人民服务，谁有多大能耐就使多大，会什么不藏着，互相学习，取长补短。"又详细谈了自己的出身、经历、个性，然后也让别人一个一个谈。这样，大家才来一天就熟了。

吕顺保对同志的关心是动人的。他把自己的衬衣、鞋袜、包袱皮多送了别人，自己连换的都没有。吃饭，他让战士先吃饱，他从来没吃过一块肉。同志们让他，他说："我不爱吃肉，你们吃吧！"感动得谁也不愿多吃了。每次吃好的，大家都让着。行军，最重的东西总在他肩上。到一处，别人全睡了，他烧开了水，一碗一碗盛好，又打好洗脚水，才轻轻叫起大家喝了洗了再去睡。解放战士谢德山行军累得躺在炕上叫不醒，吕顺保就替他解绑带，端上洗脚水，让他洗了又给他盖好被子睡觉。第二次吕顺保又替他解绑带，他再也不让了。礼拜天，吕顺保帮助大家洗衣裳，还拿自己钱买胰子买碱。他对新同志们说:"你们在家衣裳哪用自己洗?我出门年代多了,什么都自己干,比你们会洗。"说着就夺过新战士手里的脏衣裳,让他们学习,让他们玩。

然而吕顺保不是单从生活上关心同志们,正像他说的,他是"先从生活上暖住大家的心"。他更关心的是同志们在政治和军事技术上的进步。他们班里的互助组是最好的,不但在打炮组和弹药组之间有互助,在新老同志之间、解放战士和本地战士之间也有互助。六〇炮在一开始只有两个解放战士会打,他提议在班的立功计划里订上一条:半个月,人人学会打六〇炮。他自己以身作则,虚心向解放战士学习,不明白就问,影响推动大家都来学,结果不到半月全都学会了。反过来,他又号召解放战士向新老战士学政治,换脑筋。

谁有一点儿优点,他就在会上表扬;有缺点,他就个别谈话,一次不行两次、三次……直到缺点克服。他说:"人有脸,树有皮,谁愿当着众人被批评?"他将自己比别人,一回想自己当战士时候、离家时候的心情:喜欢什么,怕什么,希望什么,想什么。根据这些他去关心同志们,体贴同志们。他了解每个战士的出身成分、思想感情、进步程度、身体强弱,就像了解自己的手指头,所以他分配战士的工作没有不合适的,他找战士谈问题总是针针见血。

吕顺保政治警觉性也高。他为了团结巩固他的班,向破坏分子"解放战士"赵××做了坚决无情的斗争。夜行军,大家都累了,赵××叹一口气说:"唉,就是人心不齐,咱们要都躺在地上,就是不走了,当官的又有什么办法!还不是逼着他号房子住下?"吕顺保一听就不是好人说的话。他以自己的模范作用和教育工作,把全班团结在党的小组的周围,使破坏分子完全孤立起来。当赵××活动得最厉害、企图带人逃跑的时候,吕顺保和副班长以及另一个党员同志,每天夜里轮流不睡觉,监视坏分子。他们眼睛都熬红了,最后终于粉碎了破坏分子一切挑拨煽动的阴谋，吕顺保班更加团结、更加巩固了。

吕顺保牺牲自己的一切热爱同志，关心同志，帮助同志，保护同志。他是战士的好班长，又是战士的亲兄弟。

四、人民的好儿子

吕顺保是人民的好儿子。

他的群众工作是出名的，他是营部支部的民运委员，又是民运组长，他天天帮群众做活，向群众宣传，冬天起得早，夏天从不睡午觉。他的嘴和手是他做群众工作的两桩宝，结合得好，运用得也好：说不忘做，做不忘说；边说边做，边做边说；先说后做，先做后说。他不但自己这样，还把班里的同志根据各人不同的特长分了工，人人都做群众工作。南线战役后，他又发明了随军广播筒，到处向群众宣传，一个月就广播二十七次，听到的群众有几千家。

在他们班，规定了一条：每到宿营地，放下被包就挑水、扫院子和宣传。有时过于疲劳，他叫大家先休息，三件工作自己都做了。凡住两天以上，就找村干部进行调查，请房东开座谈会，问有什么活做，生活怎么样；又打问过去驻军的情形，好的叫战士学习，不好的地方他代为解释道歉。

他做群众工作出于真心，自觉自动，所以特别感动人。南线战役时，有一次部队走了一夜路，又打了大半天仗，直到第二天太阳偏西才到盂县东兰村。这里是阎占区。战士们又累又困又饿，倒下就睡着了。吕顺保找了房东，房东是个老头子，病在炕上，说什么也听不见，一个劲向吕顺保磕头作揖。吕顺保知道这不是用嘴的时候，就扶着老头躺下，倒给他一碗开水。接着又把屋里扫得干干净净，替老头把丢了的铁锨找回来，一看水缸是空的，挑起水桶又走；但是老头子跳下炕来抱住了扁担："老总，不打不骂就念佛啦，再给挑水，那世

华北抗日根据地及解放区

文艺大系

道不翻啦!"吕顺保满脸堆笑说:"老大爷,这是咱们常干的事。你上年纪啦,又有病,我去挑担水还不应当呀?"老人的头低下了,他难为情地说:"唉!实说吧,我也不聋,也不病;怕你们,假装的!"吕顺保挑满了水缸,同志们多起来了,大家争先恐后地扫街扫院子。老头又把吕顺保拉进屋去,屋里多了两个人,一个是他老伴,一个是他闺女,都是刚从柴垛叫出来的。炕桌上,摆好了几碗熟面条,硬要吕顺保吃。吕顺保一天一宿没吃东西了,肚里咕咕叫,但他知道老乡困难,死也不吃。老头又把别的同志叫来,吕顺保一个个给他们使眼色,同志们谁也忍着饿,不肯吃。老头急得直跺脚:"真没见过你们这军头,请还不吃!二战区的(指阎军)吃了还要打人啦!"回头对他闺女说:"快叫你叔叔他们回来吧!跟他们说'活菩萨下世啦'!"于是不久院里来了一群人。他们一齐向吕顺保弯腰打恭说:"老总!我们是来伺候你们的!有什么事?要什么?"吕顺保站在台阶上,亲切地向众人说:"老乡们,弄反了!我们是来伺候你们的!八路军是老百姓的子弟,老百姓是八路军的爹娘!我们是替老百姓打仗、做事的队伍……"他就把土地改革的主张、各地的胜利消息向老乡进行了宣传。全村的人再不怕八路军,都回来了。第二天队伍出发,老乡都拥在街头,拿着鸡蛋、棒子饼、纸烟……吕顺保班的房东老太太两手捧着五个熟鸡蛋,眼里含着泪花走到吕顺保跟前:"同志,瓜子不饱,这是俺的心呀……"但吕顺保没有拿,他谢了再谢,向老乡敬了礼,一转身就走了。

在另一个阎占村,老乡也跑了,只剩一个六十多岁的老太太,穿着又脏又破的衣裳在那里捉虱子。吕顺保亲切地坐在她身边,也替她捉起虱子来。老太太背上痒痒,自己抓了半天够不着,吕顺保又替她抓。有的战士笑话了:"哎呀,你也不嫌脏?"吕顺保说:"老百姓是八路军爹娘,儿子还嫌爹娘脏呀?我看你们就是说在嘴上。"老太太拍着吕顺保的肩膀笑起来："你呀，真是个大好人！"就亲自带着吕顺保，去把老乡找回来。

在徐水，我们住的一家房东老太太，说什么也不腾房。吕顺保不但不着急，反亲切地说："大娘，老百姓是八路军爹娘，我们来了，就是你孩子们家来了，你叫住哪里，我们就住哪里。我们哪怕住院里，只要你当娘的过意的去就行。"老太太还是不理。班里性急的同志背后说："这样人，非用尿浇教育不过来！"吕顺保瞪瞪眼："别胡说！越对落后的人，咱们越要做工作。要都那么进步，还要宣传干什么！"老太太儿子正往地里送粪，吕顺保马上借了两副筐，全班人一齐动手，一会儿就帮助送完了。他们背起被包要走，老太太急忙拉着说："全弄好了，快进屋吧！"进屋一看，打扫得一干二净，炕上还铺了被子……桌上两个盆里冒气！一盆是红山药，一盆是绿豆汤……这一来，街坊四邻嚷开了："日头从西边出来了，过去军队住她家，总要把人折腾走，今个怎么啦？也知道拥军了。真是变天了！"

还在怀来前线时，二营部帮老乡往地里送粪，但是找不到铁锨。很多人都要回去了，吕顺保挽了挽袖子伸出手，说："不要回去，这不是铁锨！"说着就不断用手把粪挖在粪筐里，叫别人一担一担地挑……在我们部队里，帮老乡干活的事不是很平常吗？但像吕顺保这样的，实在不多呀！

吕顺保浑身流着穷人的血，他的心就是穷人的心。他爱护穷人的利益，代表穷人的利益。在土地改革的讨论会上，吕顺保发言说：

"地主老财坑穷人，就是凭仗有土地。穷人没有地，一辈子翻不了身！现在穷人分地完全是应当的！有人说，清算斗争太过火，我说他没经过旧社会，不明白穷人受的苦！要和地主老财压迫穷人比一比，不光过火，还不够劲呢！现在咱们解放区穷人都翻身了，我希望赶快反攻到蒋占区，也让咱们那里的穷人分地翻身！天底下穷人多，地主万不抽一，有穷人拥护，咱们到哪里都能胜利……"

部队住在西刘营，他就领导大家积极参加土地复查，向一切害怕变天的群众宣传，鼓励他们大胆参加斗争。

五、祝贺吕顺保

吕顺保，二十四岁的青年，经历重重苦难，今天在人民解放军已锻炼成优秀的共产党员和革命军人。南线战役以后，他又升为排长，立了特等功。我们向这一颗革命的珍宝——人民的功臣吕顺保同志祝贺！希望他更加努力，多用脑筋，发扬创造性，使自己不但对革命忠心，而且在战斗、带兵、群众工作各方面能有更多更好的新办法！

(《晋察冀画报》第 11 期)

人民要翻身　铁路也翻身

——平汉线大破袭速写

魏巍

十一日夜半，徐水至固城的平汉线大翻了身。像是一架无限长的大梯子似的，倒在路基的一边。第二天太阳快落到山尖，人们又带着锨镐棍棒、两手血泡出发了。离铁路还有四五里路，早有另一群战士和群众向回运道木，有背着的，抬着的，大车拉着的，小车推着的，显着得意的样子从我们身边走过去。我们这班民兵里有个复员军人陈克仁穿着黄呢大衣，从村里背来一根鲜红的红漆轿杠，成了他们开玩笑的目标："嘿！你们看！美国装备，也来破铁道啦！"引得人们哄然大笑。大家更着急地向前赶，离铁路有一二里路，就听见一片嘈杂声和钢铁的响声，像是一个大集。

过了宽大的外壕，天已经黑了，只见无数强大的黑影拥挤在铁路线上，一时难看见他们在干什么，也难分清是什么声音，只是嘈杂，响成一片。我听见有一个战士在唱："人民要翻身，铁道也翻身！"

徐水和固城的红灯，在两边远处暗淡地照着。不断地打起照明弹、镁光弹错落地画着红线。铁路线上的队伍更长了，声音也更加巨大了。掀道木的声音，轰隆隆，像列车开进一般直传到远处。破路基的镐锨发射出细碎的火花。只听农民们交谈着："挖深些！挖宽些！""不要心疼你们的镐刃，砍断蒋介石的狗腿，回去再钢镐刃吧！"

三星过午了，人们的肚子饿得咕咕噜噜地响起来。这时又有人号召："咱们临走，每个人再烧一根道木！"不知从哪里又来了新的力量，轰隆隆地掀下了道木，沿着铁道线一堆一堆地点起了火。这一段平汉线顿时陷在火里，火接火，烟接烟，满是松香气息，地下滴满了黑油。大火照着，群众拿着五颜六色的武器，乐呵呵地站着。徐水×庄的老头儿高老儒，在火边抖动着胡须，用镐头指着徐水车站说："看看我们的照明弹怎么样？"在这支队伍回去的路上，我感叹地说："咱们老百姓现在的思想，可真是进步了呵！"一个叫姚盔子的老头儿急忙打断我的话说："不进步，凭什么保卫我们的胜利果实呢？"后边是一片火光，村子里传来了断续的鸡鸣。

　　　　　　　十月十三日晚写自前线

　　　　　　　　　　（《晋察冀画报》第 13 期）

英雄的防线（报告诗）

——记"钢铁第一营"高林营阻援

红杨树

危急的阵地

大地在震动着。成千发的炮弹，落上了英雄的防线，

弯曲纵横的战壕和可爱的地堡都堆满火烟。

工事在轰轰地倒塌着，压住了苦战的勇士，

战车喷发着炮火，呜噜呜噜爬到了前沿，

危急的阵地哟，你已经成了零乱的土堆，

"钢铁第一营"的大旗，能不能永远树立在大家的面前?!

看战防枪手暴乱的射击，也不能阻止战车的前进，

看勇敢的战士，提着"燃烧瓶"爬到战车的跟前；

看反冲锋的队伍刚集结，就遭到飞机的低空扫射，

看我们的连长，握着带刺刀的三八式，静静地倒在一边。

危急的阵地哟，你已经成了零乱的土堆，

"钢铁第一营"的大旗，能不能永远树立在大家的面前?!

顽强的指挥

电话线接上了，指挥所急奏着叮叮的电铃，

电话机传送着庄严紧急的对话声：

"我们的工事倒塌了。""你们爬在工事上面射击！"

"我们的机枪打坏了。""用刺刀手榴弹打退冲锋！"

"有许多同志阵亡了。""不能丢一寸土地！"

这是一支炮火中庄严的战歌：

"与阵地共存亡，保全我营的光荣！"

零乱的土堆上堆满烟火，大地还在震动，

冲锋的敌人，像密集的羊群，向阵地前沿猛涌，

郭白禄从乱土堆里钻出来，拐着双腿又爬上前去。

他擎着三八式庄严地高喊，阵地上烟火腾腾：

"同志们！有我就有你，要认识革命的纪律，

与阵地共存亡，保全我营的光荣！"

英雄的防线

你看那"钢铁第一营"的兄弟，从烟雾里挺身站起，

推开伙伴的尸首，从土堆里钻出来，带着满身血迹。

你看火线上的新党员谷克智，扎好伤口又赶到前沿阵地；

你看刘济舟，眼角滴着鲜血，还在顽强射击；

你看冯海成的机枪前，倒下了白花花的一片；

你看秦焕明怀抱着飞雷，死盯着面前的仇敌！

你看那闵树芳满脸流血，一手提机枪，一手提梭子他还在打；

你看刘炉子的重机枪，枪后脚架在同志的肩头射击；

你看范荣耀，啊！范荣耀，高高地站在地堡的顶上，

眼望着自己的飞雷，打得敌人满沟哭啼。

零乱的土地上，还建筑着英雄的防线，

零乱的土堆上，还飘着"钢铁第一营"光荣的战旗。

战防炮来了

战防炮来了，沿着宽大的开阔地滚滚前进，

战士们拥着它，胶皮轮震荡着热情的声音。

你看小组长李学莽，抢到前面平除障碍，

你看炮手贺才先，精心地测量距离，咬紧嘴唇，

你看驼背的徐清华，拼命地推着炮车，带着愤恨和激昂，

他要和地主坚决地作战，他是穷苦的放牛郎！

危急的阵地上，也上来了火箭炮手。

他，刘云庆，他的欢喜赶走忧愁；

端起了火箭筒，他想起了自己的错误和指导员温柔的解劝，

他想起羞愧的日子里羞愧的眼泪交流，

立功赎罪的机会到了，穿甲弹拖着烟火的带子向前飞去，

战车在冒烟，惊慌地摇白旗。

在那边，又飞过来贺才先的战防炮弹，

你看哟，战壕里在叫好，战车的火头上，旋卷着十几丈高的

黑烟！

尾声

防线没有突破，这是英雄的防线，光荣的防线，

敌人流着鲜血，战车起着火，堆在了阵地前边。

零乱的土地上，又筑起弯曲纵横的战壕和可爱的地堡。

"钢铁第一营"的大旗，要永远插在大家的面前！

十月二十八日写成

几点注解：

一、"把'钢铁第一营'的大旗，永远树立在大家的面前"，
这是营教导员崔国彬同志提出的鼓动口号。

二、牺牲的连长是指一连长窦永刚与六连副连长王家增，王
家增同志大同战役与第一次平汉战役间曾负伤四次，每次伤不好
即出院，是该旅战斗英雄之一。

三、因敌人的绿衣服都褪成白色，故曰"倒下了白花花的
一片"。

四、火箭炮手刘云庆曾开过小差，经宽大后提出立功赎罪。

在突破口（报告）

——记曲庄部四连在石庄内市沟西南突破口的激战

魏巍

十一月十日，暗淡的落日照着石门。尽管敌机来回地扫射轰炸，我军已经以各种形式的阵地，迫近到敌第二道防线五十多米的距离。四点四十分，总攻的炮声开始响起。密集而连接的炮弹连续排射，引起了整个战场兴奋的骚动。大家挤着，看着，指着，叫着，指着这道防线，眼看着这道两丈多深、布着电网的深沟的沟沿（里沿）上，这些用铁轨构成的密密的地堡和密密的枪眼，顷刻都被炮烟罩住。这时，同志们脱下棉衣，有的就在鞋底上磨起刺刀来，有绑鞋带的，有紧腰带的。战壕贴满了花绿标语："坚决解放石门！""打到哪里占到哪里！""打进去就不出来！"这时，战士刘英福低头看了看自己胸前"人民功臣"的红旗奖章，走到了排长的跟前："排长！这次打石门，离我家不远（该同志系晋县人），我怎么也得卖把力气。碰见危险事，你就叫我去！"话没说完，只见敌人的前沿上红艳艳的火头，霍的一闪，大家的身子都不由地一晃，只听震天一声巨响，敌人的前沿上冲起了几十丈高的黑烟。不知携带了地面上的一些什么怪物一般的在空中滚着，原来是六连和工兵同志们的爆炸响了。这时，英勇的工兵又扛了些什么，飞也似的钻进烟雾，刘英福同志也像箭一般地冲进烟雾。第一次爆炸起的土块还未完全落下，接着又是两声巨响，又冲起两道黑烟。这时，只听冲锋号响成一片。机枪射手们一齐站立起来，掩护的枪声也响成一片。连长和青年副指导员孙臣良同志喊了一声"冲呵"，四连的同志们猛地跳出战壕，向黑烟里冲去。

空中的土块，乒哒乒哒地落到人们的头上。解放战士刘云举同志

《晋察冀画报》文艺文献全编

是四十多岁的人了，但他为了争第一功，拼命地喘着，冲到了最前面，第一个跳进沟里。二班长王福魁同志却在两层人梯上站立起来，抓着电网（已被我炸坏），第一名攀上了沟沿。紧接又上来了五六个勇敢的战士，光荣地占领了石门西南的突破口。可是，敌人趁着他们立足未稳，纵深的火力猛烈地盖了过来。原来这道防线紧挨着敌人的西兵营，两排营房分在南北两侧组成交叉火网，正面十几米达处，是西兵营一段开着枪眼的围墙。我们这时立脚还未稳，后面的同志也还没上来。忽听"捉活的！捉活的！"一片喊，原来从正面断墙的窟窿里又钻出了二三十名敌人，扑到三班长王福魁同志的面前。敌人正要挺起刺刀来刺，王福魁，沉着的王福魁这一个贫农，这一个党员，这一个挨过日寇、地主毒打的脾气暴烈的青年，这一个为人民负过四五处伤的老战士，趁着敌人还不过手来的一刹那，站在工事上，站在敌人的稠密的火网中，冲锋式左一梭右一梭，对着距离五六尺远的敌人，咬着牙，一气打出了六十粒冲锋子弹。有十几个敌人横躺竖卧倒在一起，下剩的敌人连滚带爬跑了回去。

王福魁同志跳下了工事，正要占领敌人的掩体巩固阵地。忽然他班的两个新战士从一个地堡（敌机枪阵地）也慌慌张张地跑过来，边跑边喊："班长！班长！"直跑到王福魁的身边说："我们要夺敌人机枪，我们的枪叫敌人夺去了！"王福魁咳了一声，马上端着冲锋式，冲到地堡跟。有五六个敌人正挤在地堡口上，慌慌张张像要逃跑，被他一梭子，新战士的两支枪夺回来。这时，四连全连已经都从深沟之下爬了上去，和敌人面对面地爬着，好像被一道墙分在两边一样。我们的战士亲眼看见敌人的刺刀在散兵坑里索索地抖动，我们的战士把手榴弹一拉，一伸手就放到敌人的散兵坑里，冒起了朵朵的烟花，突破口是比刚才巩固了。

敌人稠密的火力又盖过来，年轻的副指导员孙臣良同志抬头一看，只见西兵营左前方的一列房子里，有一百多敌人，开始了反冲锋，压了过来。阵地又陷在危急里。有几个同志落下深沟。三班长王福魁的帽子被打得飞了下去，头也流了血。在稠密的枪声里，只听副指导员高声地断断续续地喊着："同志们！就看这一下子了！……胜利不胜利，立功不立功，是死是活，全看同志们能不能巩固阵地了……"这时，战士刘耀林流着血，躺倒地上，副指导员问："刘耀林，怎么样?"刘耀林睁开眼说："不要管我，快指挥吧！……我死了也就是这样，没有什么!"敌人更近了，只听副指导员又喊："秦得力！站起来打!"接着他也负伤了，连长也喊："秦得力站起来打呀!"这个解放战士，这个十八岁的候补党员，这个自己不穿给战士穿、自己不吃给战士吃的副班长，就端着机枪站起来，在夕阳光里开始扫射。忽然他身子一歪，被打中了，马上绑扎了一下，又端起来接着打。成群的手榴弹飞过去，敌人的第二次反冲锋就被打垮了。

不向两翼扩展，就不能巩固突破口。

连长张洪指挥三排巩固突破口，一二排积极向两翼扩展。六班长张长科率领着六班，在排的最南端，猛烈向南压缩，向着敌人的散兵坑一边投弹，一边前进，一直爬到一个地堡的跟前。他摸着那座地堡，正要把手榴弹塞进枪眼，突地从枪眼里露出一颗手榴弹头，他就用刺刀往里一捅，只听"娘呀"一声，敌人的手榴弹在地堡里面爆炸了。因他用力太大，身子不由往下一滑，被敌人一枪打中了他的腿，接着又打中了他的腰，血顺裤腿流下来。他咬着牙，又摸着那个枪眼，把一支飞雷狠狠地塞了进去。"旺"的一声，当那地堡被毁灭的时候，他大声喊着他班的战士韩连银向里猛冲，边喊边带着满身鲜血滚落到沟底去了。

韩连银，十七岁的青年解放战士，他那猿猴一样灵活的小身子，就从晃着刺刀的两个散兵坑中间，嗖的一家伙蹿了过去。其他的同志正要跟着蹿过去，但一抬头就被打倒了。于是韩连银就一个人陷进敌人的火网里，手榴弹到处乱飞。他回过头来，他看见离他六七米达的两个散兵坑的敌人端着刺刀看着他，回去既已不可能，他呼地就扔了一个手榴弹过去。散兵坑里的一个敌人接着扔了过来，落到韩连银的胳肢窝里，刺刺地冒着烟，韩连银抓着它，又扔过去，刚一出手，刚落到那个敌人的头边，就嗡的一声，把敌人炸得满身是血，倒在了战窝里。另外一个散兵坑里的两个敌人，抱着枪吓得又傻又愣。被他接连两枪，结果在散兵坑里。年轻灵活的韩连银又像燕子一般地从工事上滚了过去，枪托弹簧都被打透了，但没有伤着他，又和同志们爬在一起向里射击。

接连又打退敌人第三次反冲锋，敌人重新夺回突破口的梦想被粉碎了。前沿的敌人已经被我歼灭。

年轻的副指导员头上绑着雪白的绷带，又走回来和连长商议着：

一定要炸坏敌人的围墙！

那个戴红旗奖章的青年爆炸手刘英福，又站在了连长、副指导员的面前，他总是这样的坦然！对任何危险也是这样坦然！听连长说完，他说了一声："好吧！"马上搬起药箱要走；青年的摄影员陈庆祥拍了一下他的肩膀说："刘英福！"刘英福转过脸来。摄影员又说："过去在固城，你立了大功，这次还希望你再立一大功！你走到哪儿，我跟你照到哪儿！"刘英福说："好！……你们看好吧！"连长又说："刘英福！你可快点儿！"刘英福说："连长！你别着急，你看好吧！"这时，敌我的枪声打得都很激烈，刘英福搬着药箱，跳进敌我手榴弹交织的火网里，待了一会儿，只见他燕子般地滚了过来。连长、副指导员连忙问："刘英福！怎么样呵？"刘英福还是那么坦然地说："副指导员！你别着急，待会儿就响了！"

接着两次爆炸，围墙被炸开一丈多宽。营房里的枪声响成了一片。我们的五连六连早已等得着急。争先涌进新的突破口，时间不大，就宣布了占领西营房的信号。主力接着涌进去，敌人的第二道防线崩溃了！

照着石门的那轮暗淡的落日已经落下。在暮色里，宽大的石门市已经展开在战士们的面前。

写于石门

（《晋察冀画报》第 13 期）

发 刊 的 话

向着必胜的道路，世界反法西斯的正义战争在进展中，中华民族的抗日战争在进展中。

晋察冀边区，坚强地站在国防最前线，在抗日民主政权领导下，全边区的军民，一面同日寇进行着血肉的搏斗，一面用心血和汗水从事着新民主主义社会的建设。在血与火的斗争中，写下了可歌可泣永不陨灭的光辉史页。我们需要把这些生动的场面，如实地记载下来，及时地传播出去，用边区军民所创造的这些现实的典范来教育自己、砥砺自己，提高胜利信心，加强斗争情绪，达成抗战的最后胜利；同时也给抗战建国的伟业留下些纪程的实录。

新闻摄影是最真实的现实事件的记录，因此我们就发刊了这样一种时事画报，来报导边区的现实。

现实它自己就是顶伟大的史诗，我们只做一个忠实的记录者，让现实它自己去说明一切。

刊行这样一种画报，虽是件小小的工作，可是在边区还是开拓的创举。由于人力物力等条件的限制，不可避免的会有许多缺点存在，我们热烈地希望读者多多批评、指示、帮助！

(《晋察冀画报·时事专刊》第 1 期)

文艺大系 华北抗日根据地及解放区

滚滚的滹沱河

——记平山×区志愿义务兵入伍大会

沙飞

二月二十八日的早晨，初春的朝阳射在太行山上，滹沱河发出了冲冲的号音。

河北岸××附近的二十多个村庄，同时响起了震天的锣鼓和雄壮的歌声；接着又腾起了欢呼声，人马奔驰的步伐声，这些庞杂的声音，与滹沱河的叫哮融成一片，造成了一种强烈的交响乐。

不一会儿，各村的人和骡马，都各自组成不甚整齐的队伍，随着锣鼓声，浩浩荡荡地向着共同的目标前进。

每一支队伍，大旗乐队的后面，新战士头上身上都满戴着光荣花，高高兴兴地骑在牲口上。和新战士连辔而行的，有的是他们自己的父母、兄弟，有的是他们自己的妻子或姊妹。他们一样地佩戴着光荣花，一样地显示着愉快与光荣。自卫队员欢欣而又尊敬地牵着缰绳，招呼着牲口。后边就是一群男女老幼，唱着歌曲，呼着口号，欢送这些准备入伍的新战士。他们前呼后应，拥拥挤挤，像一支人的河流，滚滚地向一起流汇。

九点钟的光景，在×××村南的广场上，二十多支人的河流汇合了，汇合成一片万人的汹涌的大海。

这就是平山×区志愿义务兵入伍大会的会场。场中央高高的旗杆上，国旗在随风飘扬。广场的西端搭着一座庄严的主席台。台后两旁的白墙上写着二条很大的标语："响应聂司令员的号召""拥护志愿义务兵役制"。西端北面的大坪台上，摆着五十多张方桌。这就是准备给新战士和抗属大会餐的光荣席。

会场总指挥宣布开始报到的时候，各村自卫队的中队长都挤到主席台旁的报到处来了。区助理员匆促地在登记着各村报名的、入伍新战士和到会的抗属、民众等等的数目。

入伍新战士共有一百六十五人。其中有十七个是由他们的父母，四十二个是由他们的妻子，六个是由他们的兄弟、姊妹亲自欢送来入伍的。六个人是三对亲兄弟一齐携手来入伍的。这些人当中，包括着工人、农民、知识分子，还有一部分富农和地主。从这里，我们可以看到新的兵役制是获得了各阶层广大人民真正热烈的拥护的。

入伍人数最多（三十四个人）的××村，被选为进军的先锋队。鼓声雷动，人马开始游行。沿途所过之处，大路两旁，家家户户的门前都站满了欢迎的人。骑在牲口上的新战士和抗属，右顾左盼，笑容满脸的，随着马蹄的转动，摇摇曳曳地在人丛中行进，他们的心在雀跃，血在沸腾，他们感到从未有过的荣耀、欢欣。人们都对新战士和抗属倾注着钦敬而羡慕的目光、冲动的、快乐的心情，使他们的唇边都挂着喜悦的纹影。

滹沱河南岸的桥边，一只搁浅的大木船上，挤着无数的人。在船头，人们热烈地擂着锣鼓，挥舞着欢迎的大旗，狂欢呐喊。浮桥上，万千的人马在奔腾，河水在下边滚滚地冲泻。春阳从天空斜射，水面上浮泛着珍珠般的波光万点和飘忽着的人影、马影千重。强烈的节奏，美丽的画图，感动着人们的心魄。

下午一时，队伍回到会场上。

在乐声与号音中，新战士和抗属骑着牲口庄严而整齐地排列在主席台前，有如一个听候检阅时的骑兵营，紧接着肃立在后边的是万千的群众。

大会程序在依次进行。

当那位人民的代表——韩区长在主席台上发出了入伍的号召，台下的人群便立即挥动着拳头，高声呼喊着口号。接着，在巨雷般长鸣着的掌声中，所有的新战士和抗属都一齐从牲口上跳下来，站到主席台下（自卫队员迅速地牵走了空牲口）。掌声停止了，万千的群众与五百戴着光荣花的新战士和抗属互相致以崇高的抗日的敬礼——会场上沉寂了片刻。

一个年轻的新战士登台讲话，他说：

"我叫刘梦元，我是共产党员，共产党是最忠实于中华民族的解放事业的，我首先入伍……"

台下的群众立即一齐高声地喊着：

"拥护中国共产党！"

"我们要向共产党员学习！"

在欢呼声和鼓掌声中，一个老汉、一个老太婆和一个年轻的小伙子又一起跳上主席台，这就是××村的模范父母送儿参加志愿义务兵。老汉的名字叫魏连云，他开头对大家说：

"我是庄稼人，不会说话，但是我知道当志愿义务兵是每个人的责任。我们老了，我们愿意送三牛来当兵。"

老太太接着说：

"我们生了三个儿子，老二早就参加了八路军，老大年纪快五十了，三牛年轻爱进步，这回我们又响应聂司令员的号召，送他来入伍。抗日是为了大家，我们两口子也觉得光荣……"

台下千万颗火般热烈的心，都伴随着模范父母质朴的服装、慈爱的颜容和诚恳真挚的语音而急速地波动，血管在澎湃，神经在紧缩，有些人眼珠里蕴藏着被感动的点点珠泪儿。

在长久的热烈而响亮的掌声中，新战士和抗属一起进入了光荣席，跟着军政干部也入座奉陪。

为了庆祝志愿义务兵的入伍，二十多个村子举行了文化娱乐大竞赛。在光荣席前动人的节目一幕幕地出演，在锣鼓与歌舞声中，新战士与抗属的会餐开始了。

晚上，一轮明月从东山上升，锣鼓声又重新响起了，几千个人手执着提灯、擎着火把在村内游行，火光照红了人们的脸庞，照红了墙头树梢，映红了天际。接着，在村中的戏楼上，十一个村剧团举行了大出演，而所有演出节目的内容，都是围绕着志愿义务兵役制，其中要算第四场××村剧团演出的《妻子送郎》最为精彩。

夜二时，大会完满的结束了。二十多支人的河流又向四周的山岗田野、河边流回去了。

滹沱河的水，依旧汹涌地奔流着。西天的明月，透过了树梢，照耀着河边水渠上急速进行中的人群。人马奔驰，树影也仿佛在走动了，愉快嘹亮的歌声又飘荡在天空：

"我们在太行山上……山高林又密，兵强马又壮……敌人从哪里进攻，我们就叫他在哪里灭亡……"

（《晋察冀画报·时事专刊》第 1 期）

狼牙山五壮士的故事

集纳

易县境内有一条河流，名叫易水，它带着沙石，日夜不息，呼啦呼啦地向前流着；像一个行吟的歌人，用高亢的喉咙唱着在它身旁所扮演过的那些古往今来的英雄故事；并把这些可歌可泣的历史事实，流传给民间，流传得很久，很远。

离现在差不多已经两千年了，那还是在战国时代，易水旁边就曾经发生过一个壮烈的故事。有一个燕国的太子在这里送别一个谋刺秦始皇的勇士，这勇士名叫荆轲，他喝了几杯酒，背起宝剑与那太子分手的时候，随口编了一支很动人的歌子，放声高唱起来：

"——风萧萧呵易水寒，壮士一去呵不复还！"

想不到在二十世纪五十年代的开初，在易水旁边又发生了一件壮烈的英雄故事，而这一次却比前一次的更伟大。前一次是弱国反对强国而采取的恐怖暗杀的行径，这一次却是顽强抗敌、誓死不屈、英勇牺牲的壮举。

一九四一年秋季，敌人对边区进行了空前残酷的"扫荡"。九月二十五日敌军高见部队到易县，用二千兵力"围攻"易水南岸的狼牙山，企图打击我们的主力兵团。

这是黎明的时分，狼牙山雄踞在模糊的暗影中。山上的老君堂，黑压压的一团，笼罩着烟雾。耸立山顶的棋磐陀，却射上一线曙光。

隐蔽在山里的是能征惯战的我们的一团的一小部分，几年来，在黄土岭、雁宿崖，在银坊，在涞源城下屡次歼敌建立奇功，这是一支名驰疆场的劲旅。当敌人进山时，他们便在朦胧的晓色里，机警地转向外线，准备从敌人背后进行反击，留下七连的三班和六班掩护。

敌人攻上山来，在山腹的小路上触发了我们埋伏的手榴弹。手榴

《晋察冀画报》文艺文献全编

弹开了花，四十多个鬼子送命了。尸体冒着血，倒下来，滚下去，像一些肉球。

这时候，这两个班又领受了团长的命令，只把五个战士打掩护，其余的便由一个道士领着路，灵活地转移了。这道士就是老君堂的山主，姓李名忠信，原是军营出身，略通军事，在这次反"扫荡"中，他参加了战斗，一面给我们部队引路和侦察，一面便跟着部队转来转去，打起游击了。庙里就剩一个六七十岁的老道士看守着冷冷的殿堂了。

五个年轻的战士，打着枪，渐渐由北向南绕向棋磐陀，想着转到敌人的侧面阻击敌人，掩护主力转移。

敌人却以为他们这里就是主力的所在，很快地围上来，稠密的火力网朝着他们展开。

他们五个攀登着荆棘和乱草，爬上棋磐陀。然而不妙！他们发觉这里是一个绝地，三面是陡峭的悬崖，一面是倾斜的石坡路，而这唯一的道路已被敌人密集的火力封锁了。不过这并未使他们惶惑，他们很快地伏下来，集中了全部精神，瞄准着下面的敌人射击。

敌人三次冲锋，都被这五个战士打下去。在准确地射击和轰炸下，又有五十多个鬼子完蛋了。

可是现在发生了一个严重的问题：五个人的子弹都打完了，手榴弹只剩下一颗。只一颗了呀！只能再打一下了呀！怎么办？

敌人又来了第四次冲锋。他们五个，把枪握得紧紧的，又抓一抓自己的子弹袋，谁也没有一粒，于是四个人的眼光都集中到班长的手上：快掷下去，还是留着？

班长马宝玉同志，毫不迟疑地把手榴弹的盖子揭开了，在敌人的"优待优待的"喊话声中，他带着羞愤猛力地掷下最后的一颗。接着他使劲地抓住了他的四个弟兄，他的手带着冲动的战栗，眼里发出火样的光，声音像一颗颗子弹，他沉重而有力地叫出来：

"同志们！咱们是光荣的八路军，咱们不能做敌人的俘虏！弹药完了，现在只有一条路：跳崖！"

　　响起一阵尖厉的声音，岩石上崩出乱飞的火花，五支枪很快地破碎了。

　　像一个统一的整体，霍地！他们五个一齐站起来。站起来了，这五个荣誉的军人！站起来了，这五个神勇的英雄！他们站在狼牙山的峰顶，他们高出一切。敌人的枪弹从他们头上飞过，太阳升起来，强烈的光芒照着五位巨人庄严而壮伟的雄姿。他们咬紧牙关没说一句话，他们坚毅的目光却射出了统一的意志。

　　在敌人快要冲上来的一刹那，火山爆发一样，他们□了一个口令，一齐跳下去。

　　就在这一刹那，五个人的肉体，从崖顶坠下去，坠向茫茫的深谷。就在这一刹那，民族的气节升起来，冲过狼牙山的峰顶，光辉地矗立在天地间。

　　是几十丈的悬崖呵！三个落到谷底，为国捐躯了！两个被崖壁的树枝挂住，带伤脱险。

　　敌人攻上棋磐陀，空空如也！八路的主力呢？棋磐陀上丢着五支破碎的枪的木屑。

　　五勇士是民族的烈士，民族的英雄。军区发布了训令，给死者建立了纪念碑，给生者以荣誉的奖章。今天全边区的军民都仰望着高高的狼牙山，歌唱着他们！

　　歌唱着英勇牺牲的三烈士——马宝玉、胡德林、胡福材。

　　歌唱着光荣负伤的二英雄——宋学义与葛振林。

　　　　　　　　　　　　　（《晋察冀画报·时事专刊》第 1 期）

骨肉难分离　江南人民舍不得新四军

中国共产党为了求得共同谈判成功，全国民主和平建设立即实现，不惜委曲求全，决定将浙东、浙西、苏南、皖南的新四军全部撤到江北。这种为国为民忍让牺牲的精神与努力是可歌可泣的，是永垂不朽的。

新四军苏南部队某营奉命北撤，离开驻地时，数百群众阻塞了他们的道路，虽经一再解释仍然不让我们战士离开。手持捧香的十多个中年妇女围住营长的行李担子不放，她们说："你们是恩人，你们不能离开。"许多老百姓哭涕着说："让我们舒服地死了你们再走。"当大家听了政工人员长时的解释，知道不可能留下时，所有的群众都哭泣了。老太婆把干粮塞在战士的饭包里，村长、村代表、民兵队长依依不舍地跟着部队送行。他们说："为避免内战，新四军撤退了，国民党可要答应民主，不然老百姓可不再像战前那样受气了。"另一撤退部队在三天中谢绝十四处群众的"饯行酒"。战士们说："我们放心不下你们，吃不下去，谢谢。"当他们移动时，农民们把菜酒桌子搬到路旁招待战士们。妇救会会员当部队临行时哭着说："子弟兵永远忘不了你们。"当我军北撤时，曾在一处遭国民党部队袭击，战士对进犯军队进行了宣传工作，劝他们不要伤害老百姓，许多群众听到这件事都感动得流泪。他们都说："这样好的部队，临走时还不忘我们。"

（《晋察冀画报/旬刊》第4期）

电话员刘裴然

电话员 韩计虎

通信队电话员，

他的名字叫刘裴然。

行军不论几十里，

住下了马上就架线。

工作忙，不嫌累，

还给同志把病看：

又治胳膊，又治腿，

还会扎针治风寒。

多会叫多会动，

十回八回不嫌烦。

（《晋察冀画报/旬刊》 第 6 期）

军爱民，民拥军；三担水，感动人

高帆

　　×旅警备连傍黑到了这村，二排机枪班指定在这老太太家暂时休息。何班长去问老太太，可是她说没地方，于是全班就决定在院子的草堆旁边过夜。

　　老太太开始做晚饭，但是一看缸里没有一□水。何班长看见了，马上给她挑了三担水。

　　天黑啦，老太太拿着灯走到院子里，那样冷的夜，她看到战士们果然都在院子里睡，她难过极了，哪有这样好的队伍哟！"同志们！"她颤抖地喊叫着，"快上炕上去暖暖吧……"

　　何班长说："没关系，老太太，要是不方便的话就在外面吧。""可不行，我一个人怎么也好说呀！"她嚷着，亲自叫醒了每个同志，于是全班都休息在老太太的暖炕上了。

（《晋察冀画报／旬刊》第 6 期）

死 里 逃 生

——记阎军士兵崔春石控诉

我是山东莱阳人，四年以前被日本鬼子抓到大同下了煤窑。四年多，挨打挨骂，受冻受饿，这些苦处，十天十夜也说不完……

日本投降了，大伙儿可真高兴。我心里话：这会子准能回家了。可是摸摸口袋，一个钱也没有，又凉了半截。唉，几年的苦算是白受啦，除了一身乌黑的破烂，啥也没啥。只有盼望中国军队赶快来。心里捉摸着：中国军队来了，坐车准不掏钱，爬上车，"呜"一下子就回到老家了。

不知怎么的，中国军队老不开过来，连影儿也看不见。这会矿上，日本人也不管事了，矿务系的唐玉民先生出来叫矿工们组织自卫队，站岗看矿，别让鬼汉奸把矿破坏了。第二天有八路军一班人下来了，他们跟大伙儿说："你们愿下窑的就下窑，愿回家的可以回家。大伙儿听了，都乐坏了。可是不到三天，又一帮子军队过来了。是阎老西在大同收编的伪军，叫四十五团，不管三七二十一就把那一班八路军打走了，贼眉横眼地叫咱们矿上的人都当兵。我们说不干，想回家。谁料想这帮嘎杂子可厉害，听说不干，就抢起棍子，劈头盖脸地打下来，一下就打伤了五六个。还硬赖咱们是八路军，上起刺刀，架上机关枪，把咱们一百二十八个人全圈起来，要崩脑瓜子。俺们可吓坏了。后来就用刺刀逼着，把我们押到一个澡堂里。澡堂小得很，大伙儿挤在里头，也不给吃的，连咱们一些工人家里送饭来了，也不叫吃。一直押到第二天傍晚，又把我们一个一个地推到澡堂后面的一个地窖里去。那地窖只有四米长两米高，当中隔着两层板，原是鬼子放菜的。同志，您替想想，这么小个地窖装这么多人怎么行？人挤人，人压人，连气也喘不过来。狗日的把我们塞进去以后，就用土来封口，我们不让封，他们就用刺刀刺。后来唐玉民花了一万块钱，才给留下两个小气眼。

夜里越来越闷热，浑身上下直淌汗，汗气臭得人恶心。我们在里面拼命地喊救命。屎尿把人们憋的更难受，有些人把大便憋在裤裆里，自己拉小便自己喝。狗日的来了，在外面开了腔："想出来的话，就都把身上带的钱啦什么好东西都拿出来。要不，就在里边多闷两天吧。我们恨得牙巴骨响，可是没法子，就都把身上的钱、衣服、鞋、袜子都从气眼里递了出去。但钱物都榨光了还不放人，大家都绝望地抱头痛哭了。第二天，狗日的就把我们放出来了。可是呀，有一半人都动弹不了啦，躺在地上直喘气。狗日的黑心眼，榨了我们的东西以后，还是要叫我们到大同去当兵。我们不答应，他们说不去，再关起来。我们谁也没答应，就又给关起来了。不给饭吃，连一口水也不给喝。到第三天，真都快饿死了，我们还是不答应，他们也没办法，就给我们一点儿饭吃，每个人一天六两米，又关了有半个月。大伙儿觉得这样下去也不是个结局，逃又逃不了，死又死不了，倒不如先答应当兵，出了这死囚牢，再找机会开小差。我们商量以后，这才答应了。狗日的就把我们编成了一个第四连。不发袜子不发鞋，光着脚丫子跑了四十里，赶到大同。一看，满城净是炮楼。当官的瞪着眼睛对我们说："不许开小差，开小差抓住要铡头的。"不两天，果然就看见铡了几个，谁也不敢走了。从此以后天天上操。操不好，不管轻重就给你几拳。当官的还说："这是给你们的'馒头'！"他奶奶的！我不知道吃了他多少"馒头"。后来叫我当伙夫，光叫做饭不发煤，说是让拿老百姓的烧，没法子只好去偷。说起来也叫冤家路窄，偏偏我偷的一家就是那当官的姘头。不容分说，我又大大地吃了一顿"馒头"，狗日的还骂我不长眼。那天晚上我倒在炕上哭了一场。起来走走又回来躺下，走不安、坐不宁的。想跑，又怕抓住铡头。当官的发觉了，说我鬼鬼祟祟，形迹可疑，私通八路，就把我关起来了，还说要铡我的头。后来又收编了，把我们一伙矿工全拆散，编到好几个连里去。我们一共十九个都编到三十八师三团一连。调到岱岳，当官的光知道喝兵血，粮饷都给克扣了，吃不上，就黑着良心去抢老百姓。后来又调到毛家皂（平旺、怀仁之间的一个村子）。这回八路军来了，我们整个连就投奔过来了。这回算是走到活路上了……

（《晋察冀画报/号外》1946 年 9 月 8 日）

北岳区拥军模范　子弟兵的母亲戎冠秀

　　自从八路军创造了边区抗日民主根据地，戎冠秀就在村里当妇救会主任。她向妇女们宣传八路军是老百姓的队伍；劝她们动员自己的家里人去参加子弟兵；劝大家交公粮要交好粮，纳公鞋要结实的。她爱护公家，爱护军队。有一次村里过来一副担架，但村里的自卫队正好出去配合作战不在了，戎冠秀就领导妇女们抬担架，四个人抬不动就用八个人来抬，无论如何要让伤员早一点儿到达医院治疗。她这样爱护子弟兵，她真正体现了中华民族伟大的母爱。

　　一九四三年秋季反"扫荡"，有一副担架停在她村的交通站上。戎冠秀听到这个消息赶快丢下工作去看伤员。伤员闭着双眼，血迹满身，已经失了知觉。戎冠秀心里明白，这伤员是和鬼子拼刺刀的。她就向站长自告奋勇来照顾他。她低声地唤道："同志！同志！"但伤员只直直地躺着，没有回应。戎冠秀就叫人端来半碗开水，先自己尝着，太烫，就轻轻地吹，温和了，就慢慢灌开水进去，水都顺着嘴角流出来了。戎冠秀又伸出手臂，把他的头慢慢扶正，又灌他，水流下喉咙，有微微的音响。戎冠秀高兴极了，就低声问伤员："你还喝吗？"灯光照着，只见嘴唇微动。戎冠秀又接着灌开水，又灌一碗豆腐浆。这时戎冠秀又问："你还喝吗？""喝——"戎冠秀又烧开水，这一次已不用一口口灌了，碗沿碰着牙齿就骨碌碌地一口气喝干了。戎冠秀扶着他的身子问："你还喝不？""我就是想喝水，想——喝！"听见他会说话，戎冠秀高兴极了，问他是哪一团，怎么受伤。伤员告诉她已经五天不吃东西了。戎冠秀又喂他豆腐脑、麦片、玉茭饼子，整整忙了一宿，把这个伤员从死里挽救了出来。天已快明，院里露着白光，把伤员安顿在炕上睡了之后，才回到自己家里休息。刚躺下，就听见门外有人喊着：

"老会长，老会长，你那个伤兵下了地了。"

戎冠秀急忙跑出去，看见伤兵巍巍颤颤地站在炕沿，生怕他倒下去，赶快扶着他："同志你可不要下来，你好好地躺着，有事我来做。"

戎冠秀看见这个伤员那只光脚板在地下踩着，就回到家里找棉花套，找不着，把她闺女的衣襟撕下一大块棉花，把这伤员的脚轻轻裹了起来。又去端一盆炭火来让伤员取暖。伤员同志说怕烤火伤口裂了，她又赶紧拿去。

这一天早上戎冠秀没有想到自己要吃什么，先想到这个伤员该吃什么。她问伤员，伤员说吃小米稀饭。她想，该给吃稠点儿的，做稀的喝了多尿尿，他伤重不好动弹。做成了稠饭了，伤员吃了两口，就放下了碗。戎冠秀站在一旁发怔了，满心眼儿里想他今天会多吃几碗，怎么才吃两口就不吃了？她很不放心，又问："我给你盛碗稀的，你喝不！""喝！"她端了一碗棒子面糊糊，伤员已经能自己端碗吃了，只要她扶着背就成。一连喝了三碗糊糊，戎冠秀很高兴。他已想吃干的了，戎冠秀又烤饼子给他吃。

一会儿担架来了。戎冠秀在担架上铺了厚厚的草，把被子也铺上，扶他上担架。衣扣和裤带松了，又给扣上扎上。伤员感激地说：

"好人啦！好人啦！我什么时候也忘不了你的好处呀！"

戎冠秀说："咱们是一家人，用不着结记。你下次过我这个下盘村，千万可要到我家里坐坐。我有你吃的，也有你喝的。"

民兵把担架升上肩，还听见那个伤员说：

"好人啦，好人啦，我的好老人啦！"

戎冠秀爱护伤员的故事很快地传遍了边区，被广大子弟兵拥护，成为北岳区的拥军模范，被邀请参加边区英雄大会，奖给银牌、农具、骡子和一面大红旗："子弟兵的母亲"。开完会回去时，军区直属队全副武装欢送。她骑骡走得很远了，子弟兵还在河滩上瞭望。

戎冠秀第二年积极生产，生活变了样，被选为劳动英雄。四十八岁的戎冠秀也大翻身了。

（《八路军和老百姓》，《晋察冀画报/丛刊》之一）

冀中子弟兵的母亲李杏阁

李杏阁从小家里挺穷，二十块钱就卖给比她大三十岁的男人。婆家更困难，种几亩沙地，不够吃，给财主洗衣裳，做针线，一把泪一把汗地挣钱维持生活。有人劝她卖闺女换几斗粮食，李杏阁记起自己被卖的苦痛，不忍吃这几碗饱饭，咬着牙磨难下去，几十年如一日。七七事变，八路军来了，穷人翻了身。政府发粮救济，过年还给白面，到后来熬的种三亩老契地二亩当地。杏阁总是说："共产党、八路军把穷人救活了。"她也参加妇救会，年纪很大了也跟青年妇女们一样开会募捐作宣传。一九四三年，敌人在冀中闹得很厉害，一切都转入秘密状态，李杏阁领着妇女们坚持大大小小的抗日工作。她真是越老越坚强的人物。

一九四四年秋，有一个伤员送到她家里，是个将死的人，满身满脸的血，五处重伤，露着白骨翻卷着血淋淋的肉。杏阁把伤兵放在自己的炕上，在伤兵耳边轻轻地说："孩子，到了家啦……"

她先用棉花沾了开水，一星一点地轻轻地把血洗了干干净净，然后做熟了饭，把伤员抱在怀里，让孩子们端着灯，一口一口地喂给他吃。

自从这个伤员——他的名字叫刘建国——来了之后，杏阁从没有安生睡过觉，整夜坐在他的头前，被窝里暖着水壶，屋角上支着沙锅，喝水有水，吃饭有饭。不管是深更半夜，风天雪地，杏阁总是在手忙脚乱地给伤员烧水做饭、接屎接尿、揉肚子、抓痒痒、讲故事、说笑话，从不嫌脏，从不觉苦。困时就靠着墙打个盹，一听伤员动弹，忙睁开眼问他是渴、是饿、是痛、是痒。伤员的伤口化了脓，痛得流着泪，杏阁撕了自己的一条被子，作草褥子圆垫的给他垫上。

后来又送来四个伤员。轻的入地洞，重的在杏阁炕上。做熟了饭，先把炕上的喂饱，然后孩子们端着灯，杏阁提着饭，一家大小总动员送到地洞里去。一碗一碗地盛上，能吃的自己吃，不能吃的杏阁抱在怀里喂。一天四五次，忙了上头忙地下，抽空洗绷带，洗衣裳，医生不在她给伤员换药。满屋是药品，就像一家小医院。

伤员们伤都很重，都得接屎接尿，拿白铁盘去接大便，拿小桶去接小便。有最重的伤员，小便时，杏阁就拿起伤员的"小便"来放在筒里。起初伤员们不肯让这老人家这样做，杏阁就说："孩子，别不好意思，我是你娘，你是我儿，亲娘亲儿不讲细礼。"伤员们流着泪，感激得不知说什么好！

以后他们见了杏阁先叫娘，后说话。杏阁爱护伤员胜过自己的孩子，真是要星星不给月亮。她虽是很穷，也常常拿东西去换一点儿稀罕东西给伤员们吃。伤员感动地说："娘，等我好了，给你几千斤粮票几千块钱。"杏阁就说："说这句话，你的思想就坏了，娘不是为的钱，也不是为的粮食，娘为的你们早些好了，好去打日本。你看日本害得咱们多寒苦呀！杀人放火……"

有一次重伤的刘建国正在伤痛最厉害，不能入洞，让一个日本兵瞧见了。敌人凶凶地问："什么的干活！"李杏阁不慌不忙地回答："这是我儿子，病的干活。"终于把鬼子骗走了。

伤员们一个个的都好了，特别是刘建国，是从死里逃生。地方上已准备棺木，总以为难救活了。可是在杏阁十个月的救护下获得了重生，这是多么伟大的工作！李杏阁不但以母爱救护伤员，而且也以她的智慧战胜敌人。在冀中一九四四年的环境，到处是敌人的据点和岗楼，掩护八路军的伤员不是一件容易的事。这种热情和智慧永远为我们所记忆，并且要为着李杏阁以及全中国人民的幸福而奋斗到底。

（《八路军和老百姓》，《晋察冀画报/丛刊》之一）

冀东潘家峪大惨案

——无数次惨案中的一次

一九四一年一月二十五日，正是旧历除夕的前夜，敌寇调集了迁安、滦县、卢龙、遵化、丰润五个县的伪军，在天刚明包围了丰润县的潘家峪。日寇心里早打定了主意要制造一件大惨案，来镇压冀东人民抗日的决心。潘家峪千余村民被鞭打着赶入一座大院子里，院子里堆着凡是可以引火的什物，屋顶架着机关枪，墙头站满敌兵，全村人被驱入院子里，大门关上，机关枪就嘟嘟地向密集的人群扫射，人整排地倒下，硫磺弹把院里烧着熊熊的火。在枪声中，火焰中，房屋倒塌的灰尘中，发着反抗的悲惨的呼号，姊姊抱着弟弟在火堆里爬，父亲抱着孩子往机关枪弹巢冲去，全都葬身枪弹与火焰中。入夜，才有少数几个负重伤从火堆里爬出来。被惨杀者共一千零三十五人，其中妇女儿童六百五十八人，重伤八十四人，活着和下落不明只剩三百零三人，全家殉难的三十余家，房屋被烧一千一百间。

敌人走了，附近村民赶来援救，院里尸盖着尸，火苗烧着发出吱吱的声音，许多只烧剩了肩背或是头颅，尸首大都认不得。八路军为报这个仇，怀着愤怒，在滦河作几次激烈的战斗，抗日政府派人来救济并主持了公葬和祭奠。没有唱一支挽歌，也没有葡萄和花酒，人们只用一颗悲愤痛悼的心，在西北风中默默地站着。过了几天，附近的青年纷纷参加八路军去了。

(《晋察冀的控诉》,《晋察冀画报/丛刊》之二)

人民的艺术《穷人乐》

人民是生活的创造者，人民也必然成为艺术的创造者。阜平高街村剧团《穷人乐》的集体创作和演出，揭示出光辉的范例。把一个村的穷人翻身的历史真实、生动、感人地再现于舞台上，给人民创造自己的艺术开辟出一条新道路。

（《民主的晋察冀》，《晋察冀画报/丛刊》之三）

前　　言

中国八年神圣的抗日战争是人民的战争。

战争的重心不是国民党战场而是解放区战场。

抗日人民战争的支持者，抗日人民战争的中流砥柱不是蒋介石卖国独裁政策支配下的国民党军队，而是人民的英雄——八路军、新四军、华南抗日纵队和英雄的人民——具有极端坚强战斗意志的解放区人民和全国人民。

抗战开始以来，由于蒋介石政府改变政策的不彻底，仍固执其法西斯的反人民的政治制度与失败主义的单纯防御的战略方针，这就为敌寇所乘，大举进攻，十五个月内就打到了广州、武汉，囊括华北与华中的大片土地与华南的要地。这时我八路军、新四军等人民的军队，执行了中国人民伟大领袖毛主席所创造的深入敌后、与广大人民相结合、开展群众游击战争、以持久战战胜日寇的人民的战略战术，先后向敌后挺进，取得了不断的胜利，建立了战略根据地，创造了民主解放区。宛如一支支锋利的刀剑插入敌人的心脏一般，使日寇胆战心惊，从此改变战略，转移主力，对国民党当局进行诱降，对解放区则疯狂"扫荡"。这时国民党当局不来积极抗敌，反而变本加厉地施行反动政策，对外消极抗战，对内"防止异党"。而我们人民的军队则在这种疯狂"扫荡"与反共狂潮的夹攻中，与敌后广大人民更加亲密地团结起来，构筑成一座伟大的血肉的长城，绵亘千万里，矗立在华北、华中与华南，以无比的英勇和坚忍，熬过困难，坚持战斗，把国民党当局所丧失的黑暗的广大沦陷区，逐渐收复，变成了光明的广大解放区，成为中国抗战的脊梁。要是没有人民的解放区和人民的军队，则日寇在国民党战场的破竹西进无以阻止，则战略的相持阶段无由到来，则国民党当局妥协投降的路线难以制止，则中国的持久抗战也不能坚持。

八年长期作战的过程中，解放区军民所起的作用是伟大的，所建的功绩也是不朽的：一九四四年中原战役以前，八路军、新四军和华南抗日纵队，抗击侵华日军百分之六十四，抗击伪军百分之九十五；至抗战八周年，抗击侵华日军尚达百分之五十六，而所抗击的伪军则仍为百分之九十五。八路军、新四军与华南抗日纵队，八年来对敌战斗十余万次，击毙和杀伤敌伪约百万名，俘虏敌伪约三十万名，攻克碉堡三万数千座，攻克据点一万余个，创造了遍于华北、华中、华南十六省地区的解放区。在这光明的土地上，有一万万以上的人口从外国侵略者与国内专制主义的羁绊下解放出来。

晋察冀是中国解放区的一个组成部分，是第一个在敌后建立起来的根据地。

晋察冀八路军是人民军队的一部分，一九三七年九月，当整个八路军根据毛主席的天才战略挺向华北敌后的时候，一一五师一部由聂荣臻将军率领，从五台山下，冒着北方的风雪进入晋察冀边陲地带。一九三八年更向东挺进，一部进入冀中平原，与揭竿起义的冀中人民相结合，一部则更深更远地进入冀东，与冀东起义的人民相结合，展开了如火燎原的敌后游击战争。一九三七年到一九三八年的一年中，很快就使这一地区发展成为西自同蒲、东至渤海、北起长城、南抵沧石和正太铁路的大块根据地。

在这一支军队未来之前，晋察冀这一地区是处在极端的动乱状态之中，惯于骑在人民头上作威作福的国民党官兵们，一旦大敌当前，都临阵而逃，惶惶然如丧家之犬，游兵散勇，随处劫掠。只知敲骨吸髓、鱼肉人民的国民党政权的官吏们，有的腰缠万贯，纷纷逃命了，有的认贼作父，屈膝事敌了，只剩下无辜的人民在刀光血泊中挣扎呻吟。

八路军来了，把人民从水火中挽救出来，与挺身自卫的人民结合起来，在人民的援助之下，对敌展开了进攻。从一九三七年十月中旬到十一月中旬，短短的一个月中就攻克了涞源、紫荆关、易县、繁峙、大营、蔚县等城镇，控制了五台山、恒山全部的山沟小道与四周原野，开辟了广大的解放区，跟着又广泛地发动群众、组织群众、武装群众，帮助群众建立起抗日民主政权。人民也都振奋起来，行动起来，各种抗日组织建立起来了，大批的青壮年涌进了人民自己的队伍，人民的军队得到了迅速地发展壮大。这给华北日寇以很大刺激，他们认为晋察冀的发展对他们是致命的威胁，因此就引起了严重的注意。一九三八年日寇围攻武汉时，就把晋察冀看得和武汉一样重要，发动了三万多兵力的九路围攻。严重的围攻并没有将我们年轻的人民子弟兵吓倒，相反的，到十一月上旬就把敌人的围攻全部粉碎，敌清水少将、常岗旅团长以及七千敌军全被歼灭了。

一九四〇年全华北八路军的百团大战，更使日寇触目惊心，从此日寇便调转主力，进攻"敌后"。直到一九四二、一九四三年，晋察冀同其他解放区一样，经历着残酷的斗争与严重的困难。敌人除了用分进合击的"扫荡"战术，"封锁""分割""扫荡"三者并用的战术，以及"铁壁合围，捕捉奇袭，纵横扫荡，反转电击，辗转抉剔"等"扫荡"办法之外，更进而实行分割"蚕食"，并村集家、抢光、烧光、杀光等毒辣政策，制造"无人区"来增加我军活动的困难，企图消灭我军的生存条件。但是这一切恶毒的伎俩，并没有达到毁灭我晋察冀的预期目的，恰恰相反，我们晋察冀的军民却团结得更紧密，人民游击战争开展得更广泛，军队的战斗力锻炼得更坚强，学会

《晋察冀画报》文艺文献全编

了更多更巧妙地坚持与敌寇斗争和取得胜利的本领。终于渡过了一切难关，进入了一九四四、一九四五年的恢复与再扩张的新时期。

在困难的年月，解放区日益加强的民主政治建设，军民动手自力更生的发展生产热潮，抗日人民的全力支援战争，正规军、游击队与民兵的密切协同作战，以及敌进我进、机动灵活的战略战术，形成了克服一切困难、坚持敌后、持久抗战的种种决定因素，创造了史无前例的人民战争的无数奇观奇迹。并因此于一九四三年起独立自主地展开对敌进攻，扩大解放区，缩小敌占区，驱逐敌人于极其狭窄的一些重点点线之上。

日寇无条件投降了，朱总司令反攻的命令给晋察冀八路军带来了无比的兴奋和力量，展开总反攻，如乘风破浪，很快就解放了察、热两省的全部，解放了河北、山西的一部及许多城镇和乡村，把北平、天津、保定、石家庄等大城市也严密地包围起来。要不是当时国民党反动派为独吞抗战胜利果实，与敌伪合作合流，发动反人民的血腥内战，命令日寇拒绝向我投降，这些已在掌握的大城市的敌伪军当已立即为我全部解除武装。

抗日的人民战争胜利了，和其他解放区的人民军队一样，晋察冀的八路军，在八年抗战中，建立了不可磨灭的光辉战绩。八年来，由于正确地执行了毛主席、朱总司令的人民战争路线，紧紧地和人民站在一起，这里经常抗击着十几万乃至二十几万的敌伪，解放了四千万人口，解放了热、察两省全部，河北大部，辽西一部，山西东北部的广大土地。根据一九三七年十一月至一九四五年五月的统计，共计对敌大小战斗三万二千一百二十九次，击毙和杀伤敌伪二十五万二千四百四十名，俘虏敌伪六万八千六百二十名，投诚及反正敌伪一万九千六百二十三名，敌伪损失共三十四万余名。我军主要缴获计炮类一百七十九门，轻重机枪一千六百二十七挺，掷弹筒七百零五个，各种枪支七万三千六百五十三支。

除了这些光辉的战绩与累累的战果之外，这支人民的军队还创造了惊天动地旷古未有的战术，如地雷战、地道战、联防阻击战，坑道围攻战……这支军队也曾打了不少出色的歼灭战：陈庄一战，敌水原旅团长就歼；黄土岭一战，号称"名将之花"的阿部中将也归于黄土。这支军队中间也产生了杰出的英雄，发扬了革命的英雄主义。

人民战争给作家以主题，正不知有多少辛勤的作家在搅和着心血为人民战争的伟大历史铸造形象，我们翘望着它的成功。这里所搜集的只是一些散乱的影片，它不是什么精心结构的创作，但它却是在战争炮火里拍摄下来的人民战争的真实面相。虽然这只是伟大史实的一鳞一爪、一鼻一目，我们还是愿意把它结集印制，献给晋察冀的英雄的人民和英雄的指战员。倘使敬爱的读者能从这里窥视出一些人民战争的声音笑貌与精神实质，那就是我们的奢望了。

编者

一九四六年七月七日

（《人民战争》，《晋察冀画报/丛刊》之四）

艺 术 作 战

在政治攻势中，我们的文艺工作者常常是不避艰险，深入游击区，以艺术武器配合作战，在敌人据点附近演出，也有的因此被敌人袭击而光荣挂花的。

(《人民战争》,《晋察冀画报/丛刊》之四)

涌现出人民战争的英雄

八年的人民战争，是一部惊天动地的伟大史诗。他包含着多少轰轰烈烈的场面，多少可歌可泣的事迹呵！而这些，都是战争的灵魂——人，英雄的人所创造、抒写而成的。这些出色的人物，是真正的人民英雄。他们的事业光芒万丈，他们的功绩永垂不朽！

冀东人民抗日武装大起义的英雄们

八路军邓宋支队于一九三八年夏季，跨过了平绥路向冀东挺进，沿途克复了无数敌人的据点和县城。这消息很快在冀东传开，几年来含垢忍辱、饮泪吞声的人民，始而兴奋，继而像炸弹一样地爆发了。在李运昌同志的领导下，久被奴役的冀东人民于七月间爆发了抗日的武装大起义，组织起抗日联军。人民武装，风起云涌，号称十万。他们占领了几乎全部的县城，东自昌黎、卢龙、滦县，西至玉田、宝坻、蓟县，中心区在迁安、遵化、丰润。在北面，起义的群众曾袭击承德飞机场，放水冲毁了飞机八九架。唐山矿工七千余人，也响应了冀东人民的起义，先后发动，逮捕汉奸走狗，炸毁矿山油库，成立了义勇军三个队。等到八路军邓宋支队到达迁安、蓟县一带，就和起义武装取得联系，帮助他们整理部队，统一行动，开始创造了冀热辽解放区。这一轰震一时的冀东人民抗日武装大起义，所包括地区达二十一县，声威浩大，使敌人破胆。

狼牙山跳崖的壮士

狼牙山在涞源县境，一九四一年九月廿五日，敌高见部队用两千兵力包围狼牙山，企图打击我们的主力兵团，能征惯战的一团的一部分。当敌人进山的时候，我们这支小小的主力先只留下两个班掩护，便转向外线，准备从敌人背后进行反击。之后这担任掩护的两个班又奉命撤走一部分，只丢下五个战士了。瞎了眼睛的敌人以为他们五个就是主力的所在，便紧紧地追踪着他们。五个勇敢的战士，边打边退，一路上用枪弹、炸弹、手榴弹杀伤了四十多个鬼子，一直转到狼牙山的高峰棋磐陀。这里却是四面悬崖无路可通的绝地。我们的五勇士在破釜沉舟的顽强抵抗中，打退了敌人的三次冲锋，又击毙了五十多个鬼子。最后，子弹打完了，他们却知道：光荣的八路军不能做敌人的俘虏，他们抱定了宁死不屈的决心，只有最后的一条路：跳崖殉国。敌人的第四次冲锋又上来了，这时，他们投掷了最后的一颗手榴弹，紧跟着就把武器全都摔碎，视死如归，毅然决然地一齐跳下陡立的悬崖。三个落到谷底，为国捐躯了；两个被崖壁的树枝挂住，带伤脱险。这是光荣的勇士，不向敌人屈服的气节英雄！三位烈士的名字是：马宝玉、胡德林、胡福才。两位壮士的名字是：宋学义、葛振林。

子弟兵战斗英雄邓世军

邓世军是一位英勇机智的指挥员，他十五岁的时候就参加了中国工农红军第四方面军，当勤务员。在红军中，他还当过看护，学过号兵，参加过少年先锋队，也当过通讯员。在名震世界的二万五千里长征中，他参加过历次著名的战斗。抗战初期，他参加过光辉万丈的平型关战斗。来到晋察冀以后，在铁的子弟兵团中担任连长，身经百战，屡建大功。一九四〇年百团大战时，参加了娘子关漠河滩的血战。在下着大雨的夜晚，他带领一连的五六十名精壮渡过冶河，袭击漠河滩车站的敌人。激战了一夜又一天，杀伤敌人一二百名，在四面包围中，他虽然腿部受了重伤，最后，却还是抢渡暴涨的冶河，胜利地回到自己的阵地。又在一九四三年反"扫荡"中，有一次遭受了敌人的合击，邓世军同志果敢沉着，指挥作战，自己奋不顾身，站在阵地的最前沿，连续投掷了四十多颗手榴弹，使敌人受到严重的打击。在晋察冀边区第一届群英大会上，他被奖为部队的第一等战斗英雄，获得边区党政军民所赠的"子弟兵战斗英雄"的光荣称号。

民兵爆炸英雄李勇

李勇是一个出色的民兵中队长。阜平五丈湾人，他是一个贫农的儿子，一九四一年秋季大"扫荡"的时候，他爹被日本鬼子刺死了，从此他把仇恨记在骨头上，下定了复仇的决心。那年冬天他就被选举为民兵中队长，他打得好枪，是全区的第一个射手。在晋察冀展开爆炸运动的时候，他所带领的民兵也组织了爆炸组。李勇是一个天才的爆炸手，他善于掌握敌人活动的规律，机智、巧妙而且灵活。一九四二年五月反"扫荡"中，他用地雷与步枪结合的战术，炸死了八个鬼子，炸伤了二十五个，用枪打死了一个日本小队长，打伤了两个日本兵，创造了惊人的战绩。晋察冀军区首长通令嘉奖他，人民武装部奖给他们两支快枪，当时并确定他为晋察冀北岳区的爆炸英雄。一九四三年持续三个月的极端剧烈残酷的反"扫荡"中，李勇又和他的游击小组、爆炸小组，用地雷战和麻雀战密切结合的战术，主动地打击日寇。三个月中，毙伤敌伪三百六十四名，炸毁汽车五辆，成为群众游击战的杰出能手。在晋察冀边区第一届群英大会上，荣获晋察冀边区爆炸英雄的称号。

手枪队长魏占英

魏占英是一位地方武装的英雄。原来的望都手枪队后改为云彪支队第二队，魏占英就是这一队的队长。他十七岁就当了八路军，十八岁就加入了中国共产党。魏占英有勇有谋，他还年幼的时候，曾化装过要饭的孩子，杀死了鬼子炮楼的哨兵，得了一支三八枪。他还化装过日本鬼子，和他的支队长巧袭了北合炮楼，把十一个伪军全部俘获。有一次，大白天在清风店把定县城日本宪兵队的情报主任活活地拦腰抱出来，枪毙了。魏占英带领的手枪队，一年来（一九四四）摧毁了望（都）定（县）平原上的东市邑、白坨两个据点，云彪山边的郭村、高昌两个炮楼，打退与迫退了留早、清风店、胡房、绿合营、来各庄、月南庄等七个据点炮楼。四次袭击清风店，三次袭击胡房村，连同大大小小的二十多次战斗，共缴获步枪一一七支、短枪七支，俘虏伪军一一七名。一年来他们从敌人手里夺来的枪支，再加上自动火器，足够装备两个连。

武装工作队长王树平

　　武装工作队是一种别动的组织，除了战斗之外，主要的任务却是深入游击区和敌占区，向呻吟在敌伪鱼肉之下的广大同胞进行宣传和组织工作。王树平是一个青年，智勇双全，善于以少胜多，巧袭炮楼，玩弄敌人。化装特务像特务，化装老乡像老乡，会装猫叫狗咬，会装鸡打鸣，会用巴掌吹号。善于组织群众，宣传群众。他说过："我们的仗不光枪打，还用嘴巴子打。"在保卫棉花的时候，他和五个战士被三百多敌人三面包围在定兴城边的五里窑，一直打到黄昏。子弹快打完了，他突然站到房顶，用手巴掌吹起冲锋号，高声喊着："一中队向南冲，二中队向西冲！"在烟雾中敌辨不清哪里来的人马。在伪军们犹豫的一刹那，王树平就带着战士们突围出来了。有一次他和大队长赵光明，一个化装特务，一个化装日本军官，混进伪军的堡垒，结果俘获八个伪军八支步枪，火烧了大炮楼。一位老太太被土匪绑去了，没有很多的钱赎不出来，王树平带一颗手榴弹就跑到匪窠里把老太太救出来。老百姓对他的英勇仗义的行为都非常感激。

　　　　　　　　　　　　（《人民战争》，《晋察冀画报/丛刊》之四）

神炮十三连　立功在前线

神炮十三连，立功在前线：

大同府，七里村，

一炮打死二十四个蒋家军。

两发炮，打碉堡，

四挺机枪缴来了。

十四发炮弹打大同，

南关的堡垒、门楼、围墙一扫空。

十二发炮弹连发连中南大庙，

吓得敌人乱造谣，

说八路军有日本炮手，

他们不相信八路军炮手有这般好。

平汉线，高碑店，

接连摧毁车站北边的堡垒一大片。

炮离目标九百尺，

炮打七发五个堡垒完了蛋。

炮轰水塔司令部，

钢骨水泥太坚固。

神炮手，好智谋，

两发炮弹打窗户，

炮弹开了花，

窗户眼里喷黑雾。

攻车站，炮两发，

敌人的电缸粉碎啦！

电灯全灭了，对面不见牙；

电网不顶事，步兵突破它。

你喊冲，他喊杀，

打它个流水又落花。

卧虎山，门墩山，

炮打堡垒正前端，

弹像老鹰飞千尺，

蒋军立脚不稳抱头窜。

步兵冲上去，

占领了两座山。

盼全军，战斗员，

学习神炮十三连，

射击技术练得好，

歼灭蒋军不困难。

（《晋察冀画刊》第 2 号）

一夜三打遭遇仗　捉了俘虏又缴枪

——三排长张振江同志

黎民

张振江同志是教导旅一团二营四连的三排长。绥东战役的时候，有一天夜里去执行任务，他带着一排人，自己走在最前头，九班跟在他后边。他们是沿着一道槽前进的，走着走着，忽然在模糊的月光下闪出三个人影来，三排长估量着一准是敌人。他不慌不忙地举起手榴弹，向着走近来的敌人大喊一声："不要动，快缴枪！"敌人来不及躲闪，三排长两个箭步就跑到敌人跟前，夺过一支枪来。这时候九班也跟上来，就把三个傅军都活捉了。他派九班把俘虏押回去。

三排长带着十班继续搜索前进，这时又从山根底下转过几个敌人。敌人首先发觉了他，马上散开了。哪知三排长来得更快，趁敌人还未找好隐蔽地形的当儿，一颗手榴弹就猛扔过去。手榴弹刚一爆炸，他就连蹦带跳地赶到敌人跟前。班长任福也跟上来。敌人乱了手脚，无法招架，便都做了俘虏。三排长亲自缴了一挺机枪，三支步枪，捉住三个俘虏。

战士们坐下来休息，三排长离队伍大约有十来步光景。刚刚坐下，就听见"西西沙沙"的沙子响。抬头一看，八九个敌人已经离他不远。他这时急中生智，猛可地一跑，就从敌人的夹当里钻过去。顺手抓住敌人的一支步枪，一扣顶门子儿，砰的一声，侧对面的一个家伙就倒下了。紧跟着三排长就端着枪逼向敌人，狠狠地嚷道："不准动，谁动就叫谁不得好死，快缴枪！"这时十班同志一拥围上来。这意外的打击，使敌人蒙头转向，哆嗦着连话也说不出来，一一把枪缴了。

《晋察冀画报》文艺文献全编

三次小小的遭遇战，他们一共活捉了二十一名傅军，缴轻机枪三挺，步枪十支。有一快板唱道：

　　"三排长，张振江，胆子大，智谋强，被包围，不发慌，机动灵活好榜样。一夜三打遭遇战，捉了俘虏又缴枪。"

（《晋察冀画刊》第 2 号）

仇恨入心生了根　勇敢作战真惊人

——弃暗投明的常有福同志

高粮

常有福是放下武器的蒋兵。原来他到汤阴县去找表兄，被蒋军抓住当了兵，强逼着来打内战。他放下武器之后，才知道八路军是人民解放军，他就决心弃暗投明，参加了八路军。

他参加八路军快一年了，现在他更认识了蒋介石是人民的公敌。他恨透了蒋介石，他想报仇雪耻，在怀来战役中，他表现出惊人的勇敢。

在反击怀来东边台庄蒋军一〇七师师部的时候，常有福是战斗组长。他正在挖墙掏洞，敌人朝他打了一枪，没打中，便大声问他："哪一个？"常有福没言语，真快！他一把就抓住了敌人的枪，一使劲，连人带枪一齐就都过来了。他和三个战士坚守一间房子，他连打十几盘子弹。战斗结果，他们四个人俘虏了十个敌人。我们的后续部队没冲上来，敌人又疯狂地打开了。我们要撤出战斗，班长派常有福当联络哨，去撤哨兵，他刚到院子里就被敌三面包围起来。他很机警地拾起了一顶蒋军的钢盔戴上。敌人过来问他是几连的，他沉着地回答道："三连的。"敌人又问："手里拿的什么？"他说："手榴弹。"敌人向他要，他机警地跟敌人说："你去地下拾呀，那边还有。"敌人以为他是自己人，没再追问。常有福抽空子就转回部队来了。快板道：

"常有福，真勇敢，怀来前线把威风显。连人带枪捉俘虏，坚守阵地稳扎稳打像座山。被包围，有机智，戴上钢盔充兄弟。完成任务，胜利归来，大大受奖励。"

《晋察冀画报》文艺文献全编

初上战场就缴枪□

二连六班战士王恩国，热河人，才参加部队不久，大家都叫他"热河新兵"。在进行战斗动员以后，他记得首长说过："刺刀要磨得亮亮的。"于是他就找了一个大磨石，磨亮了他的刺刀。他没打过仗，就问班长怎么个打法。班长说："你紧跟着我，听我的话就行了。"刺刀磨好了以后，他跟班长说："我非拼他五个六个的不行。"随后他又跟大家练习投弹，让常有福教他怎样投。

台庄战斗打响了，班长带着他往村里冲，他在后边就紧跟着班长跑。班长怎么着，他就怎么着。在村边上班长打手榴弹，他也打了几个。他跳进一所院子，班长叫他挖墙洞接近敌人。正在挖的时候，一个敌人挺着刺刀过来问他是"哪个"，王恩国一下子就夺过来他的枪。

战斗回来，王恩国背着新捷克式，把中指上套着的七根手榴弹弦交给指导员。指导员问他怕不怕，他说："一点儿也不怕。只要听上级的话，紧跟着班长，人家怎么着，你就怎么着，保证打胜仗。"

关于王恩国也有快板唱道：

"新战士，王恩国，参加部队半月多，首长的话，紧记着，刺刀磨得亮如雪，刺杀投弹用心学。台庄战，真勇敢，跟着班长冲上前，打了七颗手榴弹，缴了支捷克式大枪扛在肩。他说是：'上级的话，要牢记；跟着班长别狐疑；新战士打仗一样能胜利。'"

（《晋察冀画刊》第 2 号）

投弹手，好榜样　焦志清、孙连岗

廉伯平

平汉战役我军进攻漕河车站的时候，在车站南方有一个大炮楼。如果不把这个炮楼拿下来，我们的机动能力可能受到限制。这个炮楼里的敌人是一部分还乡队，顽强得很。当时，八旅二十二团一营一连的任务是平毁这个炮楼。一连一班接受的任务是接近敌人，控制敌人，掩护爆炸组的前进。这班里有两个挺棒的小伙子，一个叫焦志清，一个叫孙连岗。他们这一班接受任务以后，一直就冲过了敌人的封锁火力，直冲到敌人炮楼下的封锁沟中，距离敌人只有六米远近。这时正是半夜，敌人惊慌地往下打手榴弹；迫击炮、机关枪也无情地向他们射击。但是他们却始终不后退一步，机动地利用地形掩蔽着自己，一个劲地向炮楼里扔手榴弹。焦志清和孙连岗两人在最前面，全班弟兄都变成了他俩的运输队，尽量地给他们运送手榴弹。手榴弹一接到手里来，他们即刻扔到炮楼里去。在他们这样掩护下，突击组和爆破组都过去了，□拂晓，敌人这个顽强的堡垒，就被我们平毁了。他们从半夜到天明，离敌人始终是六米左右。（是否浪费弹药，值得考虑，不登数字）

战斗结束后，部队首长为了表扬他们的功绩，赠给他们"投弹手"的称号。

（《晋察冀画刊》第3号）

蒋介石抓丁没挑选　老头小孩一揽子拴

蒋介石，

打内战，

兵不够，

没法办，

抓百姓，

上火线，

不管老头和少年，

老老少少一绳串。

学生正在把书念，

连哄带骗送前线。

同志你要亲眼见，

请看下面的照片：

第一片：

老汉郭起生，

今年五十三，

一身棉军装，

又脏又破烂。

满城大战被俘虏，

觉得自己实可怜。

想起老蒋心好恼，

破口大骂无情面。

他骂道：

"蒋介石是个坑人害人的王八蛋!"

往下看,

第二片:

刘化南,

太浑蛋!

一群娃娃兵,

送到最前线。

你们看!

蒋介石,

罪恶大如天,

害人必然害自己,

有一天,

恶贯满盈一定受裁判。

再看看,

第三片:

范玉波,

是青年,

年纪二十二,

北平把书念。

在去年,

八月间,

蒋军抓壮丁,

他就遭了难。

蒋介石,

骗青年，

说是到西山，

前去受训练。

哪知开到青龙桥，

平绥路上打内战。

被俘到边区，

心里好喜欢，

从今后，

光明世界就在眼前面。

（《晋察冀画刊》第 3 号）

头功第八连

——定县登城战

李旅成功部古凡、破镜

一月二十八日早四点，八连二班副秦子宾和战士翟东锁、胡凤义、李福贵把三丈高的木梯子翻过定县城东南外壕。敌人打的子弹在他们身边咻咻地乱叫，他们弯着腰驼着梯子向城根前进。敌人的手榴弹像下雹子似的□扔，两个战士负伤了。战士张庄坚、高步胜立即上去抬梯子，敌人的手榴弹照明柴齐往下扔，照的下面清□楚。二班长朱廷杰督促着说："快些靠，等会儿火更大了，更不好靠。"他们把梯子靠到半城腰时，六个同□了伤，李福贵牺牲了。

政指刘东起向一二班说："我不是光说立功，这时是我们实际立功的时候，赶快去靠梯子，亮了更不好靠。"□一排副齐长山说："一班副，你带着个组去靠梯子，靠不上，你们不要回来。"一班副刘孟奇很干脆地答□"是!"就带着解放战士常顺保，新战士王昌子、梁文华很快地接近到城根。后面开始打了两炮，连长赵晋有一声喊："二排给我冲!"四班战士王殿甲、沈起子、李云庆、刘砚田驾着第二个梯子奔向城根，梯子太重，靠不上。一班副刘孟起带着个组跑去帮着去靠，梯子还没靠稳，刘孟奇抢着爬上梯子。解放战士常顺保紧跟着。梯子短，达不到城墙顶，刘孟起在梯子上向城上打了个手榴弹，就往上爬。爬不上，战士托着他的屁股上去。解放战士常顺保登上城，看见城下院子里有敌人，就向敌射击。四班长田香海带着全班登城后，我们的炮还是打。政指刘东起说："快去插小红旗，插上旗就不打炮了。"这时六七十名敌人向四班十多米的阵地来反冲锋。一排副齐长山说："打!"手榴弹拍下去，敌人跑了。五班登城，刚上了半个班，梯子断了。好多人集聚在城下很着急。政指刘东起说：
"快搬西边那个梯子去，扔上绳去，顺绳爬。"五六班登城后向西发
展有三百多米，敌人从塔南边□□冲锋出来，有七八十人。敌一部占
领了城墙上的一个土堡与四班对峙。四班长王香海向敌人喊："交枪
吧□□枪不杀。"敌人骂起来。气得一排副齐长山大喊一声，手榴弹
轰轰地扔过去。但因没隐蔽身体，他的右手□□负了伤。把敌驱逐
后，一排副齐长山说："不管是一排的二排□□要准备好，敌人再反
冲锋，坚决用手榴弹拍他！"□□根下的一个院里有股敌人，五班下
去缴敌人的枪。齐长山说："□□班要好好掩护五班。"但敌人没还
枪就缴械了。

向前发展到南城门时，敌四五十名又反冲锋过来，排长王发生
□□谁也不准后退一步，坚决地打！"机枪班长赵秋田两梭子机□□
敌人盖回去。战士田玉君见敌逃跑，从城上跳下去，擒住了一□□
人，缴枪一支。五班把南城门楼控制起来，其余到城内搜索残□。

(《晋察冀画刊》第4号)

西烟战斗打得好　缴枪缴炮立功多

冀晋野战军独一旅和二分区地方部队，在去年十二月十七日向"蚕食"盂县西烟镇的阎老西顽伪军进行了猛烈的反击。打了两天，歼灭了差不多一千敌人，缴获了迫击炮轻炮二十八门、轻重机枪二十五挺、步枪三百六十支，攻克据点堡垒十余座。这一仗，打破了奸阎军妄想进占盂县，确保他的占领区，榨取寿西的民脂民膏，以及消灭我军的企图。在为人民立功的运动中，冀晋部队的这一战功，是可以学习的。这里介绍几位在战斗中英勇果敢缴枪缴炮的勇士。希望大家学习他们，超过他们，在自卫战争中建立更多更大的功劳！

一、爆炸手，史祯祥，缴获了——三门小炮，四支大枪

一团二营战士史祯祥在西烟战斗中担任爆炸组副组长。第一次炸门楼，把雷放好后，没响。他第二次又去把雷靠在敌人门楼底下，雷响了，他却被雷震晕过去。醒来后，才知道部队已经进去了。他赶紧爬起来跑进去，嘴里喊着："缴枪！缴枪！"敌人一个手榴弹扔过来，他负伤了。但他却拉出两个手榴弹扔出去，就把敌人枪缴了。他又冲过三个院子，敌人向他打枪，他还了两枪，敌人又缴械了。他一共缴了四支步枪，三门小炮。

二、于广龙，好汉子，缴获了——迫击炮一门，步枪又五支

一团五连战士于广龙在战□□非常勇敢，他一共缴了五支步枪，一门迫击炮。

三、杨国华，也能行，缴获了——步枪一支，轻机枪一挺

六连七班班长杨国华在小胡村（西烟附近的阎伪据点）战斗中，

第一个打进敌人的工事里，缴轻机枪一挺，步枪一支。

四、通讯员，贺金生，缴获了——一支步枪一门炮，也立一大功

贺金生是六连连部通讯员，他进入敌人的院子里，敌人正乱作一团。他赤手空拳，上去就抓了一个俘虏，缴了一门小炮和一支步枪。

五、李英堂，年轻双勇敢，□进敌工事，缴获了——重机枪一挺

一团七班副李英堂，在战斗中打冲锋，突破敌人的封锁，打进工事，缴获了一挺重机枪。

六、刘巨钧、刘英玉、郝占元，三勇士，靠梯子，缴枪支

六连刘巨钧、刘英玉、郝占元，在西烟战斗中，把梯子靠上去。刘英玉第一个登梯子，上去就缴了五支步枪。郝占元第二个上去，缴了轻机枪一挺、步枪一支。

(《晋察冀画刊》第 4 号)

王世生当先立功

刘峰

二月十四日我军向徐水车站反击的时候，枪□还未打响以前，我澳洲部七连二班长王世生同志在战斗前做了临时立功计划。他向指导员讲道："看吧！为人民立功，在这次战斗中，我一定要缴到一挺轻机枪，一挺冲锋枪，二支步枪。"

枪声打响了。王世生同志带领着全班，用神速的动作，接近到敌人的炮楼。通过了鹿寨，这时天际已经大明了。车站周围大大小小宛如林立的碉堡一个还没有攻克。还有一道摆在人们面前最难通过的壕沟。要想夺取敌人的碉堡，只有先通过这一道壕沟才行。可是眼瞅着我们一些过壕沟的同志，都被地下堡的敌人打挂花了。这壕沟里的地下堡是我预先没料到的，但这并没有把王世生同志吓倒，急得他的两眼冒出了火花。这时他很机动的和九连一排长从新又组织了两个突击组，改变了过沟的办法——用梯子搭桥过。

过壕沟的梯子架好了。王世生毫不顾一切地第一个蹬上了梯子，箭似的冲了过去。围墙上的敌人连向他开了两枪，但都没有打着他。于是他又很灵敏而迅速地爬上了地堡。蹬上了屋顶，连续地向院里的敌人甩过去几个手榴弹，把敌人都赶进了地堡里。院里的浓烟四起，王世生同志，想趁着手榴弹爆炸的烟雾冲下去，但一摸腰中的手榴弹一个也没有了。他想招呼后边的人给他送上手榴弹来，但又恐怕叫敌人听到。正巧这时突击组的王世凯、刘永清，先后也赶了上来。他赶忙向他们要了几个手榴弹，就跳到了院里，直向地堡冲去。

《晋察冀画报》文艺文献全编

跳到院里的虽只是他一人，但这时他并没觉出害怕。他心里只是这样想："要想完成立功计划，就看这一下了。"因而他下到院里脚也没停，就飞速地接近到地堡跟前。从地堡的进口连扔了两个手榴弹。在手榴弹的爆炸声中，地堡里的敌人说话了："老总，老总！不要打了，我们缴枪，缴枪！"可是敌人喊是这样喊，但不见一个敢出来。王世生着了急，他用大力地喊了一声："不出来，手榴弹又进去了！"

敌人这才战战兢兢地出来了。那些满脸尘土的中央军送给英雄王世生第一批见面的礼物就是一挺马克新重机枪，跟着接二连三地又送上十来支步枪。这时突击组的刘永清他们也赶来了，他们把地堡里还没出来的中央军，一个个的好像捉小鸡似的都弄了出来。不几分钟院里就涌满了我们的队伍，到处都在喊："交枪吧！交了不杀！"就在这刹那间整个车站也听不到枪响了。

（《晋察冀画刊》第 5 号）

老乡捉顽军

刘峰

望都县，柳坨村，
老百姓，打敌人，
你拿铁锹我拿棍，
又缴枪又捉顽军。

（《晋察冀画刊》第 6 号）

特等英雄李庆山

——跟着炮弹冲上前　堡垒群中把功建

　　李庆山是平原部二连的副排长，是全旅的特等英雄。三月漕河战斗中，我们的山炮与步兵配合，轰击大炮楼周围沟山的地堡。第一炮摧毁一个，第二炮又打着一个。李庆山就在第二炮的黑烟掩护下，机灵而又勇敢地从炮弹打穿的窟窿里钻过去。敌人从枪眼里向他扔过来两个手榴弹，他心灵眼快，躲过了手榴弹，于是敌人拔脚就跑，他就追。这时五个敌人迎面上来，他又退回地堡组织冲锋，一直冲到中央炮楼和周围的地堡里。他一共缴获了机枪一挺，大枪七支，还捉了十五个俘虏。

（《晋察冀画刊》第 6 号）

创造英勇坚定的典范

——获得纵队隆重的嘉勉

三月初头，敌人向我完县满城解放区进攻，我军"建功"部奉命举行反击。四连在整个部队最前面，英勇突破敌人占领之正同村北阵地，于纵队发展中被敌人重重包围，与部队主力失掉联系。当时境况是非常危急，三班由政指黎启智同志带领，孤守村中心的十字街口，四班则隐蔽在村庄北面的一个院子里。四班在隐蔽中，班长曹金道同志就号召全班新老战士坚定意志，誓与敌人拼到底，八路军没有缴枪的事。不一会儿，三四十个敌人拥进院子，发觉屋子里有人，大叫："缴枪！"在曹金道同志指挥下，四班扔出了一阵手榴弹，敌人死伤十几个，余下的大乱，惊慌逃走。班长乘机命令冲出去，一口气冲到村外。这里村北道沟两边密集着一百多个敌人，面向村外射击，四班丝毫没有犹豫，趁敌人不防，猛烈掷出一阵手榴弹，把道路打开，冲过敌人阵地。只有赵继生同志一人中弹牺牲，其余的人都安全回到部队。三班正在孤守村中心时，发觉已被敌人重重包围，指导员黎启智同志便下决心向村东敌人较薄弱的地方突围。这时枪声响得正紧，三班沿大街向东走出村外，正想往北拐，见前面沿沟满布敌人，他们便机智地折回向南走。在远远的地方发现一个敌人的看护兵迎面走来，指导员便命令还没有换衣服的解放战士向他招呼，到了跟前猛地把他捉住，从他嘴里知道了敌人布置的情形。指导员为了减少目标，便叫全班分成三个人一组，疏开队形，碰见敌人骑兵就集中抵抗，遇到步兵就边打边走。这时敌人大队炮兵从距离他们一百米达的地方过去，由于他们机警沉着，没有被发觉。经过了许多危险，最后全班十个人，还带着一个俘虏完全脱离敌人的重围胜利归来了。纵队

《晋察冀画报》文艺文献全编

对于他们这种英勇坚定的精神大大表扬，评功委员会特奖给政指黎启智同志"雄狮奖章"及奖金一万元，奖给曹金道同志"铁骑奖章"及奖金一万元，又给他们和三四两班分别记大功一次，拍照纪念，并赠给两班以"正同战斗英雄突围班"的光荣称号、彩旗一面，还号召部队全体向他们学习。

（《晋察冀画刊》第 7 号）

活跃在火线上的老上士张二丑

沈定华

一

张二丑四十六啦，山西五台石咀人，穷家什么也没有。十三岁上，他爹丢下他们母子七个死了。第二年饥得实在"呛"不住了，老大十六到五台做石工，老三老四一个十一，一个才九岁，找了个东家给人家放羊羔，他娘在当村找了个后爹，把两个小兄弟拖去了。他自己那年十四岁，到喇嘛庙扛长活。应了句老古话"家败人亡鬼吹灯"。那些年二丑是"春天抓粪夏割草，秋割庄稼冬背柴"，忙个死去活来，还是吃不饱穿不暖。一熬熬到二十岁上，阎老西打白旗子招兵，狠了狠心，当了大兵。初去三个半月下小操，每天挨打，腿痛得下不了炕。哭了，说你软骨头，不能扛大枪，要打；不哭，说你硬，再打。天天受折磨，眼泪往肚子里咽。在旧军里混了有七八年，二十八岁上，跑回山西家乡。那时他后老子也死了，母子们就又团圆在一起，他就帮他叔又闹养种。

三七年八路军到山西，他参加了义勇队，当分队长。用一把大刀砍了五台山大汉奸韩八，日本鬼子三天两头来抓他，他就逃口外，受了六年苦。四五年春起忽然想看看亲人，就动身回家。一踏进五台边界就听说弟弟叫日本人用刺刀挑了。到家里痛哭一场，决心替兄弟报仇，就要求参加军队。队伍上问他多大了，他说："四十四啦，别看咱年老，年轻人们拿起枪杆来比一比！"后来队伍上看他坚决，就收留下了他。

二

三十年苦难生活把二丑锻炼得既会打仗又能吃苦。兄弟被杀，一心报仇，革命上头也坚决。一到三连就表现很好，大家都二丑二丑的

《晋察冀画报》文艺文献全编

叫他。大反攻，有次队伍在正太路，破坏一座桥梁，那时连里新战士都有点儿胆怯，二丑冲在头里，又扔"圪旦旦"又打枪，把敌人解决了，他还背下了一个伤员。接着就当了班长，加入了共产党。

日本投降，他在党的教育下认识到"蒋介石拿中国人打中国人，比鬼子还可恨"！他常说："什么时候不打垮反动派，什么时候不要求回家！"照样干得很有劲。

三

部队在张北那工夫，因为他害夜盲眼，连里叫他当伙夫班长，后来又当上士。他一到伙房就一笃起工作工作，担水劈柴忙个不停，打动仗时更是哪回也离不了他。

满城战斗，指导员叫他在后头，他偏要跟前方，那回他在火线上背了七回彩号，背罢彩号他又"利利落落"的也不怕飞机，把饭送到火线上。还鼓动大家吃了就走："缕续吃缕续就上去！快！快！"战斗下来大家选了他个工作模范。

部队开展立功运动，他也订了计划，在全营军人大会上当众大声宣布："保证做好伙房工作，在任何困难情况下部队要吃上饭！"又号召大家："吃饱饭杀蒋贼狗头！"

四

寨西店战斗，功劳更大啦。

那回下着雪，天气过冷，伤员又多，担架少又上不来。二丑把伤员背到靠后些等担架上来，安慰了伤员，送走了担架，在火线上来回地跑。部队发起冲锋，他安顿好了伤员，自动参加冲锋，"出流此此"冲得真个猛！缴了两支枪，捉住两个俘虏，战斗结束，他发动大车来拉彩号，不光是三连的，把一、二连的彩号也一并完全送下来。

五

正同战斗，队伍没吃早饭就投入了战斗。打到下午，大家肚里饿得不行，但那工夫敌人的大炮坦克外加飞机在阵地上来回鼓捣，子弹打得"文个"激烈，估着饭不准送得上来。可是二丑还是通过了开阔地把饭送来了。豆儿干饭闷在簸箩里，左盖一层，右盖一层，揭开来热腾腾，还有粉条白菜，豆子稀饭，怎不叫同志们人人拥护，个个赞成？

六

上级号召给老百姓送粪，二丑发动伙夫班一后晌送了一百二三十担。他自己一口气担了三十二担。连里筹款慰问伤员，他把省下的零用费拿出一万多。

二丑年老心不老，想起杀弟之仇也难受一阵子，可是常时蹦蹦跳跳，出名的是个"老活宝"。行起军了就数他活跃，背了两大捆铺盖给你耍个刺枪，不咾给你打套拳。有时嘴里鼓足了气，在嘴巴上"打皮鼓"，说不定哪忽儿又嘟嘟嚷嚷起山西小曲来，还是不唱老调子，回回都有新创造。战士们都说："白天跟他行军掉不了队，黑夜跟着他打不了盹！"

七

二丑别的什么也好，就有一个缺点，脾气不好，性子急，好发态度。立了功，指导员找他谈了两回，现在脾气上头也有了进步。他说得很对，"说话像洒水，出去了收不回来"，"以后贵贱不能发态度"。

二丑立了功，有人逗他，说他老了不顶用了，他气呼呼地说："别看我年纪大，要不咾年轻人们拿起枪杆子来比一比！""来咱们俩来比一比。"

（《晋察冀画刊》第8号）

解放战士吴福云　火线喊话立特功

田明

　　吴福云是保满战役中从相庄解放过来的。不到半个月，他就从新的生活中切身体验到人民解放军是真正民主的，精神上觉得非常痛快。他经常把蒋军内部的情形讲给同志们听。十家町战斗之前，有人问他第三军的情形，他说："第三军我算知道，那是被日本打垮了的队伍，最好打。"他的话给全班很大的鼓励。

　　十家町战斗开始了，他心里话：自己是新解放战士，上级和同志们都还不十分了解，总得好好地干一番才行，就暗地里捏了一把劲。

　　冲锋的时候，他总是在头里。把一股敌人压到一所房子里了，别的同志想用手榴弹迫使敌人缴枪，吴福云拦住不叫打。他说："我去向他们喊话。"他就一个人走进院子。敌人朝他打枪，他贴着墙喊开了："不要打了，交枪吧，八路军宽大，保险没问题。我是二十四军刘化南部的，刚过来还不到个半月……"敌人不打枪了，跟着他就站到院子里去说："不信，你们就看看，我的衣服都没有换。"敌人从窗缝儿往外瞅了瞅，果然不错。这时吴福云又说："我现在当了班长，你们出来吧，没关系！"敌人开了门，高举着枪围着他，亲热地叫着："班长给你枪！给你枪！"有的拉着他看他的衣服。四十多个敌人、二挺机枪、三十来支步枪都过来了。

　　团评功委员会评他为特功。

（《晋察冀画刊》第 8 号）

战　栾　城

栾城战，战栾城，

炮兵首先显威风。

城墙高有三丈六，

一律都用砖筑成。

护城壕又宽又深难越过，

城头上大小堡垒数不清。

四月十一五点钟，

大炮怒吼打栾城。

头发炮弹为信号，

二发炮弹打上城，

三发四发不待慢，

烟火腾腾往上升。

城楼倒，城墙倾，

大肚子堡垒砖乱蹦。

按下炮兵且不表，

咱再表步兵突击营。

火力队弹如急雨齐扫射，

突击队猛虎下山往前冲，

靠梯组梯子靠稳城墙上，

登城组又猛又快去攀登。

手榴弹，挥手扔，

压倒敌火上了城，

第一名：孙连喜，

《晋察冀画报》文艺文献全编

第二名：梁吉庆，

希金贵他是第三名。

再表炸破组，

大大显神通，

炸碎铁丝网，

炸开城门洞。

突击组狮子一样来开路，

主力队潮水一般涌进城。

枪声炮声不住乒乒响，

城上城下火光一片明，

到这里，敌人歼灭干干净，

胜利旗子飘飘上栾城。

（《晋察冀画刊》第 10 号）

双全齐美的卫生员王玉峰

梁明双

二十一团青年卫生员，战士们都说："他是个真正好样的。"去年秋天，连里发生了四五十个轻重病号，他白天黑夜送水送饭，端屎端尿，没说过一句麻烦话。重病员罗玉红、张东海，害回归热，发高烧昏了过去，拉了满炕黄稀屎，屋里飞着金头绿豆蝇，老乡们打病房门口过都捏着鼻子。玉峰什么都不嫌，双手把屎扒到盆子里，用水把炕刷干净。哪一个病员厉害了，他就寸步不离，困了就在炕上阖阖眼。

今年二月十七，姚村战斗下来，他两天两夜没好好吃也没好好睡。夜晚刚躺下，六连战士贾文治发眼，疼得直叫喊，玉峰同志急忙爬出暖和的被窝，去给他洗眼，一直洗得不疼了。

王玉峰一心一意为工作的事实是说不完的。他成为大家公认的模范工作者。他不但工作积极，在战斗上也有超人的勇敢。在围歼九十四军四个营易北南北峰战斗的时候，他到最前线冲杀敌人，夺到两挺美造机枪、一支冲锋枪、二支步枪。再说远一点儿吧，在大同战役和马跑泉战斗时，他所缴获的武器和军用品，足够装备一个排的。

去年大年三十，他接受了为人民立功的思想。在漫天冰雪的早上，在保南郎村截击战中，他冒着弹雨，向前猛追。看见一个拖机枪的敌人在前面跑，他一鼓气就追上去。离开四五步远的时候，他喊："交枪不杀!"随即向前一窜，劈手夺过那挺机枪来。其余在一起跑的十几个人也都把枪扔到地下了。他把俘获的人和枪交给三班刘炳赞之后，又向藏在坟地里的敌人喊话、解释，结果敌人五纵队三团团长赵和徵以下人枪二十余，都成了他的胜利品。

二月十七日夜，二营夜攻新木（姚村南一里多），在敌人密集的炮火里，玉峰背着负伤的张副排长下来。但指导员李子衡的尸首还在敌人火力控制下的一间独立小屋里。他放下副排长就冒着三个地堡的交叉火力去背指导员。别人就担心他准回不来了，可是一个钟头以后他竟然胜利地回来了。这次彻夜攻击，他还帮助了二营的绑扎工作，共救获了五十多个伤员。在新水村一间屋里搜索时，他从柜夹里捉到一个俘虏，缴了一支步枪两支手枪。

首长夸奖他，又选他为战斗模范。他却说："这才是立功的开头，热闹的还在后边呢。"

（《晋察冀画刊》第 11 号）

访问送儿归队的李大娘

谷芬

四月十八日，我路过定北县南宋村时，听到老乡们传说着李大娘送儿归队的事，我就赶到大西璋村拜访李大娘。下午三点钟一位农会干部领我到了李大娘家里，她一看到穿军服的我，就推开纺车抢步迎上来，接我到北屋坐下。

李大娘约五十岁左右，身个儿稍高，有一副慈善可亲的面孔——也是久经风霜，饱受饥寒，几十年贫困日子熬煎过的面孔。

李大娘说话就微笑，亲热无比。我因为走路出了一身大汗，正想摘下帽子解开纽扣凉快凉快，李大娘却禁止我脱衣摘帽。她说："可别同志，晾了汗又该不舒服了。"

和李大娘说了会儿闲话以后，我就把话转到她送福贵回队的事上去了。

老李大娘的脸突然变得严厉了，说道："他是二月底跑回来，起初他说是告假回家，后来他老拖拖延延不回去。我看着不大对头，就问他，他哼哼唧唧说不出，我就猜透他是开小差回来的，这会儿他也承认了。我问他为什么开小差，他说怕家里困难跑回家来看看，气得我骂了他一顿。家里有什么困难哩，锅内不少米，灶里不缺柴，要耕有人耕，要种有人种。再一说，今年闹土地改革又分到了四亩旱地、一亩园地，你不问长短，不哼不哈地跑回来了，我想这怎么对起村里乡亲们哩。我下了决心一定送他回队上。"

我问："大娘把你送福贵回到队上的情形告说告说吧？"

听到我问这个，她又显得兴奋起来了，她说道：

"咱们军队里，是说不出的那么好哇。俺福贵回到队上，没扣没押，连训一顿都不，还是和和蔼蔼地说笑。连长听说是我送他归队哩，可欢喜极了，不一会儿惊动了全连，排长班长，还有同志们，你来问长，他来问短，可是亲热哩。待了一会儿，指导员给打来洗脸水，连长又端面条来，他们陪着吃饭喝水，到半后晌又开大会欢迎。你说那么多的人啊，有营长连长们，还有数不清的同志们，一鼓劲地拍手欢迎我说话，又举手又喊口号，我这一辈子可哪经过这么热闹哩。你说我这脸啊，红一阵热一阵，可我心眼里总觉得这是一件体面事喜事，也就硬挣着说了几句话。你听行不行，我说：'大家同志们，要安心打仗，打死顽固军蒋介石，保护住咱们分到的地，叫你们媳妇孩子安安生生地闹生活，过好日子。要偷跑开小差，那是最没脸最丢人的丑事，那是对娘的不孝，也对不起村里乡亲们……别跟福贵学，他没出息。'"说到这里，她笑着停下来。

我对她所讲的话，表示了赞佩。后来我要走了，李大娘拉住不放，说大米已煮到锅里，非吃饭不让走。我再三地说咱因工作紧迫，还得赶路，好歹才挣脱了她的手。谁知走出村来，竟在衣袋内发现四个滚热的热鸡蛋。我叫了声大娘，她点头笑了。

五月二十日

（《晋察冀画刊》第 12 号）

杨忠彦和他的班　六次突击完成任务

　　胜利部五连杨忠彦带领他的班，六次完成突击任务，全班没有一个伤亡，立了大功。在应县战斗时，杨忠彦就担任突击队的投弹手，冲在前面。相庄战斗时，他带领突击队，摸到敌人的三道鹿寨边，一面爬一面打手榴弹，驱逐了地堡里的敌人，突破前沿阵地，给冲锋部队打开了道路，冲到村里，消灭了敌人。望都战斗时，他带着突击队，一面往城上打手榴弹，一面爬梯子，他和登城英雄董佐几乎同时上了城。石家疃战斗时，他和他的班突到最前边，首先接触敌人，消灭敌人。定县战斗时，他的突击队通过百十米达的开阔地，冲到城根下，用手榴弹排除了城上的敌人，登上了城。南郊马战斗中，他带着突击队，通过丛密而且坚固的鹿寨，突过百十米的开阔地，越过三丈来深的外壕。十五分钟，突破了敌人的前沿阵地，攻下据点，歼灭了敌人。

　　在这六次攻坚突击战中，杨忠彦的班从来没有一个伤亡，并且每次都胜利地完成任务。

　　为什么他们会有这样好的成绩呢？主要原因是杨忠彦同志能带领全班开动机器，研究经验，学习科学的打仗方法。比方对付机枪火力吧，他说："敌人机枪换梭子最快也得五秒钟，抓紧这时间就可以冲出去三四十米，等敌人再响机枪时，就已经通过了开阔地，把手榴弹送到敌人机枪射手身上了。"比方对付手榴弹吧，他说："敌人的手榴弹拉火以后七秒钟才炸，掉在身边抓起来扔回去是来得及的。"再比方通过开阔地和爬城的方法，他说："突过开阔地时，要左手拿枪，右手拿手榴弹，一停脚就打手榴弹。爬城时，左手抓住梯子，右手掏手榴弹，用牙拉火，一边向上爬，一边向上扔手榴弹，使敌人根本抬不起头来。"杨忠彦同志从实战斗中得到这些知识和经验，并且反复地向战士进行教育，使每个人都充分了解，大家都把机器开动起来。再加上杨忠彦同志是个很好的共产党员，在战斗中，不但能用模范的战斗动作带领战士，并且能用勇敢的为人民牺牲的精神鼓舞大家的斗志，所以宋家营评功委员会认为他是勇敢与智慧结合的典范。

（《晋察冀画刊》第 13 号）

热爱子弟兵的李大妈

谷芬

五月十七号，我到灵寿县青廉村访问该村戎冠秀小组的组长——热爱子弟兵的李大妈。村妇会主任，领我到四特号伤兵房找到她。一进门看到她正用块湿手巾给一个躺着的伤兵员洗脸。我刚刚说明来意，突然跑进一位小看护，她说："七号房里伤兵老张腿痛，叫大妈去揉揉。"小看护的话刚说完，她就扭身走了。我瞅空和那位伤员弟兄攀谈起来。

那位躺着的伤员说：

"李大妈可忙咧，你叫我叫，黑价白日没个闲，你要她坐会儿谈谈，是没工夫的。你想知道她的事情吗？我可以告诉你些。"

"那很好，就请你谈谈吧。贵姓同志？"

"我叫李新春，是漕河头的解放战士。现在野八旅廿二团三营机炮连。我所谈的如有半句假话，我可负责。"他缓了一口气，又接着说起来。

"李大妈叫赵良妮，今年五十二岁，有两个儿子，大的干庄家，二的参军了。家里很穷，今年闹土地改革才分到了三亩水地。对同志和伤病员那个好，体贴亲切，胜过亲娘。拿我个人说吧，我是兴安车站战斗腹部受伤，下腹和下肢已经麻痹，屙尿不觉，也不能翻身动弹。李大妈怕咱躺着不舒服，把孩子的棉袄拆了缝来两个臂垫子，每天拉尿一垫子，她就乘咱睡觉时去洗了。尿屎，臊臭，大妈从来未说过一个脏字。还有这棉被子，这么厚这么软，也是我入院时，大妈卖掉一斤线子，秤来二斤半棉花给做成的。吃饭吧，端不能端，动不能动，一天四顿，都是靠大妈一嘴嘴嚼，口对口地喂。到黑价，她坐到你床边，安慰你，抚摸你，叫你无忧无虑，精神爽快。等你睡着了，她才去给你拆洗垫褥哩。四十多天来，她没回过一趟家，没睡过一夜安生觉。有时候坐在椅上合下眼，别人一叫，或伤病员一哼哼，她就立时跑去了。就因她长时间的不能睡，大妈的眼睛红肿得很厉害。别人劝她休息，她也不肯，可我们也离不开她啊！""同志，咱休息下再说，伤口有的痛。"他慢慢地翻了翻身，又把被子盖好，静默了约莫有十来分钟，他又朝着我说开了，眼光比刚才亮了许多。"同志，我再说给你一件很感动人的事：外院住个重伤员，叫李树林，因伤口原故，他几天不能小便，肚子憋得很大，医生在生殖器上按了个小皮管子依然不通尿，医生也觉得很为难的。这时，李大妈就用嘴一口口地把李同志的尿，从胶皮管内吸出来，后来几日，天天如此。这件事使很多看护、医生和伤员们感激得流泪了。以后伤病员看到李大妈，就亲热地唤作'母亲''我的妈妈'。也会使李树林几天几夜不让李大妈离开一步，睡觉也非枕着她的胳膊才能睡着。"谈到这里，李大妈回来了。

我问："大妈为什么这样爱护八路军呢？"她毫无思索答道：

"今个有吃有穿，又分到地种，这不都是八路军给的福吗？！你们又为了保护俺们老百姓这福气，前线上打顽固军蒋介石，舍命流血的。我不这么做，觉得良心上过不去。"

李新春接着谈，他对着我的眼睛：

"你写上，我李新春，伤好回前线，要更勇敢，更多地消灭顽固军！打垮蒋介石，报恩李大妈。再告诉连长、指导员和全旅的同志，要坚决彻底地消灭顽固军，报答李大妈的一颗心！"

（《晋察冀画刊》第 15 号）

平射掷弹筒的创造者刘维春

南风

创造平射掷弹筒，专打敌人碉堡的首创刘维春同志，是魏村钟庄二连小炮射手，冀中肃宁农民，曾经打过猎，是使鸟枪的好手。去年九月入伍，使小炮（八八式掷弹筒）不到半年，听团里传达要练掷弹筒平射，他就用了心，首先和木匠研究做好平射用的炮架，回到连里用起功来：架炮、瞄准、测量距离，真是不管黑夜白日一心一意地寻找平射的门路。

世上无难事只怕用心人。在南线战役中，刘维春的掷弹筒平射大显威风，立下了功绩。

四月八日夜里，刘维春带着小炮，配合三连拿正定外围岸下敌人据点——是一个三层高的日本人修下的堡垒，紧靠铁道，控制着周围的开阔地。三连一接近，就有二十多个同志负伤。刘维春同志带着他的平射八八式掷弹筒，突至距堡垒一百公尺处，冒着敌人火力，找好地形，沉着地把炮架稳，测好距离，瞄准堡垒，稳稳地握住炮身，一炮，正中堡垒。掷筒平射宣布成功。连着又打了十二炮，一炮也没脱空，堡垒变成了一团白烟。

可是，三连并没有借着炮火掩护，冲进去解决敌人。自己炮弹只剩了六颗，他焦急地去找张副连长，要三连在他再打炮时就冲上去。三连副连长对他说："好！你打吧。可不能偏差一点儿。堡垒的周围壕坑边上都有我们的突击队，打不中，就伤自己人！"

刘维春同志把小炮照准堡垒最上层，一连三炮，三炮都从堡垒上节垛口式的窗子里钻了进去，堡垒盖也炸塌了。伏在壕沟周围的战士们一齐冲上去。堡垒里边的两个敌人被炸死了，逃藏到最下层的敌人吓坏了，忙喊："我们缴枪。"

神炮手刘维春的名声传遍了。

战役第二阶段，四月十五号的黑夜，刘维春那连去打井陉煤矿。部队正向矿区运动，迎面堡垒上的探照灯照过来，不但暴露了目标照得每个人的眼都眩了，啥也看不清了。连长马上命他把探照灯打灭，不然，部队就无法前进！他把小炮架好，测定距有一百五十公尺对准就是一炮，探照灯被炸灭了，矿区敌人的据点，成了瞎眼乌龟，全连无一伤亡，安然突进了阵地。

战后评功刘维春同志记了两功，旅政治委员漆远渥同志高兴极了，说："够格，这是创造。"又说："让他到旅里来当教员，把掷弹筒平射教给全旅所有的炮手们！"（转载自《前线报》）

（《晋察冀画刊》第 21 号）

年轻健壮的神炮兵

红枫

炮兵某团第一连，一年来转战各地屡建战功。在旅的"八一"奖功大会上，荣获"年轻健壮的神炮兵"锦旗一面，立了一大功。有快板唱道：

神炮第一连，立功在前线，

六月打沧州，奋勇去参战，

扫外围，攻城关，处处都把威风显；

反冲锋，破障碍，配合步兵干得欢；

通过千米开阔地，敌人还未发觉哩，

一炮刚出口，五炮飞上去，

炮炮命中高堡垒，打得敌人全钻地。

总攻沧州城，一炮打东门，

弹不虚发真惊人，十七（个）敌堡都毁尽。

敌人突围扑过来，人多他们十几倍，

炮兵怎能近战呢？谁个到这不发急？

但是他们沉住气，"人在炮存"心有底，

看看将近五十米，手榴弹击敌得胜利！

再谈黑夜打容城，面对面来不见人，

雪亮（的）炮弹像流星，掩护步兵向前进，

射击准确如天明，协助步兵登上城，

搏得战士担架员，鼓掌叫好欢呼声。

今年一月间，二次攻徐水，

步炮协同动作对，

先把目标编号码，了解步兵突破咀，

单等冲锋号一响，发炮攻坚任务成！

一连（的）功绩说不清，三大任务样样行，

"八一"奖功列头名，"年轻健壮的神炮兵"。

（《晋察冀画刊》第 24 号）

工兵功臣王惠文　跨马回乡报功勋

高丽

　　王惠文，草地部特务连的工兵，沧州战斗中抱雷炸破城门，打开冲锋道路的战斗英雄，他立了大功。

　　七月十三日，草地部杨主任率领六十余人的报功队，抬着报功箱。功臣王惠文胸佩大红花，骑着大马，头顶上飘扬着十数面各色大旗，在锣鼓掀天中，浩浩荡荡向功臣家门（肃宁北甘河村）报功去了。

　　路过的村庄人们都夹道欢呼，当距他故乡几里外就看见数百群众高举大旗欢呼着"欢迎功臣王惠文……为人民立功，是我们的光荣……"等口号，参加贺功的十数个小学的行列整齐地排在两边。在火红的太阳下，一位老汉累得满身大汗指挥着八面大鼓、三眼炮"咚咚"震耳。人们的脸上显得格外兴奋，街上两旁的房上树上都站满欢迎的群众。其中有两个老太太在旁边指手画脚地议论着说："人家惠文立了什么功了？真比早先中了状元夸家还热闹哩！"

　　王家门口也挂着"战斗英雄""功臣之家"的大匾，贴着对联。在一片如雷的掌声中，王母——六十多岁的宋老太太戴了大花，由杨主任甄区长扶跨上大马到了会场。

　　会中的热烈情形，请读者看第四版的照片。

（《晋察冀画刊》第 24 号）

华东战斗英雄林茂成

　　出席世界青年大会的华东战斗英雄林茂成，是华东解放军三纵队的一个青年连长。他生长在鲁中沂蒙山区北桃花坪的一个贫农家里，父亲靠织布和卖豆腐为生，母亲常常带着幼小的弟妹出门要饭，他自己是个放牛孩子出身的。八路军到沂蒙山区时，他才十五岁，就参加了地方武装，入伍当勤务员，后来升级到主力当通讯员战士。他在当战士的两年中，立下了卓著的功绩，打死打伤敌人———名，俘敌二〇二人，缴获重机枪两挺、轻机枪四挺、平射炮二门、步枪一一〇支；至于他当排连长时的集体缴获，就更难计算了。一九四四年，这二十岁的小青年在连里被选为战斗英雄。

　　从抗日战争到自卫战争期间，林茂成参加了战斗八十多次，曾挂过十二次彩。其中有好几次几乎断送了生命。宿干山打鬼子，一颗子弹从他的颈部经过肺部，一直穿透了腰间。当他被抬回来时，血透了六件棉袄，但过了半年，他终于征服了死亡，又快快活活地从医院回部队去了。尚岩战斗时，子弹又咬去了他左手中指的半截。他已经算是个一等残废，但他仍坚持在前方部队中工作。这次他参加中国解放区青年代表团到捷克开会回来，到处要求他去报告，他急急想回到前方去。他说："蒋介石的统治不打倒，我就是不愿离开前方。"（转载自《华东画报》）

（《晋察冀画刊》第 43 号）

红军的妈妈

（一）解放军反攻到大别山，在去年八月廿八日队伍经过潢川到商城公路旁的冯北楼村，准备造饭，全村人都跑光了。

（二）进村来发现一条红军时代的标语，大家疑问："既是老革命地区，为啥老乡都跑了呢？他们不知道咱们就是过去的红军回来了吗？"

（三）战士牛保三扶着一位没有眼珠的老妈妈叫："指导员在哪里？这里有个老太太，她说是指导员的妈妈。"

（四）牛保三说："老妈妈，这就是指导员。"指导员走上去说："是呀！我就是指导员。"

（五）老人伸出双手，从指导员的头摸到脚问："你不是四连指导员吗？"答："我是四连指导员。"问："你不是民国十八年从这里出去的红军？"答："我就是那个红军回来了。"

（六）老人大声说："吴海！难道你不认识亲娘啦！"指导员说："老妈妈，我不是吴海，我姓马。"

（七）她问："你今年几岁？"指导员说：："□年二十三岁。"老妈妈说："那□海，俺吴海是红四军指导员，他走□二十岁。"

（八）她哇的一声坐在地上哭起来，指导员安慰她："老妈妈不要难过，我虽不是吴海，可是像吴海一样，你想叫吴海做啥？"

（九）她说："自从他走后，湾子里叫民团闹得灭门绝户……吴海他爹被砍死啦！我的眼珠子叫人家用竹筒给拧掉啦！"

（十）老人又哭起来，战士们同声道："老妈妈别哭啦！这仇咱们一定替你报！"

（十一）有人问："老妈妈，你们受了这大的灾，咱队伍回来了，

《晋察冀画报》文艺文献全编

村里人怎么都跑了?" 老人从衣袋里掏出一张纸条交给指导员。

(十二) 指导员念:"谁和共产党见面,杀绝满门……" 老妈妈说:"这是上月初,保长逼着每家写的呀!我是拼死在家等俺吴海,把冤仇给他说说呀!"

(十三) 指导员说:"老妈妈别怕,咱队伍正在往这边开,吴海还在后面,咱不走啦!" 老人忽然站起来告小女孩说:"去叫你妈都回来呀!好孩子,快去吧!"

(十四) 小女孩跑到岭后高喊:"妈妈□!你们都快回来吧!红军不□"(原载《华东日报》第 42 期)

(《晋察冀画刊》第 44 号)

平绥东线保卫战役

  蒋介石抱定全面破裂的决心，经过长期而周密的准备之后，突于一九四六年九月二十九日，指令其第十一战区所属各军，向我平绥路东线怀来一带发动猛烈进攻，企图一举而下我晋察冀解放区首府——人民城市张家口。

  蒋军这次向我平绥东段进攻的规模是空前的：使用兵力计有十六军、五十三军、九十二军、十三军、三十五军、旧三军及由东北调来七十一军之九十一师，新六军之二○七师等几近八个美械化军，其在华北之空军主力坦克炮兵亦全部出动，其参谋总长与战区司令长官均亲自督战，但是在晋察冀人民解放军面前，却碰得头破血流。

  在持续十余天的平绥东线保卫战中，我军涌现出好多的英雄战斗单位和出色的战斗英雄人物。在他们的艰苦努力下，先后于怀来之马跑泉、东西花园、田家庄等地予进犯蒋军以四次歼灭性的打击。其十六军之一○九师三二五团、九十四军四十三师之一二七团、九十四军一二一师直属队及在一个团（番号不明）被全部歼灭，十六军一○九师三二七团大部被歼，连其侧翼进犯延庆之蒋军在内，我军共毙伤俘蒋军万余人，并缴获大量美械装备。这证明蒋介石企图以美国的援助，在军事上战胜我们是不可能的！

战斗英雄们

李常春

  李常春是一个十九岁的青年战士，在平绥东线保卫战役的台庄战斗中，他机动地完成了单身炸毁敌人地堡，为主力扫清前进道路的光荣任务。

战斗开始，他所在的那个排由于地形不熟悉，选错了冲锋出发地，冲锋号一响，大伙儿冲入了敌人三面交叉的火网里。李常春一看不好，就冒着敌人的火力与副班长几个箭步跳过了鹿寨，靠梯上了房。副班长挂花滚下来，李常春回头一看，才发觉主力没跟上来，又一看墙角地堡里两挺重机枪正严密地封锁着他的来路，他知道主力没及时上来的原因了。于是，他跳下来，偷偷地由侧翼摸到地堡跟前，向里面塞了一个手榴弹。"轰"的一声，机枪不叫了，里面传出"哎呀"和"叫娘"的声音，李常春紧跟着又给他塞进一个去。

他正在想回去叫主力，突然侧面的院门开了，意识到这是敌人的反冲锋，他迅速地爬在鹿寨边。果然三个敌人冲过来，一个以为李常春已被打死，来拿他的枪，将到跟前，李常春把枪一抬，"砰"，那家伙回了老家。第二个被吓得卧倒，李常春霍地跳起来，一刺刀把他扎死。第三个扭头往回跑，李常春的刺刀从后面穿在他的背上，那家伙带伤逃掉了。主力前进的道路就这样地扫清了。（高粮）

袁发与司马云其

袁发是汤阴前线放下武器的蒋兵，参加八路军已经一年多了。去年（一九四五）平汉战役后，他被选为战斗英雄，现在是××纵队×部×连三班的班长。他的班共有八个人，司马云其是他的好帮手。在东花园战斗中，排长令三班为突击班。战斗打响了，由二班用手榴弹掩护他们从房上跳进院落。下院后，袁发和司马云其搜索了屋子，原来没人，这样他们就占领了第一个院子。为了压缩敌人，袁发班又打进了另一个院。敌人的枪从窗眼里疯狂地向他们射击着，他们紧紧地贴着墙去解决北屋的敌人。袁发先打了两个手榴弹，听听没有动静了，便向司马说："你进吧，姚东山和马福新堵门口，如果里面人多，我们一打枪，你们就贴着窗户向里打手榴弹。"说完，司马端着刺刀往里就走，袁发马上跟进去点洋火，一看里面有四个蒋军，吓得缩在一起。他们一喊缴枪，敌人就把枪递过来。

把俘虏带出来，袁发让姚马两个人看着，他和司马跑去帮助第四班，向据守东院的敌人进攻。他们跳过墙，看见了四班长，袁发问清楚敌人坚守的屋子以后，拉出手榴弹的线向四班长说："手榴弹一打响，你就点洋火，我俩就冲进去。"结果屋里的八个敌人都缴了枪！紧接着袁发一手端枪，一手擦洋火，进到东里间一看，炕上还蹲着一个，于是连人带枪也一块俘获了。就这样，袁发和司马云其活捉了十三个蒋军俘虏。

常有福

常有福也是放下武器的蒋兵。他是到汤阴找表兄去，而被蒋介石抓来打内战的。他放下武器之后，听到八路军的战士们是怎样光荣地被父老们送到部队，家里又怎样受到尊敬和优待，于是他检讨了自己，并且倾吐出自己满怀的冤苦。他决心参加了八路军。

在这次反击怀来东边太庄蒋军一〇七师师部时，常有福担任战斗组长。战斗从村的北边向前发展，他正在挖墙掏洞，敌人向他打了一枪，没打着，大声问他："哪一个？"他一把捉住敌人的枪，连人带枪一齐地过来了。战斗结束，他和另外三个战士共俘虏了十个敌人。可是由于后续部队没冲上来，敌人又疯狂地射击。他们要撤出战斗，班长叫他当联络哨撤哨兵去。他走到院子里，就被敌人三面包围了。他很机警地拾起了一顶蒋军的钢盔戴上。敌人过来问他是几连的，他沉着地回答："三连的。""手里拿的是什么？""手榴弹。"敌人向他要，他机智地回答："你去地上拾呀！那边还有。"敌人以为他是自己人，没再问他就走了。常有福抽空子就转回部队来了。

常有福这种惊人的勇敢，是由于他对蒋介石的高度的仇恨！

王恩国

王恩国，热河人，当他参加平绥东线保卫战役台庄战斗时，才是参加八路军不久的新战士，连队里都叫他"热河新兵"。在进行战斗动员以后，他牢记着首长说过"刺刀要磨得亮亮的"。于是他找了一个大磨石，磨亮了他的刺刀。他没打过仗，一边磨刺刀，一边想怎么打法，班长说："你紧跟着我，听我的话就行了。"刺刀磨好了，他拿给班长看："我磨得行了吧？打起来，我非拼他五个六个不可！"过后他又练习投手榴弹。

当台庄战斗打响后，他就紧跟着班长跑，班长怎么着他就怎么着，在村边上班长打手榴弹，他也打了几个。他跳进一所院子，班长叫挖墙洞接近敌人。在挖洞的时候，一个敌人挺着刺刀钻过头来问他是"哪个"，王恩国一下子就夺过了他的枪。

战斗归来，王恩国扛着新捷克式，兴奋地把中指上套着的七根手榴弹线交给了指导员。

（《晋察冀画报/季刊》第 1 期）

"钢铁第一营"

——保卫涞易战役的一面旗帜

姚远方

"洛阳"部队徐水河部某团一营，由营长朱彪同志、政治教导员曹良同志率领，于十一月十七日在易县城东的刘家沟自卫战中，创下了堪与狼牙山五壮士、苏联红军十三勇士相媲美的壮烈事迹：

十七日晨，为了便利于主力完成歼敌任务，第一营于刘家沟抗击全部美械装备素称精锐之蒋介石嫡系第五师三千余人的进攻，当时该营实际参加战斗人数仅二百二十四人，敌我双方兵力对比为十四比一。刘家沟又地处低洼，由于敌我力量悬殊，村四周高地旋即为敌所占领，我军即陷四面被围的艰苦境地。敌之山炮、六〇炮密集发射，将村中房屋大部打平，房梁柴草甚至战士之棉袄衣服，均为敌火箭炮的火焰烧着了。敌之两辆坦克，撞倒墙壁，掩护着步兵从四面向村中我军阵地冲击。在这样危急的情况下，营长朱彪、政教曹良率领全营，固守一座已被敌火摧毁的房院，沉着迎击。政教曹良同志当即号召全营：学习苏联红军十三勇士的精神，提出"为了活，一定要与阵地共存亡"的口号。共产党员们都自动地到最危险的岗位上去坚持，全营所有卫生员、通讯员等非战斗人员，都从烈士身上拾起武器，投入战斗，人人守卫在自己的岗位上，一步不退。有许多战士，在敌火猛烈轰击下，被倒坍的墙屋掩埋了七八次，每次都立即滚身爬起，脸色毫不改变，又继续坚持战斗。就这样击退了敌人十几次的猛烈冲锋（突到阵地前沿的敌人坦克，都被我们用火酒瓶打回去了），而且还主动地进行了出击，俘获了敌人枪一部。直战至中午，北边一座房屋的我军阵地，被敌人占领了，营长又立即集结了十几个勇士，发动反冲锋，又把阵地夺回。这时，我军已有六十余名阵亡，百余人负伤。当时曹政教发出了第二次号召，号召负伤的、能动的人，全部拿起武器坚持战斗！在这一号召下，二连七班长王成群，扎紧了伤口，第一个拿起枪来，朝着冲锋中的敌人射击，九枪射中九个敌人。当他每击毙一个敌人时，战士们纷纷喝彩叫好，吓得敌人再不敢朝他这个方面冲锋。机枪射手姚秋良，原已负伤三次，听到教导员的号召，立即端起歪把子说："我不疼了！"让通讯员替他压子弹，瞄准着敌人扫射，一梭子打倒了二十来个。当他打枪的时候，他的胸部伤口被震动得鲜血直往外流。朱营长已中弹负伤两次，仍瞒着别人，由通讯员扶撑着来回巡视各阵地，感动得全营越战越奋，一直坚持到黄昏。此时能够坚持战斗的，只剩下二十三个人了，子弹眼看要打光了，敌人又趁此时期发动了总攻。在此危急关头，全营官兵，把所有文件烧毁，并将烈士遗下枪支，全部拆下零件，埋存起来，甚至把钢笔手表都轧得粉碎，以必死决心与敌拼杀。正当此时，曹教导员又被炮弹炸伤，伤势甚重。他高呼："坚守阵地到底！""打死一个够了本，打死两个赚一个！"他要拔枪自尽，被通讯员劝阻。全营之中仅有一动摇分子孙志敏（半月前定兴战斗的俘虏）越出战壕，企图向敌屈膝投降，当即被机枪射手无情地枪杀了。此时有数十名敌人，围住了卫生员张有合迫他缴枪投降，张有合说："好！来缴枪吧！"敌信以为真，爬到他的跟前，他说道："先给你手榴弹，老子还有刺刀。"刹那间，他抛出了几个手榴弹，炸得敌人狼狈滚逃。接着敌人坦克又冲上来了，只离他十几米达，张有合故意高声嚷道："打，大家都准备好反坦克武器！"（其实，我们没有带着反坦克武器）把坦克吓跑了。新战士李树花，镇守在南院门口，他被炮弹炸倒了好几次，始终坚持在烂砖头瓦堆中与敌战斗。不久才从蒋军解放过来的战士梁虎成，也表现出惊人勇敢，他说："要是在过去，我早交枪投降了。今天为人民服务，我要流尽最后一滴血战斗到底。"就这样依靠着刺刀和手榴弹，把敌人的总攻粉碎了！

到傍晚，东南角——敌人的侧后，响起了猛烈的枪炮声。营部卫生员张有合首先高声喊起："我们的援兵来了！同志们！再坚持一刻钟！"部队登时百倍奋发，伤号皆起，向敌人猛烈反击。敌伤亡惨重，疲倦不堪，不敢恋战，弃尸三百余向涞水方面逃去。我军全营除战斗中阵亡六十余同志外，营长朱彪、政治教导员曹良率一百余名伤员以及全部枪支武器安然归来！

（《晋察冀画报/季刊》第 1 期）

创 刊 话

出版这活叶不定期刊，是为了反映摄影工作动态，交流经验，借以提高技术及工作水平，让它使我们的业务学习活跃起来。

办好它要大家动手写稿使它充实，要大家多提意见使它改进。愿摄影战线上的战友们，团结努力，支持它随着自卫战争的胜利发展与日俱进。

（《摄影网通讯》第 1 期）

战士爱看什么样的照片

高粮

战士们在紧张艰苦的战斗生活中，非常需要文化生活。照片展览是他们所喜爱的，但他们爱看什么样的照片呢？根据此次在三十团二营展览照片实验结果是这样的：

战士们对照片的喜爱和一般知识分子不一样，他们是有就好，在篇幅上要求大，能看清楚。在光线上，要求正面光，不喜欢阴影，更不喜欢背光的；在色彩上，除了清楚以外，他们要淡一些，这样我们说表现没力量，但他们认为精神、年轻、漂亮（特别是人像）。正面拍的他们更爱看，比较大的场面更爱看，如很多的大炮和机关枪。

战士同志是否喜欢这些，调查研究的对不对？希望大家补正。

（《摄影网通讯》第 1 期）

我在连队展览照片的经验

刘峰

我们曾将放大的照片拿到四旅去普展，费时十多天。大部以连为单位，有时也采用营为单位，另有旅和团的宣传员下去帮助解释。展览办法有的用上课形式，先由政指大概把照片内容和战士谈一下，然后分段解释，并机动灵活启发战士对照片的观感，甚至用一张照片联系很多问题谈，这样使战士对看照片的兴趣加强了，印象更加深些。总起来说，这次普展成绩不小，指战员意见都要求我们经常到连队去展览，有的连营干部反映说："这比上一次政治课还好，上次课并不见得对战士教育这样深刻。"战士反映就更多了，有的说："这上边都是好样的，不是好样的就上不了这像上。""跟这上边的学没错，这是告诉咱们照这上边的做。""大家要都照着相片上的做，他几个蒋介石也不行。"有的战士看了蒋军暴行照片说："再打仗见，非用刺刀干掉他几个不行！"战士看到土地改革的照片满脸笑容。特别看到佃户向地主无情地清算斗争那几张时，不但笑，而且还点头喊："好！真好！"这次普展给予我们的经验教训是：

一、证明我们过去在连队进行展览工作太差，过去只注意到从战士中来，没有注意到回到战士中去。有几个战士看到放大照片后说："喝！八路军还有这个呀？这是咱们的吧？"从话里可以看出我们过去的工作是如何了。

二、展览时间要充足。这次了解战士对照片很爱看，有时天黑还要求给他们讲解，值星的吹很长时间的集合哨子，战士们还不愿走，有的问我们什么时候还来。所以展览前一定要和连营干部把时间谈好，不然达不到战士的要求。

三、照片解释愈深刻，起作用愈大。不然战士走马看花，甚至对个别照片发生误解，如把某些照片看成取乐的事，或把俘虏当我军等。

四、战士特别爱看本单位的事，或是关乎他个人利益的，再者是他亲眼见到的。

五、标题字要清楚，要大一些。

六、多启发推动政治文化水平较高的老战士给大家解释，好处是战士自己的语言容易听懂。

（《摄影网通讯》第 1 期）

采 访 漫 谈

石少华

在运动战中怎样采访？材料怎样才能精彩生动？这是一个很广泛的题目。现先提出几点，作为抛砖引玉。

一、有重点地搜集材料

现在每次战役战场是那么广，情况又那么千变万化，如果我们什么都要拍，结果会什么也拍不好。有重点地搜集材料，就是抓住战役采访最中心环节，以主要精力、时间去摄取它，有富裕时间力量才搜集次要的材料，宁肯仅要几张内容生动、中心扼要的材料，不要一百张不关重要的东西。

对部队的熟悉，经常提高自己的军事、政治、文化水平，是提高采访工作的首要条件。因为只有具备这样条件，才能使自己有正确敏锐的眼光去发现和搜集材料。

二、发扬集体创作

在战役中或平常采访里，纵队或旅都应经常注意将摄影工作者组织起来，科学分工，让每个照相机都发挥作用。如时间容许，首先大家还可交谈讨论研究以集思广益，俗话说，"独柴难着火""三个臭皮匠赛过诸葛亮"。

如某次攻坚战斗，有三人参加，一人就可负责拍步兵攻击，一人负责去拍工兵爆破，一人负责拍炮兵或民兵活动等。因为既分了工，每人就可以专心深入采访，材料既不致重复，且将会更精彩。将来三人作品集中，就是一套全面的报导。

三、要用脑子去拍照

应当经常用脑子多想，哪些材料最重要，最典型，最有宣传指导价值。你应当多思考，怎样才能把这些材料表现得更深刻，不老一套。你应当刻苦地锻炼自己看问题，发现材料比旁人锐敏深远；你应当经常在平凡实际的生活思考再思考，像沙里淘金般去寻找主题；你也应当常考虑到：万一情况变化了，你应当怎样改变计划，再接再厉而不束手无策。

四、沉着果断

沉着果断是采访中重要的一着。

它经常是从锻炼和经验中渐渐成熟和增长的，但事先有技术和精神的准备却是沉着果断的基础。

在技术上你□□□□根据□时□□环境，把光圈、快门、距离、胶卷都安排准备好，时间来了当然就方便迅速得多。如果没有准备，临时就会手乱心慌。

在精神上你应时时刻刻不忘自己的任务是摄影。你的眼睛耳朵，你的手和脚都应围绕着它，保证任务的完成。你应当养精蓄锐地准备着一切，当时机来了，就像猫捉老鼠似的动作，果断敏捷地将材料拍摄下来。

请记住：一个好材料的失去，往往是在一分一秒的犹豫里。一张好作品的产生，很多是在一分一秒或几百分之一秒的果断中。

（《摄影网通讯》第 2 期）

摄影上的"真善美"

郑景康

"真"就是逼真,不是假的。亦即是说不是做作的偶然和静止,而是自然的,必然的,因为自然方是真正的"真",是活生生地抓住动态,而不是死板的。是用唯物观点来观察事物,是站在无产阶级的立场来看劳动群众的真相。"善"是指有优良的技术,有正确的理论(政治上和业务上的),能掌握自己的摄影工具。运用自己的纯熟技巧,站稳自己的服务立场,方能够达到理想中的"善"。"美"就是上面所说的怎样拍得好,怎样表现得美,是技术加上文艺上的修养,再加上政治上的认识和立场,是从无产阶级观点上所看到的美——是劳动群众的美,而不是资产阶级所谓的美。通过合乎真理的表现方法,方能表现真正的"美",这□是我所理会到摄影上的"真善美",缺少了一小部分都不成的。(摘自郑景康著《摄影初步》)

(《摄影网通讯》第 2 期)

晋冀鲁豫袁克忠来信

离别一年多了，想你们一定愿意听到我们工作的情形吧。现在向你们报告一下：

我们去年来这边区就赶上参加边参会召开，以后又参加搜集了抗行小组及选举国大代表等材料。六月我参加攻打永年，攻西关为拍突击组，被机枪扫掉墙砖头打肿了头部。攻城是白天，自己跟着突击组上去，拍了炮击城门和我部队冲锋爬城的照片。可惜炮弹飞来，打伤了我，双眼出血，照相机掉在护城河的水沟里。自己捞上照相机，当时双目失明，看不见东西，在枪林弹雨中，爬回十几步，隐蔽在战壕中，到天黑才由打扫战场的抬下战场，休养半个多月才好了。回来照相机根本不能用，修理又费去十多天。十月参加豫北战役，十二月才正式到冀鲁豫，参加陇海战役攻打单县；其次搜集了杨庄战斗英雄材料和钜野、嘉祥城□武城的材料。最后又参加攻克汤阴城。现在反攻了，一二天后我们就要南进。前方现成立摄影科，科长裴植，摄影记者是我，另外两个科员郭良和王中元也都是老手……

六月二十日

（《摄影网通讯》第 2 期）

把我们工作更提高一步

"九一"记者节又来了,当我们以振奋心情纪念本身节日时,检讨一年来的工作,我们已在摸索实践中掌握了面向连队为兵服务的方向。摄影网的组织、工作系统制度的订立,特别在野战军已日益完善,在工作中得到成绩,打下基础,并获取了不少经验。这些都是值得快慰的。

我们工作之所以有成绩,所以为广大指战员欢迎喜爱,是由于全体同志的努力,具有为人民新闻摄影事业贡献自己一切的精神。一年来,在前线采访中有袁岑、刘峰等同志立了功,有冀连波、黎民、田明、黎呐等同志英勇负伤,有刘峰等等同志因劳成疾。我们向立功同志致贺,向因公伤病的同志致亲切的慰问,并向今春在火线采访中光荣牺牲的九分区杨振奎同志致沉痛的哀悼。

但我们工作中缺点仍很多,尚著于形势开展和需要之后,地方军的采访报导做得很差,野战军的稿件质量提高亦还不够,工作不能认真刻苦,缺乏钻研业务精神。情况变化了,需要不同了,但我们许多同志仍用老一套的方法采访,少数同志思想情绪时有动荡,尚不能专心致力于工作。不迅速纠正这些偏向,工作就不能大踏步前进。认识困难节约器材,也还做得不够,也同样会影响我们做更多的工作。

最近,野政、军政都召开了摄工会议,对工作各方面都做了整顿,但检讨总结计划要求仅是开始,一切都有待于今后的努力。

让我们以实际行动来纪念"九一"。发扬优点,克服缺点,贯彻为人民服务的精神,检查思想,检查工作,为了把我们的工作更提高一步。

(《摄影网通讯》 第 3 期)

三纵队摄影股长袁岑同志立功

最近纵政宣传部评功中，为袁岑同志记功一次，其主要功绩如下：

一、南线战役中努力完成任务，除以身作则积极采访，并能团结干部，周密计划组织力量，为及时反映材料，争取早日发表。在续战斗后，不顾疲劳与患病，连夜赶冲胶卷编选亲送军区，有高度工作责任心。

二、每次主要战斗，均亲临最前线，跟随突击队，收集到最精彩的场面。他体验到"摄取最英勇最突出的战场活动是表扬英雄与单位的最好方法"，"战地摄影是进行战时政治工作最好的机会"。因他机智勇敢，不避艰险完成任务，在部队中树立极高威信，廿二团写来两信，请求为他记功。

三、他积极工作精神，优良工作作风是一贯的。远在大同战役、平汉战役时，就曾受到纵政的口头表扬，他常以"不能很好地用镜头记录下来战士们的英雄事业实为□愧"来策励自己和其他摄影干部。仅在大同战役即收集了近二百张有价值的自卫战事照片，并注意战场纪律和战场鼓动。

四、工作中从不闹情绪，不计较生活待遇。把精神全集中到克服困难搞好工作，研究发挥摄影工作的鼓动与教育作用，教育每一摄影干部，更好去做工作，从实际工作中树立与战士很好的联系。（摘自路扬报导）

（《摄影网通讯》第 3 期）

两　封　信

一

宣传部路部长：

　　袁岑同志于井陉攻城战斗中参加我营拍照。部队渡河攻击东关，袁同志随突击队跳入河中（有半人深水河岸即是东堡垒）进行拍照，部队攻城前协助动员拍照，以鼓励爆炸组高度勇气与光荣信念，攻城时随突击队冲入城内拍了活生生的片子。全营同志对他都表赞扬。为了不埋没机关同志在前线的功绩，特此函告。

　　此致

敬礼！

八旅二十二团二营　闫同茂

二

路部长并转纵队党委会：

　　在这次井陉攻城战斗中，你部摄影股长袁岑同志来我团帮助工作，曾做出成绩，在群众间树立了威望，模范材料简述于下：

　　一、在部队进攻东关时，战士们一面冲锋，还要渡过深三丈、四周堡垒火力封锁的河流。袁岑同志在这种紧张冲锋的情况下，脚踏河中拍照数片，曾鼓舞了当时战士们的冲锋情绪。

　　二、下午总攻开始，他又随同担任主攻的五连，帮助对战斗有决定意义的爆炸组拍照，并简短有力动员："同志！任务完成完不成可全在同志你们了！"爆炸组长兴奋地答复："看吧！"后当爆炸组出门向城门搬爆炸箱冲时，爆炸响后，部队发起冲锋时，冲进城门时，直到战斗结束，袁岑同志一直跟随突击队后面冲锋、拍照，对冲锋的战士们起到直接有力的鼓励作用。

因此五连干部战士都一直反映："可没见过这样勇敢好样的摄影员同志！"五连曾感到他配合本连作战有功，曾写一慰问信，和送给一双皮鞋为表谢意。袁岑同志由于个人的高度责任心和勇敢精神，曾感动影响了战士，在群众间已有了威信。我们意见在当前为人民立功运动中，党委可讨论袁岑同志立功问题。

特致

布礼！

　　　　　二十二团　李克忠、孙英前

（《摄影网通讯》第 3 期）

过去工作检讨片断

高粮

　　过去工作制度遵守不够，纵队和旅的同志联系、汇报总结工作差。造成这缺点的主因是思想有负担，工作两条心，一条工作一条为个人打算，影响工作认真性，不了解部队情况，将许多重要有关部队建设性常识性的材料误过。同时过去拍重浪费的材料何止一二倍呢？从×纵队八个月（实际六个月）的材料花费看，共用胶卷一百筒，所拍材料实际放大用了底片二百五十张（画报发表的不超过六十张）。如每张按十二张拍算，实用只两张半，与我们要求提高工作节省材料相差颇远。

（《摄影网通讯》第 3 期）

照　什　么

本文是八月七日三纵队摄影工作者联席会决议的一部分，是根据袁岑同志整理的记录摘下的……

——编者

检查过去的底片，大部分是战斗材料。这些材料也没照好，多是一个个小战斗的罗列；生动战斗场面如白刃格斗，战争的全民性、艰苦性都没有充分反映，对人民军队的历史、人民战争本质等方面的记录是大大忽略了。根据以上检查和部队野战的情况，决定今后除抓紧报导外，人民军队本质发展历史的报导记录，应成为日常工作，长时间地去进行：

一、照打仗：应贯彻打歼灭战的思想。在战场摄影，每个镜头都应能贯彻这种精神，并应创造从每个角度来报导战争。

二、照练兵：这是我军壮大提高的历史一面。应分军事、政治两方面，抓住每个时期的中心内容分别摄取。

三、照军事工作：战术思想的进步，指战员的创造，各兵种的配合，攻坚战、运动战的规模，战役的组织，后勤的供应等。拍照时应配合每个时期的中心口号，如精心计划、大胆迂回包围……以增强照片力量。

四、照政治工作：这是采访中的重要部分，因为它是我军的生命，革命部队最大特点，一切胜利的保证。过去我们某种程度上是忽视了，除配合部队每时期的政治中心任务去照，平时还要抓紧照党及党员的活动、照官兵关系、照三大纪律八项注意、照群众工作、照生产节约、照我们的教育和日常生活……

采访要走群众路线，深入连队征求群众意见，大家需要什么就照

《晋察冀画报》文艺文献全编

什么，大家说谁该表扬就表扬谁，认为谁是好典型就报导谁。这样做，会使我们的工作更接近群众，更能为大众所喜爱，同时可以提高自己的认识能力……

（《摄影网通讯》第 4 期）

克服"摄影八股"的关键

亦一

我们的摄影报导工作，存在着相当严重的八股气：拍战斗一定是从战斗动员到缴获俘虏全过程；拍军民关系照例是担水、送饭、谈心这些场面；拍模范的部队总离不了开欢迎会、个别谈话、连长喂水那一套……内容上前后重复，形式上互相模仿，千篇一律，贫弱无力。

这种"摄影八股"的造成，有的说是由于表现方法不正确，有的说是摄影技术不熟练，更有的说：事情本来就是那样嘛！我个人意见认为前两种认识都有一部分道理，因为正确的表现方法（请注意这不是创造方法）最高只能将作者既定的内容完善地表达出来，而熟练的摄影技术充其量不过把照片拍得更好看一些。两者都只能解决照片的形式问题，绝不可能变更照片既定内容的内在含义。至于第三种说法，那完全是忽视现实的遁词，显然是欠妥。因为即使是同一性质的事物，在不同时期不同情况下，都会有不同的特点，更何况我们的摄影对象是变动着的多种多样性质的事物呢？

我觉得"摄影八股"，基本上是由于我们对现实缺乏宽广深入的观察和分析，不能够抓住现实的每一个新的变动的环节而造成。从部队范围来说，那就是对部队工作还不够熟悉，对部队每个时期中心工作的本质要求、具体内容及其进程不够深入了解，对一个具体工作在不同时期不同情况下的特点把握不住，对某部队的具体情况了解不够，在思想上多多少少存在着"为拍照而拍照"的想法，没有能够使摄影报导工作为部队其他的工作服务。这样，对现实（或部队工作）就必然会满足于表面的了解，就必然在收集材料之前脑子里已经钉好一个框子，就必然在新运动中的新事物新创造望而不见或充耳不闻，因而也就必然产生重复而模仿的"摄影八股"。

上面这种认识如果正确，那么我认为克服"摄影八股"的关键，就在于把摄影报导工作为部队的军事政治任务服务，消除"为拍照而拍照"的残余观念，建立"为部队中心任务的需要而进行摄影报导工作"的明确思想。

为此我愿和大家作共同的努力：

（一）通过报纸文件和实际活动学习部队的各种工作，不仅学宣教工作还要学一般的政治工作，要了解军事工作，也要了解后勤工作，把这种学习列为业务学习的一个重要组成部分，逐步做到能够掌握每个部队在每个时期的中心工作方向，体会领导意图。

（二）深入到你要所拍摄的材料的里层去，进行慎密的调查研究，反复观察、分析、比较，发现新的事物、新的特点、新的创造。这些正是我们需要拍摄的。

（三）以上两项为基础，进行对摄影前的充分思想准备和必要的技术准备。

（《摄影网通讯》第 4 期）

我怎样拍的《团结的堡垒排》

——照片登在《晋察冀画刊》廿二期

郝建国

五月间，我已发现六连三排十个月没有逃亡，但不知如何去拍。最初，我想拍三排一个合影，附上一遍通讯，但想这样不能算摄影报导，因此就延长了一个时期没有报导出去。

后来我才下了决心先到三排去了解情形，然后再决定怎样拍。

我和六连连长、指导员都很熟悉。当我到他们连说明来意后，他们很欢迎，马上把三排长张肋灵叫了来，他们共同向我述说三排没逃亡的原因和好多生动的典型例子。在他们谈话当中我又发现了好多材料，他们谈完后，我把相同的材料综合到一起，然后找出典型的例子——一个场面可以代表好多场面的。就这样拟出了搜集材料提纲。

这一天正是礼拜，我到了三排机枪班（张新年的班）。张新年正在院里教新战士拆卸机枪。我和他说明来意后，抓住这个机会拍了一张《张新年自动教新战士使用机枪》。

这时张新年擦着机枪，我和他就闲扯起来，等他把机枪上好，又谈起他是怎样转变的。谈话当中，他毫不隐瞒地说着，他过去如何说怪话……至最后向连长悔过。

我想，拍他向连长悔过的场面他一定不同意。我和他谈明后他不但没有拒绝，相反很高兴。他说："郝同志你不要认为我不同意呀！现在我已经改过了！"连长说："知道改过就是好同志。"就这样把这一场面补拍了。

三天后连里补充解放战士。我到七班，他们正开欢迎会。会上老战士看见新来的同志，有的没皮带，有的没衬衣，老战士自动把自己的东西送给他们。这时我根据当时情景加以导演拍成《老战士送皮带给新战士》。

下面几个场面都经过以上过程拍成的，如《开欢迎会》、《夺枪运动》、《吴云生的转变》、《解放战士胡常岺教新战士瞄三角》、遵干爱兵的场面等。

之后，我得到的体验是：到下层去和战士们多接近，使他们和你说话不感觉拘束，很快地和你熟悉，才可以了解到好材料。拍时要走群众路线，一定经过同意，即便是补拍也要使他们感觉到是当时情形。不要主观想几个场面在战士中去导演，战士们不同意你就不会拍好。

编者话：此文阅后，希能引起大家对采访方法的研究讨论。
欢迎把你的意见书面写来。

（《摄影网通讯》第 5 期）

华北抗日根据地及解放区
文艺大系

对《热爱子弟兵的李大妈》照片和通讯的意见

——原稿登在《晋察冀画刊》十五期四版

　　许多人认为十五期介绍李大妈的照片及通讯不恰当，似乎过于夸大。可能有其事，但表扬其热爱子弟兵的精神应掌握典型，不应特别强调其个别不寻常的方面，且表现方法欠妥。如照片拍的是李大妈照护重伤员的情形，初看不易明白李大妈是什么动作，看通讯后体会可能是嘴对嘴喂饭，但这样喂饭不卫生，不应提倡就不应照，同时这样拍法表现浮浅，极会引起负作用。通讯内又特别强调："一天四顿，都是靠大妈一嘴嘴嚼，口对口地喂。到黑价，她坐到你床边，安慰你，抚摸你，叫你无忧无虑，精神爽快"，"外院住个重伤员，叫李树林，因伤口缘故，他几天不能小便，肚子憋得很大，医生在生殖器上按了个小皮管依然不通尿"，"李大妈就用嘴一口口地把李同志的尿，从胶皮管内吸出来。后来几日，天天如此"，"以后伤病员看到李大妈就亲热地唤作'母亲''我的妈妈'"，"也会使李树林几天几夜不让李大妈离开一步，睡觉也非枕着她的胳膊才能睡着"……这种表现在卫生讲究方面也不好，不是我们应该介绍推广发扬的，且报导得很庸俗，工农兵接受不了，也容易给敌人抓住作反宣传用。希今后采访及编辑中慎重注意。（叶昌林提）

　　本刊特别欢迎揭露不真实的照片及"客里空"的稿件及被揭露者的自我检讨稿件。

（《摄影网通讯》第5期）

谈采访方法

吴群

上期郝建国同志在《我怎样拍的〈团结的堡垒排〉》一文中，向大家提供了三种采访方法：一是抓住当时自然真实的动态去拍，二是事已过去补拍当时情景，三是根据当时情景加以导演拍成。这些方法确是过去不少摄影干部采访一般通用的方法。在今天人民新闻事业日益进步，我们的新闻摄影工作亦应提高一步的情况下，这些方法是否都正确适当呢？哪种是好的需要提倡？哪种是不好需要废止？值得大家考虑探讨。现将我的意见写在下面，希能引起大家研究。

三种采访方法中第一种，抓住当时自然真实的动态去拍。这方法是好的，是我们采访的正确方法，因为他符合新闻摄影的首要原则——"真"，真实而不假设，不是做作的偶然和静止，是自然的，不死板板而活生生抓住动态。过去我们拍的许多照片，特别是战斗方面的，所以成功，所以感人，就是因为不少同志不怕重重困难而采用这种采访方法的结果。

第二种方法，事已过去补拍当时情景。严格检查起来，这方法是存在许多弊病的，是陈旧的应当废止的方法。虽然过去的事件是真实的重要的，虽然注意到保持原先情景，不使他有丝毫变化，但补拍不能补救当时自然活生生的动态，而一定或多或少形成死板的做作的偶然和静止。即以新闻摄影保存历史场面来说，也没必要，因为这种补拍的照片，是不自然不能感人的照片。更重要的还会因此引起广大读者对我们拍的新闻照片怀疑，怀疑他不真实都是补拍假设的。那么今后遇上这种采访情况又应如何处理？我认为不要惋惜与设法补救事已过去的材料，而要迅速抓紧摄取事件新的进展。这样拍，不但能补救了过去的材料，往往还能拍得比过去的场面更好。要做到这点，需要锻炼与加强我们采访中的政治敏锐性，看问题的深刻性。就拿《团结的堡垒排》（请参看画刊廿二期）来说，我以为拍了张新年教给新战士拆卸机枪，就可表现出色的怪话大王、有心病的老战士的实际转变了。如果他思想没搞通，他没下决心向连长悔过，他能有今天的行为吗？没拍到张新年向连长悔过的场面，而抓紧拍到他帮助新战士的场面，这不但没有损失，相反更成功了。因为你拍他向连长悔过，这场面仅表明他思想的改变，而拆卸机枪的场面却表明了他更进展为行动的改变，这张作品不是更深刻更有意义吗？我想编者为何选取了郝建国同志所拍的前一张，而不选取他费了一番精力补拍成的悔过场面就是这个原因。两年以前，沙飞等同志在解放灵丘城的采访中，就曾这样去做，而做得很好。当他们赶到灵丘城时，灵丘已解放几天，所在部队建议依据当时情形补拍解放军攻击和入城的场面，他没拍，却抓取当时军民共同召开的庆祝解放及动员生产大会，把握灵丘城的特点，拍了军民环城大游行等等场面。发表后检查，比原定采访计划毫无逊色，且更具有新的表现方法而不平板。

第三种采访方法，根据当时情景加以导演拍成。这方法实际是不能单独成立的，且导演一词欠妥。如当时情景并非如此，而主观地想要他依照自己想去做做，那这样导演完全不正确。如意思是在不影响真实自然条件下，对不适合摄影的客观环境略加改造的技术加工，那亦未尝不可，这与第一种采访方法是无出入的，但"导演"一词改为"技术加工"要恰当些，但应掌握非到不得已不要"技术加工"，过分地注意这方面，同样会影响照片的真实和动态的自然。而采访的正确方法，也证明做深入充分的思想准备（调查研究，精心计划）、技术准备（变换方位，改进光线等）往往可以避免与克服新闻摄影中的客观障碍，临时抱佛脚的"技术加工"收效却常不佳。

（《摄影网通讯》第 6 期）

关于展览工作的检讨

高粮

　　检讨过去工作发觉一个包藏至今的缺点，就是展览工作往往推到下边去做，甚至让其他部门代办，即便自己做了也是敷衍塞责、马虎潦草。展览是展览了，但精力没花费在上边，不向战士讲解，不收集批评，不征求意见。究竟展览一场有何收效？战士群众有何舆论反映？不知道。

　　照片展览工作是能起到应有的鼓舞教育群众作用的，但由于我们工作的不认真不负责任态度，而劳而无功，缺点毕露。

　　和一些摄影战友交谈中，知道不少同志对展览工作也注意不够，检查其原因是工作疲塌。展览工作在其他部门许多同志中往往很注重，如军校骆骥同志就是从展览中收集大批反映了解战士思想情绪要求的一个。今天部队摄影工作重心有两点，一是收集材料供给画报稿件；二是部队照片展览工作。我感觉今后部队展览工作需要加强与引起重视，它直接关联着摄影干部的工作态度和工作作风，也能考验出我们工作在部队内需要的程度及其地位，所以我们认为最好是大家都亲自下手搞展览（不论多少或大小照片）。这样的好处，一可起到照片应有的教育鼓动作用，二可搜集反映改进工作，接近战士体验部队生活，便于收集材料。

（《摄影网通讯》第 6 期）

火线上的陈庆祥同志

苑清

旅政摄影员陈庆祥同志在固城战斗中，随突击队拍摄照片，在敌人强烈炮火中穿梭来往。几次炮弹落在他的左近，炮弹炸伤右臂，枪弹穿伤了并肩的战友，穿破了他的衣服，烧破衣服，都毫无畏缩地始终站在最前面完成自己的任务，并在紧急情况下帮助连队指挥，与友军取联系，制止违犯纪律分子，减少部队不必要的伤亡，成了连队工作的有力助手和指战员的可靠朋友。杨河二连的干部战士，一谈到战斗情形时，口中总离不了"旅摄影员和我在一起，怎样叫我打敌人""我和摄影员在一起冲到什么地方"，以及各种赞语。这正是摄影工作者已和广大战士密切联结到一起的具体反映，他的工作精神，值得大家学习。

（《摄影网通讯》第 7 期）

智村战斗摄影检讨

孟振江

　　智村是定襄顽伪军据点，内有轻机枪四十余挺、重机枪一挺、迫击炮一门、小炮四十余门、步枪四五百支，火力很强，占了少半个村庄，周围挖有围沟，沟内有几尺深的水，有地堡，工事还有大堡垒。

　　我们第一天就占了智村，把敌人包围起来。部队最近距敌四五十米达，小炮、迫击炮离敌人的堡垒最近也不过一百五十米达。我们这样大的部队和炮火把敌人包围在一个围子里，像这样的情况，想拍什么都行，用的胶卷很多，结果没有很大成绩。检讨起来有以下几点经验：

　　一、战前没有了解整个战斗计划，在战场上碰到什么就拍什么，没抓住中心。以后每个摄影干部参加战斗前，必须要了解部署兵力使用、敌人情况，作出摄影计划来，这样到战场上才不至手忙脚乱。

　　二、随着一定部队，不要一个人随便在战场上乱跑，这样拍不了好材料，对自己也有危险。像这次朱健同志战斗还未结束，自己到一个院里遇上敌人，和敌摔起跤来，后我搜索部队来到，敌人才胆小交了枪。像这样放松摄影工作的冒险行动，值得今后警惕。

　　三、平常多接近和熟悉指战员，在战斗中采访会有许多方便。这次战斗我仓促赶到，对部队一点儿也不熟悉，当我随战士们冲上去，他们把我误认成敌人的当官的，幸有旅通讯员说我是自己人才放了我。要事先与部队指战员熟悉，即会免去误会且有帮助。

（《摄影网通讯》第 8 期）

在火线采访

——参加智村战斗手记

朱健

九月十八日，我冀晋先锋部、前进部对智村阎匪强攻。

战斗前，我就到了先锋部和会见了炮兵。他们欢迎我，渴望能给他们上镜头，他们过去在画刊上看到纵队的炮兵受表扬十分羡慕，这回看到摄影机来了非常高兴。

战斗开始，炮兵全力对准堡垒发炮。我用三米至五米距离给山炮拍照，射手苏风鸣同志看见摄影机对准了他，奋不顾身更勇敢地战斗着，不幸敌弹击中头部倒下，接着第二射手即代替他一直激烈打下去。我走到重机枪阵地，摄影机同样也给他们很大鼓励。

把敌人堡垒摧毁到一定程度，我就转到主攻部队那里。冲锋号吹了，在炮和机枪掩护下，我梯子组英勇向外壕运动。我利用一堵墙隐蔽拍了两张，敌人炮弹炸开的铁璞和催起的土璞落到头上和眼前。战士们不怕伤亡地前进，更激起我向前拍照的勇气，我果断离开那里，随战士冲上去了，随着他拍照。到战斗结束，战士们向我说："过去我们看展览照片，以为冲锋都是假的，这回才相信都不是假的。"

敌人溃散了，我用带着的三个手榴弹捉住三个藏起的敌人后，在一个大院草堆上又发现可疑。我走到草顶用手榴弹往下捶，打在一人肩上。他说："老百姓。"我说："老百姓快出来，不出来我就用手榴弹炸死你！"说着"当"一枪从我左耳边上擦过，一支手枪从草里伸出，我随手就把那枪卡住。敌人往上爬，我扑下和他滚到门口，他抓住我的手榴弹，我紧抓住他的手枪争夺了五分钟。后来部队赶到，他才松手交枪就擒，事后查明这人是伪保警大队的指导官。

检讨这次火线采访，随突击队行动，为拍取生动场面，为鼓舞士气而努力是对的，即使流血也是无限光荣，但不应单独去捉敌人。完成摄影工作是第一任务，要为冒险的捉俘虏缴枪而牺牲，是没多大代价的。

(《摄影网通讯》第 8 期)

战地小型展览介绍

陈庆祥

　　根据野战军的轻装，放大照片无法携带，的确今后想做比较大的展览是不易的。此次北线战役，我们将小照片贴在折合小本上（一二丈长的纸，反正折叠），标好标题，装在口袋里，非常轻便。上边订眼，能挂在墙上看，两三个人能拿着看，又可放在地上看。在一个排的范围里是能够展览的，又能看得非常清晰，起作用很大！

　　这次是在攻涞水担任打援的部队里展览。当时部队很疲劳，两天没睡觉还要做工事，我就配合鼓动启发他们工作情绪，我说："快挖呀！挖好了光能打敌人，敌人打不着，谁要挖得好就给谁照个相！"就有休息的同志们说："咱看看你那照相机有相片吗？"于是我抓住这个机会，把照片览开放在刚挖好的战壕沿上，一下就凑来好几个人。他们不知道看字，看见记大功的相片，我就解释说："李庆华家里区里给他挂了金字匾，还开大会庆功、唱戏。外边记了功，家里也光荣！"大家非常兴奋。固城解放战士，看到固城战斗照片，稀奇地问我："这都是当时照的吗？"我说："是！都是真的。"他们接着说："行！八路军真行！"他们看到张剑秋，更惊异地说："这是我们团长那小子！"当时就说起张剑秋突围狼狈情形。又看到捉团长记大功的解放战士姚喜桥授奖，他们就说："解放战士还有记大功的哩！"欢喜得他们忙叫一块解放过来的战士来看相片。为不影响他们的工作，我说："大家待会儿再看，先把工事做好。打仗时我来这给你们照相！"欢喜得大家就都拿起锹来说："好！你可来！俺们是五连二排。"我说："对，照了也给你们一份。"于是我就走到别处展览。

　　展览主要应抓住空隙时间，随时展览，到处展览，配合鼓动在不妨害工作条件下，充分去做。这种战地小型展览做得好，对我们采访是有好大帮助。

（《摄影网通讯》第 8 期）

十旅摄影工作检讨

赵逢春　苏绍文

我们摄影工作在目前存在着不少倾向，几个较大的战役如津沧平汉正定、大清河北等，都是冒着枪林弹雨，在前边收集了不少材料，但到现在也不见画刊上登出稿件，同时更没有到连队去展览。检讨原因主要有下面几点：

一、单纯的火线摄影观点。认为唯有在炮火最激烈、最危险的场合拍的东西才是真实的才是宝贵的，战役一结束就认为百事大吉，对功臣不加报导，一切看成了平常的东西。

二、没有重视练兵报导。同时将部队中的官兵关系、军民关系看成平凡的事，不去拍它。

三、单纯的摄影观点仍然存在。收集材料摄了算完事，不深入采访去发现材料，往往在报纸上大载特登的材料我们都没有拍，如胜利部《真金子梁乃青班》。

四、把自己留照片看成第一位，有了材料先洗照片后寄稿。如再克正定城的照片就是这样迟迟送去误了刊登。

五、过分地强调真实性。无论多好材料过去就是过去，不去设法补救，将补救看成是虚构没价值。如肋利部一连《翟福善班的团结》等。

（《摄影网通讯》第 9 期）

对野战部队九月摄影采访的意见

采访组

九月来稿战斗（进军、战俘、缴获等在内）类几占百分之五十，说明我摄影工作者掌握了主要报导方向，随军行动深入前线采访的活跃。而在战斗行军空隙，又抓紧报导了练兵、帮助土改、军民关系等重要材料。同时在注意组织力量采访，力求报导全面完整上亦有成绩，如再克正定四纵队同志除大部均有来稿外，并寄来王惠德、王楠同志所拍的底片。二纵队的攻坚大演习如前报导奖功一样又是各旅均寄来全套的。在采访中抓取典型而较成功的作品有《大清河北蒋军屠杀人民暴行》《王三班》《范家庄土改》等。

但检查全部来稿却发现若干急需今后改进的地方，现特提出我们不成熟的意见，提供大家在工作中研究参考：

从来稿数量看是可观的，但进一步要求质，却嫌不高。不少同志采访中犯了"有闻必录，有事就照，一照一套"的毛病，不善于选择典型，不善于把握重要环节表现突出的场面，丢弃一般平淡通常的材料，而摄取新鲜生动有代表意义的材料。这样结果：产生作品内容的贫乏无力，形式的千篇一律，而消耗胶卷很多，不合乎节省器材的要求。以再克正定为例，仅我们收到的来稿，共即有四十六片之多，而所拍亦多与首次解放正定大同小异，能明显看出是"再克正定"照片的特点较少，多半又是登城、射击、街市进军等一般场面，而如活捉伪大队长赵子云、生擒伪县长等突出镜头却被忽略了。在以运动战歼灭战为主的今天，城市反复得失是常有的事，如首次解放某重要城市照了一套后，二次三次收复大可不必再如此拍，只需精练地把握特点摄取几个突出典型的场面就足够了。特别今天我们是内线作战部队，活动区域不大，来回打仗老是那几块地区，因此镜头的选择更应注意。就拿平时采访来说，今天战争的紧张，任务的繁重也要求我们新闻摄影去适应它。要报导典型，只摄取一两个突出面，独特的镜头，如今后攻坚大演习是会经常举行的，要每次每旅都照，一照一套却是费力不讨好。近来新闻工作已有转变，许多重要战斗或工作，已不写长篇大论类似的通讯，如记某部立功运动"某部的攻坚大演习"等，而代之以二三百字短小精干的某一点某一方面的新闻报导，就是它具体改进的表现。这样做，和用镜头保存□历史材料也无矛盾，因为不加取舍破烂一起收的历史材料，将来也不是宝贵材料。要改进我们采访，除了加强各级组织领导外，更重要的是每个同志都应抓紧业务学习，努力提高自己工作水平。《摄影网通讯》四期刊登的《克服"摄影八股"的关键》等文字都是值得大家参考研究的。另外，注意经常总结自己工作，检讨缺点、吸取经验，是改进工作的重要步骤。最近我们接到十旅赵逢春、苏绍文同志的工作检讨，感到很好，今后希各级各人都能定期做去，并把你们的记录整理提供我们。

（《摄影网通讯》第 9 期）

清风店歼灭战中前线摄影工作积极紧张

——不怕流血流汗，一切为了胜利

在此次战役中，前线摄影工作非常积极紧张。本社前方工作组及各部队摄影记者均发挥了高度的工作精神，不怕流血流汗，日夜奔波辛劳，一切为了胜利，万分值得表扬致敬。现本刊先将接到的一篇前线来信摘要发表于下：

这次清风店歼灭战，是晋察冀空前大胜仗，对我们前线摄影工作同志来说，则是一次相当严重的考验，我们经受住了这次考验。我们在五十三个钟头中，强行军三百余里，从徐水前线赶到清风店前线。当到达距火线十二里之住村时，马上又开始了紧张的工作。暗室工作同志常常是白天行军，晚上还要冲胶卷。有一天夜行军五十里，为了赶着放大送部队，连夜把胶卷冲出来，稍事休息，第二天又接着干。战斗结束以后，赶着放大、晒片、发稿。到今天为止，一个星期过去了，但工作仍未告一段落，因各方面要照片的太多了，因此底片在一两天内还不能够寄回，先寄回了一部分放大照片作展览用。在这次工作中，刘克己同志等真正发挥了惊人的工作精神。

我们摄影战友又有几个光荣地负了伤。六旅高宏同志随平原部打开西南合突破口，右臂被子弹贯穿，但仍坚持工作；五旅曹智才同志在徐水围攻战中四处负伤了；陈庆祥同志在保北阻击战中和"钢铁第一营"的勇士们一块坚守阵地，敌人一百发炮弹的轰击，使他们神经全□□于麻痹，但恢复后，又马上继续进行工作。他们的这种工作精神，激励得我们不能不加紧工作……

启贤

十月廿九日

范家庄复查采访经验点滴

蔡尚雄

范家庄土地复查照片已发表于《晋察冀画刊》廿七期。这场照片提示我们摄工如何深入复杂的农村土地斗争中进行采访，比较有系统又重点地拍摄一个材料，希大家在研究中并能配合阅读此文。

——编者

一、从实际出发首先了解情况

不单纯为了拍摄材料，而还为了在土改中来锻炼与考验自己的阶级立场，因此不能偶尔选择一些材料。为了使材料的主题更尖锐更全面，于是我首先向部队帮助复查的同志进行了对范家庄全面情况的了解（如村里的土地阶级成分的比例、去年土改的优缺点、目前村里所存在的严重问题、地主恶霸……），然后共同研究在进行过程中将会发生哪些偏向、有何困难、哪些是重点……就这样初步把范家庄将要开始的大复查在我们心里打下□个基础。根据这个基础，我才与苏凡同志共同研讨出一个初步采访计划，以便在工作过程中抓着中心和重点采访，照片说明也与苏凡同志协同写，由他多注意收集群众在斗争中的语言，以便说明有力简短生动。

二、参加土改工作与采访结合

在这种群众尖锐复杂斗争中，我们不但领导群众进行斗争，而群众斗争□教育了我们，从他诉苦、比光景、挖穷根的运动过程中启发了我对地主阶级更尖锐的仇恨，有了更明确的立场观点，所以自己能站稳在党的立场上选择出哪些是最尖锐斗争的场面。

每拍摄一个场面，都是与实际工作结合的，如贫农向中农借粮，我跟着贫农走，一面做帮助解释和动员工作，一面就从中采访拍摄了材料。群众觉得我们的摄影是为群众撑腰的，更增加了他们中农和贫农的团结。如在集市上碰到一位老太太去搜查，就要求我去拍她搜查场面，我们就这样工作。我们的摄影镜头就无形中起了很大的鼓励和推动工作，使群众工作积极，情绪高涨，更启发新的干部负责心。

三、掌握时机，主动去采访拍摄材料

为了掌握时机，我们与帮助复查领导的同志取得密切联系，随时掌握斗争的变化，及时发现新的问题、典型模范人物、新的创造领导新的办法。掌握了时机，还要主动去采访，不要等待材料。如我发现复查与生产结合，即马上跟男人组到地里去采访拍摄材料，为了材料的真实性，每个镜头都是采取自然斗争生动的场面。

（《摄影网通讯》第 10 期）

高林营阻击战采访检讨

肖迟

高林营阻击战"钢铁第一营"在敌人八个团数十门重炮排射，五辆坦克、四架飞机的冲击下，结果战胜强敌，保证友军全歼敌人。我参加此次战斗采访有以下几点检讨：

一、照相机有毛病。以前就知道照出的底片发灰（慢闪），只马虎检查镜头、镜腹即在战场使用，战斗后胶卷冲出大部分发灰不能用，只有早晨及黄昏照的还可用。经详细检查发现镜头底下镜腹上有一小孔，直看不见，光线弱时射不进去，光强时光就射进去，底片就发灰。

二、战前没有做计划，战场无处下手，结果放弃了好材料。想起当时紧张情况，有好多场面应照，如在战沟里背下伤员，电话员在烟火中查结断线……我碰上了没有拍，多么可惜！

三、被炮弹震晕头脑，失去冷静清醒。飞机低空扫射打了我一脸土，头晕得忘记拍照。敌人到了跟前，光顾打他两枪，也就耽误拍照，放松了本职工作。

（《摄影网通讯》第 12 期）

展览照片的三点经验

李械

　　清风店歼灭战的放大照片自十月廿八装订妥当后，我们依照抓紧展览大量宣传的精神，至十一月七日十一天的时间，于行军工作中挤时间在部队群众中、解放区、蒋统区展览了十次，观众约五万。展览中得到如下经验：

　　一、展览时用当地小学教员或识字的群众帮助讲解，这样可使群众听得懂，了解更深刻，群众又容易接近（我们讲时一般的妇女不愿接近，尤其是蒋统区）。

　　二、解释要抓住几张主要照片来讲，要联系到一套的内容，对次要的可简单说明，这样避免啰唆。在讲解时要联系我军各种政策加以说明。

　　三、在装饰上要朴素，不影响照片内容，标题词句要大众化。如有识字的观众念，旁边的人也可听懂，这样就帮助了解释。字体要写楷字，不要写简笔，使一般人要看懂，尤其在蒋统区。

（《摄影网通讯》第 12 期）

我们的画报照片发到国内外

最近本社与外界接触中，逐渐从侧面知道不少我们的画报、照片发到国内外的情形及其反应，现特综合简述如下：

在抗日胜利后，我们的画报照片发行区域更广了。通过执行小组的飞机，各地中共办事处传送我们的画报照片曾与更多的蒋管区群众见面。据邓颖超同志谈当他们在南京等地接到画报后，都是尽量地多给人看多送人，但每次都感到画报份数少。我们的照片亦经周扬同志带到北平、上海去。本社编选的晋察冀解放区妇女照片两套，一套经中央妇委加译英文说明送到美国，一套则发到法国。据说外国人对这些照片都感到很大兴趣。在上海由联合画报舒宗桥编的《第二次世界大战史》中亦选登了本社发出的照片十多张。在各解放区都能见到我们的画报；放大照片在延安、邯郸、临沂、哈尔滨等地都开过展览会。最近由东北归来，曾出席捷克世界青年代表大会的解放区青年代表告诉我们："你们的画报照片又都出国了，有《毛主席近影集》，有各期《晋察冀画报》及丛刊，还有一套解放区的青年生活照片……各地人士都希望我们今后更多拍摄一些，他们是非常渴望能多看到我们的画报和照片。"

(《摄影网通讯》 第 13 期)

东北画报社近况

本社近接《东北画报》罗光达同志九月二日自哈尔滨寄给沙石主任的一信内谈到该社工作近况，现特摘要向大家介绍：

"我们这边一般情形都还可以，原来的大型《东北画报》已从第五期起改为十六开本的半月刊。现在已经出到第十七期，每期印二万份，今后根据发行情况酌量增加，估计最少能达到五万份左右。除部队机关赠送外，其他都由各地书店和报社分销处代售。其他每月经常出几种通俗性的绘画或摄影的小册子，最近并准备搞大批的年画，估计约能出二十余种，四十多万份，销售给翻身的人们——农民是主要的对象。这里摄影的同志比较少，一共只有十个人，由原西战团陈正清同志担任摄影科长。同时还有一批搞美术的同志，如张仃、施展、忧风、朱丹等八九个同志，由张仃同志担任总编辑，使摄影和绘画工作紧密地结合在一起，同时又与出版工作结合。工厂的情形和以前差不多，不过比以前的生产数量和质量是要提高一些，人员和组织也更巩固些了。这里用的材料虽由于出的东西多，用的也多，但目前还不感到十分困难。主要原因我们在接装时还有底子，现在在哈尔滨等地也能购到一些，组织上也较重视这一工作，所以我们除了研究业务、提高工作、巩固组织等以外，其他困难还不算很多。写到这里我联想到你们现在在物质和交通上也定感到有很多困难，但据来人说你们到阜平后，已出版画报，并且还不差，我是充分有这种确信的，祝你们工作胜利。

"现在关内外已经通邮，虽然还不知道快慢妥当，但比过去是要好一些了。这期起，以后就经常给你们寄出版的东西和照片稿件，希望你们也经常寄一些材料来……"

（《摄影网通讯》第13期）

各解放区摄影工作简讯

西北

西北人民解放军的摄影工作是和西北电影团在一起的。现由诚铁同志负责。各纵队和旅都有摄影记者，他们虽然在胶卷和药品奇缺的条件下，但仍尽力支持工作，没有一二〇胶卷，甚至改造镜箱以电影软片代替。程默、张绍滨、凌风等同志除拍了许多战斗材料，还摄拍了毛主席近影二百余张。以上宝贵材料本社已接到，正放大翻版中。

华东

山东画报社与华中摄工同志合并后改称华东画报社，他们在战地采访十分活跃。本社已接到苏中七战七捷、歼灭第一快速纵队、孟良崮战斗、攻克泰安城等精彩放大照片五十五张。该社近曾出版《生路》一本，专载年来在华东战场被俘之蒋匪高级军官照片及其新的生活介绍。

晋冀鲁豫

人民画报社裴植、袁克忠等同志，自随刘邓大军南下后，该社摄影工作由高帆同志负责。本社现已接到《人民画报》第六期（十月廿五日出版），内刊登七月鲁西大捷活捉之蒋匪高级将领等照片十四幅。

东北

东北画报社最近给本社寄来放大照片七十五张。内有五次战役解放公主岭、昌图、围攻四平等，及东北解放区土地改革材料。

冀热察

今春到该区工作之杨国治同志来信谈：现在工作已逐步整理恢复，团旅摄影干有冀明、廖清纯同志等。今年展览照片已三十多次，本社寄去的《南线战役》等在展览时收效很大。

冀东

据十五分区摄干张□沟同志来信谈，摄影画展在部队及分政展览过，本分区的金钟河战斗照片及滦东战役照片展览反应都很好，并已建立新闻摄影日志。现正搜集土地复查等材料。

(《摄影网通讯》第 13 期)

悼前线摄影记者孟振江、宋谦二同志

胜利中传来噩耗，孟、宋二同志光荣殉职了，闻者莫不痛惜。孟、宋二同志都是多年的摄影工作者，在抗日战争与人民自卫战争中均有很大贡献。他俩具有相同的性格，工作中都是埋头苦干，少说多做，待人接物虚心、诚恳。他俩都只上过几年小学，但在工作中努力学习，文化提高了，技术的熟练以及老实的工作态度，实值得我们学习。

孟振江同志于四〇年随□学校毕业后参加摄影训练班二期学习。四一年去八分区开辟摄影工作，坚持了"五一"残酷环境，拍录了很多宝贵的历史材料，并在该区进行了大小的展览工作，鼓舞了军民的斗争情绪。反攻时随军野战参加了绥东战役，四六年到山东去采访、展览，四七年调冀晋军区任摄影股长。孟同志一贯地深入下层，身临火线，为兵服务，在部队中有很高的威信。这次石门战役，我们优秀的摄影工作者——孟振江同志，不幸死在蒋匪空袭之下。

宋谦同志是摄训班四期学员，学习尚未期满即赶上了残酷的"五一"大"扫荡"。毕业后到七分区摄影组工作，"扫荡"后又到教导团、陆中学习，在军事上打下了正规的基础。陆中毕业后，到冀中六分区（现在的十一分区）工作，自卫战争中任九分区摄影组长，此次随冀中主力战斗在平、津、保三角地带，殉职于大清河北。

孟、宋二同志的牺牲，给了我们工作以莫大损失，但他们所留给我们的优良作风以及老实的工作态度，实值得我们每个同志学习。最后，我们希望：

（一）以更积极的工作来分担死者的遗职。

（二）要把孟、宋二同志的精神，当作镜子照照自己现有的缺点，勇敢地洗掉。

（三）要踏着死者的血迹更勇猛地前进，深入下层，为兵服务，以更大的成绩来慰死者的英灵。

（《摄影网通讯》第 14 期）

新华社总社电唁孟宋二同志

新华通讯社总社，得知冀晋军区摄影记者孟振江及冀中军区×旅摄影记者宋谦同志光荣殉职的消息，在二十九日特打电报，给孟、宋两同志家属表示吊唁。

孟、宋二同志牺牲后，引起了新闻界之重视，新华社以及总社均发出电报以表哀吊，并向家属致以慰问。

（《摄影网通讯》 第 14 期）

摄影记者孟振江、宋谦二同志光荣殉职

　　【晋察冀新华社廿七日电】冀晋军区摄影记者孟振江同志，在解放石庄战役中，身临前线摄影，不幸中弹光荣牺牲。又冀中×旅摄影记者宋谦同志，随军转战平、津、保三角地带，不幸于大清河北战斗中光荣殉职。孟、宋两同志在抗日战争及自卫战争中，一贯积极工作，对军事斗争及土地政策的摄影报导，均有贡献。

　　噩耗传来，孟、宋两同志所在部队及各地战友莫不痛惜。晋察冀画报社除决定于《摄影网通讯》刊物上出追悼专刊以外，并专函唁慰二同志家属。

（《摄影网通讯》第 14 期）

为烈士悲痛　为烈士工作

——谷芬自疗养院来信

闻孟、宋二同志牺牲了，我很悲痛。宋今年三月曾于定市工作数日，为人谦虚，工作踏实，给我的印象很好。孟对人及工作作风，我都很钦佩。现在他们竟全牺牲了，给生者留下了什么？我应该做什么？已有所思想。悲痛仅是短时期的，而后便会消逝的。另信道："近日即回社工作。"

（《摄影网通讯》第 14 期）

悼孟、宋二同志

李械

忽闻孟振江、宋谦二同志光荣殉职的消息，甚为痛惜。

孟、宋二同志均在党的抚育下培养出来的摄影干部，我们是前后同学。孟、宋二同志一贯待人诚实，生活朴素，对人在技术学习上帮助很大，尤其在抗日八年及自卫战争二年中，在新闻摄影报导上有很大贡献，对晋察冀初期开展摄影工作有极大帮助。孟、宋二同志不幸在石门、大清河北相继殉职，这是我党及人民的损失，更是我新闻摄影界莫大损失。我们除沉痛地追悼二位老战友外，更要□紧我们的本职□作，深入到群众中去，广泛地去采访，把我们的摄影工作像烈火一样地开展起来，踏着烈士血迹完成他们未完成的事业，前进直到胜利。

敬祝

老战友孟振江、宋谦同志安息！你们的精神不死！

（《摄影网通讯》第 14 期）

军区宣传部长来信

张致祥

我在外传达土地会议，阅报惊悉孟振江、宋谦两同志光荣殉职，至深痛悼。我区摄影工作同志一年来大部能亲临火线为兵、为战争服务，牺牲流血，其精神值得我们学习。我未把工厂建设好，深以为愧。现在积极设法解决电力问题，使今后画报能按计划出版，以符摄影工作同志的希望。希向孟、宋两同志家属慰问，其家属有何困难望提出来。

特此

布礼！

十二月七日

（《摄影网通讯》第 14 期）

痛悼宋谦同志

徐光耀

宋谦同志：你是多么可爱的青年，一个忠心耿耿的革命战士、共产党员！你温柔恬静、和蔼可亲，但你又刚强、艰苦、英勇果敢！如今让我追忆着你少年英俊的容姿，叙述你往日一二事迹吧！

一九四五年，在冀中六分区，在春季扩大解放区的战役中，我们曾并肩战斗在大陆村、东汪等据点及围困宁晋城的战场上。你背着照相机，从这个工事跑到那一个工事，从这个坑道跑到那个坑道。白天你从枪眼里猎取敌人岗楼的全景；夜间，你用镁光拍照紧张战斗的英雄！在空闲时，你拿起喇叭筒，参加激烈的喊话斗争，把"政治炮弹"射向顽抗的敌人的心脏！敌军官害怕起来了，却用连续的排枪还击你！

宋谦同志！日本投降的那天终于到来了！但是，在蒋介石卖国贼的荒诞命令之下，鬼子和伪军竟拒绝向我投降。六分区武装的大反攻，沿着石德路激烈地展开了！记得在解放赵县城的战役时，昼夜细雨纷纷。你亦然蹚着泥水，在火线上往来奔跑，用草帽遮着镜头，到处拍照。以后，在束鹿、藁城诸战役中，你都冒着枪林弹雨，拍摄了战士们各种战斗活动，常常钻到阵地的最前沿，或摸到敌人岗楼根下。在解放束鹿战役中的第一天夜里，我亲眼看见你背着照相机和第一支突击队员一块上了城！正因为你这样出生入死地活跃在火线上，六分区的春季攻势，大反攻的雄伟壮烈场面，得一件件展现在千百万人民面前。战士们英勇战斗，群众的热烈参战……都借着你的镜头，得以广泛地传扬与表现！

亲爱的宋谦同志！你岂止是忠于业务、勇于战斗的勇士，你也是一个耐心先生和虚心的学生。在我的记忆里，你没有过自满和骄傲！你不但虚心向别人学习，而且也把自己的本领，诚恳地教给别人。我还清楚得记得：在你离开六分区（现十一分区）的前天下午，我俩曾同步漫谈在胡合营的大操场上，你亲切地毫不疲倦地，一遍遍地讲述你摄影的经验，把你最得意的创造与心得，毫无保留地全部告诉我。至今我还记得部队在急速地行进中如何利用其下坡时放缓脚步用较大光圈进行拍照。之后你询问我关于写作上的经验与心得，虚心地听取我的意见，致使我心情激动，把自己知道的无不尽情倾吐——谁知道自那天握别之后，竟成了我们最后的诀别！你为了解放我的故乡而壮烈地把血流在我故乡的土地上！宋谦同志！很对不起你，你给我的信及留给我的照片，都没有在我的手下，所以对你的光荣事迹、言行不能较完满地写在这里，但是……

宋谦同志！你安息吧！安静地长眠吧！人民是知道你的，党是知道你的！蒋介石匪帮无情地夺去了你的生命，但有千百个像你一样的同志更加激励奋勉，踏着你的血迹前进！一定把蒋贼彻底消灭，为你，为我们年轻摄影工作者，亲爱的宋谦同志复仇！

打倒蒋介石！！

（《摄影网通讯》第 14 期）

以更紧张的工作完成死者的遗志

顾棣

惊闻振江同志殉职噩息，深感悲愤。忆九月摄干会议，你报告了你八年来的斗争史，你为了全面反映火线上的英雄，曾日奔百余里，从这战场跑到另一战场。这种为兵服务的精神，实为可钦。你在冀晋不仅以身作则并推动了大家，培养了新干部，从智村、宗艾两次战斗的五十三张底片中看到你的作品的真实和全面。在五台你搜集了阎锡山的家乡，揭露了阎贼对山西人民惨毒的统治。如今正当革命需要人才的时候，蒋贼的血手无情地夺去了你的生命。但是你的精神，将奋勉起更多的同志，你的优良作风和忠实的工作态度，将更进一步地提高我们的工作效率。

孟振江同志！你在摄干会上的报告，变成了永别的宝贵的赠言。以前我对工作的不安心，实感惭愧！如今你的牺牲，坚定了我对资料工作的信念，决以更紧张的工作来完成你的遗志。孟振江同志，敬祝你瞑目长眠吧！

（《摄影网通讯》第 14 期）

向宋谦同志的灵魂追愧

黎呐

炮声中，林扬同志传来你光荣殉职的消息，闻者立刻被哀默笼罩了，每个人的脑海里都在追念着你热情老实的影子。我在混乱意识中忆起了以往的相处。四三年你调到冀中六分区与我在一块工作，一见面你用力握着我的手说："听说你在这里，所以我很愿来，在你的帮助下，进步一定很快。"这虽是一般的客气话，但从你嘴里说出来，却表现了非常忠诚虚心，你对我是抱着多么大的希望呵！我当时却因买不到材料而常与上级发脾气闹个性，除了对你灌输些不满情绪外，对你又有什么帮助呢？但无论我怎样发脾气，你从未随声说出一句怪话。你总是埋着头苦干，有时提出疑难来问我，然而我对你讲的怪话要超过研究问题的话几倍。宋谦同志你忠诚和蔼、虚心学习、任劳任怨的精神将永远印在我心底深处，同时使我感到万分地向你追愧！我是如何的对不起你呀！

宋谦同志，我负伤后你寄来的钱我收到了，你对同志的关心真使我感激。我伤好后曾带着满腔的欣望去找你，谁知竟这样的不巧，说你昨天刚调走，又谁知我们就永远不能见面了呢？

宋谦同志！你光荣地为党为人民牺牲了，我怎么能去挽救过去对你的错失呢？我太惭愧了，如今我还存着数年前不正确的抗上心理，并较前更严重了，失去了进取心，觉得没有前途。我在枪林弹雨里曾拍了些材料，但未能及时地给画报寄过。这也是自己一事不满事事不满的错误思想。宋谦同志，我是处于迷途，如今被你的灵魂唤醒了。我敢向你宣誓，从今后一定努力工作，将你的优良作风当成我修养的方向。我愿你的灵魂永远伴随着我、提醒我吧！

《晋察冀画报》文艺文献全编

宋谦同志！你的精神不死，我们要继承你的精神，完成你的遗志，用今后的成绩来慰你的英灵：

同志安息吧！瞑目吧！

于石门前线

（《摄影网通讯》第 14 期）

火线采访应如何避免伤亡

黎民　袁苓谈

（一）进入阵地以后，要找好隐蔽而切实的防炮和防空处所。

（二）在接敌运动或突破封锁口时，要跟随先头部队，各个跃进，出敌不意地通过去。

（三）不要长时期停留在炮兵阵地或机枪阵地上（此炮兵阵地拍距敌较近的而言）。

（四）从现时出发，抓住好的场面马上就拍，不要犹豫，不能摆布（某某同志在保北阻击战中，就因为摆布时间过久，被敌发觉开炮而负伤）。

（五）个人不要离开部队乱跑，情况不清楚，地形不熟悉，容易被打。

（六）没有特殊值得拍摄的好材料，不要死跟着一个营或一个连。

（七）根本拍不上照片或拍不到有价值照片的战斗，可以不参加（但有价值的一定要去）。

根据今天战斗规律和摄影的技术条件，夜间战斗可以离开第一线，争取休息或冲胶卷，但要抓紧拂晓后和黄昏前这两个时间。

　　编者按：火线采访，勇敢果断是必要的，但掌握战斗规律，胆大心细更为重要。

　　以上总结希大家研究，并将自己经历深入总结。

（《摄影网通讯》第 15 期）

关于写说明

在我们整理和选稿中发现有些来稿在写照片说明上有些缺点，现提供大家参考。

写说明不但要"简"而且要"明"。有些说明是"简"的使人不"明"的。如《河间四区的两个模范民工》，只写了两个人名，他的模范事迹是什么呢？照出来起什么作用呢？类似这样例子不在少数。写说明一定要具体，可是这方面有些同志是不注意的，如《民主政府贷款给难民办合作社以维持他们的生活》，究竟是哪个地方的民主政府？贷了多少款？起了什么作用？都没有具体说明。

画报社资料组

（《摄影网通讯》第 16 期）

做一个工作组员

——参加土改采访杂记之一

吴群

要脚踏实地深入区村，做一个工作组员，在工作中抓紧采访，不要以记者面目出现，走马看花到处跑去搜集材料。

平分土地是一场激烈、复杂、多变的阶级斗争，领导及每个同志的实际工作经验往往都很缺乏，主要靠工作中摸索，□□在不断检查总结经验中前进。我们仅仅看了几个土地会议的文件即去采访，自己在认识和了解上是极不够的。如不能参加在运动之中，和大家一块工作，一块学习，一块检讨进步，而自己站在运动之外采访，那你不但不会采访好，自己也将会成为时代斗争的落伍者的。

要参加到运动中去，应参加到区村的工作组去当一名组员，不以记者自居，遵守工作组的工作制度和纪律，参加集体学习土改文件，参加工作讨论和汇报，出席各种会议听报告，在党内小组会上检查思想工作，并听取大家批评提意见。这样就会使自己对平分土地工作熟悉和深刻，就能依据具体情况做出采访计划，就会把握原则、把握重点、把握中心、把握时间去摄影，不致出错、迷途和有误。

深入在一个区几个村，一边工作一边采访，初看似乎采访面太狭小了，其实不然。因深入而细致，熟悉而易摄，不致错失每一镜头，倒会搜集到活生生的好材料。反之，在全县到处奔跑，走马看花，粗枝大叶地去找材料，采访面是宽阔，但极易流于表面，所拍多是开会等大场面，但多为零星片断。这样跑路时间多，研究计划采访、了解情况就少，所拍的不深刻，常会失去采访时机。

假如你在土改采访中，是个自由来去的记者，你不参加一定的单位的工作学习和生活，你对一区一村的工作中心及具体步骤不够深刻了解，那你哪能采访得好？工作中变化和错是常有的事，如封地主家门和斗地主，事后多天才发觉错定成分，不是地主而是富裕中农，如你当时拍完就走，那就糟透了。要你是个工作组员，事后参加检讨会，知道就不会错，如继续拍如何纠正等场面则反成为□完整的材料。又如最近四地委决定春耕前先分完土地为目前中心任务，正定县委召集干部会传达讨论。如你是个自由来去的记者，不是一个固定单位的工作组员，那么开会人家极易把你忘掉，没通知你去参加会，这一工作的重大变化你不知道，不了解为什么，又应怎样具体去做，那你又怎样能完成这采访的任务呢？

做一个组员，大家按组织中的一员来对待你，关照你，同时也会对你本职工作以帮助。如用记者面目出现，大家就会把你当成暂时的客人看待，即使你自己不那样，客观环境往往也会促使你成为客人的。

（《摄影网通讯》第17期）